尋秦記

新編
完整版

Vol.
01

黃易

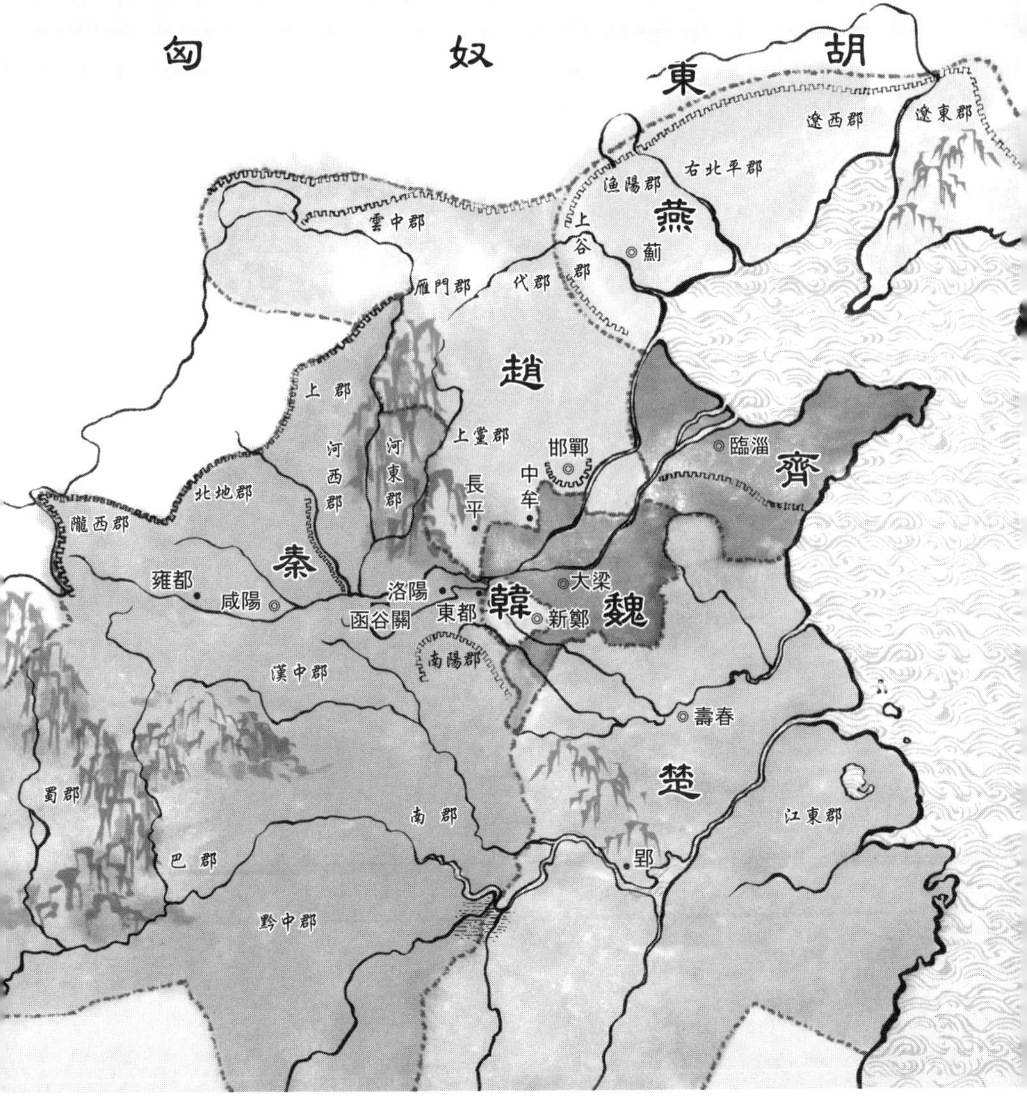
匈奴
東胡
遼西郡
遼東郡
右北平郡
漁陽郡
燕
薊
上谷郡
雲中郡
雁門郡
代郡
趙
上郡
河西郡
河東郡
上黨郡
邯鄲
中牟
長平
臨淄
齊
北地郡
隴西郡
秦
雍都
咸陽
洛陽
函谷關
東都
韓
新鄭
大梁
魏
漢中郡
南陽郡
壽春
楚
蜀郡
南郡
巴郡
江東郡
郢
黔中郡

戰國七雄分佈簡圖

尋秦記

卷01

目錄

第一章　時空機器

「咿……嗄！」

因緊急煞車致輪胎與地面摩擦的尖叫聲在全城最熱鬧的「黑豹酒吧」門前響起。

屬於軍方特種部隊，被譽爲菁英中之菁英的第七團隊專用吉普車倏然停下。

歡叫怪笑聲中，項少龍和三名隊友抓著門沿，飛身躍下車來。

經過在戈壁沙漠三個月艱苦的體能和戰術集訓後，難得有三天假期，不好好享受一下人生，怎對得起生自己出來的父母。

項少龍今年二十歲，長期曝曬於陽光下的黝黑皮膚閃耀出健康的亮光，他或者算不上是英俊小生，可是近兩公尺的高度，寬肩窄腰長腿，沒有半寸多餘脂肪堅實墳起的肌肉、靈活多智的眼睛、高挺筆直的鼻梁、渾圓的顴骨、國字形的臉龐，配合稜角分明的嘴旁那絲充滿對女性挑逗意味、懶洋洋的笑意，實有著使任何女性垂青的條件。

剛要擁進門內，一陣混亂之極的物體墜地和鼓掌喝罵聲中，先他們一步來的隊友小張與蠻牛兩人給扔了出來，橫七豎八倒跌門外，呻吟著要爬起來，可是這在平時雖是非常簡單的動作，此刻對這兩個特種部隊的精銳來說卻非常困難。

四人色變，衝前扶起兩人。

額生肉瘤的犀豹駭然道：「有多少人？」

這一句話問得大有道理，小張和蠻牛與他們同屬第七特種部隊，乃由全國軍隊當中挑選出來接受嚴格訓練的精銳勁旅，專門應付各種最惡劣的情況，例如反恐怖活動、進入不友善國家進行刺殺或拯救任務、保護政要等等。

訓練包括各式武器的運用、徒手搏擊、體能耐力、曠野求生、各種間諜的技巧，總之是要把他們訓練成超人，等閒十來個壯漢也難以傷他們毫髮。

不過，他們也成爲其他部隊嫉妒的對象，那些好事分子均以打倒第七團隊的人爲榮。所以假日花天酒地，鬧事打架乃例行節目，只不過像這次給人轟出門來的情況，還是第一次發生。

小張這時清醒了點，張開被打得瘀黑的眼睛，一見扶起他的是項少龍時，大喜道：「龍哥，快給我們出這口鳥氣！」

部隊裡人人尊稱項少龍作龍哥，不是因他年紀大，而是因爲他是隊裡的首席神槍手、自由搏擊冠軍和體能最佳的英雄人物。

蠻牛喘著氣指著酒吧內道：「是八四一部隊的教官黑面神，竟斗膽挑惹我們的冰霜靚女。」

四人一起勃然大怒，冰霜美人鄭翠芝是他們團隊指揮的美麗軍機女秘書，在他們尚未有人追求得手之前，怎容其他部隊沾手染指？

項少龍一想起打架便手癢，挺起胸膛喝道：「扶他們進去，讓小弟表演一下身手！」領先大踏步進入酒吧。

寬敞的酒吧內煙霧瀰漫，人聲、音樂聲震耳欲聾，數百人鬧哄哄的，氣氛熱烈。

他才現身門處，酒吧立時靜了下來。

身材魁梧結實的黑面神和十多名身穿便服的隊友，偕幾名穿得性感惹火的女郎倚著吧檯喝酒調笑，冰霜美人鄭翠芝給黑面神摟緊著小蠻腰，見到進來的是一向不大理睬她的項少龍，故意把惹火的身體挨入黑面神懷裡，還示威似地吻了他的臉頰。

黑面神看到項少龍，眼睛亮起來，手往下移，摸上鄭翠芝的高臀，大力拍了兩下，笑道：「一個對一個，還是一起上！」

軍隊間有個不成文的規矩，就是要打便打拳頭架，除非是深仇大恨，又或怒火攻心，否則不會動刀子或破酒瓶等一類殺傷力較大的東西，以免鬧得不可收拾，給憲兵逮捕懲處。

項少龍先環視酒吧內的形勢，發覺上次兜搭不成的酒吧皇后周香媚正和幾名男女圍坐在一角的桌子旁，含笑看著他。項少龍雄心大振，從容笑道：「對付你這種角色，何須費神，悉聽尊便。」

酒吧內不分男女一齊起鬨笑鬧，推波助瀾，氣氛熾烈沸騰至頂點。

小張移到他旁邊，低聲警告道：「小心！這小子很厲害。」

不知是誰怪聲怪氣尖叫道：「有人怕了！」

愛看熱鬧的旁觀者笑得更厲害。

蠻牛也走過來低聲道：「黑面神後面那兩個人是本地拳擊館最辣的兩個冠軍拳手，他們這次是有備而戰，存心落我們的顏面。」

項少龍早留意到那兩個一身凶悍之氣的人。「觀察環境」是特種部隊七大訓令的第二項，第一項是「準備充足」，第三項是「保持冷靜」，這正是現在他要做的事，低聲吩咐道：「叫他們袖手旁觀，我有信心單獨解決這三個傢伙。」

這時黑臉神脫掉西裝上衣，交給冰霜美人，踏前兩步，冷冷道：「項少龍！我已經容忍你很久了，上次你在野貓卡拉ＯＫ打傷了我們十多人，今天我便和你算算舊帳。」

項少龍教五名戰友分散退開，也踏前兩步，來到黑面神前四步許處，好整以暇地向酒保叫道：「給我來瓶鮮奶，讓我教訓完黑面神後解渴。」

兩句話立時惹來哄堂大笑。

黑面神的人叫道：「這小子要使出吃奶力氣哩！」

黑面神向左一晃，使了個假動作，下面陰險地踢出一腳，照項少龍小腿上五寸、下五寸處踢去。

項少龍往旁一移，輕鬆避開。

眾人見終於動手，不論男女，齊聲囂叫，煽風點火。

黑面神一聲大喝，閃電搶前，進步矮身，雙拳照胸擊來。

項少龍再退一步，避過敵拳。

眾人見他閃躲不還手，齊聲嘲弄，黑面神那邊的人更是大聲辱罵。

黑面神以爲項少龍怕了他，更是得意，曲突中指成鳳眼拳，乘勢追擊，箭步飆前，一拳朝他鼻梁搗去。

項少龍心叫來得好，待拳頭逼近鼻梁寸許，整個人往後飛退，就像被他一拳轟得離地飛跌的樣子。

眾人看得如癡如狂，大叫大嚷。

蠻牛等自然知道打他不著，正奇怪爲何他只避不攻時，這小子連退六步，往後一仰，竟倒入坐在椅上的酒吧皇后周香媚的芳懷裡去。

周香媚嚇得尖叫起來。

黑面神瘋虎般撲了過來。

項少龍一聲大喝，身子一挺，右手乘機在周香媚高聳的酥胸摸了一把，藉腰力彈起來，炮彈般俯身往黑面神迎去，不理對方兩手握拳往他背上猛擊下來，頭顱剛好頂在對方小腹處。

黑面神尚未有機會擊中項少龍，對方頭頂處傳來無可抗拒的龐大力道，使他近一百公斤的身體如玩具般往後拋跌，結結實實掉回舞池的正中處。

酒吧內三百多人全部噤聲。

立時由極嘈吵變回極靜，只剩下分佈酒吧內四角的喇叭仍傳出充滿節奏和動感的〈樂與怒〉響叫聲。

項少龍若猛虎出柙，往跌得四腳朝天的黑面神撲去。

那兩名黑面神請來的職業拳手見情勢不對，同時搶出，繞過仍未爬起來的黑面神，分左右迎擊項少龍。

戰友蠻牛、小張等紛紛喝罵不要臉，卻沒有動手。

沒有人比他們對項少龍更有信心了。

戰事眨眼結束。

只見項少龍連晃數下，避過敵方攻勢，惡豹般竄到兩人間，一肘撞在左方那拳手脅下，右手格開敵拳，於左方那人倒地前，給右面那人的小腹來了兩記連續的膝撞。

黑面神此時勉強站穩，項少龍已在右面那拳手痛極跪地時，狠狠往黑面神的鼻梁搗了一拳。

慘嚎聲中，黑面神鮮血噴濺，倒入趕過來的鄭翠芝身上，這對男女立時變作滾地葫蘆。

項少龍哈哈大笑，戟指黑面神方面的人罵戰道：「來！一齊上。」

蠻牛等一齊逼上來，摩拳擦掌。

鄭翠芝爬起來，尖叫道：「項少龍！你不要得意！我會要你好看！」

項少龍哪還有空理她，走到酒吧皇后周香媚處，一把拖她起來，拉著直出酒吧。

周香媚大嗔道：「你要帶人家到哪裡去？」

項少龍將她抱起放到吉普車司機旁的位子裡，笑道：「當然是回家啦！我怎夠錢付酒店昂貴的租金。」

「鈴……」

受慣嚴格軍訓的項少龍立刻醒了過來，從周香媚的玉臂粉腿糾纏中脫身而出，拿起話筒。

鄭翠芝清脆的聲音傳入耳內道：「項隊長，你還有十五分鐘時間梳洗，憲兵部的裝甲車在大門外等你。」

周香媚呻吟一聲，昵聲道：「倒楣鬼！快來嘛！」

項少龍摸著因昨晚和這蕩女大戰了不知多少回合，落得仍有點倦痛的腰骨，失聲道：「你嚇唬我嗎？打場架又會是這麼嚴重的大事件？」

鄭翠芝冷冷道：「誰說和打架有關？是科學院那邊要我們體能最好的特種人員去做實驗，我見你昨晚那麼英勇，體能好得那麼驚人，便向指揮官推薦你，指揮官已簽發命令哩！」

項少龍哪還不知道她是在公報私仇，恨得牙癢癢道：「但今天我仍在放假啊！」

鄭翠芝嬌笑道：「我的項隊長，沒有任務才可以放假嘛！軍人是二十四小時都屬於國家的。」

項少龍恨不得把她捏死，嘴上卻歎道：「唉！昨晚我這麼勇猛，還不是爲了你，你是眞不知還是假不知呢？」

周香媚赤裸裸地由被內鑽出來，嗔道：「你在和誰說話？」

項少龍忙向她打個手勢，教她噤聲。

電話線另一端沉默了片晌，輕輕道：「你騙人！」

項少龍一手捂著要說話的周香媚的小口，鼓其如簧之舌道：「我怎麼會騙你？我項少龍日日夜夜都想著你，只是沒說出來罷了！你可知道，我……」

鄭翠芝截斷他道：「好了！遲些再說！最多你只做一天的實驗白老鼠，下次我找其他人去好了。快換衣服。」

「啪」的一聲，掛斷了電話。

裝甲車在守衛森嚴的科學院大門前停下，項少龍像囚犯般被四名憲兵押進去，移交給研究所的警衛，立即被帶往一間放滿儀器像煞病房的地方。接受過全身檢查後，醫生滿意地簽了文件，再由護士把他推出房去。

躺在手推床上的項少龍抗議道：「我不是病人，自己可以走路。」

護士顯然對他很感興趣，邊走邊低頭笑道：「乖乖的做個好孩子，我不但知道你不是病人，還知道你比一條牛還強壯。」

項少龍死性不改，色心又起道：「嘿！你叫甚麼名字，怎樣可以找到你？」

護士白他一眼，懶得搭理他。

一重一重的閘門在前面升起，護士推著他深入建築物內，直抵一道升降機的門前。

八名警衛守在門旁，把項少龍接收過去。

項少龍一陣心寒，這究竟是甚麼實驗？爲何實驗室竟在科學院下面的地牢裡？

升降機至少下降了近十層樓的高度，才停下來。

項少龍又給警衛推出去，經過幾重門戶後，來到一個廣闊的大堂裡。

項少龍往四周一看，嚇得坐了起來。

在這個高達三十公尺的大堂的另一端，一個以合成金屬製成的大熔鐵爐似的龐然巨物，矗立在眼前。

大堂內放滿各式各樣的儀器，就像一艘巨型太空船的內艙。

百來個穿著白衣的男女研究人員正忙碌地操作各種儀器。

大堂兩旁分作兩層，最頂的一層被落地玻璃隔開，另有無數研究員坐在各式各樣不知名的電子設備前忙碌著，亦有人透過玻璃對他指指點點。

項少龍糊塗起來，天啊！這是怎麼一回事？那種嚴肅和大陣仗的氣氛，並不是說笑的。

一男一女兩名研究員來到他身旁，男的笑道：「我是方廷博士，她是謝枝敏博士，我們是這個時空計劃的總工程師馬克所長的助手。」

項少龍站起身來道：「這是怎麼一回事？至少應該告訴我來這裡是幹甚麼吧！」

有點像老姑婆、姿色平庸的女博士謝枝敏嚴肅地道：「放心吧！一切都很安全，至於細節，馬所長會親自告訴你。」

方廷博士道：「軍人的天職是為國家服務，項隊長能成為時空計劃第一個眞人試驗品，應該感到榮幸才對。來！」

項少龍搖頭苦笑，無奈地隨他們往那龐然巨物走去。唉！今天究竟走了甚麼運道呢？

項少龍躺在一個金屬人形箱子裡，手、足、腰、頸全被帶子箍緊，變成了任人宰割的試驗品。

項少龍心中正咒罵鄭翠芝，想著實驗之後如何弄她上手時，箱子的上方出現了一個頭髮花白、戴眼鏡的老頭子，俯視著他笑道：「我是馬克所長，項隊長感覺如何？」

項少龍冷哼道：「感覺就像一頭被送往屠宰場的畜牲，還不知道那是宰豬還是宰牛的屠宰場。」

馬所長乾笑道：「項隊長眞會說笑。」頓了頓又問道：「你對我們國家哪段時期的歷史比較熟悉一點？」

項少龍愕然道：「這和做實驗有甚麼關係？」

馬所長不高興地道：「先回答我的問題。」

項少龍大歎倒楣，只想匆匆了事，想了想後答道：「我對歷史知道得不多，不過最近看過《秦始皇》那齣電影，對他的阿房宮和放縱的聲色生活非常羨慕，又看過幾本關於戰國和秦始皇的書……」

馬所長不耐煩地道：「嘿！這就行了，就是大秦帝國，公元前二百四十六年秦王政即位的第一年。」然後對著白袍襟領的對講機再把年分重複一次。

項少龍愕然道：「我的天！你在說甚麼？」

馬所長興奮起來，老臉泛光，伸手下來輕拍項少龍的臉頰，微笑道：「朋友！你不知道你有多麼幸運，竟能成為人類歷史上第一個返回過去的人。」

項少龍不明所以地問道：「你……」

馬所長根本沒有興趣聽他說話，激動地道：「你有沒有看電視上那部叫《時光隧道》的影集，你看！眼前正是偉大的時光隧道，這再不是一個夢想，而是一個事實，很快地，我們將會改變人類對時空的所有觀念……」

項少龍躺在箱內，當然甚麼都看不到，用力掙扎道：「不要說笑了，告訴我到這裡來究竟是做甚麼實驗？」

馬所長興奮不減，滔滔不絕地道：「待會兒你會被送進時間爐裡，只要我按下一個按鈕，裝在爐底的氫聚變反應爐會在三十六小時內積聚足夠的能量，在爐內的熱核裡產生一個能量的黑洞，破開時空，那時磁場輸送器會把你送回公元前的世界，你說那是多麼奇妙的一件事。」

項少龍冷汗直冒，看著這個和瘋子沒有甚麼兩樣的科學狂人道：「你不是在說笑吧！」

馬所長道：「當然不是說笑，我已經成功的把十二隻白老鼠、兩隻猴子送回過去，又安然無恙地把牠們帶回來，只可惜牠們不能告訴我是否確實到過那裡去，和身處其間的感受，所以才要請軍部供應我們體能最好的戰士來做實驗品，那個人就是你項少龍。」

項少龍魂飛魄散叫道：「我不同意，我要立即脫離軍隊。」

馬所長不悅地道：「不要慌張，你只會在那裡停留不到十秒鐘的時間，就像作了一個短暫的夢，我只要你記著夢裡曾發生過的事。可以注射了。」

項少龍仍在抗議，有工作人員過來給他注射了一筒針藥。在他神志漸趨模糊時，箱蓋闔攏起來，合成金屬鑄成的堅實箱子緩緩在輸送帶上移動，穿過時間爐旋開的圓形入口，沒入爐內。

實驗室所有儀器立即忙碌起來，無數指示燈亮起，動員了近四百名的研究員，正全神貫注地操作和監視著。

時間一點一滴過去，逐個小時逝去。

來到總控制塔坐鎮指揮的馬克所長神色也愈來愈興奮，兩眼放光。

最後的時刻終於來臨，實驗室開始進行由一百開始的倒數。

「六十、五十九、五十八……」

警報聲忽地響起。

負責監察爐內力場狀況的研究員惶急的聲音傳來道：「時間爐內的力能異常地攀升，請馬所長指示是否應立即關閉能源？」

「四十八、四十七……」

所有工作人員的眼光全集中在馬所長身上。

「三十九、三十八、三十七……」

馬所長緊張地盯著顯示爐內力場能量瘋狂攀升的儀器讀數，額角滲出冷汗，猶豫了片晌，頹然揮手，發出命令道：「緊急措施第五項，立即執行！」

驀地爐內傳出悶雷似的響聲，接著整個實驗室震動起來，強烈熾熱的白光隨時間爐的爆裂向四周激射。

在沒有人來得及哼叫半聲時，整座深藏地底的實驗室瞬間被強烈的爆炸分解成分子，連半點渣滓都沒留下來，當然也沒有人能活命。

第二章　古代美女

項少龍忽地回醒過來，全身肌膚疼痛欲裂，駭然發覺自己正由高空往下掉去。

「砰！」

瓦片碎飛中，他感到撞破了屋頂，掉進屋裡去，還壓在一個男人身上，慘叫和骨折的聲音響起。

接著是女子的尖叫聲，模糊中他勉強看到一個赤裸的女人背影往外逃走，然後昏迷過去。

也不知過了多少日子，渾噩昏沉裡，隱隱覺得有個女人對他悉心服侍，爲他抹身更衣，敷治傷口，餵他喝羊奶。

終於在某個晚上，他醒轉過來。

睜眼入目的情景使他倒抽了一口涼氣。

天啊！這是甚麼地方？

他躺在鬆軟的厚地蓆上，牆壁掛著一盞油燈，黯淡的燈光無力地照耀這間草泥爲牆、瓦片爲頂，大約十平方公尺的簡陋房子，一邊牆壁掛有簑衣帽子，此外就是屋角一個沒有燃燒的火炕，旁邊還放滿釜、爐、盆、缽、碗、箸等只有在歷史博物館才會見到的原始煮食工具，和放在另一側的幾個大小木箱子，其中一個箱子上還放了一面銅鏡。

項少龍一陣心寒。

那瘋子所長又說只停十秒便會把自己送回去，爲何自己仍在這噩夢似的地方，難道眞的到了公元前秦始皇的老鄉去？

腳步聲響起。

項少龍的眼光凝定在木門處，心臟霍霍躍動，心中祈禱這只是實驗的一部分，是馬瘋子擺佈的惡作劇，騙自己相信眞的通過那鬼爐回到古代去。

門推了開來。

一個只會出現在電影裡穿著粗布麻衣的古裝麗人，頭紮紅巾，額前長髮從中間分開各拉向耳邊與兩鬢相交，編成兩條辮子。手中捧著一個罈子，腳踏草鞋，盈盈步了進來。

她相貌娟秀，身段苗條美好，水靈靈的眼睛瞄見項少龍目瞪口呆的樣子，嚇了一跳，差點把罈子失手掉到地上，忙放下來，移前跪下，纖手摸上他的額頭，又急又快地以她悅耳的聲音說了一連串的話，臉泛喜色。

項少龍心叫「完蛋」，又昏了過去。

陽光刺激著他的眼睛，把他弄醒過來，屋內靜悄無人。

今次精神比上次好多了，兼且他生性樂觀，拋開一切，試著爬起來。

鑽出被子，才發覺自己換了一身至少小了兩個尺碼、怪模怪樣的古代袍服，領子從頸後沿左右繞到胸前，平行地垂直下來，下面穿的卻是一條像圍裙似的犢鼻短褲，難看死了。

項少龍壓下躲回被內的衝動，往上望去，只見屋頂有著新修補的痕跡，記起當日由空中掉下來，還壓在一個男人身上。

那人究竟是生是死？自己弄傷了人，爲何那美麗古代少婦還對自己那麼好呢？

忍著一肚子的疑問站起來，一陣天旋地轉，好半晌後發覺自己正靠在窗前，緊抓窗沿，支撐著身體。

外面射進來的陽光灑在臉上，使他好過了點。

究竟發生甚麼事？那鬼實驗出了甚麼問題？爲何自己仍未回去？是否永遠都回不去了呢？家人、朋友一定擔心死了，更不用說要在床上對鄭翠芝來個大報復。

項少龍痛苦得想哭。

天氣這麼熱，有罐汽水就好哩！

順眼往外望去，一片碧綠，天空藍得異乎尋常，冉冉飄舞的白雲比棉花更纖柔潔淨。

項少龍心中一震，知道自己眞的回到了過去，否則怎會有這種不染一塵的天空。

手足的肌膚有被灼傷的遺痕，幸好已在脫皮康復的過程中，不會有甚麼大礙。

自悲自憐一陣之後，項少龍感到體力迅速恢復過來，好奇心又起。

外面究竟是個怎麼樣的世界？自己是否眞能找到電影裡所描述的大暴君秦始皇？

他推門走出屋外，原來是個幽靜的小山谷，一道溪水繞屋後而來，流往谷外，右方溪流間隱有女子的歌聲傳來。左方是一片桑樹林，似乎是個養蠶的地方。

想起那古代布衣美女，項少龍的心情好了起來，循著歌聲尋去。

那女子一身素白，裙子拉高紮在腰間，露出裙內的薄汗巾和一對渾圓修長的美腿，正蹲在溪旁洗濯衣物和陶碗、陶碟一類的東西，神態閒適寫意，輕唱著不知名的小調。

項少龍乍見春光，又看她眉目如畫，色心大動，走了過去，豈知腳步不穩，兼又踏上一塊鬆脫的泥阜處，「咚」的一聲掉進溪水裡。

那美女大吃一驚，撲下水來扶他。

項少龍從高及胸膛的水裡鑽出來，女子剛好趕到，挽起他的手，搭往自己香肩。

項少龍心中一蕩，乘機半挨半倚靠貼她芳香的身體。

女子惶恐關心地向他說了一連串的話。

項少龍此時腦筋靈活多了，留心下聽懂了大半，那女子說的有點像河北或是山西一帶的難懂方言，大約知道對方在責怪自己身體還沒復元便跑出來，不由得心中感激道：「多謝小姐！」

女子呆了一呆，瞪大眼睛看他，道：「你是從哪裡來的？」

這句雖然仍難懂，但項少龍總算整句猜到，立即啞口無言，自己能說甚麼呢？難道告訴她是二十一世紀乘時光機器來的人嗎？

這時兩人仍站在水中，渾身濕透，項少龍不打緊，可是那美女衣衫單薄，濕水後身材線條盡顯，和赤身裸體差別不大。

女子看到項少龍灼人的目光落到她胸脯處，俏臉一紅，登時忘記一切，匆匆扶他上岸。

項少龍忍不住乘機詐癲納福，女子玉頰生霞，不過卻沒有反對或責罵。

項少龍大樂，看來這時代的美女比之二十一世紀更開放，甚麼三步不出閨門、被男人看過身體便非君不嫁，都只是穿鑿附會之說，又或是儒家大講道德禮教後的事。

這麼看來，就算暫時回不去二十一世紀，生活都不怕太乏味了。

換過乾衣服的項少龍和那美女對坐蓆上，吃她做的小米飯，還有苦菜、羊肉以及加入五味佐料醃製而成的醬肉。

不知是否肚子實在太餓了，項少龍吃得津津有味，每樣東西都特別鮮美可口，比之北京烤鴨又或漢堡包更要美味。

美女邊吃邊饒有興致地看著他。

項少龍暗忖這裡如此偏僻，前不見村，後不見人家，為何她的生活卻是如此豐足，難道古代比現代更好？

美女輕輕說了兩句話。

項少龍問道：「甚麼？」

美女再說一遍，這次他聽懂了，原來她說他長得很高，她從未見過有人長得那麼高的。

他暗笑這時代的人必是長得個子較矮，順口問道：「你叫甚麼名字？」

美女搖頭表示聽不懂，鼓勵他再說多幾次後，才道：「桑林村的人喚奴家作美蠶娘。」

這回輪到項少龍聽不懂，到弄清楚時，兩人愉快地笑了起來，於是項少龍也報上自己的名字。談話就在這種嘗試、失敗、再接再厲中進行，誰也不願停止，到項少龍已有八成把握可以聽懂她的方言時，方問起那天破屋而下的事。

美蠶娘粉臉微紅道：「那天你壓死的人是鄰村一個叫焦毒的土霸，由市集一直跟著奴家來到這裡，想污辱奴家，幸好公子從天而降，把他壓死。奴家將他埋葬在桑林裡。」頓了頓後，連耳根都紅透時，垂首赧然道：「奴家嫁給兩兄弟，可是卻給惡人徵去當兵，在長平給人殺了。」

長平之戰？那豈非歷史上有名的秦、趙之戰，是役秦將白起將趙軍四十萬人全部坑殺，項少龍忙問道：「那是多久前的事？」

美蠶娘唏噓的道：「是九年前的事了。」

長平之戰發生在公元前二六〇年，那現在豈非公元前二五一年，馬瘋子所長要把自己送回公元前二四六年秦始皇登基的那一年，現在只差五年，算相當準確了。

心念一轉問道：「這裡是甚麼地方？」

美蠶娘嗔道：「人家不是說過嗎？是桑林村呀！」

項少龍又問道：「這是否趙國的地方？」

美蠶娘搖頭道：「奴家不明白你在說甚麼？我只知道桑林村的事，我兩個丈夫的死訊是市集裡的人告訴我的。」

項少龍驚訝地問道：「你眞的同時嫁給兩個丈夫？」

美蠶娘奇道：「當然是眞的！」

項少龍暗歎，自己雖說看過幾本戰國的書，可是對這時代的風俗卻不清楚，惟有撇過這問題道：「你沒有爲他們生孩子嗎？」

美蠶娘黯然道：「孩兒的兩個爹走後，奴家生活很苦，孩兒都患病死了，後來奴家學懂養蠶，生活才安定下來。」

項少龍憐意大起，這標緻的美人兒吃過很多苦頭了。

美蠶娘低聲道：「奴家每天向老天爺禱告，求祂開恩賜奴家一個丈夫，就在奴家最悽慘的時刻，老天爺開眼把你掉下來給我，奴家高興死哩！以後你便是蠶娘的丈夫了。」

項少龍聽得瞠目結舌，不過這也好，不用費一番唇舌解釋自己的來歷。

唉！恐怕要靠她來養自己才行。就在這時靈光一現，暗忖公元前二五一年，秦始皇應仍在趙國首都邯鄲落魄不得志，假若自己找到他搭檔合作，那異日他登上帝位時，自己豈非能飛黃騰達，要風得風，要雨得雨，要多少美女便有多少美女？想到這裡心癢起來，問道：「你知不知邯鄲怎麼去？」

美蠶娘茫然搖頭，接著臉色轉白，咬緊下唇顫聲道：「你是否想離開這裡？」

項少龍爬往她身後，緊貼她香背，手往前伸，撫著她小腹，柔聲道：「不用怕！無論到哪裡，我都會把你帶在身旁。」

美蠶娘被他抱得渾身發軟，喜道：「眞的？」

項少龍保證道：「當然是眞的！」

美蠶娘以前對著的只是兩個粗野的魯丈夫，何曾嘗過這種溫柔手段，嬌軀打顫道：「明天我要去市集，讓我到時問人吧，定會知道邯鄲在哪裡。」

項少龍一隻大手探進她衣襟裡，問道：「那土霸焦毒有沒有……嘿……」

美蠶娘嬌喘著道：「他剛脫光了奴家，還沒有……噢！」香唇早給封著。

項少龍尚未遇過這麼柔順馴服的美女，連忙展開拿手本領，一時春情滿室，呻吟聲和喘息聲交響樂般鳴奏起來。

久曠多年的美蠶娘首次嘗到男女間平等的兩性之樂。

項少龍突然覺得鼻孔搔癢，打了個噴嚏醒過來，原來是美蠶娘拿片桑葉作弄他。

天還沒亮，他一把摟著美蠶娘，痛吻她濕潤的紅唇。

美蠶娘猝不及防下只能「咿咿唔唔」的反應著，也不知在表示快樂還是在抗議。

項少龍待要進一步行動，臉如火燒的美蠶娘嬌吟道：「少龍啊！我們須立即起程趕集去！」

項少龍清醒過來，停止進犯，恐嚇問道：「還敢頑皮嗎？」

美蠶娘抿嘴笑道：「敢！但不是現在，再不趕集的話今天便連東西都沒得吃了。」

項少龍想起昨晚她的嬌媚，心中一蕩，但記起要去尋找秦始皇，唯有壓下慾火，爬起來。

美蠶娘拿了一套衣服出來，道：「這是人家在你昏迷時爲你做的，穿起來一定很好看。」

項少龍在她服侍下穿上，長短合度，雖是粗布麻衣，仍看得美蠶娘秀目發光，讚歎道：「從沒有想過世上有那麼好看的男人。」又以幅布把他長長了的頭髮紮好。

梳洗後匆匆上路。

項少龍肩托整包袱的蠶絲，腰插柴刀，腳蹬草鞋，隨美蠶娘走出山谷，闖往小谷外那屬於二千多年前的古世界去。

第三章　初顯身手

兩人在黎明前的昏黑裡走下山道，朝遠在綿延不絕的山區外的市集出發。

項少龍感到自己對這女人前所未有的憐愛和迷戀，摟著她飛跑起來，對他這曾受過特種訓練的戰士來說，是呼吸般容易的事。

美蠶娘卻是非常驚異，不過想到他既是由老天爺送下凡間來的，遂不再感到奇怪。

美蠶娘剛被項少龍一下急跳嚇得尖叫，項少龍卻還輕鬆自在地問道：「你怎樣會嫁給那兩兄弟的？你自己的家人在哪裡？」

美蠶娘俏臉豔紅地道：「奴家住在朝太陽要走三天的地方，有一天他們兩兄弟帶來一張虎皮、一張熊皮、十張貂皮、五條牛、一百頭羊來向爹換我，這麼豐厚的妝奩是我們族內從未曾聽過的，於是我就嫁給了他們。」

項少龍又把她攔腰抱起，涉過一條闊達三公尺的小河，心想若有挺最新款的ＡＫ47自動步槍，便可以四處狩獵虎皮來換女人，口中卻問道：「那年你幾歲？」

美蠶娘緊摟他脖子，湊到他耳旁道：「十四歲！」

項少龍駭然道：「甚麼？那還未到合法的年齡呀！」

抵達山區外的大路時，太陽在東方露出第一線曙光。

這對原本被二千多年時空分隔的男女親熱地並肩而行，談笑甚歡。

美蠶娘身有所屬，又經過畢生最激情浪漫的一夜，喜翻心頭，小女孩般挽緊項少龍，趿著一對小草鞋，輕鬆地走著，過往辛苦的路程變成無窮的樂趣，笑語道：「以前趕集最少要走十個時辰，自從有人建了這條運兵道後，四個時辰便可到達市集，省時多了。」

項少龍暗忖，戰爭原來是可以促進交通的發展，間接刺激經濟，增加效率，如此看來，在這個時代，戰爭亦有好的一面。

唉！可惜甚麼都帶不來，若眞有挺機關槍，甚或一柄大口徑手槍，自己或者會成爲戰國時代薪酬最高的僱傭兵。

想到這裡不由笑了起來。

旋又想起酒吧皇后周香媚和害自己變成現在這個樣子的鄭翠芝。然後想起自己的父母，他們常說他是不肖子，他的哥哥比他好，現在沒了他，他們不會太傷心吧！又隱隱覺得眞實的情況也許並不是那樣的，可恨現在又不能打個電話向他們報平安。

車輪擦地的聲音在後方響起，原來是趕集的騾車，載了十多頭白綿羊。車上一老一少兩個農民模樣的漢子，友善地向他們打招呼時，都驚異地打量威武高大的項少龍，反而對美蠶娘的美麗沒有表示太大驚異。

騾車遠去，又有數騎快馬飛馳而過，一律古代武士裝束，馬上掛有弓矢、劍斧一類武器，卻非軍人。

兩人避往道旁。

美蠶娘在他耳旁道：「這些武士是走鏢的，專門負責替商賈運送財帛，是很賺錢的差事。」

項少龍笑道：「哈！終於有適合我的工作了！」

美蠶娘尖叫道：「不！我再不能失去你這個丈夫。」

項少龍給嚇了一跳，安慰她幾句後，拉著她繼續上路。

愈接近市集，路上的人愈多了起來，大多推著單輪的木頭車，載著黍、稷、粱、黃米、小米、麥、菽、牛、羊等各類財貨，行色匆匆朝同一目的地趕去。

項少龍終於明白自己是長得如何高大，那些人中最高的都要比他矮半個頭，使他更是顧盼自豪，大有鶴立雞群之感。

半個時辰後，終於到達市集。

四十多幢泥屋、茅寮、石窰不規則地排作兩行，形成一條寬闊的街道。各種農作物和牲口以及賣買的人們，擠滿長達半里的泥街，充滿節日喜慶的氣氛。

才踏入市集，美蠶娘惶恐地低聲道：「看！左邊那群漢子就是土霸焦毒的兄弟，他們正盯著我們，怎麼辦好呢？」

項少龍精神一振，機警地往左方望去。

果然有一群十來個一看便知是地痞流氓的彪形漢子，在一間泥屋前或坐或站，但眼睛都驚異地瞪視他們。

美蠶娘續道：「他們定是曉得焦毒找我那件事，還以爲我已成爲焦毒的女人，所以見換了你出來，均驚異不定，今次可糟了，不如立即走吧！」

項少龍以他專業的眼光巡視他們身上佩帶的簡陋鐵劍後，朝他們瀟灑一笑，然後向美蠶娘道：「娘子不用慌，有爲夫在此，誰也不能傷你半根毫毛。」發覺自己用詞愈來愈接近古代人，禁不住哈哈笑起來。

美蠶娘嚇得俏臉煞白，扯著他往那勉強可算作「街」的另一端逃去。

兩人擠入人堆裡，項少龍在別人打量他時，亦肆無忌憚地觀察四周的人和物。

這些戰國時代的人，單從服飾看，便知是來自不同的種族，不論男女，大多面目扁平、身形矮小、皮膚粗糙，少有美蠶娘那種動人的身段和姿色。可是民風淳樸，惹人好感。

唯一例外是頭戴式樣奇特紅冠的男女，他們的帽子並不像他熟悉的帽子般把頭頂全部罩住，而是以冠圈套在髮髻上，將頭髮束牢，兩旁垂下紅纓繩，在下巴打結。

這族的男女不但身形高大健美，女的更是皮膚白皙，穿上袒胸露臂的短衣短裙，性感非常，教他大開眼界，難以置信，一改凡古代人必定保守的印象。

其中幾位年輕女郎更是特別出眾，美色直逼美蠶娘，而他們賣的清一色全是馬匹。

當項少龍挑了其中最標緻的姑娘行注目禮時，那些美女都向這來自另一時空的昂藏男子大送秋波，絲毫不介意他的眼光落在她們近乎半露而飽滿的酥胸和玉腿上。

美蠶娘來到人堆裡，感覺安全多了，看到他色迷迷的樣子，絲毫不以爲忤，低聲道：「她們是白夷人，最擅養馬，男女都是很好的獵人，沒有人敢欺負他們。」

項少龍心都癢起來時，給美蠶娘扯進一間泥屋去，取過他肩上的蠶絲，和裡面的漢子進行交易。

項少龍乘機溜出屋外。

「噹！噹！噹！」

銅鑼的聲音在對面最大的一間石屋前響起，有人嚷道：「上馬三十銅錢！上馬三十銅錢！」

項少龍大奇望去，那座大屋的臺階處，站著十多個與剛才路途相逢的騎士服飾相同的勁服大漢，其中一人頭頂高冠，服飾華麗，與街上粗衣陋服的農民有著天淵之別。

他眼力雖好，可是隔了十多公尺的距離，只看到那人方面大耳，相貌堂堂，頗具富豪之氣。

市集一陣哄動，馬販子們立時牽馬蜂擁過去，情況混亂。

就在這時，一聲冷哼來自身旁。

項少龍警覺望去，發現自己已陷入重圍，被焦毒那些地痞兄弟團團圍堵。

他不慌不忙，退後兩步，把正要走出來的美蠶娘護在門內，低聲問道：「在這裡殺人是否要坐牢？」

美蠶娘愕然問道：「甚麼是坐牢？」

項少龍以另一種方式問道：「殺人有沒有人管？」

美蠶娘明白地點頭回答道：「除自己族人外，誰都不會理。」接著顫聲道：「你不是要和這麼多人打架吧？他們有劍啊！我們可以把換來的錢給他們。」

項少龍放下心，暗想在這時代，沒有比武力更管用的了，自己以前受過的嚴格訓練現在半點都不會浪費。

其中一名地痞喝道：「美蠶娘！焦大哥在哪裡？這臭漢是誰？」

這時街上的人紛紛驚覺這裡發生了事，圍上來亂哄哄地看熱鬧，連那個來收購馬匹的華服漢子和一眾手下都停止買馬，往他們望來。

慣於鬧事打架的項少龍心懷大放，仰天長笑道：「你們的焦大哥給老子宰掉了，要報仇的趕快放馬過來。」

美蠶娘嚇得直打哆嗦，在後面抱緊他。

眾地痞臉色大變，「鏗鏘」聲中，拔出佩劍。

項少龍慢條斯理推開美蠶娘，在腰間拔出柴刀，立時惹起圍觀者的歎息和同情，怪他自不量力，竟以柴刀擋劍。

兩名大漢往他衝來，舉劍分左右猛劈狂攻。

驚叫聲不絕於耳，其中曾和項少龍眉來眼去的那個白夷美女更手掩秀目，不忍卒睹。

項少龍一聲大喝，柴刀閃電揮出。

在他近十年的嚴格軍事訓練裡，有句話就是甚麼東西都可以作爲武器，眼前這兩名地痞雖是好勇鬥狠之徒，但落在他眼中根本不算一回事，即使空手仍可輕易把他們擊倒，何況還有把柴刀。

「噹噹」兩聲，長劍盪開，項少龍箭步搶前，左拳重轟在一人面門，右腳飛踢另一人小腹處。

兩人應聲倒地，長劍脫手掉下。

項少龍退回美蠶娘處，柴刀前指，擺出戰鬥的姿態，向臉露驚惶的眾地痞喝道：「來吧！」

眾地痞雖蠢蠢欲動，始終沒有人敢帶頭撲出，這般敏捷狠辣的打法，他們連想都沒有想過。

項少龍一聲長笑，猛虎般撲了出去，柴刀揮劈下，與二十多個地痞戰作一團。

他迅速移動，教敵人不能形成合圍之勢，不片刻地痞們倒滿一地，不是給他的鐵拳擊中要害，便是捱了他的腳踢膝撞。

群眾不住爲他喝采打氣，顯是平日受夠這群流氓的氣。

項少龍成爲最後的勝利者時，撿起地上最像樣的一把鐵劍，繫在腰間。

群眾一聲發喊，先是有幾人衝出，接著是整堆人擁上來，拿起棍棒或鋤頭一類的東西，往這群躺在地上的惡漢招呼，看來在公憤下沒有一個人能活命。

美蠶娘撲將出來，把他摟個結實，歡呼道：「老天爺啊！你真是勇武！奴家以後都不怕惡人了。」

項少龍偕她朝大街另一端走去，輕鬆問道：「知道怎樣去邯鄲嗎？」

美蠶娘道：「有人聽過這個地方，卻不知怎樣去。」

腳步聲在後方響起，有人叫道：「壯士請留步！」

項少龍摟著美蠶娘一個旋身，只見那收購健馬的華服高冠男子正朝他們走來。

項少龍、美蠶娘和那華服大漢在一所大屋內席地坐下。

項少龍細看那人，猜他年紀約在四十歲左右，面目予人精明的感覺，皮膚細滑，顯然從沒幹過粗活，和外面市集的農牧民相比，就像城市富人和鄉下貧農的分別。

那人自我介紹道：「本人陶方，乃烏氏倮大爺手下十二僕頭之一，壯士口音奇怪，不知是何方人士？」

項少龍胡謅道：「我和內人是桑林村人，陶爺請我來，不知有甚麼關照？」

陶方現出茫然之色，顯是聽不懂他的用詞，只勉強猜出幾成，幸好他慣與不同的民族交手，點頭道：「壯士有沒有興趣弄大筆的錢？」

項少龍望向美蠶娘，她送來一個甜笑，點頭表示一切由他作主，自己沒有意見。在她來說，男人的說話就是命令。

項少龍感到一種脫離了軍隊紀律放手而爲的輕鬆，點頭道：「願陶爺有以教我。」

陶方俯前興奮地道：「以壯士驚人的身手，確可以一擋百，若你肯做我的保鏢，我可以每月給你五十個銅錢，壯士意下如何？」

美蠶娘「啊」的一聲叫了起來，挽抱他的手臂嚷道：「那足夠我們一年的生活。」

項少龍在她臉蛋上香了一口，回答道：「條件很吸引人，可是我們還要到邯鄲去哩！」

陶方嘴角逸出一絲笑意，淡淡道：「項壯士定是沒聽過我們烏大爺的威名，他就是邯鄲首屈一指的『畜牧大王』，我們在各地收購足夠馬匹後，便會運往邯鄲，壯士若做我的保鏢，是一舉兩得的美事。」

項少龍大喜道：「不過我要帶她同行呀！」

陶方看了看美蠶娘，笑道：「放心吧！我們除收購健馬外，還挑購各山地的美女，所以壯士攜美同行，一點問題都沒有。」接著皺眉看著他的衣服道：「我使人打掃地方給賢夫婦歇息，換過新衣，明天黎明動程回邯鄲去。壯士慣用哪種武器，若是劍的話，我立即送你一把邯鄲『陳老鐵』打造的好劍，剛才你拾的那把可以扔掉了。」

項少龍啞然失笑，順便問道：「到邯鄲要走多久？」

陶方顯然對他非常欣賞喜愛，不厭其詳道：「快馬十日可達，但像我們那種走法，沿途又收購馬匹、美女，最少要一個月的路程。」

項少龍心情大佳，想起可到邯鄲找秦始皇，忙說沒有問題。

事情就這麼決定了下來。

陶方差人把他領到市集附近一個營地，帶路的人叫李善，亦是保鏢，對他的身手仰慕得不得了，神態自是恭敬之極。

營地守衛森嚴，三十多個大小營帳均有人把守，不知是防止美女逃走，還是預防有人來劫營。

營旁尚有一個臨時架設的畜馬欄，百多匹馬兒被關在裡面。

李善向那裡的保鏢頭子竇良介紹項少龍，這面目狠悍的武士冷冷打量他一會兒，不屑地道：「項兄這麼有本事，有機會倒要領教一下。」說完色迷迷打量美蠶娘，當項少龍並不存在的樣子。

李善有點尷尬地引領兩人往一個靠近營地邊緣的帳幕，交代了幾句才離去。

兩人進入帳內，美蠶娘垂著頭，沒有作聲，顯然滿懷心事。

項少龍把她摟入懷裡，柔聲道：「不用怕竇良，遲早我會找個機會教訓他一頓，甚麼惡人我項少龍也不害怕。」說完不由得想起黑面神。

美蠶娘低聲道：「城市的人都很奸詐，奴家怕不習慣那種生活。」

項少龍心想現代人要比你們古代人壞上百倍，口中惟有安慰道：「有我保護你，怕甚麼呢？」

美蠶娘兩眼一紅，倒入他懷裡，淒然道：「桑林村住的都是好人，生活豐足，一年比一年好，現在焦毒那群惡棍全給打死了，更是太平樂土，夫君啊！不若我們回到那裡居住，快快樂樂直至老死，奴家為你生兒育女，不是更好嗎？」

項少龍心中暗歎，慣於花天酒地的自己，怎會習慣那種生活，柔聲道：「不如這樣吧！我去向陶方借一百個銅錢，該足夠你兩年生活費，而我則到邯鄲闖天下，一有成就便回來接你去，那不是兩全其美嗎？」

美蠶娘心中一顫，驚惶地道：「那豈不是要和你分開嗎？」

項少龍道：「快則幾個月，遲則一、兩年，我一定會回來的。別忘記我是老天爺派來的，所以絕不會死掉。」

美蠶娘痛哭起來，弄得項少龍手足無措時，她卻猛下決心，含淚答應項少龍。

想起離別在即，兩人在帳內瘋狂地歡好，直至晚膳時刻，才出帳和陶方共進晚餐，提起預支薪酬的事，陶方二話不說，取了二百個銅錢交給他，出手闊綽豪氣，項少龍不由心折，那保鏢頭子竇良更是心生妒忌。

陶方看似隨口地問起項少龍的來歷，項少龍始終咬定是桑林村的人，陶方也沒有追根究柢。

次日清晨，依依惜別後，美蠶娘自個兒回桑林村去，項少龍則隨陶方的馬隊朝著一無所知的趙國首都出發，踏上找尋秦始皇的路途。

第四章　危機四伏

走不到兩小時，老天爺下起大雨來。百多名武士穿戴起竹笠簑衣，護著十二輛馬車，趕著近二百頭駿馬，浩浩蕩蕩在官道上冒雨前進。

項少龍心懸美蠶娘，想起她離別時的淚眼，心情鬱結難解，幾次衝動得想掉轉馬頭回去找她。不過想起受了陶方二百枚銅錢，又頹然而止，他豈是不講信用的人？自己起碼要當他幾個月的保鏢，才對得起他。

直至黃昏，風消雨歇，大隊人馬停了下來，紮營生火。那些馬車裡鑽了六十多名年輕女子出來，莫不綺年玉貌，其中有幾個特別標緻的，姿色比得上美蠶娘。

她們雖神態疲倦，大都神情愉快，一點不似被買回來的女奴，還幫忙造飯，和眾武士有說有笑，看得項少龍大惑不解。

眾女這時才發覺多了項少龍這英偉的男子，俏目媚眼紛紛向他拋來，可惜他此刻因思念美蠶娘失去拈花惹草的心情，乘機踱出營外解悶。

雨後的荒原一片蒼翠，空氣清新。

項少龍禁不住大生感觸，大自然是多麼美麗，眼前的世界是如此動人，到處都是尚未開發的土地，無窮無盡的參天森林。人類對大自然的破壞還只在開始的階段，但到二十一世紀，這條不歸路卻已抵盡頭，使人類飽嘗苦果。

假設自己有能力去改變這一切，歷史會否被改寫？

「噓！」

項少龍嚇了一跳。

枝葉晃動中，一個身穿袒臂小衣、短裙下露出一雙渾圓大腿的白夷少女跳了出來，原來是那天在市集見過最美的白夷少女。

她興奮地來到他身前，仰頭瞧他道：「人家跟蹤你兩天兩夜哩！」一手拉起他，緊張地道：「快逃！」

項少龍反把她拉入懷裡，一手摟緊她的腰，吻在她唇上。

白夷女熱烈反應著，還摟上他粗壯的脖子，沒有半點畏羞。

項少龍愈來愈相信這時代的女子遇上喜愛的男人時，比二十一世紀的女性更直接和不扭捏，不由心情轉佳。

白夷女離開了他的嘴，俏臉泛起動人的豔紅，急促道：「我叫秀夷，和我回白夷山吧！若你隨那些趙人到邯鄲去，定被灰鬍那群馬賊殺死。」

項少龍聽著她出谷黃鶯般的聲音，享受著她豐滿的肉體，心迷神醉時，倏地嚇了一跳，問道：「你在說甚麼？」事實上他最多只聽懂了她三、四成的話。

秀夷放緩速度，一字一字地道：「幾天前，我們族內的人收到消息，灰鬍和他的八百馬賊準備在打石谷伏擊趙人，搶他們的女人和馬匹，你若跟去，一定會給殺死的，他們比焦毒那些人厲害得多。」

項少龍終於聽明白，笑道：「我自有方法應付他們。」

秀夷「咭咭」嬌笑道：「我也知你不會棄友逃生，人家不逼你了。可是秀夷告訴你這麼有用的情報，你要怎樣酬謝人家？」

項少龍苦笑道：「除銅錢外，甚麼都可以。」

秀夷脫出他的懷抱，在他眼前轉一個圈，嬌笑道：「人人都說我生得美，你同意嗎？人家還不知你叫甚麼名字哩！」

項少龍看得兩眼發直，愁懷盡解，應道：「我叫項少龍！」

秀夷喃喃唸了幾遍，忽然寬衣解帶，露出使任何男人目爲之眩的雪白嬌軀，含笑道：「這樣是否更美呢？族中的男人都愛看我的身體。」

項少龍還是首次遇上這樣的少女，深吸一口氣，命令道：「過來！」

秀夷撲入他懷裡，一邊爲他脫衣服，一邊呻吟著道：「從來都只是男人求我，今次卻是我求你。來吧！情郎！我已兩天沒有回家，你再不出來人家可要入營找你了。」

項少龍渾身舒泰地回到營地，找到陶方，拉到一旁，一點不瞞地把剛才的事告訴他。

陶方臉色變得非常凝重，好一會兒後伸手搭在他肩頭上，道：「今次你等於救了我一命，現在最頭痛的問題，不是那群馬賊，而是我的人裡有內奸。」

項少龍點頭道：「陶爺到邯鄲的路線必然非常保密，知道的人沒有多少個，所以灰鬍若知道你會經過打石谷，必是因有內奸向他提供消息了。」

陶方對他靈活的腦筋大爲驚異，讚道：「我眞的沒看錯你，不但一表人才，生具奇相，還智勇兼備。好！只要我陶方一日仍當權，必然不會虧待你。」

項少龍心中暗笑，這幾句話讓秦始皇對我說就差不多。

陶方沉吟片晌後道：「內奸定是竇良，有兩個原因使我肯定是他，首先他曾藉故離隊兩天，該是去與灰鬍見面；其次，知道我們行程路線的幾個人中，只有他是魏人，魏人都不可靠的。」

項少龍奇道：「魏人既不可靠，爲何你又用他呢？」

陶方解釋道：「少龍你長居山區，自然對中原的形勢不了解。」

項少龍虛心求教道：「我眞的很想知道！」

陶方道：「這要由三家分晉說起，那是整個時代的分水嶺，之前還說尊王攘夷，分晉後變成魏、韓和我們趙國，沒有人再把周室放在眼裡。若說以前的局勢像是一條平靜的河川，現在卻是奔騰的湍流。十年間的變化，足抵得以前的一百年，沒有本領的人，將會被淘汰。」言罷不勝感慨。

項少龍想不到他這樣一個人馬販子如此有見識，眞想告訴他無論如何掙扎奮鬥，最後都是被秦始皇一統天下。但當然不能說出口來，說出來也不會有人相信，試探地問道：「現在秦國是否最強大的國家？」

陶方驚異地看他一眼，緩緩地道：「秦自用了衛國貴族公孫鞅的改革政策後，的確富強起來，五年前還攻破周室，但亦犯了眾怒，被我國大將樂乘、慶舍大破秦軍，魏更在三年前攻佔秦國在東方的重要據點陶郡，秦國聲勢已大不如前。」他顯是心懸內奸的事，沒有興趣再談下去，道：「少龍！我要你幫我把竇良這奸賊殺了。」

項少龍拍胸道：「這個包在我身上，不過假若殺錯人，豈非親者痛、仇者快？」

陶方冷笑道：「你是新來的人，竇良仍未摸清你的底子，你可用言語試探他，包他中計。」

項少龍暗叫厲害，點頭答應。

陶方對他的態度大是不同，道：「凡魏人均屬可殺，我也是最近才知他是魏人，早打算這次任務完成後再不用他，豈知他竟先發制人。」說罷從懷中取出一把精緻的連鞘七首來，遞給項少龍道：「手腳乾淨點，事後我會對人說派他到別處辦事。這七首來自越國的鑄劍名匠，吹髮可斷，就送給你，讓它飽飲魏賊的血。」

項少龍聽他說殺人時，只像閒話家常，心中懍然，不過他所受的訓練也都是教他殺人，只要殺的是壞人便行，也不覺得怎樣難過。

陶方談興忽起，道：「魏人曾佔據我們的國都邯鄲達兩年之久，全賴齊國出面才迫使魏人退兵，但仍有很多魏人留在邯鄲充當走狗間諜，竇良正是這類人，你下手時切不可留情。」

項少龍回到營地，其他武士對他的態度都很恭敬，此時夕陽西下，大地一片昏暗。

營地的一角忽然飄來女子的嘻笑聲，項少龍橫豎要找竇良，順便走去一看，立時目瞪口呆，原來小河裡擠滿赤裸的女子，正於水中沐浴嬉戲。

我的媽呀！爲何古代的女人比坎城或邁阿密海灘上的西方女郎更大膽呢？

有幾名武士在河旁欣賞著這春色無邊的場面，其中一個是李善，笑臉迎上來道：「今次這批女孩的質素非常好，項兄要不要向陶爺討兩個來玩玩，他很看得起你呢！」

項少龍大惑不解地問道：「何處找來這麼多可人兒？她們不覺得被人當貨物般售賣是很悽慘的事嗎？」

李善大奇道：「項兄不是山區人嗎？女人若非貨物是甚麼呢？如給賣到窮鄉僻壤，一個女人應付全家上下十多個男人，那才眞慘哩！現在她們可到城市去，幸運的被大戶人家看中，穿金戴銀，不知多麼風光哩！」

項少龍雖是好色，但一向尊重女人，很難接受這種態度，惟有不談，問道：「竇良哪裡去了？」

李善邪笑道：「他自恃是頭兒，剛揀了個最美的娘兒攜到帳內去，你說他要幹甚麼？」

項少龍心中暗怒，問明他營帳所在，舉步走去，隔遠傳來男人的喘息和女人的嬌吟聲。

項少龍估料他必會出來吃晚飯，守在一旁，果然好一會兒後，先是那女子衣衫不整地離開，然後是竇良揭帳而出。

項少龍朝他走去，經過他身邊時淡淡道：「有膽便一個人隨我來。」

竇良一聲獰笑，追著他直出營外。

到了一座密林內，項少龍轉身，乘機把匕首插在腰後，恭敬地道：「竇大哥，我是灰鬍派來協助你的人。」

竇良手已握在劍把上，聞言一愕盯著他，驚疑不定。

項少龍心中暗笑，續道：「現在計劃有變，灰鬍決定不在打石谷下手，教我來通知竇大哥。」

竇良見他說出打石谷之名，終於中計，大怒道：「灰鬍在弄甚麼鬼，不在打石谷還有甚麼更好的地方？」

項少龍乘機湊前，低聲地道：「是在……」

竇良喝道：「站在哪裡說！」

項少龍抽出長劍，拋在一旁，苦笑道：「竇大哥疑心太重了。」

竇良見他抽劍，早拔劍相迎，這時又見他棄劍，鬆了一口氣，回劍鞘內，容色稍緩道：「陶方這老狐狸相當厲害，我怎能不小心點。」

項少龍忽地瞪著他背後，臉現懼色。

竇良自然扭頭後望，見人影全無時，已知中計，頸項一涼，被項少龍刺來的匕首插入，鮮血由血管滾流而出，當場斃命。

項少龍來到他伏屍處，歎道：「說到殺人，誰能比我這精通解剖學的特種部隊更出色當行呢？」

項少龍回到營地，除負責巡邏的武士外，所有人都集中到營地中心的空地上，圍成二十多席，女的佔了近十席，舉行野火晚宴。食物非常豐富，或許只為這點便足可使那些女人甘為貨物。

他走到陶方旁坐下，舉起兩指作勝利狀，表示已收拾了竇良。

陶方當然不明白他的手勢，但看他眉眼之間神采飛揚，知他已得手，心中暗讚，這小子殺了人仍面不改色，確是第一流的刺客和殺手。道：「少龍你到那些女席揀揀看，看得入眼的便帶幾個入帳作樂，絕不用不好意思。」

項少龍暗忖怎會不好意思，只不過老子身體終不是鐵打的，剛應付完那需索無度的白夷蕩女，哪還有力氣玩其他女子，且是幾個那麼多。湊到陶方耳旁道：「陶爺有沒有興趣連夜趕路，教敵人的探子明早忽然發現失去我們整營人馬呢？」

當夜陶方使人把馬蹄、車輪全包裹軟布，留下部分空營和草紮假人，摸黑上路，一口氣走到天明，才藏在一座小山谷內搭營休息。

項少龍在自己的私營倒頭大睡，現在他已成眾保鏢的頭兒。

醒來時發覺帳內多了位俏佳人。

那風姿楚楚的美人兒跪伏地上，額頭點蓆卑聲道：「小女子婷芳氏，奉陶爺之命在路途上服侍項爺。」

項少龍暗讚陶方識相，而自己順便過過做大爺的癮也好，道：「坐起來吧！」

婷芳氏坐直嬌軀，茁挺的雙峰裂衣欲出。

項少龍好一會兒後才能把眼光往上移，一看下立即認出她是昨天被竇良召入帳內取樂的那美女，想起她的嬌喘呻吟，心中一蕩，暗恨竇良懂得挑選。微笑坐了起來，伸手捏捏她的臉蛋，柔聲道：「誰捨得把你賣出來的？」

婷芳氏垂下螓首，柔聲道：「是小女子的丈夫！」

項少龍失聲道：「甚麼？竟有這麼不懂憐香惜玉的男人？」

婷芳氏「噗哧」一笑，掩著小口道：「項爺的說話眞有趣，和其他人都不同。」

項少龍心想當然不同啦，是不同時代的人嘛！口中卻道：「他是否不行了？」

婷芳氏愕然道：「甚麼是『不行』啊？」

項少龍耐心地解釋道：「即是說沒有本事和女人行房歡好的男人。」

婷芳氏終於明白了一點，搖頭道：「並不是爲了這問題，而是因他早有十多個妻子，她們都排擠小女子，又在背後中傷小女子，說小女子愛用眼睛去勾引其他男人，於是把小女子賣了。」

項少龍恍然大悟，這眞是紅顏薄命，也只有她的美麗才會惹得眾惡妻妒忌。輕描淡寫地道：「那你有沒有勾引男人？」

婷芳氏咬牙道：「開始時沒有，後來便有了。因爲小女子希望有比他更強的男人來解救人家，只要瞧不到他和他的妻子，甚麼犧牲小女子也願接受。」

接著盈盈一笑道：「項爺和其他男人不同，他們一見到小女子便急著脫掉衣服撲上來，只有項爺會和我這麼說話，小女子很感激哩！」

項少龍憐意大生，這時代女人的命生得眞苦，像無根的浮萍，命運全由男人操控。

一時意興索然，剛才升起的慾火消失得無影無蹤。站起來道：「東面好像有道清溪，我想到那裡洗個冷水浴。」

婷芳氏聽不懂他的話，待他再解釋一次後，慌忙站起來，道：「讓小女子伺候項爺入浴。」接著低聲道：「那是小女子最大的榮幸。」

兩人赤裸地站在及腰的清溪裡，由婷芳氏澆水爲他洗刷，舒服得項少龍差點要喚娘。

她俏臉紅暈上頰，秀目放光，欣賞著他強壯有力的肌肉，纖手愛不忍釋地從後探到胸前，溫柔地撫摸他比一般男人寬闊的胸膛。

這麼動人的美男子，她還是首次遇上，禁不住春心蕩漾。

項少龍完全沉醉在與這美女全無間隔的接觸裡，想起剛才看到衣服也包不住峰巒之勝的美景，慾火再次騰升。

忽然陶方的聲音在岸上響起道：「若少龍滿意這個女人，讓她以後跟你好哩！」

婷芳氏「啊」一聲叫了起來，喜動顏色，若能做這男人的小妾侍婢，縱死亦心甘意願。

項少龍哪會不知這是陶方籠絡自己的手段，道謝後道：「探子有甚麼消息回來？」

陶方的目光在婷芳氏動人的肉體梭巡，當日他買下此女時，曾親手檢查過她全身，早知她的肌膚是如何細滑且富有彈性，故此刻感受特深。

他吞了一口唾涎後道：「少龍猜得不錯，有三個賊子在追蹤我們，已給殺了，灰鬍應暫時被我們甩掉。不過仍不可大意，馬賊擅長追蹤，兼之我們行速緩慢，遲早會給他們趕上來的。」

項少龍在軍旅生涯裡早習慣了和其他隊友一起沐浴，雖給陶方看著，也沒有甚麼不習慣，只不過讓婷芳氏給對方如此欣賞，卻覺得頗爲吃虧，道：「吃過東西後，我們立即起程，看看能趕多少路，給我十來個人，我會把車馬的行跡完全抹掉，還可以製造一點假象，教賊人摸錯路子。」

陶方對他愈來愈有信心，聞言點頭道：「這事全賴你了，好好享受吧！」欣然離去。

婷芳氏轉到他身前，摟緊他道：「項爺！以後我就是你的人了。」

項少龍伸手抱她，心裡想的卻是自己那個時代，這是否只是一個時空之夢，醒來後會發覺仍睡在宿舍的床上。

第五章　大展神威

晝夜連續停停歇歇地趕了二十天的路後，人馬難再支持，依項少龍之言，揀了個易守難攻的山頭豎起營帳。

夕照的餘暉裡，項少龍和三個較高級的武士陪陶方察看四周的形勢。

極目是延展四方、綠浪起伏的大草原，中間點綴野林疏樹和縈繞而過的河流小溪，大自然美得使人神往。

陶方忽生感慨，歎道：「想起魏人，我感到很矛盾，大晉的西南角給黃河隔斷了一塊，接連是險惡的山區，有『表裡山河』之勢，緊扼著秦人東來的唯一入口。三家分晉後，這部分給魏人承受了，只要魏人保持強大，秦人便被困於西方，不能東侵，唉！究竟我們應希望魏國強大還是衰落才好呢？」

項少龍問道：「為何陶爺這般憎恨魏人？」

陶方臉色一沉道：「魏國自魏文侯以還，便不住四出侵略，不單削弱我們的力量，還使秦人坐大，成心腹之患。現在的混亂形勢，魏人實是罪魁禍首。其次是背信無義的齊人，我國聯楚、韓伐秦時，他竟來攻打我們，空讓秦人趁機滅掉巴、蜀兩國，國土增加一倍有多，魏、齊均是短視之徒。」

另一武士道：「不過，最蠢的當數楚懷王，秦人以六百里的土地就誘得他與齊絕交，結果，在孤立無援之下被秦人大敗於丹陽，斬首八萬，漢中失守，郢都西北屏藩盡去，致國勢大挫。後來又被秦人誘到武關活捉生擒，最後病死異地，眞教人既可憐又可笑。」

項少龍聽得雄心奮起，在二十一世紀哪有眼前憑戰爭決定一切的亂世，只有在這裡，他才可以好好發揮所長，如魚得水。這時他愈來愈少想到回歸二十一世紀的問題。

各人又研究如何在山頭佈防後，遂分頭進行負責的任務。

項少龍率領三十多人在四周的斜坡上設置陷阱、土坑，以防敵人摸黑攻來，又和陶方定下緊急狀況的應變措施，聽得陶方不住點頭稱許。

這些天來，一有空項少龍便練習劍擊和射箭，這些都是以前受訓的項目，但當然沒有像練習射擊那般著重，所以現在才要勤加練習。

對他這種全面性的職業軍人來說，甚麼武器都可以使得比別人好。他虛心地向其他武士求教，把他們的劍術去蕪存菁，自創出天馬行空般自由卻又最具殺傷力的劍法。雖仍感不足，但一時還找不到可求教的明師，只好將就算了。

到夜深他才回營休息，受到愛情滋潤愈發美豔騷媚的婷芳氏剛醒過來，要爲他換衣，項少龍阻止道：「今夜就這樣睡吧！我有預感賊子會在今晚來劫營。」

婷芳氏嚇得俏臉發白，顫聲道：「那怎辦好？倘若賤妾落到馬賊手裡，將大受蹂躪，豈非生不如死。」

項少龍把她摟入懷裡，安慰道：「不用害怕，有我項少龍在，保你安然無事，或許我會留後抗敵，你和陶爺先到邯鄲，遲些我再來和你會合。」

婷芳氏花容失色，含淚道：「求老天爺可憐婷芳氏，保佑項爺。以前賤妾跟甚麼男人，都覺得沒甚麼分別，現在卻知道若沒有了項爺，賤妾可能一天都不願活下去。」

項少龍知道這迷人的豔女對自己動了眞情，心中一軟，用舌尖舐掉掛在她臉上的淚珠，忽然想起美蠶娘，暗忖不讓她跟來實是明智之舉，否則現在怕要嚇死她了。

婷芳氏嬌軀發顫，臉紅如燒，情態誘人，知她正慾火焚身，難以克持。

項少龍振作精神道：「今晚我要保持體力，以應付任何情況。」

婷芳氏無奈點頭答應。

此時，項少龍首次想到，假如世界上沒有戰爭，會是多麼寫意美好的一回事。

婷芳氏吹熄油燈，擠入他懷裡。

項少龍摟著一團熱火，鑽進被窩，柔聲道：「我忘記問你，當日你有沒有背著丈夫，和別的男人偷歡？」

婷芳氏的四肢纏了上來，咬著他耳朵輕輕地道：「他管得我很緊，但我卻常要陪他指派的男人。他高興起來，會任由他的親人朋友玩弄我，幸而伺候其他男人，比伺候他好多了。」

項少龍心中暗歎，這時代的女性毫無地位可言，只是男人的附庸，聽她這麼說，那嫁了丈夫的女人和妓女實在沒有太大分別。想起電影中的秦始皇，他的母親是由呂不韋送給他父親的愛妾，便又覺得不足爲怪了。

極度勞累下，他睡了過去。

忽地驚醒過來，急促的足音由遠而近，婷芳氏亦嚇醒過來。

項少龍吩咐她留在帳裡，悄悄取劍出帳，迎上神色緊張的李善，知道不妙，忙隨他來到朝東的山頭。

陶方和所有武士全起來了，伏在山頭向四周望去。

壯麗星空下，表面看來沉寂的草原，宿鳥驚飛，間中還傳來猛虎的吼叫聲。

陶方臉色發白道：「來了！」

項少龍精通觀察敵情之道，猜出敵人仍在遠處，未成合圍之勢，提議道：「陶爺不如立即帶女人逃走，把馬匹留在這裡，由我率五十個戰士阻截敵人，異日再在邯鄲相見。」

陶方知馬賊人數既多，兼且悍勇狠辣，心生寒意，伸手抓著他的肩頭感激地道：「一切拜託了，你一定要保命到邯鄲來見我，我陶方會爲你好好照顧婷芳氏。」說罷匆匆去了。

片刻後，陶方和眾女坐上馬車，在其他六十多名武士拱護之下，由另一邊循沒有設下陷阱的通道遁逃。

項少龍等立時忙碌起來，增強防禦措施，又加深藏兵坑，多設絆馬索、檑石一類的東西。

個半時辰後，馬賊終於殺到，聽到山上健馬的嘶叫，忙把小山丘團團圍堵，一時四周全是殺氣騰騰的馬賊，看得眾武士心膽俱寒，因爲聲勢上實在相差太遠。

項少龍頭皮發麻，不住叫自己冷靜。

倏地一陣蹄聲，兩隊各百多人的馬賊，分由東、西兩方往山上衝來。

項少龍知道對方只是試探虛實，吩咐眾人各守崗位，沉著氣不要輕舉妄動。

兩隊馬賊開始策騎由斜坡殺上來，口中發出尖銳的呼嘯，確令聞者心寒。

馬賊來到山坡的半途，分散開來，往上迅速衝刺。

驀地最前排的馬賊人仰馬翻，不是掉進佈滿朝天尖刺的陷坑，便是給絆馬索弄倒馬兒，紛紛跌下斜坡，累得跟在後面的馬賊也橫倒直跌，連人帶馬滾了下去，連鎖反應下，兩隊近二百人的馬賊傷亡過半，潰不成軍。

眾武士一起歡呼吶喊，士氣大增。

項少龍心叫僥倖，知道對方輸在大意輕敵，猝不及防下著了道兒。忙下令所有人移往斜坡下，藏身沒有尖刺的深坑裡，架起弓箭，準備應付敵人第二輪猛攻。

四周亮起數百個火把，照得山下一片血紅。

只見敵陣走出一個長著一臉大灰鬍的壯漢，傲然坐在馬背上，戟指喝道：「殺千刀的趙國鬼子，我灰鬍若教你有一人留得全屍，以後再不在道上混了。」

項少龍暗罵對方愚蠢，這樣說話，豈非硬逼己方的人決死力戰嗎？

項少龍自恃膂力過人，朝灰鬍拉滿弓射出一箭，勁箭抵達前勢道已盡，落在灰鬍馬前兩公尺處，但已教馬賊一起色變。

誰人有此膂力？

眾武士心中喝采，卻不敢叫出聲來，怕敵人發現他們的位置。

號角聲中，馬賊紛紛下馬，分作兩重，從四方八面發動攻勢。

第一波的攻勢由持盾牌、長矛的馬賊，在火把照明下，小心翼翼摸上斜坡，破壞項少龍設下的陷阱。

後面則全是弓箭手，不住放箭射往山上，掩護盾矛手的登山行動，卻不知項少龍等早藏身到斜坡中間的避箭坑內。

這時眾武士均對項少龍的料敵機先大感折服，信心大增。

項少龍約略估計，對方現在尚能作戰的仍近七百人，即使把這波攻來的四百多人全部解決，對方人數仍遠勝己方，何況根本沒有可能盡殲現時攻來的敵人，加上己方必有傷亡，心中一動，吩咐身旁的李善道：「待會攻防戰開始，立即帶十個人到馬欄去，當聽到三長三短的號角聲，立即破欄放馬，趕牠們由東南面衝下山去，我們則由西路逃生。」

李善連忙答應，自去召集合作的伙伴。

第一批馬賊登至山腰，緩緩逼來，氣氛緊張。

灰鬍則和三百名手下，策馬在東方佈陣，摩拳擦掌，隨時準備衝上來大開殺戒。

這種場面，項少龍乃是首次遇上，心房不爭氣地狂跳幾下，下令道：「放檑石！」

十多堆藏在草叢矮樹後的樹幹、石頭，被扯去攔木，波浪般朝下滾去，打得對方盾毀人翻。

項少龍高喝「放箭」，藏在坑內的武士紛紛現身，勁箭像雨點般往下灑去，敵人正亂成一片，哪有反抗能力，紛紛中箭滾下斜坡，又傷亡兩百多人。

眾武士軍心大振，高呼喝采。

灰鬍氣得暴跳如雷，撤去傷兵，立即組織第三輪攻勢。

項少龍觀察對方移動的形勢，知道是將主力擺在東面的山坡，那處比較沒有那麼陡峭，暗叫天助我也，下令眾武士逐一撤回山上。

人數少有人數少的好處，使敵人難以察覺他們的移動。

待他們全體退到山上，項少龍教他們牽來坐騎，說出自己的計劃。眾武士聽到可以逃生，精神大振，更是上下一心，全無異議。直到此刻，他們仍未傷亡一人，對項少龍自然像天神般拜服。

號角聲起，馬賊從四方八面往上攻來，餘下近五百的馬賊，大半是由東面登山。

項少龍待馬賊越過半山後，使人發出號令，一陣馬嘶踐踏，百多匹野馬由營北的馬欄被趕得狂衝出來，眾武士忙加入趕馬的行列，驅趕馬兒往東坡狂奔下去，又以長矛刺戳馬股，激起野馬的狂性，沙塵飛揚中，野馬奔下東坡，往正登上來的馬賊直衝過去。

項少龍沒時間觀看結果，帶頭領著五十名武士衝往西坡，由安全通道狂奔下山。

從這邊殺上來的馬賊只有百來人，猝不及防下，給他們殺個人仰馬翻。

項少龍心知這一著必大出敵人意料之外，灰鬍並不知道全部女子已被運走，哪想得到突圍的只有五十一名騎士呢？

東坡固是亂成一團，其餘兩坡的馬賊紛紛來援，一時殺聲震天。

項少龍在軍隊裡雖習過騎術，始終不及這些自小在馬背上長大的馬賊和武士般嫻熟，衝到坡下時，已落在眾武士之後，他們還以為項少龍忠肝義膽，不顧己身掩護各人退走。

這時五十名武士剩下三十多人，倉皇逃命。

項少龍仗著驚人膂力，用矛刺殺了幾個纏上他的馬賊，正要跟上大隊，忽地肩頭劇痛，已被勁箭射中。

項少龍吼叫一聲，策馬狂奔，慌不擇路下，只知朝前急馳，不一會兒變成孤人單騎，在茫茫草原中前進。

健馬忽然失蹄，把他拋下馬來，滾入草叢裡，連箭尾都折斷了。原來馬兒終於支持不住，力竭倒斃。

項少龍感到身體虛弱，頭暈目眩，肩背處火辣辣般刺痛，渾身全是傷口，多處流著鮮血，咬著牙爬起來，取出陶方贈送的匕首，苦忍劇痛把箭鏃由傷處割開皮肉剜出來，再撕下衣衫草草包紮好。喉嚨火焦般發渴，他知是過度失血的現象，苦忍著站起來。

草原東方露出一絲曙光，不知不覺竟狂奔了一夜，難怪馬兒會吃不消，歉疚地看馬兒一眼後，踉蹌逃命。

第六章　墨家鉅子

在無人的荒野連續走了二十多天，項少龍經歷了畢生最痛苦的艱辛旅程。最初那幾天全賴野果充飢，後來憑藉超卓的體能，又以山草藥搗爛塗在傷口，防止發炎和感染，箭傷漸癒，才打些野兔生吃充飢，弄得蓬頭垢面，衣不蔽體。

他依陶方的指示，白晝看太陽，晚上觀天星，朝邯鄲的方向前進。這天來到一座大山前，仰觀高不可攀的陡峭崖壁，惟有繞過大山。豈知再走十多天仍是在綿延不絕的山區內打轉，到離開山區，已是筋疲力竭，連劍都撐斷了，正感徬徨無計，卻在林外發現一條官道，頓感喜出望外，循路而去，這時他的靴子已破不成形。

路上遇到兩起數十人組成的商旅，他們見到項少龍落魄的模樣，皆匆匆而去，對他毫不理睬。項少龍大歎世態炎涼，再走三天，到了邯鄲西面另一座趙國的大城，武安。

這時節晚上天氣轉冷，凍得他直打哆嗦，待要入城，卻給守城的趙軍趕了出來，始知進城者必須繳納城關稅款，又要檢查戶籍身分，不要說他身無分文，光是那乞丐般的模樣，已難以進城。

項少龍萬萬想不到自己成了沒人收留的人，幸好他受過嚴格軍事訓練，心性堅毅，毫不氣餒，守在城外等待機會。

他打定主意，進城後不惜偷搶拐騙也要弄來衣服、食物和馬匹，問清楚到邯鄲的路途後，立即到那裡投靠陶方，好結束現在的痛苦生涯。

那晚他全靠野果充飢，瑟縮在道旁的密林裡，忍受一晚磨蝕人意志的苦寒。

天明時陽光普照，他終於沉沉睡去。

也不知過了多久，被車輪聲驚醒過來。

他睜眼一看，原來是一隊運羊的騾車隊，大喜過望，覷準無人注意，躲到最後那輛羊車裡，擠在羊兒堆中偷入城內。

這座戰國時代的趙國大城，高堂邃宇、層臺累榭，房舍極具規模，人丁興旺，不過卻是女多男少，項少龍心想定是長平一役被秦將白起坑殺四十萬趙兵的後遺症了。

不知是否有男妓這職業，若有的話，或可憑他體能博得娘兒歡心，賺個盤滿缽滿、肥馬鮮衣到邯鄲去也。

想到這裡，自己都覺得好笑，跳下車來。

街上的人見到他，均露出鄙夷的眼光。

項少龍摸摸臉上的鬍子，差點要大哭一場。入城前，心中還有一個目的，就是如何偷入城來，現在真的置身城內，反而不知幹甚麼才好。

他自慚形穢，轉進一條偏僻的橫巷去，卻給一群在院落內玩耍的孩子發現，追在他身後似怪物般取笑他，頑皮的甚至拿起石子投擲。

他回頭嚇唬，數十孩童分作鳥獸散，其中一個小女童走避不及，跌倒地上。

項少龍要扶起她時，小女孩卻慌得放聲大哭。

立時引出幾個拿著刀槍、棍棒的成年人，喊打喊殺地奔來。

項少龍既不想動粗，惟有拚命逃走，最後來到一座破落偏僻的土地廟，頹然走了進去，躲到一角盤膝坐下。

怎麼辦呢？不若回桑林村找美蠶娘，就此終老山谷了事，想到這禁不住英雄氣短。

忽然間，廟內多了一個人。

項少龍駭然望去，原來是個麻布葛衣的中年男子，赤著雙足，難怪他聽不到腳步聲。

那人身形高大，差點有他的高度，容貌古樸，神色平靜，一對眼睛卻是閃閃有神，除束髮的幘巾外，身上全無配飾，頗有點出家人、苦行僧的模樣。

兩人互相打量。

那人悠然來到項少龍前，蹲下來道：「這位兄臺來自何方？」

項少龍不知對方有何居心，應道：「鄙人本是到邯鄲探親，迷失了路，才走到這裡來，若大爺肯告訴鄙人到邯鄲如何走法，感激不盡。」這時他的說話語氣，已學得七、八成當時那種方言與談話的方式。

那人微微一笑，道：「我並不是甚麼大爺，只不過見你體格魁梧，一表人才，雖落泊至此，兩眼仍有不屈傲氣，故出言相詢。告訴我，你有甚麼才能？」

項少龍心中暗罵，可是爲打聽往邯鄲的路途，忍氣吞聲道：「我甚麼都不懂，只有一身牛力，不怕做粗活和打架。」

那人微笑道：「你懂使劍嗎？」

項少龍當然點頭。

那人淡淡道：「隨我來！」推開山神廟的後門，沒入門後。

項少龍橫豎沒個落腳處，追了過去，裡面別有洞天，是個荒蕪的後院，四周圍有高牆，中間還有個乾涸了的小池，另一端是間小石屋。

那人提著一對木劍由屋內走出來，拋一把給項少龍。

項少龍接劍之後嚇了一跳，竟比以前用的劍沉重幾倍，木體黝黑，不知是用甚麼木頭造的。

那人看出他的訝異，道：「這是用千年花榴木造的重劍，好！攻我兩劍看看。」

項少龍拿劍揮舞兩下，搖頭道：「不！我怕傷你。」

那人眼中射出讚賞之色，笑道：「假若你的劍能碰到本人的衣服，我立即奉上到邯鄲去的地形詳圖兼盤纏、衣服。」

項少龍聞言一愕，暗忖這人比他更要自負，哈哈笑道：「那我就不客氣哩！」倏地上前，到那人前方五步許處，使了個假動作，先往左方一晃，才往右移，一劍橫掃過去，以硬攻硬，圖憑膂力震開對方木劍。

豈知那人一動不動，手腕一搖，木劍後發先至，斜劈在他劍上，接著劍尖斜指，似欲飆刺項少龍面門。

項少龍大吃一驚下急退一步，對方劍術之妙，竟使自己有力難施，心中一忿，一聲大喝，猛虎般撲去，一連七劍，狂風掃落葉似的迎頭照臉，忽上忽下，橫掃直砍，往他攻去。

那人嘴角含笑，凝立不動，可是無論項少龍由哪一角度劈去，總能恰到好處地把他的劍擋開，而接著的劍勢又偏偏能將他逼退，不用和他硬拚鬥力。雖只守不攻，卻是無懈可擊。

「トト」之聲不絕於耳。

劈到第七十二劍時，項少龍終於力竭，退後喘氣，不能置信地盯著眼前此君。

那人訝道：「原來你眞不懂擊劍之術，只是憑仗力大身巧，不過普通劍手遇上你，必感難以招架。」

項少龍頹然把劍擲回給他，認輸道：「我自問及不上你，唉！枉我還妄想闖天下，原來眞正的劍手如此了得。告辭了！我這就返回深山，將就點過了這一生算了。」說到最後，眞的萬念俱灰，強烈地思念自己熟識的那個時代。若是比槍法，他肯定可勝過這位劍客。

那人笑道：「看兄臺的言行舉止，貧而不貪，氣度過人，便知是天生正義的非常人物，來！洗個澡，換過乾淨的衣服，由我煮菜造飯，大家好好談一談。」

吃了兩碗熱飯下肚後，項少龍精神大振。

那人打量刮去鬍子、理好頭髮、換上粗布麻衣的項少龍，像脫胎換骨般變成另一個人，眼中不住閃過欣賞的神色，油然道：「剛才兄臺說要闖一番事業，不知這事業指的是甚麼呢？」

項少龍呆了半晌，有點尷尬地道：「我其實並不大清楚，只是見步行步，現在我有了衣服，便想拿懷中匕首去換點錢，最好能買一匹馬，把我載到邯鄲去。」

那人皺眉道：「大丈夫立身處世，豈可沒有目標和理想，創造時勢的人方算眞豪傑也。」

項少龍不服氣道：「你又有甚麼理想？」

那人從容一笑道：「很簡單，就是要消除『天下之大害』，實現『天下之大利』。」

項少龍失笑道：「這兩句話多麼籠統，甚麼才是天下的大利和大害呢？」

那人不以爲忤，淡然道：「天下的大害，莫如弱肉強食、強者侵略弱者、大國侵略小國、智者壓迫愚者。而一切禍患的根由，是由於人與人間彼此不相愛，若能兼相愛，交相利，均分財富，再無嫉妒怨恨爭奪，遂可實現天下之大利。」

項少龍失聲道：「原來你是墨家的信徒。」

那人愕然問道：「甚麼『墨家』？」

項少龍興奮地道：「你的祖師爺是不是墨翟，他創的學說非常有名，與其他的儒、道、法三家四足並立，永傳不衰哩！」

那人聽得一頭霧水，但他既說得出墨翟之名，顯非胡謅，點頭道：「墨翟確是我們的首任鉅子，你眞的是由鄉間來的人嗎？」

項少龍奇道：「甚麼是鉅子，我倒不知道這回事。」

那人思忖了一會兒，道：「鉅子是『墨者行會』的領袖。當初建立，是希望以武止武，但只替人守，不替人攻。可惜今天的行會已大大變質，分裂成三個組織，以地方分之，叫『齊墨』、『楚墨』和『趙墨』，本人是上任鉅子孟勝的傳徒，今次出山，希望把三個行會統一，再次爲理想奮鬥。」

項少龍低聲道：「這麼秘密的事，你爲何要告訴我？」

那人歎道：「我因身懷鉅子令，本以爲重振行會乃易如反掌的事，豈知到邯鄲找到趙墨的領袖時，竟給對方派人追殺，被迫逃來這裡，深感勢孤力弱，必須召集徒眾才有望一統三墨，像你這種人才品格，我怎肯輕易放過。」

項少龍頻頻搖頭道：「這個不行，我絕不會爲這麼虛無縹緲、永遠沒有希望達成的理想，拋頭顱、灑熱血。唉！信我吧！墨家的理想根本不會成功，平均財富後，反會培養出很多懶人來，只有競爭才會有進步。」

那人聽得渾身一震，閉上雙目，深思起來。

項少龍低聲求道：「不若告訴我怎樣到邯鄲去吧！這贈衣、贈食之恩，我項少龍永不會忘記。」

那人倏地張開眼來，神光電射，微笑道：「世上豈有不勞而獲的事，跟我學劍吧！如果有一天你能攻破我手上木劍，我就和你一同到邯鄲去。是大丈夫的，答應我的請求！否則你即使能到邯鄲，遇上眞正劍手時，也是難逃一死。」

項少龍一想亦是道理，猶豫道：「你不會再逼我入你的甚麼行會吧？」

那人笑道：「不但不會逼你入會，連拜師都省了，我們只是朋友，平輩論交。我的名字叫元宗，歡喜就喚我作元兄好了。」

於是項少龍就在土地廟住了下來，每天雞鳴前起來跟元宗練劍，又與他談論攻防之道。

他進步之速，連元宗都要大爲歎服，稱讚不已。一個月後，他的造詣已可和元宗有守有攻。

元宗每天早上離廟外出，留下迷上劍道的項少龍如癡如醉地練習，到黃昏時元宗會帶著食物回來。

三個月就是在這種情況下匆匆度過。

第七章　聲名鵲起

這天入黑後，元宗才歸來，神情凝重，把他召入石室內，皺眉苦思了一會兒才道：「他們追來了。」

項少龍已和他建立亦師亦友的深刻感情，聞言關切地問道：「誰追來了？」

元宗歎道：「是趙墨的嚴平，我傷了他們十八人後，才能脫身歸來。他謀的是我身上的鉅子令，有了它嚴平便可名正言順當上鉅子。」頓了頓搖頭苦笑道：「眞是諷刺，在我們行會裡已做不到兼愛，還說甚麼理想。」

項少龍不知怎樣安慰他才好。

元宗由懷內掏出一方黃銅，上面只有一個「墨」字，像個大方印，遞給項少龍道：「你拿這牌立即逃往邯鄲，我爲你畫下地圖，快走！」

項少龍大爲感動，但心中不忍，道：「不！要走便一起走！」

元宗微微一笑，道：「少龍知否爲兄因何傳你墨氏舉世無雙的劍術？」

項少龍茫然搖頭。

元宗道：「我曾周遊各國，觀察民情，最後終於改變想法。若要天下太平，唯一的方法是消弭國家之別，把所有人都置於一個君主的統治下，只有這樣的一位一統天下的人，才能夠實現我墨門的理想，實現天下的大利。而這個人就是你，所以我才把胸中所學傾囊相授。」

項少龍心中暗歎，自己知道的確有人統一天下，那就是秦始皇。而他項少龍則是趨炎附勢之徒，只想找到尚未得勢的秦始皇帝，跟他一起飛黃騰達，好享盡富貴榮華，不由暗感慚愧。

元宗見他垂頭不語，還以爲他深受感動，搭上他的肩頭道：「若你眞的感激我，就依我之言行事。嚴平帶來的均爲劍道高手，人數雖只數百，已不是我們兩人所能應付。我囊裡有攀城的工具，由我引開他們的注意，你可趁機逃走，成大事者豈拘小節，若你再婆婆媽媽，白讓我們一起送命，鉅子令落入奸人之手，我元宗死也不會瞑目。」

項少龍伸手接過鉅子令，入手冰寒，顯非普通黃銅，難怪嚴平不能仿造一方出來，歎道：「大恩不言謝，我實在無話可說。」

元宗笑道：「不要那麼悲觀，他們想殺我也不是那麼容易。說不定我們還有再見之日哩！囊裡有對靴子，你既非我行會之人，用不著赤足，不小心踏上雞屎、狗糞一類穢物才糟呢！」

項少龍忍不住笑了起來，淚水同時忍不住流下臉頰。心中升起一個連自己都感驚懼的想法。

假如幹掉暴君秦始皇嬴政，歷史會變成怎樣呢？

當晚項少龍悲憤無奈地攀越城牆逃離武安，隱隱知道永遠再不會見到元宗。

這胸懷大志的智者和一代劍術宗師，在目睹自己行會四分五裂，墨者變成爭權奪利的人後，一顆充滿救世熱情的心早死去了，決意以身殉道，希望以自己的死，激起他項少龍的熱血，使他能以另一種形式去實現天下之大利。

可是以他項少龍的一雙手，怎能改變中國的歷史？他又不是秦始皇。但他可否影響嬴政，就像元宗般影響他？

改變後對中國來說是禍是福？

日消月出，星移斗轉，不知過了多少天，他終於到達駐有重兵的邯鄲外圍衛星城堡。

這段旅程中，他的心神全浸淫在元宗所授，來自一代大師墨翟的劍法裡，他又把現代根據人體學和力學演繹得來最可怕的搏擊術融入劍術中。有所寄託下，他渾然忘了時間，有時在曠野一留就是十多天，靠自製的弓箭捕獵野獸充飢。

他的體能在這種刻苦的環境下變得更強壯健碩，本想偷入邯鄲，可是一看邊防嚴密，惟有乖乖地走到關防處，向守兵報出陶方的老闆「畜牧大王」烏氏倮的大名。

守兵立時肅然起敬，找個軍官來見他。

那年輕軍官打量他幾眼後，問道：「你叫甚麼名字？」

項少龍老實答道：「草民叫項少龍。」

那軍官和四周的十多名趙兵一起動容。

軍官喝道：「大膽狂徒，竟敢冒充項英雄，他早在半年前與馬賊一戰中，為救同伴而壯烈犧牲。我有個朋友親眼看到他一人擋下數百追兵。」

項少龍也為之愕然，想不到自己變得如此有名，任由撲上來的趙兵擒著也不反抗，笑道：「大人的朋友叫甚麼名字？」

軍官報出一個名字，項少龍忙把那人的高矮樣貌形容出來。

這時有人從他懷裡搜出陶方贈他的匕首，軍官再無疑問，態度大改，問明當日發生的事後，立即差人飛報在邯鄲的陶方，更親自護送他到趙國的京城去。

那軍官叫寧新，與他並騎而行，道：「烏爺是邯鄲最受尊敬的人之一，若不是他四出搜購戰馬，又不時捐獻國庫，我們趙國怕早給人滅了。現在燕人來攻打我們，幸好我們兩位大將軍廉頗和樂乘把燕兵殺個片甲不留，反攻回燕國去，眞是大快人心。」

項少龍很想問趙國已是陰盛陽衰，爲何還要到各地搜羅美女，但怕對方尷尬，終忍住不問。談笑間，邯鄲在望。

和武安相比，邯鄲至少大上三、四倍，護城河既深且闊，城高牆厚，有一夫當關，萬夫莫敵之勢。城外駐紮兩營趙兵，軍營綿延、旌旗似海，頗具懾人之勢。城樓滿佈哨兵，劍拔弩張，氣氛緊張。

尚未進城，一隊騎士擁了出來，帶頭的正是久違的陶方，其他全是曾出生入死的戰友，李善也是其中一人。

見面時自是一番驚喜，陶方和眾武士擁著他興高采烈進入城裡。

項少龍忍不住向陶方問道：「婷芳氏好嗎？」

陶方臉色一沉，歉然道：「對不起！我以爲少龍你喪命賊手，等待了三個月後，遵主人之命把她送了給人做歌舞姬。」接著笑道：「不過少龍放心，我會特別挑選兩個比她更動人的美女來伺候你。」

項少龍像給人朝胸口猛轟一拳般，臉色煞白，好一會兒才問道：「送給甚麼人了？」

陶方心中大訝，想不到以他這般俊偉風流，竟會對這樣一個買回來的女子如此多情，歎道：「對不起，我不能告訴你，少龍……」

項少龍大怒道：「不要說廢話，尚未證明我眞的死了，你不應把她送給人。」

陶方城府極深，毫無不悅之色，道：「少龍先到別館休息沐浴，讓我爲你想想辦法，主人明天會親自接見你，這是我府武士最大的榮幸，莫要錯失機會。」

項少龍興奮的心情喪失殆盡，行屍走肉般在城內寬敞的街道策騎緩行，對四周宏偉的宅舍視如不見，情緒低落至極點。

沒有了自己的保護，這苦命的女人只是由一隻魔掌落入另一隻魔掌內，現在她是否正受盡凌辱？

正在愁腸寸斷時，陶方推他一把，教他隨眾人避往一旁。

項少龍清醒少許，往街上望去，只見行人車馬紛紛移往一旁，讓一輛前後各有二十多名騎兵護衛的豪華馬車經過。

陶方在他耳旁道：「是我們孝成王最年輕的妹子雅夫人的座駕，她是邯鄲出名的大美人，嫁給趙括，可惜趙括在長平一役中不幸陣亡。」

馬車緩緩而至，忽地在他們面前停了下來。

眾人大爲驚訝，一名騎士策馬而來，請陶方過去，陶方受寵若驚，連忙下馬，去到低垂的車簾旁，與車內的雅夫人說了幾句話後，馬車開走，陶方躬身相送，才折回來，對項少龍神秘笑了笑，沒有透露談話的內容。

項少龍抵達別館，住進一所獨立的房子，陶方特別遣來四位美婢服侍他沐浴更衣，當晚就在別館主建築物的大廳筵開二十一席，除當日共患難的武士外，還有烏氏倮的其他得力助手，更有歌舞姬表演娛賓，氣氛熱烈。

可是項少龍想起婷芳氏和久別的美蠶娘，又想起可能永遠見不到自己那時代的親友，惟有借酒澆濯愁腸，喝個酩酊大醉，酒席未完已不省人事。迷迷糊糊中，似乎婷芳氏回到身旁，和他共赴巫山雲雨。

醒來時躺在臥室的地蓆上，陽光由窗戶透進來。身旁還睡著一個如花似玉的赤裸美人兒，卻不是那四名美婢任何一人。

她瓜子般的精緻臉龐絕沒半分可挑剔的瑕疵，輪廓分明若經刻意雕琢，清秀無倫，年齡絕不會超過十八，烏黑的秀髮意態慵懶的散落枕上、被上，襯托得她露在被外的玉臉朱唇、粉藕般雪白的手臂更是動人心弦。

美人兒猶在海棠春睡，俏臉隱見淚痕，但又是充盈著狂風暴雨後的滿足和安寧，散發奪人神魂的豔光。

項少龍心中叫了一聲我的天，自己昨晚究竟對這姿容更勝婷芳氏和美蠶娘的少女幹過甚麼事？心中一動，忍不住輕輕掀高被子。

青春煥發，應高則高，應小則小，峰巒起伏的美景呈現眼前，粉嫩膩滑的修長玉腿和渾圓美臀下的地蓆處隱見片片落紅的遺痕。

項少龍大吃一驚，放下被子。

她臉上的淚痕必是與此有關，昨晚酒後糊塗，又兼近半年沒碰過女人，竟把她當作婷芳氏，不懂憐香惜玉，這樣一個未經人道的嬌嫩少女如何抵受得了？不由大感歉疚，但已錯悔難返。

項少龍站起身來，走到窗旁，往外望去，只見花園內其中兩名美婢正在澆水修枝，瞧見窗內的項少龍，含羞施禮，又忍不住偷看他雄偉的身軀。

其中一婢道：「公子醒了，小婢立刻來爲你盥洗穿衣。」

背後傳來那美人兒驚醒的嬌吟聲。

項少龍忙向兩位婢女道：「且慢！」

俏婢善解人意，抿嘴笑道：「公子若要小婢服侍，隨時呼喚小婢，嘻！我叫春盈，她叫夏盈，另外兩個是秋盈和冬盈，這麼易記，公子不會忘記吧！」

項少龍心懸身後美女，微笑道：「只要看過兩位姊姊一眼，一生都忘記不了。」轉過身去。

剛被自己佔有處子之軀的美女坐了起來，被子滑到不堪盈握的腰肢處，露出嬌挺秀聳的上身，含羞答答垂下螓首，不敢看他的面貌，以蚊蚋般輕細但甜美的悅耳聲音道：「小妾舒兒向公子請安！」

項少龍憐意大生，坐回她身旁，用手托著她巧俏的下頷，使她仰起俏臉。

她明媚動人的大眼睛和他目光一觸，嚇得立時垂下去，一副心如鹿撞、又羞又喜的美樣兒，少女風情，教人目爲之眩，神爲之奪。

項少龍可毫不猶豫地肯定她是截至目前爲止所接觸的女性中最動人的尤物，暗歎陶方厲害，送了個這樣的可人兒給自己，他哪能不爲陶方賣命。柔聲道：「還好嗎？」

舒兒搖搖頭，旋又含羞點頭，紅霞立即擴散，連耳根玉頸都燃燒起來。

項少龍微笑道：「不用害怕，昨晚是我酒後糊塗，以後保證不會那麼粗暴，你好好再睡一覺吧。」

舒兒嫵媚地瞅他一眼，輕輕道：「不！舒兒要服侍公子。」

項少龍憐愛道：「你站得起來嗎？」

舒兒纖手按上他的寬肩，借力想先跪起來，旋又秀眉蹙起，跌坐回去，玉頰霞燒。

項少龍風流慣了，看到她如此動人美態，忍不住憐香惜玉，把她按回地蓆上，蓋好被子，待要出房，忽被舒兒拉住他的大手。

項少龍訝然望向她。

舒兒含羞道：「公子現在是否想要舒兒？」

項少龍伸手摸上她的臉蛋兒，笑道：「我只想你現在好好休息，今晚我會讓你變成人世間最快樂幸福的女人。」不由想起婷芳氏，心中一酸。

舒兒用盡所有氣力抓緊他，眼神勇敢地迎上他的目光，深情地道：「昨夜舒兒早成爲最幸福快樂的女人了。」

項少龍忍不住又痛吻一番，令她春風迷醉，才往大廳去。

四婢迎了上來，悉心伺候，長得最高的春盈道：「陶公來了，在正廳等候公子。」

第八章　紅纓公子

偎紅倚翠時，項少龍思潮起伏。

當日初抵貴境，一切總有種夢幻般不眞實的感覺，眼前的時代和自己一點關係都沒有，所以儘管他縱情享樂，遊戲人間，均沒有絲毫來自社會或人際的壓力；因爲說不定忽然他又被馬瘋子的儀器抓著，送回二十一世紀裡。

他就像一個不用負任何責任的頑童。

可是經過受傷和飽歷流浪之苦後，這夢幻般的世界忽地變得眞實和有血有肉起來。

元宗偉大的殉道，婷芳氏的苦難，重重打擊，使他無論在感情上或精神上全投入到這世界裡去，愈陷愈深。

目下他雖是享盡美女和富貴，其實卻失去寶貴的自由和自主。

在這戰國時代裡，沒有東西比人才更寶貴。一個法家的李克、一個兵法家吳起，立即使魏國變成一等強國。商鞅更厲害，隻手令秦國成爲東方眾國最大的威脅。

現在的項少龍，因爲以五十人阻截近千的凶悍馬賊，亦變成一個人才。

諸國對人才只有兩種態度，一是爲我所用，一是立殺無赦，免得來日成爲勁敵。

現在烏氏倮對他項少龍正展開籠絡手段，以富貴和絕色美女使他泥足深陷，不能自拔。所以假若自己透露一絲要找秦始皇嬴政的心意，保證立即小命不保。

這樣一座守衛森嚴的城市監獄，要逃出去根本是癡人作夢。當年若沒有與烏氏倮同級的大商家呂不韋的幫助，嬴政的父親異人休想逃回秦都咸陽。

自己就算找到秦始皇，亦全無辦法把他弄出城外。

是否就這樣爲趙人長久辦事呢？假設烏氏倮命他去殺戮別國的人，自己應怎麼辦？

項少龍深歎了一口氣，走往大廳去見陶方。

陶方正把一名俏麗的婢女摟在懷裡，見他到來才放開婢女，親切地招呼他席地坐下，共進豐富的早點。

陶方曖昧笑道：「少龍你不知道自己多麼得主人恩寵，舒兒乃燕王喜送給主人的燕國貴族著名美女，他肯送你，可見對你多麼看重。」

項少龍愕然道：「我們不是與燕國交戰嗎？」

陶方顯然對他這句「我們」非常欣賞，欣然道：「若非交戰，燕王喜怎肯送出這麼動人的處女，正因戰況失利，才想以此大禮打動主人的心，希望主人在我們大王面前美言幾句。嘿！現在主人把燕國美人送你，擺明不會代燕人說話了。」

項少龍暗歎內中竟有這麼複雜的情由，轉而問起婷芳氏。

陶方神秘一笑道：「這事我和主人提過，他定會對你有所交代，放心吧！只要你多立些功，連大王的公主都可以送給你，何況區區一名歌舞姬。」

項少龍暗感不妙，偏又無法可施，那種任人操縱的感覺確是洩氣之極。

陶方道：「現在我帶你到烏家城府見主人，今晚你不要接受那群愛戴你的兄弟任何約會，有個人想見你，可是現在我卻不能透露那人是誰。」

項少龍靈機一動，突然想起那躲在車簾後的女人雅夫人。

烏氏大宅是城北最宏偉的府第，不過若稱它爲城堡更妥當點，四周圍以高牆厚壁，又引水成護城河，唯一來往的通道是座大吊橋，附近全是園林，不見民居，氣勢磅礴，勝比王侯。

一路馳來，項少龍首次留心到城內的行人景物，玉宇瓊樓，若非女多男少之象，眞不覺這繁華的大都會曾歷經戰火，還給魏人佔據整整兩年之久。

據陶方說，全城不計軍隊，有近十萬戶，每戶有十多人至數百人不等，照此計算，這大城市的人口竟超過一百萬。

城內遍佈牧場、農田和倉廩，若給敵人圍城，城內仍能自給自足一段長時間。

項少龍隨著陶方通過吊橋，由側門進入烏氏城府的廣闊天地。

進入正門後，是個可容數千人一起操練的龐大練武場，一座氣象萬千的巨宅矗立在對著正門的另一端，左右兩旁宅舍連綿，看來一天時間仍怕不夠參觀遍這些地方。

這時練武場上有數百人分作幾批在練習劍術、騎術和射箭，更有人穿上新造的甲冑，任人用各種武器攻打，試驗其堅硬的程度，「砰砰」作響。不過最熱鬧還是箭靶場，近百武士在旁圍觀，不時爆出連珠彈發的喝采聲。

陶方的表情忽地不自然起來。

項少龍不由自主的行近了點，只見射箭者是個頭戴紅纓冠、身穿黃色底繡上龍紋武士華服、腳踏黑色武士皮靴的英偉青年。

高度和項少龍相若，最多矮一寸半寸，體型極佳，虎背熊腰，充滿男性的魅力。兩眼更是精光閃閃，額頭高廣平闊，眼正鼻直，兩唇緊閤成線，有種說不出的傲氣和自負。

如此俊俏風流的人物，實生平僅見。

只見他把箭架在特別巨型的強弓上，拉弓的手還夾著另兩枝箭，沉腰坐馬。弓弦倏地急響三下。三枝勁箭一枝追一枝，流星般電射而去，第一枝正中二百步外箭靶的紅心，接著兩枝先後破空而至，硬生生插入前一箭翎尾處，連成一串。

眾觀者看得如癡如醉，轟然叫好。

項少龍瞧得目瞪口呆，如此神乎其技的箭術，不是親眼看到，怎也不肯相信。

陶方在他耳旁道：「這『紅纓公子』連晉是我的死對頭武黑招攬回來的，無論劍術、騎射均為我府之冠，今次我丟失百多頭馬，武黑在主人面前大造文章，幸好現在有了少龍，令我挽回一點顏面。不過武黑和連晉是不會放過我們的。」說到最後，面露憂色。

項少龍倒吸一口涼氣，現在他的劍術或可和連晉一較長短，但騎射則肯定望塵莫及。正要答話，圍觀者裡飄出一朵白雲，一位姿容身段尤勝舒兒半籌、秀美無倫的白衣女郎，興奮地奔到連晉身旁，親熱地和他說話。連晉忙把手上大弓交給旁人，彬彬有禮的應對著，風度之佳，確可迷倒任何美女。

項少龍呼吸頓止，讚歎道：「此女定是我國第一美女。」

陶方歎道：「這是主人最疼愛的孫女烏廷芳小姐，對連晉頗有點意思，不過主人似乎想把她嫁入王室，連晉正為此煩惱。來吧！主人在等我們哩。」

兩人離開人群，朝大宅舉步走去。

後面傳來一聲大喝：「陶公慢走一步！」

兩人愕然轉身。

那連晉排眾而來，後面跟隨的是絕色美女烏廷芳。

項少龍的眼光不由落到烏廷芳的俏臉上，和她秋波盈盈的俏目一觸，心兒一陣狂跳。

天啊！近看的她更是人比花嬌，媚豔無匹。剛才遠看只著重在她的胸、腰、腿等部位，已覺她勝過舒兒半籌，近看更不得了，掩藏不住的靈秀之氣撲面迎來，教人呼吸頓止，以項少龍的風流自負，亦要生出自慚形穢之心。

清水出芙蓉，天然去雕飾。

她的美純出於自然的鬼斧神工，肩如刀削，腰若絹束，脖頸長秀柔美，皮膚嫩滑白皙，明眸顧盼生妍，梨渦淺笑，配以雲狀的髮髻、翠綠的簪釵、綴上明珠的武士服、腳踏著小蠻靴，天上下凡的仙女，不外如此。

烏廷芳見他目不轉睛平視自己，露出不悅之色。

項少龍一震醒來，往連晉望去。

連晉正冷冷打量他，神態頗不客氣。

陶方是老狐狸，慌忙爲兩人引見。

烏廷芳冷淡地道：「啊！原來你就是項少龍，爺爺很欣賞你哩！」

連晉微往烏廷芳靠近，以示和這美女親密的關係，微微一笑道：「在下也很欣賞項兄，不若擇個吉日良辰，大家切磋切磋，讓在下見識一下能獨擋八百馬賊的神劍。」

項少龍聽他表面雖是客氣，實則語含諷刺，暗示陶方誇大事實，心中有氣。想道若能和這自負的人來個自由搏擊，必可打得他變成個腫豬頭，但較量其他便可免則免，惟有謙虛笑道：「連兄箭術蓋世，小弟望塵莫及，怎夠資格和連兄切磋，有閒還要請連兄指點一二。」

烏廷芳聽得他們似要較量劍術，本來臉露興奮之色，聞得他如此說，既失望又不屑地低罵道：「膽小鬼！」竟掉頭便走。

連晉顯然非常滿意烏廷芳的反應，仰天一笑道：「項兄真令在下失望，如此也就不強項兄所難了！」轉身追烏廷芳去了。

項少龍反心平氣和，瀟灑一笑，和陶方繼續往巨宅走去。

陶方點頭道：「忍一時之氣也好，少龍身手雖好，恐仍非他的對手。」接著低聲道：「這小子在邯鄲四處尋人比劍，打得所有人都害怕，真希望有人能挫他的銳氣。」

項少龍知他在施激將法，微笑道：「假若陶爺能讓我和他比劍時不受規矩限制，我有七成把握可重重教訓他。」

陶方大喜道：「這個容易得很，讓我找個適當的場合，給少龍一展身手，我真恨不得可立即見到武黑那傢伙的表情。」

第九章　難填之恨

終於在偏廳見到烏氏倮這沒有王侯之名，卻有王侯之實，操控趙國經濟命脈，以畜牧起家的超級大富豪。

項少龍從未見過比他更奢華的人，只是頭頂的高冠便嵌著兩排十二顆大小相若的紫色寶玉，閃閃生輝。

這大富賈身材肥大，一座肉山般橫臥蓆上，挨在正爲他掏耳朵的美女懷內，另有四女則細心爲他修磨指甲，那種派頭排場，縱使帝王恐怕也不過如是。

身上的黃色棉袍纏繞一顆顆光彩奪目的明珠，豪華貴氣，繫腰帶子則光芒閃爍，金箔銀片，互相輝映。

臥處是高上三層的平臺，臺階下十八名武士分列兩旁，膽小者看到這等聲勢，足令其心寒膽喪。

項少龍和陶方跪下叩禮時，烏氏倮坐了起來，揮退侍女，細長的眼瞪了開來，射出兩道凌厲的目光，落在項少龍身上，打量了好一會兒後，冷哼道：「項少龍你爲何不敢接受連晉的挑戰，是否只是虛有其名，空得一副威武的外表？」

項少龍大爲錯愕。

陶方待要進言，烏氏倮暴喝一聲，舉手命陶方閉嘴。本已肥腫難分，在臉中間擠作一團的五官更蹙聚起來，不悅地道：「連晉雖是不可多得的人才，終是衛國人，非我族類，所以我特別囑他向你挑戰，好讓我趙人一顯威風，現在你竟臨陣退縮，還有何話可說？」

項少龍心中暗罵，嘴上卻不亢不卑道：「少龍習的乃殺人之法，非是切磋較量之遊戲技巧。」

烏氏倮冷笑道：「兩者有何分別？」

項少龍這時約略摸到畜牧大富豪的心性，傲然道：「殺人之法，無所不用其極，不擇手段，務置敵人於死地；比武切磋，只是看誰的劍法更漂亮好看，遊戲多於戰鬥，自是另一回事。」

烏氏倮容色稍緩，顯是仍未滿意，一字一字道：「我總不能教你殺幾個我的手下看看，那如何知你確有眞實本領？」

項少龍眼中銳氣閃爍，一點不讓地和他對視，微微一笑道：「主人既對少龍有此期望，我便和連晉大鬥一場，卻不能規定我用甚麼方法勝他。」

烏氏倮定睛看了他一會兒，倏地仰天大笑，道：「很有趣的孩子，大王一直希望能有趙人折辱連晉，爲我趙國爭回一點面子。好！讓我烏氏倮安排一個宴會，若你能當著大王眼前擊敗連晉，我便還你婷芳氏。」

項少龍大喜下拜，暗忖若我不把連晉打得變成另一個黑面神，項少龍三個字以後倒轉來寫。

烏氏倮和陶方對望一眼，均爲他的歡喜和信心大惑不解。

難道他眞覺得自己能穩勝無敵的連晉嗎？

返回別館，項少龍剛想溜去找舒兒，卻在大門處給李善和另兩個特別相得的武士截著，硬拉出去說要爲他洗塵。

四個人趾高氣揚地在大街小巷蹓躂，見到美女便打情罵俏，不亦樂乎。

李善笑道：「邯鄲的美女出名容易上手，以項大哥的人才，勾勾指頭，包準美人兒們排著隊來等大哥挑選。」

叫漢東的武士道：「今天項大哥不用在街上勾女人，我們特別找了幾個甜妞兒來陪你。」

另一個武士查北搭著他肩頭湊過來道：「千萬不要以爲我們找些殘花敗柳來敷衍，今天爲項大哥找的這個本是身嬌肉貴的公卿之女、絕色尤物，只怨她爺不爭氣，開罪了大王，才被貶爲官妓，保證項大哥滿意。」

項少龍聽得眉頭大皺，開始有點明白爲何元宗想改變這個世界。唉！但自己又哪有能力完成他的夢想，充其量只能給這些落難爲妓的苦命女子多一點溫柔憐愛，想到這裡，早給三人擁入一所豪宅裡。

一名四十來歲的華衣瘦漢迎了出來道：「歡迎項大爺大駕光臨，幾位爺們請到二樓廂房。」

四人在廂房席地坐下，侍女送來酒菜，一名叫紅娘子的鴇母入房招呼，雖是徐娘半老，可是經過刻意打扮，加上身材保養有方，配以醉人風情，仍相當妖嬈惹火，見到項少龍如此俊偉的男兒，招呼得特別熱情，媚笑道：「素女立即來陪項大爺，李爺等三位要不要試試新鮮的。」

李善等笑著答應，紅娘子款擺著肥臀走了出去。

項少龍暗忖難怪妓女被稱爲最古老的行業，且來來去去都是那種場面和方式。爲何以前自己泡酒吧嫖陪酒女郎，從沒有想過良心的問題，可是現在卻隱隱感到很不妥當？

門簾外的走廊響起環珮之聲，接著是香風撲鼻而來，三名只有一襲輕紗掩體、頗有姿色的年輕女郎，笑臉迎人地走進來，坐入李善等三人懷裡，媚眼卻向項少龍飄來，顯是對他大感興趣。

這時紅娘子領著一位身材高眺、皮膚晳白，長得非常秀麗明豔，氣質雅秀的女子進來，果然沒有半點風塵俗氣。

李善等莫不瞪大眼睛，貪婪看著她裹在輕紗裡峰巒起伏的勝景。

紅娘子未語先笑道：「看娘有沒有騙你哩？好女兒你曾遇過比項爺更出色多情的男人嗎？」

那美女楚楚可憐地垂下俏目，死都不肯抬起頭來。

項少龍心中不忍，剛想說話，紅娘子把素女推入他懷裡，坐到腿上。股腿交接，陣陣銷魂感覺傳來，兼且輕紗裡骨肉均勻的胴體若現若隱，項少龍眼花撩亂下，忍不住抄著她的小蠻腰，在她臉蛋香一口。

素女垂頭不語。

紅娘子向項少龍拋個媚眼，來到他身後，俯身把酥胸緊壓在他背上，湊到兩人間低聲道：「項爺是素女第一個貴客，若非李爺他們祭出烏爺的招牌來，奴家還不肯讓乖女兒未經調教便來陪項爺呢！念在這點，素女有甚麼得罪，項爺定要包涵。」說完笑著離開。

項少龍看素女玉葱似的纖指，聽李善等三對男女放縱的調笑聲，胸口鬱滿了忿怨難平之氣，湊到素女耳旁柔聲道：「放心吧！我不會像他們般不尊重你，我們只是談天和喝酒，好嗎？」

素女呆了一呆，終抬起頭來看這和自己親密接觸著的奇怪男人。

項少龍朝她微微一笑，素女俏臉微紅，趕忙垂首，但已沒有那麼害怕。不旋踵又瞅他一眼，禁不住心如鹿撞，暗想這男人真的很好看，最難得的是雙眼正氣凜然，天啊！爲何會在這種地方遇到這樣的男人呢？

項少龍也看得心中一蕩，旋即記起諾言，忙將慾火壓下。

素女猛地一咬牙，抬頭含羞看著他道：「公子好意，奴家心領了，素女今天淪落至此，公子不須對奴家憐惜，也沒有甚麼作用，在這裡誰都可以任意攀折奴家呢！」

項少龍心下惻然，歎了一口氣。

素女大奇，主動摟上他的脖子道：「公子似乎滿懷心事哩！」

項少龍望向李善等人，只見這三個男人早已口手並施，對懷中女子施展各種不堪的動作，無暇分神。苦笑道：「現在我只想離去，不願再見發生在這裡的人間慘事。」

素女大訝道：「公子的想法與眾不同，到這裡來的男人，從沒有想到奴家們的辛酸淒苦。」又低聲道：「素女不是騙公子，而是奴家現在眞的想公子對我無禮，就像你那三位朋友那樣。」

今回輪到項少龍訝然道：「爲何你會有這個想法？」

素女含羞道：「或者是受到他們的影響，刺激起奴家的情慾，又或是愛上公子，奴家分不清楚哩！」

李善此時摟著懷中女子站起來，喘氣道：「春宵苦短，不若我們各往上房行樂去，項大哥勿忘陶爺今晚的約會。」

正要步出門外，紅娘子哭喪著臉進來道：「各位大爺，奴家很感爲難呢！」

李善大感愕然，拉著那官妓坐回地蓆上，問道：「紅娘子乃邯鄲官妓司的掌管人，誰敢令你爲難？儘管說出來，自有我們爲你出頭。」

紅娘子有點不屑地瞅李善一眼，轉向項少龍道：「不知是誰漏出消息，少原君剛和十多名家將聲勢洶洶趕來官妓所，指名要立即把素女交給他。」

李善等一起色變，顯是少原君來頭不小，是他們招惹不起的。

素女「啊」的一聲叫了起來，俏臉血色褪盡，渾身顫抖，像隻待宰的小羔羊。

紅娘子歎道：「邯鄲現在誰都惹不起少原君，只怪素女的美麗太出名了，素女，隨娘去吧！」

素女尖叫道：「不！」死命摟著項少龍飲泣不已，使人倍興憐香之念。

李善與漢東兩人無奈地交換個眼色，向項少龍解釋道：「少原君是平原君之子，平原君去年過世，偌大家業全落到他手上，連我們主人都要忌他三分，大王也看在平原君分上，處處袒護著他，若我們和他衝突，先不說能否勝過他手下劍手，縱使獲勝，主人亦不會饒恕我們，項大哥，我們絕料不到有這麼掃興的事。」

項少龍擁著素女灼熱無助的胴體，熱血上湧，道：「一人做事一人當，你們立即離去，便當不知發生了任何事。」

三人一起色變。

紅娘子對項少龍頗有好感，聞言歎道：「項爺確是英雄人物，可是如此把前程、性命全部斷送，眞箇值得嗎？少原君要的只是素女的貞操，項爺遲些來找素女不是一樣可共圓鴛鴦夢？」

李善等人慌忙出言力勸。

素女忽然重重在項少龍唇上吻了一口，臉上現出堅決神色，在他耳旁悄聲地道：「放心吧，素女去哩！」站了起來，神情木然向紅娘子道：「女兒隨娘去！」深情地望項少龍一眼後，才緩步出房。

紅娘子歎息一聲，追著去了。

項少龍一拳打在几上，木几碎裂，怒火熔岩般升騰起來。

這是個強權就是公理的時代，只有騎在別人頭上，才能主宰自己的命運，保護自己所愛的女子。

換另一個角度去看，他自己也是另一種形式的妓女，出賣的是智慧和劍術。

其他人或者還有忠君愛國的思想，甘於出賣性命，可是他項少龍卻絕不會盲目服從任何人，因爲他大半年前根本和這時代一點關係都沒有。

元宗說得對，只有把所有國家統一，方有機會改變一切，讓理想的法度出現。

而眼前首要之務，是在烏家建立自己的地位，捨此再無他途。

四人至此意興索然，匆匆離去。

項少龍踏進居所花園，頓感氣氛異樣，大門處把守的是兩名面生的武士，屋內隱隱傳來舒兒的哭喊聲。

項少龍正鬱憋一肚子氣，他並非善男信女，只是囿於形勢，忍了那惡霸少原君一口氣，現在竟有人欺上頭來，瘋虎般撲往門內。

兩名武士一聲獰笑，伸手便要攔他。

項少龍狂喝一聲，硬撞入兩人間，肘擊膝撞，兩人立即慘叫倒地。

入目的情景使他更是目眥盡裂。

只見舒兒被一名錦衣貴介公子摟在地蓆上，上衣給脫至腰間，被人恣意狎玩，卻不敢反抗，只是悲泣。

連晉和另外十多名武士圍坐一旁，笑吟吟看著這令人髮指的暴行。

這時那錦衣青年剛由舒兒下裳抽手出來，想脫掉舒兒的羅裙。

那些武士見項少龍衝進來，紛紛跳起，拔出長劍，而連晉則好整以暇，嘴角帶著一絲不屑的笑意，冷冷看著他。

項少龍因木劍太重，沒有帶在身旁，可是受過最科學和嚴格訓練的他怎會怕這些人，趁對方陣腳未穩，衝入武士群內，搶到其中一人長劍難及的死角處，重重當胸猛轟對方一拳，劈手奪過對方的長劍。

接著劍隨意轉，施出傳自大宗師墨翟的墨子劍法，猛然劈向從右側攻來那武士的劍上。

「噹」的一聲，那人虎口爆裂，長劍尚未墜地，已給他一腳蹴在下陰處，慘叫一聲，跪倒地上。

連晉眼中閃過驚異之色，立起身來，護在那公子之前，舒兒見項少龍來救她，不知哪裡來的蠻力，把那公子推開，哭著往項少龍奔來。

連晉伸腳一挑，她立即仆倒地上，被連晉踏在她赤裸的背上，再也動彈不得。

項少龍見狀氣得差點噴火，橫掃一劍，擋開了攻上來的五把劍，接著劍生變化，立時再有兩人濺血跌退。

這時他離連晉和那公子處尚有十多步，中間隔了如狼似虎的十二名武士，眼看舒兒又要再落入那公子的魔爪裡，項少龍挽起一團劍花，就地滾入撲來的幾個武士腳下。

那些武士何曾遇過這種打法，紛紛腰腳中劍，踉蹌仆跌。

到項少龍跳起來時，和連晉已是面面相覷，目光交擊。

連晉一腳挑開舒兒，手一動，長劍離鞘而出，驀地劍芒大盛，往項少龍罩來。
項少龍想不到對方劍法如此精妙，使出墨子劍法的精華，化巧爲拙，一劍劈出。
「鏘」的一聲清響，連晉劍影散去，一縮一吐，化出另一球劍花，流星般追來。
項少龍待要擋格，後兩側又有武士殺至，無奈往後退，先應付迫近身後的敵人。
連晉一聲冷笑，也不追趕。
「住手！」
一聲暴喝響自門處，陶方和十多個武士衝了進來，搶到項少龍旁，逼得連晉那方的人退到另一邊去，形成兩方勢力對峙之局。
半裸的舒兒爬起來，一個淚人兒投入項少龍懷裡。
陶方看到連晉身後的公子，臉色遽變道：「老僕不知孫少爺在此，請孫少爺恕罪。」
項少龍單手摟抱舒兒，恍然大悟，難怪連晉大膽得敢上門逞凶，原來有烏氏倮的孫子做他後盾。
那孫少爺來到連晉旁，目露凶光，不理陶方，戟指項少龍喝罵：「你算甚麼東西？本少爺玩你的女人有甚麼大不了。」
連晉冷笑插言道：「是他的榮幸才對！」
陶方陪笑道：「只是一場誤會，少龍不知來的是孫少爺！」
那孫少爺狠盯項少龍一眼。
項少龍兩眼厲芒一閃，毫不退讓地盯視著他，連孫少爺這麼橫行霸道的人也不由一陣心寒。
連晉大喝道：「好大膽！竟敢對廷威少爺無禮，給我跪下。」

陶方在旁勸道：「快向孫少爺請罪！」

項少龍仰天一陣長笑，道：「能要我項少龍聽命的只有主人一個，若孫少爺看不順眼，便教人來殺我吧！」低頭對舒兒道：「你先回房去！」

舒兒仰起梨花帶雨的俏臉，深情地看他一眼後奔入內宅，一時氣氛僵至極點。

連晉忽然湊過去在烏廷威耳旁說了幾句話。

項少龍心裡明白連晉得到消息，要在趙孝成王前與他較量劍法，所以不願在此時和自己提早動手。

果然烏廷威點點頭，瞪著他怒道：「我就看你這狗奴才還有多少好日子可活。」憤然率眾離開。

連晉故意擦肩而過，微笑道：「你的劍法相當不錯，可是欠缺火候，能擋我十劍已相當難得。」說罷揚長而去。

項少龍平靜下來，正暗想要被陶方怪罪，豈知陶方揮退手下，親切地與他對坐几旁，苦笑道：「現在我的命運已和你掛鉤，你若輸給連晉，我也沒有顏面留在烏家了。」

項少龍大感歉疚，說了聲罪過。

陶方看了他好半晌後，忽然笑起來，道：「你眞是個情深義重的人，但這事卻與你無關，十二僕頭裡，我和武黑是主人最信任的兩個人，一向勢如水火。今次武黑四出造謠，說我因丟失百多頭馬才揑造出你一人力抗八百馬賊的故事來，現在被主人逼得沒辦法，遂拿你去給連晉的劍祭旗，少龍定要爲我爭回這一口氣。」接著笑道：「剛才你一個人在連晉面前放倒孫少爺近十個衛士，不但不是壞事，由於此事必會傳回主人耳裡，當會使他對你另眼相看，只要你再贏連晉，那時將是你和我的天下。」

這時李善匆匆走進來，惶然道：「素女在見少原君前，藉口換衣梳妝，上吊自盡。少原君震怒非常，聲言要尋項大哥晦氣。」

項少龍仿若晴天霹靂，氣得手足冰冷，目瞪口呆，淚水不受控制地由眼角流下。在他的一生中，首次熊熊燃起報仇的烈焰。

項少龍在房內地蓆上與舒兒瘋狂造愛，抵死纏綿。

只有她動人的肉體，才能使他在這強權武力就是一切的殘酷時代裡，尋到避世的桃源。

到此刻他終於明白美蠶娘爲何寧願忍受和他分離的相思之苦，也不肯到邯鄲來。

無論如何艱辛，他要用最殘酷的手法，不擇手段置少原君於死地，爲可憐的素女雪清恥恨。

兩人相擁而臥，享受男女歡合後的融洽滋味。

舒兒戚然道：「項郎啊！舒兒眞怕很快我們就沒有這種快樂的時光。」

項少龍道：「放心吧！陶公會去向烏爺陳情，說假若任由他的孫子和連晉這樣來騷擾我，宮廷比武時我將會因心神不寧而落敗，所以在比武前，你是安全的。」

舒兒稍放下了點心事，堅決地道：「假設項郎有甚麼不測，舒兒定會追隨泉下，身殉項郎。」

項少龍吻著她小嘴柔聲道：「我一定不會輸的。」

這時敲門聲響，春盈的聲音傳來道：「項爺，陶公著我們來爲你沐浴更衣。」

舒兒欣然坐起來，喜孜孜地道：「今趟讓舒兒盡心服侍你。」

第十章　共度春宵

陶方透過車窗低聲向項少龍道：「我知少龍早猜到要見你的人是雅夫人。自她丈夫趙括戰死長平後，這蕩婦終日獵取美男做她入幕之賓，若試過滿意的話，會留下做面首，連晉便是其中之一。」

項少龍悄聲問道：「她的老哥孝成王知道她的事嗎？」

陶方道：「全城佈滿密探，大王怎會不知道？只因當年大王中了秦國范雎反間之計，以趙括代替廉頗，又不聽當時丞相藺相如諫言，派了這只懂空言又不知恤兵的趙括出戰秦兵於長平，害得四十萬大軍全軍覆沒，趙括落得飲恨沙場，回來者僅二百四十人，所以大王待這妹子多少心懷歉疚，對她的作爲不聞不問。故雅夫人對大王頗仍有點影響力，你切莫得罪她。」打出手勢，教御者起行。

車內的項少龍心中頗感好笑，當日初到武安，曾想過要當男妓賺取盤纏路費，豈知今日身不由己，竟眞的當起男妓來，顧客就是那雅夫人。

他飽受折磨打擊，無心窗外不停變換的街景，心內思潮起伏。

自己以前的想法眞的非常幼稚，以爲憑著自己的軍事訓練修養，自可在這時代大展所長，豈知人事複雜處，古今如一，匹夫之勇根本起不了作用。

想掌握自己的命運，必須用非常手段，把所有的人都踩在腳下，才可不用仰仗別人鼻息，苟且偷生。

眼前最重要的事，莫過於擊敗連晉，可是早前和他拚過兩招，這人的劍術確已臻登峰造極的境界，自己就算加上拳腳，恐亦無奈他何。而且連晉說得對，他項少龍習墨子劍法至今不過幾個月的時光，經驗、火候都嫌不夠，怎鬥得過他？

剛才交手時，連晉表現得出奇地氣定神閒，冷靜自如，正是元宗所說眞正劍手的境界。而他卻暴躁衝動，若不能逆轉情況，他必敗無疑，怎麼辦才好呢？

忽地心中一動，想起那絕色美女烏廷芳。

假若自己能俘擄她的芳心，會對連晉這自負不凡的人造成怎樣的打擊？說到追美女，一向是他自認的拿手好戲，烏廷芳這可惡的嫩娃兒怎抗拒得了他。問題是古代沒有打電話約會那回事，自己如何向她下手？

馬車經過一列大宅，門前有守衛站崗，又見有衣飾異於趙人的人物出入，心中好奇，揚聲詢問駕車的御者。

御者答道：「那是別國人在邯鄲的府宅。」

項少龍心中一喜，想到說不定秦始皇嬴政就住在這裡，心兒不由躍動起來。

馬車轉右進入另一條石板築成的大道，朝一座大宅進發。

項少龍收攝心神，向自己道，項少龍！這是你應該改變的時刻了，再不能那麼容易對人推心置腹，感情用事。

好！就讓我施展手段，先征服雅夫人，教連晉受到第一個嚴重打擊。

換過一身剪裁合身的武士勁服，外罩披風，腰佩長劍，頭頂束髮冠冕的項少龍在兩名美婢引領下，昂然步入雅夫人宏偉的府第中。

婢女領他席地坐下，奉上香茗，又姍姍去了，留下他一個人獨坐在廣闊的大廳裡。

項少龍悶著無聊，極目四顧。

大廳佈置典雅，牆上掛有帛畫，畫的是宮廷人物，色彩鮮豔。

大廳中心鋪上一張大地氈，雲紋圖案，色彩素淨，使人看得很是舒服，靠牆的几櫃放滿珍玩，隨便拿一件回到二十一世紀去，一經拍賣，怕都可以一生吃喝不盡了。

就在這時，他心中隱隱生出被人在旁窺視的感覺。

項少龍若無其事地往左側一張八幅合成的大屏風看去，見隙縫處隱有眼珠反光的閃芒，心中好笑，知道定是那雅夫人來看貨色。

假若自己表現出不安或不耐煩的侷促醜態，會教這擅於玩弄男人的蕩婦心生鄙夷，想到這裡，頑皮起來，長身而起，一把揭掉了披風，露出可使任何女人迷醉的雄偉體魄，還伸了個懶腰，才走到其中一扇大窗前，往外望去，使雅夫人剛好看到他左面有若刀削的分明輪廓。

他挺立如山，一手收於身後，另一手握在劍上，眼中露出深思的表情，像演戲般演得神情十足。

他並沒有帶木劍來，那是他的秘密武器，不想在與連晉決戰前，洩露給任何人知道。

窗外的花園在夕照的餘暉下，倍見美麗寧逸。

清風徐來，令他精神舒爽。

他一時間忘了雅夫人正偷看他，想起自己那個時代。

在那時代，弱肉強食雖仍未改變過，可是總有法理可循，國與國間亦有公法。但在這戰國的世界裡，君主的命令就是法規，大國的說話便是公理，這樣看來，秦始皇並沒有做了甚麼大錯事。沒有他就沒有統一的中國，遲早都會給外族蠶食吞掉。正是在秦始皇的極權統治下，才擴建成使中國能保持長期大一統的長城。

腳步聲響起，美婢來請他到內進去覲見雅夫人，並解下佩劍。

項少龍知道過了第一關，夷然解劍，隨美婢往府內走去。

他才跨過門檻，便見一位俏婦斜臥另一端的長軟墊上，體態舒閒，一手支著下頷，黑白分明但又似蒙上一層迷霧的動人眸子冷冷打量著他，雪白的足踝在羅裙下露了出來，形成一幅能令任何男人神魂顛倒的美人倚臥圖。

小廳內沒有燃燈，黯黃的陽光由西面的兩扇雕花大窗照進來。

美婢退了出去，留下項少龍挺立門前。

斜陽裡的雅夫人身披的羅衣不知是用甚麼質料縫製的，可能是眞絲雜以其他纖維，光輝燦爛。耳墜是玄黃的美玉，雲狀的髮髻橫插一枝金簪，閃爍生輝，衣綴明珠，絹裙輕薄，嬌軀散發濃郁的芳香。

她的臉型極美，眉目如畫，嫩滑的肌膚白裡透紅，誘人之極。

最使人迷醉的是她配合著動人體態顯露出來的那嬌慵懶散的風姿，成熟迷人的風情，比之烏廷芳又是另一種絕不遜色的嫵媚美豔。

她的年紀絕不超過二十五歲，正是女人的黃金歲月。

項少龍其實早已食指大動，但爲了要征服這豔婦，故意裝出不爲所動的傲然神態，龍行虎步般來到她躺臥處前五步許，施禮道：「項少龍拜見雅夫人。」話畢，全無顧忌在她惹火的身段行其毫無保留的注目禮，卻絲毫不露出色迷迷的神態，只像欣賞在外廳几櫃中的一件珍玩。

雅夫人一聲嬌笑，發出比銀鈴還好聽的清脆聲音，柔聲道：「項少龍！坐吧！」

項少龍微微一笑，以最瀟灑的姿態坐了下來，深深望進她的美眸裡，卻沒有說話。

雅夫人不悅地道：「我從未見過像你這般大膽無禮的目光，難道你不知道我的身分嗎？」

項少龍從容一笑，十足的自信自負，道：「臣子怎會不知夫人的身分，卻仍改變不了我是男人，你是女人的事實。我以男人看女人的目光來欣賞夫人，正顯示夫人的魅力大得足以使項某忘記了君臣上下之別。」

雅夫人一陣發呆，坐直嬌軀。

項少龍的眼光不由落到她高聳的酥胸上，這次絕非造作。

雅夫人怒道：「無禮！你在看甚麼？」

項少龍知道應適可而止，表情忽變得既嚴肅又恭順，正容道：「夫人既不喜歡臣子流露眞情，請隨便責罰。」

雅夫人有點手足無措地嗔道：「算了！你知不知道爲何本夫人召你來見？」

項少龍很想說自是來陪你上床或下蓆，但當然不敢漏出口來，輕鬆地道：「當然知道，夫人是想看看項少龍會不會是夫人一直在尋找的東西。」

雅夫人俏目亮了起來，與他對視了好一會兒後，「噗哧」笑道：「我從未見過比你更自大狂妄的男人。」

項少龍微笑站了起來，躬身道：「既惹來如此惡評，臣子這便告退。」轉身離去。

雅夫人想不到他有此一招，怒叱道：「給我停下，是否想連命都不要了？」

項少龍轉過身來，瀟灑笑道：「夫人息怒，其實我怎捨得離去，只是想看看夫人會不會出言留我，好共度良宵罷了！」

雅夫人給他灼灼的目光、逼人的氣度、一步不讓的言詞、此起彼伏的攻勢弄得芳心大亂，使她更是豔采照人。

太陽最後一絲餘暉終消失在邯鄲城外西方的地平線下。

小廳昏暗下來，把這對男女融入詭秘的氣氛裡。

項少龍走到雅夫人一旁的小几前，跪在蓆上，伸手取過放在几上的火種，燃亮了几上那盞精緻似玉石製成的油燈。

在燈光裡，雅夫人看著他那對明眸變成兩顆又圓又亮的稀世黑寶石。

項少龍暗想，自己出道以來還是第一次嘗到這麼浪漫旖旎的古典氣氛，今晚怎也要得到綺羅絲服下的美麗胴體，把她的身心全部徹底征服。

這是每一個曾見過她的男人的夢想，他自不例外。

他跪行來到她的身前，扶著她的香肩柔聲道：「要我把你當作夫人還是女人，夫人請示知。」

雅夫人發覺完全沒法再作頑抗，嬌軀一軟，倒入他懷裡，輕歎道：「爲何項少龍你會這麼處處逼人呢？」

項少龍輕狂地捧起她巧秀的玉頷，讓她的瓜子俏臉完全呈現眼底，在她鮮美的香唇上溫柔地吻了十多下，才痛吻下去，用盡他以前從色情電影或漫畫學回來而又實驗過證實是極其有效的挑情舌吻之法，挑逗這美女。大手趁機移了下去，掃過挺茁的酥胸和柔軟的腰肢，手掌按到她沒有半點多餘脂肪卻灼熱無比的小腹處。

雅夫人嬌軀款擺，渾身輕顫，呼吸愈來愈急速，反應不斷加劇，顯是開始動情。

項少龍離開她的香唇，愛憐地看著她無力地半睜的秀目，深情地道：「夫人快樂嗎？」

雅夫人露出茫然的神色，輕輕道：「我快樂嗎？不！我從來不敢想這個問題。」

項少龍心中暗歎，太美麗的女人總是紅顏命薄，責任當然在男人身上。不過一旦知道美麗只像個夢般短暫，便沒有多少美人能在逐漸失去美麗時，快樂得起來。

自古美人如名將，不許人間見白頭。

所以雅夫人才要趁自己風華正茂時，恣意獵取美男行樂。但現代的所有研究報告都指出，濫交是絕不會令人快樂的。

所以他項少龍一針見血地問了這句話，立教雅夫人情不自禁向他表露眞心，因爲給他擊中了要害。

項少龍想解她腰帶。

雅夫人嬌媚一笑，捉著他一雙手，然後把他拉了起來，小女孩般開懷地道：「但我知道今晚將會很快樂，來！到我房裡去，那裡預備了一席酒菜，我們邊喝酒邊談心好嗎？」

雅夫人把美酒送到項少龍唇邊，俏臉泛著迷人的笑意，道：「這是第一杯酒，少龍，我們一人飲一半好嗎？」

項少龍暗笑無論她出身如何高貴，地位如何高不可攀，始終還是個需要男人愛護憐惜的女人，自己就憑這點，可使她無法抗拒自己。

征服她唯一的方法就是把她當作一個普通女人，而更重要的是使她覺得做女人比做夫人好。

他很有把握做到這點，唯一的問題是到底連晉在她心內佔有多重要的位置，因爲他亦是個非常吸引女性的男人。

雅夫人可說是他和連晉的另一個戰場。

他就在雅夫人手中喝掉半杯酒，然後吻在她嘴上，緩緩把美酒度入她小嘴裡。

雅夫人「咿唔」作聲，又無力推開他，惟有乖乖喝掉他口內那半杯酒，俏臉升起兩朵紅暈，連兩個迷人的小酒渦都波及了。

項少龍離開她的小嘴，輕輕取過她手上的酒杯，在她有機會抗議前，灌進她急促喘息的小嘴裡，柔聲道：「這半杯是我的，你可不要喝進你美麗的小肚子去。」

雅夫人嬌嗔地白他一眼，香唇已給對方封著，口內的酒被他啜吸得一滴不剩。

兩人分了開，雅夫人不知是不勝酒力，還是春潮氾濫，嬌吟一聲倒入他懷裡。

項少龍仍不想這麼快佔有這身分尊貴的美女，逗起她的俏臉，熱吻雨點般灑到她的秀髮、臉龐、耳朵和玉項處。

雅夫人終撤掉了所有矜持與防禦，呻吟嬌喘，不能自已。

項少龍的手滑入她的羅裳裡，恣意愛撫、逐寸挑逗她充滿彈跳力和吹彈得破的嫩膚，任何地方都不遺漏，溫柔地道：「你現在有沒有給男人玩弄的感覺？」

雅夫人大嗔道：「你眞半點顏面都不留給人家嗎？」旋又繼續嬌吟。

項少龍的手停了下來，卻沒有抽出羅裳之外，俯頭細看這釵橫鬢亂、衣衫不整，一對玉腿半露的美女，嘴角飄出一絲笑意，道：「我可以細看夫人的身體嗎？」

雅夫人失聲道：「都不知給你摸了多少遍了，還要問人家？」

項少龍仰天一陣長笑，那種英雄氣概，看得雅夫人芳心立時軟化，垂下眼光柔順地道：「看吧！人家任你看。」

項少龍知道逐漸接近成功的階段，否則她不會表現得這麼放蕩馴服。手法立時由溫柔轉爲狂猛，還帶少許粗暴，開始對她展開正式的進攻和眞正的侵犯，同時卻暗恨自己，帶著如此機心去對付一位女性，但也是別無選擇，在這野蠻的時代，只有適者能生存下去。

夜就是如此過去。

她再不是王室貴婦，而只是一個在情郎身下婉轉承歡、愛慾焚身的蕩婦。

每一寸光陰都被激烈的情火慾流塡滿。

男女的狂歡和快樂一波又一波衝擊雅夫人，神魂顚倒中，她瘋狂叫著這可愛又可恨的男人的名字，撫摸和緊抱他完美的男性軀體，感受對方爆炸性的力量和似是永無休止的狂猛衝擊，一次又一次攀上靈慾交融的極峰。以往她和男人歡好後，總是立即把對方趕走，留下自己一人獨睡，連晉亦不能例外，可是今晚卻絕不想有一刻離開這男人的懷中。

但只是今晚，明天一切都會不同，沒有男人能使她投降的。

她只想俘擄男人，卻不想成爲俘虜，因爲那實在太痛苦了。

迷糊中她沉沉睡去，醒來時日上三竿。

項少龍不知去向，被上留下一枝剛從花園摘來的黃菊花。

雅夫人緊握花莖，臉龐逸出一個迷人滿足的甜笑。

第十一章　玉女多情

項少龍回到別館，陶方早在等候。

春盈等四婢捧來早點後，退了出去。

陶方邪笑道：「那騷娘兒精采嗎？」

項少龍發自眞心道：「精采絕倫。」

陶方收起笑容，正容道：「主人向大王提出你和連晉決鬥的事，大王非常高興，定在後天黃昏，我看這幾天你最好不要和女人鬼混，好養精蓄銳，此戰許勝不許敗。」

項少龍有點尷尬地道：「放心吧！我是愈多女人愈精神的，沒有女人反提不起勁。」見他半信半疑，再加上一句：「別忘記對付馬賊那晚，婷芳氏正陪我睡覺。」

陶方當然不知那晚他並沒有和婷芳氏合歡，羡慕地看他一眼後，道：「現在你成了邯鄲最受注目的人物。與主人齊名，以冶鐵起家的郭縱都問起你的事。」

項少龍奇道：「甚麼？竟還有人可和主人在財富上平起平坐？」

陶方道：「在趙國就只得這麼一個人，若說主人牛、馬、羊的數目要以山谷來量，那郭縱採鐵造出來的兵器便可以舟船來計，他不但供應整個趙國的需要，還供應所有友好的國家，賺回大筆進帳。」接著壓低聲音道：「大王對郭縱比對主人更恩寵，因爲主人的父親有一半是秦人血統，所以才有這麼古怪的名字。」

項少龍心中一動，像隱隱把握到一些模糊的念頭，但總不能清楚地描繪出來。

陶方續道：「昨晚我得人密報，烏廷威那敗家小子對你非常痛恨，又想得到你的燕國貴女舒兒，所以決定不理主人的命令，會在你與連晉決戰前殺死你。看來我要帶你去和大少爺打個招呼，教那小子不敢輕舉妄動。」

項少龍正想著烏氏倮有秦人血統那回事，難怪他這麼希望有趙人能勝過連晉，說不定他的眞心並非那麼想的，只是爲向趙王表明他完全站在趙人那方。所以不肯代燕人出頭，反把舒兒這樣的美女贈他，可能亦基於這種心態。

在戰國沒有比種族血緣更重要的事，由此可知要一統這麼多不同的國家民族，是如何困難。聞言問道：「連晉會不會和那小子一起對付我？」

陶方已對他推心置腹，言無不盡，道：「現在就算拿劍架在連晉脖子上，他都不肯提前動手。這混蛋四出挑戰，是希望驚動大王。大王一直沒有理睬他，還向四周的人表示不滿主人找了個外人來滅自己劍手的威風，今次他得到這個機會，哪肯破壞。」

項少龍暗忖這趙王如此胸襟狹隘不能容物，如何可成大器。笑道：「沒有了連晉，我才不怕那敗家子，他總不能找數百人來圍攻我吧？」

陶方對他的幽默大爲欣賞，失笑道：「當然不可以，何況此事還要秘密進行，不過見見大少爺打個招呼也好。主人的十七子裡，就數大少爺最本事，負起外地所有買賣，又生了個有機會成爲王后的美人兒烏廷芳出來，不過大王因著主人的秦人血統，對納孫小姐的事始終猶豫不決，因爲王室的貴族都反對這事呢！」

項少龍連頭都想得大了，表面看上去非常簡單的事，原來其中如此複雜，點頭答應道：「好吧！有機會我便去拜見大少爺。」

陶方道：「甚麼有沒有機會，現在我和你立即去見大少爺，免得賊過興兵，讓烏廷威先動了手。」

項少龍皺眉道：「起碼讓我換件衣服吧！」

陶方笑道：「快去！我在這裡等你。」

項少龍忙溜回內宅。

舒兒和四個美婢正爲他趕製武服，好讓他穿上去見趙王。項少龍心情轉佳，大施怪手，一邊享受她們的悉心伺候，一邊與她們嬉鬧調笑，才與陶方兩人策馬奔赴烏府。

來到熱鬧的練武場，繞過那日晉見烏氏倮的大宅，穿過一個花園，抵達另一座宏偉的院落裡。

兩人被請入大廳等候。

不一會兒，一名武士走出來，把陶方請了進去，剩下項少龍一人，心中納悶，大少爺爲何不一起見他們兩人呢？

此時那武士又走出來，向項少龍道：「項爺請隨小人來！」

項少龍隨他而去，先進入內進另一個偏廳，忽然折左，走到花園之內。

項少龍心中起疑，那武士忽地腳步加快，就在這時，劍影一閃，兩把長劍由兩邊花叢激射而出，飆刺他左、右兩脅。

幸好他早有預感，不進不退，原地拔劍，「鏘鏘」兩聲，不但逼退敵人，還劈傷了其中一人。

驀地樹後草叢裡鑽出了三十多名武士，其中一個自是那烏廷威，把他重重圍起。

項少龍持劍而立，夷然不懼。

烏廷威躲在武士身後，得意地道：「狗奴才，今次看你逃到哪裡去？」

項少龍瀟灑笑道：「莫說今次，上次逃的也不是我吧？」

烏廷威本以為對方會求饒，豈知一句不讓，勃然大怒道：「給我宰掉他。」

項少龍打架經驗何等豐富，深明先發制人之理，何況敵眾我寡，烏廷威甫開口，他已連人帶劍倒捲入身後的武士群裡，劍劈、腳踢、肘擊，虎入羊群般連傷數人，都是傷重倒地，阻礙敵人的移動。

眾武士何曾遇過這種不講規則，只求效率的打法，又心怯此乃違背主人命令的行為，更見他如此悍勇，大部分均是虛張聲勢，應個景兒。

項少龍心恨烏廷威昨天狎玩舒兒，出手更不容情，把墨子劍法施展至極盡，奇奧玄妙，變化無窮，大開大闔中，偏又手法細膩，兼之忽進倏退，不時飛腳傷人，不一會兒殺得敵人東倒西歪，潰不成軍。

眾武士在烏廷威的催逼下，硬著頭皮衝上來，一個一個中劍、中腳倒下去，雖沒有一人是致命傷，卻都失去動手能力。

轉眼只剩下護在烏廷威前的十名武士。

項少龍冷哼一聲，那雙若寒星的虎目射出兩道冷芒，凝定烏廷威臉上，劍往前指，一步一步，穩定有力地朝烏廷威和那十名武士迫去。

烏廷威哪想到他如此神勇高明，放倒十多人後竟連氣都不喘一下，心中發毛，一邊指使手下進攻，自己卻往後退去。

項少龍哪肯放過他，搶前而出，一劍劈去，其中一名武士仗劍來擋，「鏘」的一聲，那武士竟給他劈得連人帶劍滾倒地上，可知他的膂力是如何驚人。

眾武士大驚失色，怕他傷害烏廷威，幾把劍夾擊而至。

今次項少龍沒有搶攻，反幻起一團劍影，守在身前。

其中兩人還以爲他力竭勢盡，剛要乘勢強攻，忽地發覺對方既守得無懈可擊，更駭人的是暗藏反攻之勢，隱隱罩著他們，使他們泛起無路可逃的感覺。

這正是墨子劍法的精義，守中藏攻。當日項少龍被墨門最後一代鉅子元宗的反擊之勢迫得無法一鼓作氣，劍勢散斷，眼前兩人遠遜當日的項少龍，更不濟事。

兩人魂飛魄散，正要抽劍退後，劍鋒暴漲，兩名武士一起濺血跌退。

項少龍趁其他人驚惶失措時，衝破敵人的保護網，往烏廷威搶去。

烏廷威硬著頭皮，仗劍擋格。

豈知項少龍往後速退，與趕來的武士戰作一團。

刺倒四人後，再撲往不住後退的烏廷威。

「鏘！」

一連七劍，烏廷威被他逼進林內，餘下的武士全倒地不起。

「噹！」

烏廷威長劍被挑飛，背脊撞到一棵大樹，面無血色，顫聲喝道：「大膽奴才，竟敢無禮！」

喉。

項少龍眼中射出森寒神色，冷冷道：「夠膽再叫一聲奴才來聽聽。」劍尖斜指這驕縱小子的咽喉。

項少龍並不虞會有其他人來此，因爲這是見不得光的事，烏廷威必早有安排，遣去了附近所有婢僕。

烏廷威受他氣勢所懾，連身體都顫抖起來，啞聲道：「你敢傷我嗎？」卻終不敢冒喚他奴才之險。

項少龍臉上一點表情都沒有，沉聲問道：「陶爺在哪裡？」

烏廷威差點哭出來道：「我只是派人拿著他吧！」

項少龍暗忖諒你也不敢妄作非爲至此，微微一笑道：「孫少爺，你不信我敢傷你嗎？我偏要刺瞎你一隻眼睛，你信也不信？」

烏廷威見他的笑容有種冰冷無情的味道，實比之猙眉怒目更教人心寒，終於崩潰下來，顫叫道：「不要！」

項少龍長劍斜飆而上，烏廷威慘叫的同時，項少龍背後一聲嬌叱傳至。

烏廷威以爲小眼不保，全身發軟，剛在褲襠內失禁撒尿時，長劍偏了少許，擦臉刺到樹幹處，眞的只是毫釐之差。

「砰！」

項少龍右腳側踢他股腿處，烏廷威橫飛開去時，項少龍回身持劍架住絕色美女烏廷芳的一劍。

項少龍冷眼看著她，問道：「孫小姐原來也有分兒嗎？」

烏廷芳氣得俏臉通紅，咬牙切齒道：「我要殺了你。」劍如長江大河般往他攻來，劍法遠勝乃兄，只是少了力道和經驗。

項少龍靈機一動，且戰且退，轉眼把她引進園林無人的深處。

烏廷芳見強攻不下，又急又氣，愈是力不從心，嬌喘連連，再劈兩劍，「噹」的一聲，長劍脫手而去。

項少龍劍回鞘內，一步跨前，把她摟入懷裡，整個抱起，壓在一棵樹上，俯頭瞧著她俏秀清甜的臉龐。

烏廷芳身疲力竭，只是象徵地掙扎幾下，便癱軟在他的擠壓裡，驚怒道：「你要幹甚麼？」

項少龍柔聲道：「當然是要索取賠償。」

烏廷芳大驚，奮起餘力掙扎，豈知項少龍借勢緊壓她敏感禁地，掙扎反變成似向對方做出強烈反應。

她自出生以來，還是第一次被男人如此輕薄無禮。連晉也抱過她，但均是立即被她推開，像現在那樣實是破題兒第一趟。

心裡雖然不悅，偏身體卻傳來陣陣銷魂蝕骨的奇異感覺。

她並沒有參與烏廷威的行動，只是察覺有異追出來看，見到整個過程。目睹項少龍不可一世的英雄氣概，驚人有效率的戰略和不遜色於連晉的劍術。而有一點是連晉都不及的，就是這人似乎有著無窮無盡的體力，冷漠時使人心寒，溫柔時則灑脫不羈，竟使她現在儘管被他大佔便宜，仍很難眞的痛恨對方。

她嬌體感覺愈趨強烈時，嬌嗔一聲，已給對方封上香唇。

烏廷芳又駭又羞，咬緊的牙關被對方舌頭突破，嚶嚀一聲，迷失在生平第一次和男人的親吻裡，連晉的影子立時消失得無影無蹤。

林外路上人聲、足音傳來。

項少龍離開她的香唇，咬她的耳珠道：「能得親孫小姐芳澤，縱死甘願。」放開了她，大步往外走出去。

烏廷芳身子一軟，順著樹身滑坐地上，所有忿恨消失得無影無蹤，身體仍有那種羞人的興奮和快感。

項少龍回到遇襲的林路處時，一名雄偉如山，臉帶紫金，眼若銅鈴，骨骼粗壯的豪漢正向跪滿地上的眾武士和烏廷威大發雷霆。

陶方則垂頭立在一旁，見他來到，打了個眼色。

項少龍避過一個傷勢較重被抬走的武士，才朝那大漢走去，下跪施禮。

他下劍極有分寸，只是令對方失去戰鬥能力，但初動手時爲生出威嚇作用，自然手下得重了些。

那大漢別過頭來打量項少龍，冷冷道：「廷芳呢？」

項少龍尚未回答，烏廷芳的聲音在後方響起道：「廷芳在此，他的劍法眞好，女兒無法傷他。」

大漢容色稍霽，先向烏廷威等喝道：「全給我滾！」

烏廷威看也不敢看項少龍，鬥敗公雞似的和眾武士一起滾蛋。

大漢轉向項少龍道：「起來！」

項少龍恭敬起立，發覺烏廷芳竟站在他身旁，還拿眼來瞄他。

陶方也大惑不解，眼光在兩人身上轉來轉去。

那大漢看了女兒一會兒後，轉到項少龍身上，喝道：「好！連傷三十多人，竟沒有一劍是致命之傷，如此劍法我還是第一次見到，和連晉的決戰，我烏應元買你項少龍贏。」

項少龍暗笑這時代還有誰比我更明白人體的結構，口中卻連聲謙讓。

烏應元再上下打量他幾眼，微笑道：「趙人少有長得像你那麼高大的，在秦人來說就不算太稀奇。」

項少龍心中泛起奇異的直覺，感到烏應元似乎以自己秦人的血統爲榮。可能他往來各地，胸襟廣闊，知道秦人的厲害，才有這種想法。

烏應元似對他頗爲欣賞，道：「現在我要到北面二十里的大牧場視察，少龍陪我一道去吧！」

烏廷芳嬌嗔道：「爹！女兒也要去。」

眾人齊感愕然，往她望去。

烏廷芳垂下俏臉，玉指不安地扭弄著衣角，模樣兒可愛極了。

第十二章　楓谷春潮

項少龍和一百五十名武士陪伴烏家父女，由北門出城，放騎在大草原上急馳。

烏廷芳興致高漲，一馬當先，烏應元怕女兒有失，正要著手下武士追去，項少龍見此良機，看來是烏廷芳有意給自己製造機會，忙自動請纓，催馬追去。

兩騎一先一後狂奔十多里，來到一個峽谷中，烏廷芳才放緩下來，這時兩匹馬兒都跑得直噴白氣。

項少龍來到她旁，扭頭望去，烏應元等早不知去向。

烏廷芳嬌笑道：「不用看了！這條是我才知道的捷徑，他們是不會向這裡來的。」

項少龍哪還用對方教他，挨了過去，一把將她抱過來，摟在懷裡，不理她軟弱的抗議，由玉頸吻起，最後貪婪地痛吻她濕軟的小嘴兒。

烏廷芳熱烈地反應，顯是初嘗滋味，樂此不疲。

吻到嘴也累時，早過了峽谷。

烏廷芳把頭枕在他肩上，仰望他含羞地道：「你的膽子真大，從沒有男人敢像你那樣對我無禮的。」

項少龍故作恭謹應道：「哪裡哪裡！我只是個膽小鬼吧！」

烏廷芳知他仍記恨昨天被自己罵作膽小鬼，「噗哧」一笑道：「騙人家，廷芳一看便知你是不會屈從於任何人的傢伙，包括爺爺在內。」

項少龍暗吃一驚道：「不論你這看法是對是錯，絕不可告訴任何人，若傳入主人耳內，我定小命不保。」

烏廷芳笑吟吟看他一會兒後，坐直嬌軀，勒馬停定，道：「看！過了前面的山谷，再經過一座小丘，便可見到牧場的入口。谷內有道美麗的小溪，溪水直流入牧場去。趁阿爹最少還有小半個時辰才到，你要不要向人家多索取點賠償呢？」

項少龍早心裡有數，這時代的女性只要被你奪得她的芳心，其直接大膽遠非二十一世紀的女性所能比擬，心中泛起打敗了連晉的快意，哈哈一笑道：「肯放過向你索償的一定是大呆子、蠢混蛋和瘋子。」催馬馳入谷內。

時值初秋時分，滿佈谷內的楓樹林一片豔紅，美若人間仙境，一道山泉由谷的一壁破巖瀉出，形成瀑潭溪澗，穿谷而去。

烏廷芳仍是個大孩子，歡天喜地跳下馬去，奔到瀑布逸下的清潭旁，神色雀躍。

項少龍來到她身旁，緊貼她的香背，就那麼給她寬衣解帶。

烏廷芳嚇得渾身發軟，死命執著他的手，駭然道：「你要幹甚麼？」

項少龍用嘴揩擦她的臉蛋，笑道：「這麼動人的潭水，不想洗個澡嗎？」

烏廷芳呻吟道：「不行啊！弄濕頭髮，爹定知我們幹過甚麼事，絕不會饒你的。」

項少龍道：「我們在淺水處浸浴不就行了？我可保證不弄濕你的秀髮。」

烏廷芳耳根都紅透了，垂下雙手，柔順地道：「好吧！記得不可弄濕人家的頭髮，你以為人家不知你眞正想的是甚麼嗎？」

項少龍心中百感交集，雖說他一向風流，可是男女之樂只當作生命的插曲，從沒存有機心，更沒想過會把愛情當作生存和向上爬的手段，神不守舍間，忽然驚覺與烏廷芳滾倒在鬆軟的土地上。

爲她解除束縛後，他亦脫掉衣服，把她放平在草地上。

烏廷芳大窘道：「說好是去玩水的嘛！」

項少龍收拾心情笑著道：「我想起沒有乾布抹身，終是不妥，不若就在這裡向你索償更好，你聽瀑布的聲音多麼悅耳。」

烏廷芳剛要細聽，項少龍的大口吻了下來，一雙手恣意無禮起來，她哪還記得去細聽瀑布的清音，本來仍未褪掉的迷人感覺，又開始衝擊她的身心，呻吟急喘中，四肢忍不住纏緊這俘擄了她芳心的男人。

項少龍雖是風流之人，仍未急色如斯，只是他知道像烏廷芳這種情竇初開的女孩，耳朵最軟，多情善變，若不打鐵趁熱，把生米煮成熟飯，說不定遇上英俊的連晉，又會轉投他的懷抱。

可是若佔據她處子之軀後，自己成爲她生命中第一個男人，那樣連晉將很難動搖他們兩人的親密關係。

以連晉的精明，不難發覺這絕世美女給自己得到了她寶貴的貞操，那種對連晉的打擊，正是他要求的事。任連晉如何看得開，這類牽涉到男人尊嚴和吸引力的事，定使這傢伙禁受不起。而他也達到打擊連晉的目的。

至於若給烏家發覺這事，也沒甚麼大不了的。只要他能擊敗連晉，必能讓趙王刮目相看，烏家哪還敢動他分毫，說不定雅夫人還會全力護著他哩。

想到這裡，知自己也愈來愈不擇手段和只顧利害了，可是在這強者爲王的時代，他也別無選擇。

就在這種心態下，他以最溫柔和討好的方式，讓這美麗的少女失身於他。事後又做足功夫，又疼又哄，使她享受到女性從男人身上所能得到最甜美的滋味。

兩人抵達綿延數十里的大牧場時，烏應元的人馬才在遠方出現。

牧場的負責人熱情地招呼他們，尤其見到高傲的孫小姐小鳥依人地依偎著項少龍，對他更是加倍逢迎。

大牧場是一個三面山環水繞的大盆地，只有東面是平原，但卻有一條大河横過，出入全憑一道吊橋，又建有高起的城牆，儼然自成一國。

牧場外駐有數十營趙兵，可見牧場內數之不盡的馬、牛、羊，實乃邯鄲城命脈所在。

兩人正參觀時，烏應元率眾趕至，輕責了烏廷芳兩句後向項少龍道：「來！讓我帶少龍四處看看！」

項少龍受寵若驚，和他換過坐騎，馳騁牧場之內，烏廷芳當然追隨左右。

烏應元隨意解說牧場經營的苦樂，顯然極爲在行又深有見地。

三人最後馳上一個滿是綿羊的小山丘上，烏廷芳童心大起，跳下馬自顧去逗弄羊兒。

兩人並肩馬上，俯視綿延不盡的壯麗山川美景。

烏應元看似隨口地道：「芳兒對少龍很有好感哩！」

項少龍不知他背後含意，尷尬地囁嚅以對。

烏應元微微一笑道：「這也好，我一向不喜歡連晉，此人城府甚深，又和武黑同流合污，只是爹寵信他們，我才拿他們沒辦法。」

項少龍靈機一動，想到陶方必是烏應元的人，愛屋及烏下，對自己吐露心聲，試探道：「聽陶公說，主人有意把孫小姐嫁入王室……」

烏應元冷哼一聲，道：「我曾和爹屢次爭拗，便是爲了此事。爹的年紀大了，看不清目前的形勢。」

項少龍愕然道：「少主！」

烏應元往他望來，兩眼鋒芒暴閃，冷然道：「少龍！你老老實實回答我，你究竟是何出身來歷，身體內流的是甚麼血液？」

項少龍知道既要編故事便絕不可猶豫，應道：「少主這麼看得起少龍，我也不敢隱瞞，其實我乃流落到山區的秦人和土女所生的後代，這事我連陶公都沒有明說。」

烏應元因有先入爲主的想法，沒有懷疑，思索一會兒後道：「假設我把芳兒許給你，你肯答應一生一世好好愛護她嗎？」

項少龍大喜，旋又頹然道：「可是主人怎肯答應？」

烏應元不耐煩地道：「先不要理他的問題。」

項少龍連忙轟然應諾。

烏應元嘴角露出一絲笑意，欣然道：「我欣賞你並非全因你的絕世劍術，又或在對付馬賊時顯露出來驚人的應變智慧，更重要的是你肯不顧自身，留後抗賊，讓戰友安全離去。這種對主子忠、對朋友義的做法，才使我放心把芳兒交給你。現在這個只是秘密協議，除陶方外，絕不准透露給第四個人知道，包括芳兒在內。」

項少龍隱隱感到他心內藏著一些計劃，要借重他的智謀與劍術，低聲問道：「少主有甚麼用得上少龍的地方，儘管吩咐。」

烏應元眼中閃過驚異之色，讚許道：「陶方果然沒有看錯你，只憑你觀人於微的心智，將來必是叱吒風雲的人物。」

頓了一頓，喟然道：「爹眞的老了，不知一切形勢正在急遽轉化中。」又望向他道：「自三晉建侯後，首著先鞭的是三晉趙、魏、韓裡的魏文侯。西方的秦、東邊的齊、南邊的韓、楚，以及北邊的趙，沒有不受過他的侵略。連邯鄲這麼堅固的大城池，仍要給他攻破，並佔據了達兩年之久，若非齊國出頭，魏還不肯退兵哩。」

項少龍那三個月間常和元宗暢談天下事，已不像以前那般無知，接口道：「可是後來魏兵被齊國的孫臏大敗於馬陵，然後秦、齊、趙接連對魏用兵，使其折兵損將，還失去了大片土地，聲勢已大不如前。」

烏應元對他的識見大為欣賞，點頭道：「邯鄲沒有多少人有你的見地。少龍告訴我，在列強裡，你最看好的是哪一個？」

項少龍不假思索便道：「當然是秦國，最終天下都要臣服於秦人腳下。」心中暗笑，不但邯鄲沒人有他這種識見，恐怕整個戰國都沒有人可像他那般肯定。

烏應元心中一震，問道：「我雖看好大秦，卻沒有你那麼肯定。憑甚麼你會有這個想法？」

項少龍差點啞口無言，幸好靈機一觸道：「關鍵在於東方諸國是否能合力抗秦，只看目前燕、趙之爭，便可知大概。」

烏應元道：「你說的是『合縱』和『連橫』了。」

縱者，合眾弱以攻一強。

橫者，事一強以攻眾弱。

這是戰國時代政策的兩大極端相反方向。

秦在西方，其他六強齊、魏、趙、韓、楚、燕分處東方南北。所以任何一國與秦聯手，是東、西的結合，故稱「連橫」；六國的結盟，是南、北的結合，南、北為縱，故稱「合縱」。

此時形勢愈來愈明顯，六國已逐漸失去單獨抗秦的力量，雖偶有小勝，卻不足以扭轉大局，但若聯合在一起，力量卻遠勝秦國。所以秦最懼怕的正是六國的合縱，所謂「常恐天下之一合而軋己」。

項少龍點頭以專家姿態侃侃而言道：「眼下東、南諸國誰願意維持現狀？沒有君主不想乘四鄰之隙而擴張領土、爭取利益，冀能成為天下霸主，所以合縱根本是沒有可能的。」

烏應元一震往他瞧來，道：「幸好你不是我敵人，還是我的未來女婿。」

項少龍豈聽不出他言下之意，就是若非如此，我定要把你除去，待要說話，烏廷芳走了回來，嬌笑道：「爹從沒有和人談得這麼投契的，少龍真有本領。」

烏應元仰天長笑道：「爹還要去看帳目，芳兒陪少龍四處走走！」拍馬去了。

項少龍跳下馬來。

烏廷芳嫣媚一笑，白他一眼道：「爹看來很喜歡你呢！少龍何時向他提親，那芳兒可整天磨在你身旁，到時不要討厭人家才好。」

項少龍對天立誓絕不會稍有變心後，拉著兩匹健馬並肩漫步道：「待我勝過連晉，有了身分地位，立即提親娶你，怕只怕過不得你爺爺那一關。」

烏廷芳兩眼一紅，道：「若爺爺不許，芳兒便死給他看。」

項少龍連忙勸道：「萬萬不可，最多我和你遠走高飛，教他們尋找不著。」

烏廷芳歡喜地扯他衣袖，雀躍地道：「大丈夫一諾千金，將來絕不能爲了捨不得榮華富貴或另有新寵而反悔，芳兒連身體都交了給你，你要一生一世好好珍惜人家啊！」

項少龍連忙說出她聽之永不厭倦的保證。心內憐意大盛，這美女的喜樂現在完全操縱在自己手內，自己怎可令她不開心。想不到自己竟會廣納妻妾，不過要養活她們，尤其像烏廷芳這種被人服侍、享受慣了的千金小姐，確非易事，想起當日在武安身無分文的滋味，便猶有餘悸。

烏廷芳忽道：「你小心連晉，他眞的很厲害，而且我看他雖或不敢殺你，至少會把你弄成殘廢方肯罷休。」

項少龍哈哈一笑道：「放心吧！若連他都鬥不贏，哪有資格娶你這天之驕女爲妻。」

第十三章 情場較量

項少龍返抵邯鄲時，已是黃昏時分，和烏廷芳依依惜別後策騎返回別館。

此行最大的收穫自是得到美女烏廷芳和與她父親建立某一程度的了解及情誼，還有便是在烏應元親自指點下，更熟習了馬性和騎術的竅門。

對他這曾受嚴格軍訓的特種精銳來說，學一天的作用等於普通人學一年那麼有效。

抵達別館，入口處竟有趙兵把守，嚇了一跳，幸好遇到李善，才知道趙王風聞少原君與烏廷威兩事後，不但警告所有人不准動項少龍，還調來禁衛保護他。一方面驚訝趙王耳目之靈，亦隱隱感到這場比武背後大不簡單。

正想著時，李善道：「雅夫人要你回來後立即到她的夫人府，馬車在等你哩！」

項少龍心中叫苦，他並非超人，這幾天差不多是不分晝夜地分別和舒兒、雅夫人、烏廷芳三位美人兒周旋，每次都是悉力以赴，此刻筋疲力盡，如何向雅夫人滿意交差？

他痛苦得差點呻吟起來，回宅匆匆更衣，安慰了捨不得他離去的舒兒一番後，坐上馬車，不理一切倒頭便睡。醒來時發覺夜已深沉，身在夫人府內，雅夫人蜷睡身旁，像頭溫馴的小貓兒。

項少龍心中升起無限溫馨，喚她兩聲，見她仍好夢正酣，溫柔地吻她的臉蛋、眼睛、鼻子、小嘴，小心為她蓋好被子，站起來步到窗旁。伸個懶腰，只覺精神飽滿，精力充沛。

無論如何，在贏了連晉後，定要去找嬴政，能見他一面也好。若沒有見過這個一手締造出中國的偉大人物，眞是死不甘心。

不過還有一事想不通，以邯鄲如此守衛森嚴的城市，這樣一個有資格繼承大秦王位的重要人物，將來如何溜出去？若不回咸陽，他如何登上王座？電影裡的邯鄲城，只是個不設防的城市，但現實裡卻是另一回事，嬴政如何回去做他的始皇帝呢？

當年嬴政的父親異人，得呂不韋這富甲一方的大商賈之助，才能成功溜掉。趙人既有前車之鑑，理應不容許同樣事情發生，縱使呂不韋再來，而趙人又忘記他做過的事，恐仍難以重施故技。而且那也不是幾日間可成的事。由呂不韋遇到異人，到異人返回秦國，中間相隔十多年，若非長平一戰，趙人被秦國的遠征軍坑殺了四十萬人，異人和呂不韋也不會爲怕遭受報復匆匆冒險溜回秦國，還無奈地留下趙姬和嬴政兩母子。

嬴政今年究竟多少歲，是否長得和秦人般高大？他很想知道，有個人可問問就好了。

「少龍！」

項少龍正想著被人知道會殺頭的事，聞聲著著實實嚇了一跳。

轉過身來。

美豔不可方物的雅夫人身穿單薄的羅裳，笑意盈盈地瞧著他。

項少龍道：「還以爲你睡熟了，給你嚇了一跳。」

雅夫人移了過來，直到擠緊他後，纖手纏上他的脖子，欣然道：「若不裝睡，怎試探到你的溫柔，本還以爲你在騙我，到見你給我嚇了一跳，才知道你眞不知人家是裝睡的。」

項少龍暗叫慚愧，自己入神想著對趙國大逆不道的事，反錯有錯著，眞有點運氣。

雅夫人閉目夢囈般道：「你不曉得自己多麼重，四名衛士抬你進來都不知如何辛苦，眞怕有一天會給你壓死呢！」

項少龍心中一蕩，笑道：「但昨晚夫人卻似嫌我壓得不夠力道呢！」

雅夫人白他一眼，離開他的懷抱，拉起他的手道：「本來人家打自一見你時，便立即想到要和你合體交歡，不知爲何現在還想和你說說心裡話兒。來吧！你的肚子應該餓哩，我們到後園的小樓賞月飲宴，好嗎？」

項少龍還是第一次聽到她以這般有商有量的語氣和自己說話，又見她不只是希望從自己身上得到肉慾的滿足，知這蕩女對自己生出情愫，心中充滿征服這難搞女人的成就感。正要說話，肚子「咕咕」的叫起來。

雅夫人花枝亂顫，一陣動人心魄的蕩笑後，嫵媚地橫他一眼，拖著他走出房外。

明月高掛天上，照亮整座大花園和位於園心兩層的小樓。

兩人飲醉食飽，倚在樓欄處共賞又圓又亮的明月。

雅夫人輕歎一聲道：「今早人家起床時，本立定決心不再找你，或者不那麼快找你，可是不到片刻便下令衛士把你拿來，想想卻是不妥，後來改派府僕駕馬車去迎你。哪知你和烏應元父女到了城外去，害得人家坐立不定，白等了你一天，甚麼人都不願見，連王兄召見我亦託病不去呢！」

聽著這風華絕代的美女吐露眞情，項少龍只覺心頭一片甜蜜。

自從時空機器把他強行送來這遠隔二千多年的戰國時代，事情一波接一波衝擊著他，使他根本無暇思索眼前的一切，只能設法掙扎求存。

現在他忽然清晰知道，天啊！他眞的來到古代，還和那不同時空的人物接觸、交談，甚至戰鬥和談情說愛。

只恨當時不能多問馬瘋子幾句，究竟是怎麼一回事。

這一切不是早發生了嗎？爲何現在卻仍然有過去、現在和未來，就像以往的現實那樣。

若改變已發生的事，對將來會造成甚麼影響？還是有著無數的過去，現在他面對的只是其中一個？

假設他找到秦始皇，殺了他，是否就沒有後來的中國？

一切均像夢幻般不眞實。

最眞實的時刻，只出現在與美女抵死纏綿之時，就像眼前的雅夫人。

「想甚麼哩！」

項少龍從沉思中驚醒過來，心中苦笑，自己的心事兒恐怕永遠都不可以吐露出來。

伸手脫下披風，來到她身後爲她披上，然後繞過她的玉臂，緊摟著她，同時抓著她一對纖手，柔聲地道：「爲甚麼對我這樣坦白呢？不怕我看穿你的弱點，控制你嗎？」

雅夫人微笑道：「當然不怕！要控制就控制個夠吧！我悶了整天，也想了整天，發覺自己眞的從來沒有快樂過。唉！對男女的事，我早麻木不仁。假設你是在王宮和公侯中長大的，會明白我的意思。」

項少龍奇怪地問道：「你生於王侯之家，理應百物無缺，要風得風，要雨得雨，爲何提起王宮，就像說著這世上最可怕的地方似的呢？」

雅夫人緊挨在他懷裡，好像要從他身上得到安全和溫暖，幽幽地道：「聽說以前在周朝時，王室和諸侯受到傳統和祭典禮儀的約束，兼且規定了須從其他王侯家中挑選妻子，所以一切合乎禮法，沒有人敢放縱。可是到了今天，王宮成爲天下最淫亂醜惡的地方。我親眼目睹自己的父兄長輩所犯的淫行惡事就不勝枚舉，像養了幾個孌童，還要他們塗脂抹粉，眞教人噁心。王叔最愛在客廳牆上畫滿男女交合的羞人情景，還召來大批臣子和宮女飲酒作樂，而我……噢！眞的不想說下去了。」

項少龍隱隱猜到其中可能牽涉到近親亂倫一類的事，想也不願想，點頭道：「不說最好，忘掉吧。」

雅夫人兩眼一紅，淒然道：「少龍，只有你能幫我忘掉可怕的過去。」

項少龍大喜，乘機道：「首先你不可以再和其他男人相好。」

雅夫人心中一震道：「你知道哩！」

項少龍心中暗歎，全城皆知的事，我怎會不知道？點了點頭。

雅夫人仰臉看了他好一會兒後，轉過身來，輕輕推開他。

項少龍不解地低頭細審她的神色。

雅夫人精靈烏黑的眸子緊盯著他，神態轉冷，平靜地道：「你是否在心中鄙夷我呢？」

項少龍大感頭痛，這女人確是喜怒難測，卻知這時退讓不得，冷冷道：「若你繼續過著面首三千的生活，我的確會看你不起。」

雅夫人最看不得他大男人的氣魄，軟化道：「少龍！抱我。」

項少龍搖頭道：「若你不答應我，恕難從命。」

雅夫人惶急地道：「可是你總不能整天陪我，有時你會出征打仗，你難道不知道寂寞是可以把人折磨死的嗎？」又幽幽一歎道：「我甚麼都有了，更不覺稀罕，只有獲得不同的男人，才能在某一段時間給人新鮮和刺激的感覺，好吧！你答應整天伴在我身旁，我便把所有的男人全趕跑。」

項少龍微笑道：「沒有相思之苦，哪來重聚的歡娛，過猶不及，辛苦得來的成果才會有價值。若夫人學不懂這快樂的至理，一生休想能快樂起來，儘管有我項少龍幫你都沒用。」

雅夫人凝神思忖片刻，俏目閃過驚異讚賞的神色，沉聲道：「你的思想很特別，很有新鮮的感覺，刺激我想起從未想過的問題，我正是過猶不及，所以沒有快樂的感覺。」

接著向他媚笑道：「我第一次感到和男人說話原來這麼有趣的。」

項少龍心道當然有趣，在二十一世紀老生常談的事，對你們來說已是思想上的突破。忽然間，他知道自己定可把雅夫人從連晉這奸小子手上奪過來，因為連晉少了他二千多年的識見。

我的天！那是多麼遙遠的距離啊！

雅夫人白他一眼，嗔道：「你的笑容很可恨，是否在笑人家？」又回復天眞可愛的小女孩情懷。

她是否只是個被寵縱至從沒有長大成熟的小女孩呢？

項少龍心中一動，指著天上明月說出牛郎織女的故事。最後吟道：「金風玉露一相逢，便勝卻人間無數。」

雅夫人聽得心神俱醉，仰首看著明月旁的虛空，幻想著那道鵲橋，歎道：「這兩句話是少龍作的嗎？音韻既好聽，意境又迷人。」

項少龍硬著頭皮道：「當然是我作的，你曾聽人說過嗎？」

雅夫人笑著道：「不要那麼緊張好嗎？告訴我，爲何要我聽這麼淒涼無奈的故事？」

項少龍來到她身旁，憑欄挨著，淡然道：「我只想你去猜一下，當牛郎、織女每年一度相會時，他們會做甚麼事。」

雅夫人爲之失笑，風情無限地嬌笑道：「當然會做昨晚我們曾做足一晚的事哩！」

項少龍被她狐媚放浪的風姿逗得慾火狂升，有點粗暴地道：「快答覆我，你要項少龍還是其他像連晉般的男人，二者只可選取其一，答覆了我便把你抱入樓內去。」

雅夫人專注地瞪他半晌，含笑道：「若你能再作出兩句詩文，可以像剛才那兩句般打動人家，我便答應以後只做你的女人。」

項少龍心中暗喜，今次就以詩仙李白的名句來刺激你，隨口道：「君不見高堂明鏡悲白髮，朝如青絲暮成雪。」這兩句詩對女人來說，最是一針見血。

雅夫人嬌軀劇震，低頭輕唸兩遍，無限深情由秀眸裡傾瀉而出，柔聲地道：「項少龍！你贏哩，抱我進去吧！」

兩人剛入樓內，準備進入寢室，一名俏婢急奔上來稟告道：「夫人！連爺來了。」

項少龍一震放下了雅夫人，冷冷瞪她一眼，自然在說，原來連晉竟可在你府內橫衝直撞，隨時登堂入室來找你。

雅夫人先吩咐俏婢道：「還不去阻截他，告訴他我今晚不想見他。」

婢女領命去後，雅夫人才嗔怪地橫了項少龍一眼道：「人家不是表明了心跡嗎？」

項少龍尚未答話，連晉的聲音在樓下響起道：「連晉既已到此，夫人何忍連悅耳的聲音都不肯讓在下聽上半句？」

項少龍心中暗讚，這連晉確有迷倒女人的風度和手段。

果然雅夫人眼中露出茫然神色，顯是被連晉勾起美麗的回憶。

連晉又道：「今晚明月當空，美景無窮，夫人一人獨寢，不嫌寂寞嗎？」

雅夫人一震醒來，芳心忐忑地偷看項少龍一眼，見他臉上現出不悅之色，忽恨起連晉來，喝斥道：「聲音聽過哩，快走吧！」

項少龍見她仍未肯把話說絕，知她對連晉尚有餘情，大不是滋味，悶哼一聲。

連晉怒喝道：「誰在上面？」

侍衛斥喝聲響起，接著是兵刃交擊聲和痛呼聲，然後登樓聲響起，連晉走了上來，後面追著侍衛。

雅夫人向眾侍衛喝道：「沒你們的事，退下去。」

連晉怒瞪項少龍，失去了往日的從容，眼睛似要噴出火來，一字一字道：「又是你項少龍。」

雅夫人正要向連晉責罵，項少龍截著她道：「夫人請進房內。」

雅夫人絕不想留下這對情敵在此，卻知道若不聽項少龍吩咐，便等若讓連晉贏此一役，那自己將永遠失去了這心高氣傲的男子，咬著下唇，乖乖退入寢室。

連晉見這從不肯眞正屈服的美女，竟屈從在項少龍的「淫威」下，氣得差點嘔血，一時說不出話來。

項少龍一對虎目射出森寒的光芒，沉聲道：「昨天是否你唆使孫少爺來碰我的燕女？」

連晉城府極深，惱怒過後，回復冷靜，輕笑道：「不只燕女，連你那素女都是我通知少原君去及時搶走的。」

項少龍仰天一陣悲笑，再望往連晉時，變得一點表情都沒有，沉聲道：「好！若我項少龍讓你活過後天，我項少龍便跟你這人渣的老爹姓。」

連晉當然不知道「人渣」是甚麼，知道總不會是好說話，哈哈一笑道：「這正是我連晉想對你說的話。」接著向寢室揚聲喚道：「後晚連晉再來時，夫人當不會拒絕我做入幕之賓吧！」再一聲長笑，下樓去了。

項少龍眞想追下去立即與他決一死戰，可是若殺了他，可能會因有違王命被立即斬首，惟有強忍下這口鳥氣。

素女自殺慘死的禍首，現在他清楚地知道是誰！

不過他絕不會放過那少原君。

「氣消了嗎？」

項少龍轉過身去，看著倚門而立的雅夫人一會兒後，走過去攔腰把她抱起，進入室內。

這時他心中再沒有半點柔情蜜意，有的只是暴風雨般的忿恨。他需要紓洩心中的痛楚，對象就是雅夫人。

雅夫人緊摟著他，嚷道：「少龍你真好！弄得人家如登仙境，從沒有男人能像你那麼狂野有力對待人家的，眞的精采絕倫。」

發洩了恨氣的項少龍聽得瞠目結舌，自己那樣撻伐她，反贏來她由衷的讚美，看來她是有點被虐狂了。

雅夫人嗔道：「爲甚麼不說話？人家以後全聽你的話，行嗎？」

項少龍笑道：「這才像話。」

雅夫人不依地扭動兩下，不一會兒沉沉睡去。

反而項少龍因早睡了一覺，又心痛害死素女，就那麼瞪大眼左思右想，臨天明前，不堪疲累睡了過去。

醒來時秋陽早昇起來，暗叫乖乖不得了，如此縱慾，明天哪還有力氣和連晉舞刀弄劍，忙爬起來，立定決心，由現在起至決鬥期間，絕不再沾女色，而事實上他對這方面亦生出倦意。

走出廳外，立時看呆了眼。

平時宮髻麗服的雅夫人，換過一身普通婦女所穿的便服，臉上薄施脂粉，連一對耳墜都沒戴，別具另一種醉人的清麗丰神。

她站在樓梯旁，顯是剛剛上來。

見到項少龍時毫不吝嗇贈他一個笑容，迎上來擁抱他道：「讓民女服侍大人梳洗。」

項少龍笑著道：「你喜歡做民女嗎？」

雅夫人赧然點頭，道：「今天我要你陪我去逛街吃東西。」

項少龍大感頭痛，昨天還答應烏廷芳去看她，陶方亦必然有事找自己密斟，他更想找點時間陪伴寂寞的舒兒，唉！若懂分身術就好了。

眞想硬起心腸拒絕雅夫人，可是見她那興致勃勃、滿臉期待的神情，偏說不出口來。

談笑一番後，兩人溜到街外，漫步而行。

不知不覺說說笑笑間，來到那天往雅夫人府途中曾經過的別國人居住的大宅。

項少龍乘機問道：「這些地方住的是甚麼人，爲何守衛這麼森嚴？」

雅夫人答道：「大多是被我們打敗的國家，求和時送來做保證的人質。」

項少龍問道：「有沒有些特別有身分的人？」

雅夫人道：「所有人都是王族的身分，最重要的便是嬴政了，他是秦國子楚的嫡子，唉！不過這人不提也罷。」

項少龍追問道：「你認識他嗎？」

雅夫人俏臉一紅，有點不情願地道：「不但認識，還很熟呢！」

項少龍皺眉道：「難道他也是你入幕之賓，他不是個小孩子嗎？」

據電影描述，秦始皇登位時才十三歲，現在豈非只有八、九歲，雅夫人難道連小孩子都不肯放過？

雅夫人啐道：「你哪裡聽來的，他最多比你年輕兩、三歲吧！」

項少龍心想難道史書記載錯了？

雅夫人挽起他手臂道：「算我不對，求你不要再翻人家舊帳好嗎？」

項少龍不敢再問，怕她起疑心，暗忖以後有的是機會，說不定可透過她認識這超凡絕世的風雲人物。

提議道：「不如我們先回別館，看看有沒有急事找我。」

雅夫人只要和他在一起，再無所求，欣然道：「好啊！讓我看看你藏起來的燕國美女出落得怎麼美麗。」

項少龍愕然道：「你知道舒兒？」

雅夫人快樂得像個忘憂無慮的小女孩，挺起酥胸得意洋洋地道：「『知彼知己，百戰不殆』，這是孫子兵法教的。我還知道烏廷芳那丫頭愛上你呢！連晉與你在情場的較量，眞是一敗塗地。」

項少龍頭皮發麻，心內生寒。暗忖烏府其實佈滿趙王的探子和臥底，因爲他並不信任有一半秦人血統的烏家人。

此事非同小可，定要找個機會告訴烏應元，否則隨時有誅家滅族的厄運。

心驚肉跳中，項少龍攜美而行，漫遊邯鄲城車來人往、摩肩接踵的古代大道。

這是否只是因馬瘋子的機器所引發出來的一場時空之夢？

項少龍忽地感到一片茫然。但他知道無論未來如何可怕，他已深深愛上這古老的年代和身旁的美女。

第十四章　侯爺趙穆

項少龍和喬裝民女的雅夫人朝別館的方向走去，一路有說有笑，非常融洽。

雅夫人道：「武士別館我聽得多了，但人人勸我不要去，說那裡品流複雜，你那間烏氏別館和郭氏別館是最高級的，沒有點身分的武士都沒資格住進去的。」

項少龍饒有興趣道：「我住的別館原來這麼有地位嗎？連我自己都不知道，甚至那裡住了多少武士和甚麼人我也不清楚。」

雅夫人道：「你不會連連晉住在那裡也不知道吧！」

項少龍一驚問道：「眞的嗎？」難怪那天他把烏廷威帶來。

昨晚他盛怒而回，不會對舒兒不利吧？想到這裡，恨不得插翼飛回別館去。

雅夫人待要說話，俏臉忽地泛起不自然的表情。

項少龍循她的眼光看去，只見對街的行人裡，有一群十多個武士，擁著一名軀體挺拔、霸氣十足的錦袍疤面大漢，正別過頭來，盯著他們兩人。

雅夫人低頭向他輕聲道：「快走！」

急步前行，項少龍滿肚疑惑，追在她身後。

眼角瞥處，那群人分了兩名武士橫過車馬往來的街道，追了上來，其中一人高嚷道：「夫人慢走！」

雅夫人停下來，無奈地歎一口氣，項少龍惟有陪她止步。

兩人繞到他們身前，先不友善地瞪項少龍兩眼，然後向雅夫人恭敬施禮，道：「侯爺請夫人過去相見。」

項少龍本以爲雅夫人定會拒絕，哪知她歎了一口氣後道：「你們先回去，告訴侯爺我交代兩句話後便過去見他。」

兩人不屑地瞧了項少龍兩眼，才走回對面街去。

雅夫人惶恐地看他一眼，垂頭道：「少龍！對不起！今天不能陪你了，遲些再找你好嗎？」

項少龍無名火起，問道：「那侯爺是誰？爲何一句話便可由我身邊把你搶走。」

雅夫人哀求道：「求你不要問，我去了！」就那麼走了。

項少龍看著雅夫人直抵那群人中那身穿華服、臉帶劍疤的大漢旁，給他抄起蠻腰，摟抱而去，胸口立時像被人打一拳般難受。

他愈來愈弄不清楚這些人間的關係。以雅夫人的地位，怎麼像怕了這侯爺似的，還任他當著自己眼前又摟又抱，擺明要掃自己的面子。

他呆立半晌，呼吸困難，心中充滿屈辱之情，偏又無處發洩。

搭上蕩女確是沒趣，你永遠不知道她還有多少面首。他甚至不再想知道這侯爺的任何事，以後不要再見到雅夫人。

蹄聲響起。

項少龍驚醒過來，仰頭一望，見到李善和幾名武士氣急敗壞趕到，叫道：「項大哥！我們到雅夫人處找你，說你和雅夫人剛剛離開。」

項少龍心生不祥預感，問道：「甚麼事？」

李善哭喪著臉道：「舒兒被人姦殺了！」

這句話像晴天霹靂，震撼得他踉蹌跌退，直撞到背後一堵牆壁上，臉上半點血色都沒有。

掀開錦被，舒兒滿佈瘀痕的赤裸身體，冰冷沒有生命地仰躺榻上，雙目滲出的鮮血早凝固發黑。致命的是纏在頸上的一條紅繩，深嵌進頸項裡，下身一片狼藉。

舒兒死了！以最屈辱和殘酷的方式被虐殺死了。

項少龍全身冰冷，完全沒法接受眼前的事實。

素女的死是隔離的，他並沒有親眼目睹，而且來到這二千多年前的時空裡，一切均有點夢幻般不眞實，連死亡都像開玩笑似的；雖悲痛卻不深刻，所以當他為其他事分心時，很容易把素女的自殺放在一旁，甚至忘記。但舒兒卻是另一回事！

他的心在淌血！

在旁的陶方說話的聲音像是在遠方響起般道：「今早春盈進房時，舒兒便是這樣子了，唉！我也不知說甚麼才好，凶手定是別館內的人。」

項少龍甚麼都不想再問。

敢動舒兒的只有兩個人，一是烏廷威，另一個是連晉。他才不相信烏廷威有這麼大膽子，所以凶手定是連晉，他看準自己莫奈他何，至少在決戰前不敢動他，他是要不擇手段打擊自己。

沒有人會爲一個燕國送來的贈品出頭，包括陶方或烏應元在內。

他從未像此刻般那麼想殺死一個人。

陶方道：「不若搬來與我同住吧！我的夫人和女兒們都很想見你。」

項少龍冷靜地把錦被將舒兒整個蓋起來，搖頭道：「不！我要睡在這裡，但由此刻起不需任何人伺候，更不要讓任何人來這裡。給我爲舒兒辦後事吧！我想一個人靜靜想一想。」

陶方憂慮地道：「少龍！千萬不要折磨自己，明晚是你和連晉比武的要緊日子，現在全城人都等著知道結果。」

項少龍變得冰雪般冷漠和平靜，淡淡道：「放心吧！沒有人比我更重視明晚的約會。」

經過這麼多殘忍的打擊，他終於收拾起玩世的浪子情懷，變回原先那時代悉心培養出來的殺人機器和爲任務不擇手段的冷酷戰士。

整個下午，項少龍留在舒兒被殺的房內。

他沒有痛哭，沒有流淚。

悲傷絕望只是弱者的行爲。

在這戰國時代，在這大部分人都爲一己之利無惡不作的年代，只有強者才能生存。

看到舒兒的屍體時，他深切體會到現實的冷酷無情，體會到這是個無法無天的強權社會。

他要報仇，就要成爲最強的人。

待陶方等人退出宅院後，他拿起木劍，專心致志練起劍來，鑽研墨子劍法的精要。心領神會後，他把其中最精妙的十式不斷重複演習。

墨子劍法重守不重攻，但每一招的餘勢都隱含攻勢。假若能把這種攻勢加以演繹，那守而不攻的劍法便可變成攻守兼備，想到這裡，心中湧起狂喜，揚手揮劍，一時劍勢吞吐不定，有若天馬行空。

舞得興起，項少龍撲出廳去，利用更寬廣的空間施展，並把對人體結構和力學的認識，完全融入劍法裡。

劍風霍霍中，一忽兒飄遊無定，一忽兒若天馬行空，無跡可循。每一攻擊都是由墨子劍法的寓攻於守中變化出來。

狂喝一聲，連續劈出百多劍，竟無一招採取守勢。

劍影一收，木劍移到眉心，以劍正眼。

一道嬌俏的人影撲入廳內，惶急呼道：「少龍！」

項少龍放下木劍，烏廷芳不顧一切撲入他懷裡，悲泣道：「少龍，少龍！」

項少龍一手劍指地上，另一手摟著懷中玉人，心中又湧起舒兒慘死的悲痛，五臟六腑全絞作一團，淒然道：「你知道舒兒的事了。」

烏廷芳抽搐著點頭，泣不成聲，爲他難過。

她抬起梨花帶雨的俏臉，凝著淚眼瞧他道：「陶公來找阿爹，查問大哥的行蹤，我那時還怪你不來找人家，聽到舒兒的事後人家不理爹的反對立即趕來。少龍！大哥自昨晨起給爹關了起來，絕對與這件事沒有關係。」

項少龍點頭道：「放心吧！我早知道凶手是誰。」

烏廷芳垂頭輕輕問道：「你是否懷疑連晉，他……他雖恃才傲物，但人卻很……噢！不會是他吧？」

項少龍歎道：「他正在追求你，自然在你面前充正人君子，告訴我，是誰引你大哥來找舒兒？」

烏廷芳爲之語塞，看樣子顯然仍不相信連晉會犯此惡行。

門外一聲乾咳，兩人忙分了開來。

陶方走進來，向項少龍打個眼色，表示有話要對他說。

項少龍對烏廷芳道：「小姐不若先回家去，我辦妥一點事後立即來見你。」

烏廷芳不依道：「不！最多人家在一旁等你吧。」

陶方訝異地看她一眼，想不到驕縱的小姐竟會對項少龍如此馴服癡纏。

項少龍無奈道：「好吧！你在這裡坐一會兒，我和陶公到花園裡說幾句話，請他代我辦點事！」

烏廷芳見他和陶方說話不許她聽，本是心中不悅，聽到最後那一句，才欣然答應。

兩人來到花園裡，陶方臉上憂色重重，沉吟半晌，才道：「少龍知否在邯鄲眞正掌握權力的人是誰？」

項少龍愕然問道：「難道不是大王嗎？」

陶方環視清幽的花園，除進口處有武士把守外，肯定四周無人後，搭著他肩頭低聲道：「表面看來當然是他權力最大，可是還有一個人能影響和操縱他，這人才是趙國眞正的主宰。」

項少龍皺眉問道：「誰能影響大王？」

陶方苦笑道：「他的男人。」

項少龍失聲道：「甚麼？」

陶方歎道：「我們大王好男色之事，天下聞名。據宮裡傳出的消息，每逢大王見此人，都穿上女裝，你明白我的意思吧！」

項少龍恍然道：「這人是誰？」暗忖難怪烏應元不想烏廷芳嫁入王宮，而趙王又肯放過烏廷芳這麼動人的美女。

陶方壓低聲音道：「他是巨鹿侯趙穆，此人心計、劍術均爲我大趙之冠，手下更高手如雲，府內食客有來自各地的奇人異士，隱然爲繼平原君趙勝後，我國最有勢力的人。」

項少龍想起把雅夫人強召去的侯爺，肯定是趙穆無疑，難怪雅夫人如此怕他，問道：「雅夫人是否他的女人？」

陶方一震道：「你怎會知道的？」

項少龍把今早的事說出來。

陶方的臉色更難看，在他再三追問下才道：「對巨鹿侯來說，趙雅只是他其中一件精采玩物。他擁有無數美女、俊男，以前壓著他的平原君一死，他更肆無忌憚。現在除主人、郭縱和幾位大將外，其他人均不放在他眼裡，公卿貴族對他都是敢怒不敢言。」

項少龍大感頭痛，不過總算弄清楚了點趙國的權力架構。

陶方不勝唏噓道：「長平之戰前，我國地雖偏遠，人口、土地亦較少，但軍旅卻是無敵於天下，文有藺相如，屢破秦人奸計；武有趙奢、廉頗、李牧；平原君趙勝更是文武兼資，有他爲相，秦人莫奈我何。可是自惠王和這些一代名臣武將逝去後，我們的孝成王空有一個廉頗而不用，反起用趙奢之子趙括，招來長平的慘敗，使我們由強轉弱，令人扼腕歎息。」

項少龍記起這長平之戰的大罪人趙括乃雅夫人的亡夫，乘機問道：「大王為何要用趙括取代廉頗？」

陶方搖頭苦笑道：「還不是他的口才了得，這人生得一表人才，長於分析，精通兵學，辯論起來，連他那曾以少勝多大破秦軍於韓地的父親趙奢仍說他不過。可是趙奢卻認為他兒子不可以為將，所以當大王任他為大將時，連趙奢夫人都反對，只是大王受他『空言談兵』的漂亮言詞所惑，一意孤行。」

項少龍不解道：「為何趙奢這麼小看他的兒子？」

陶方歎道：「因為趙奢看穿他的寶貝兒子過於自負，不聽人言，只尚空言放論，剛愎自用。說是沒有人說得過他，但打卻打不過人家。」

接著憤怨地道：「長平一役，他佔盡地勢、補給之利，先前的指揮廉頗又以逸待勞，弄得秦人的遠征軍糧乏兵疲。豈知他甫到立即下令全軍空城而出，又倉卒深入敵陣，結果不但被秦人反攻回城內，更給截斷補給線，個多月便糧絕城破，被秦將白起幹出了有史以來最殘酷的大屠殺。大王對此事實難辭其咎，若非他以趙括換廉頗，何來此事？」接著放低聲音道：「應元大少爺因此事對大王心灰意冷，現在少龍明白了嗎？」

項少龍知道陶方得烏應元的指示，對他推心置腹，問道：「陶公為何忽然提起巨鹿侯趙穆？」

陶方沉聲道：「因為他昨晚曾和連晉一起來到別館，天明後才離去，而以紅繩虐殺美女，正是他許多嗜好的其中一個，早有不少先例。」

項少龍劇震道：「甚麼？」

陶方又道：「千萬別激動，更不可輕舉妄動，否則徒招殺身之禍。他雖一向不管趙雅的事，可是趙雅破天荒兩次留你過夜，必招他之妒。經連晉這最懂借刀殺人的奸賊唆使獻計，致有此事發生。所以明晚之會，連晉有他撐腰，必會全力把你殺死。若你殺死連晉，卻會給他擺佈大王治你以罪，這情況我和大少爺商量後，決定向你說個清楚。」

項少龍再次渴望手內有一挺重機槍，可惜只是一把木劍，有事時烏氏倮都幫不上忙，更不要說烏應元和陶方。

陶方勸道：「這兩天最好少出門，若能擊敗連晉，取得大王的信任，趙穆或會改變對你的態度，到時大少爺會另有大計，但一切必須等到比武後再說。」

項少龍嘴角逸出一絲冷酷的笑意道：「我知道怎樣做了。」

陶方看得心中一寒，提醒他道：「你對趙穆表面須裝作若無其事，此人心胸狹隘，如開罪了他，定會招來報復。」

項少龍心中苦笑，這是個怎樣的世界？

回到房內，烏廷芳等得嘴也嘟長了。

項少龍心痛舒兒之死，沒有心情和她親熱，與她說一會兒心事話兒後道：「假若有一天我要離開趙國，芳兒肯否拋卻一切，和我遠走高飛？」

烏廷芳一呆，道：「那爹和娘呢？」

項少龍道：「先不要想他們的問題，我只問你自己的想法。」

烏廷芳顯然並不慣於有自己的想法，遲疑半晌才道：「人家當然要跟著你，可是那要不影響爹和娘才行。」

項少龍明白地道：「這個當然，我怎會只顧自己，不顧你的父母家庭。」

烏廷芳欣然投入他懷裡，仰起可愛的小嘴道：「少龍！親人家好嗎？」她初嘗滋味，自是樂此不疲。

項少龍無法可施，何況這又不是甚麼痛苦的事，摟著她吻了起來。

不片晌烏廷芳嬌軀扭動，臉紅如火，還主動愛撫他的虎背。

項少龍想起要保留體力，暗暗心驚，離開她的小甜嘴，軟硬兼施，又嚇又哄，把她逼回家去。

陶方早和一群武士在大門牽馬等她，見項少龍把她送出門來，鬆了一口氣。

舒兒和素女兩件事後，再沒有人敢對與項少龍親密的女人掉以輕心，烏廷芳的身分雖與慘死的兩女大不相同，但誰也沒有把握同樣的事不會發生在她身上，那後果是沒有人承擔得起的。

上馬前，烏廷芳拉著項少龍道：「明晚才可以見你，爺爺答應帶我入宮看你們的比武，你千萬不要輸啊！」

正要登騎，連晉由別館步了出來，大叫道：「孫小姐請留步！」

仇人見面，分外眼紅。但項少龍早擬定策略，一點不把內心的感覺流露出來，還移到一旁，觀看烏廷芳對前任男友的反應。

連晉眼尾不住望向項少龍和陶方等人，大步來到烏廷芳前。

烏廷芳偷看項少龍一眼，有點手足無措地道：「連大哥！我要趕著回家。」

連晉深深望她一眼，臉上泛起一個凡是女人見到都會覺得迷人的笑容，柔聲道：「那就讓大哥送你一程吧！」

烏廷芳暗吃一驚，偷看木無表情的項少龍一眼後搖頭道：「不用哩！陶公會送我回去。」

連晉仰天一笑，不屑地掃視項少龍、陶方等人一眼，哂道：「連自己的女人都保護不了，他們有何資格保護孫小姐。」

陶方和十多名武士均勃然色變，反是項少龍冷靜如常，不透露心中的怒火，只是冷眼旁觀。

陶方怒道：「連晉你說話最好檢點些。」

烏廷芳以前對陶方亦不大客氣，可是因項少龍的關係，愛屋及烏，嗔道：「你怎可這樣說話，快回去，我不要你送。」

連晉斜眼望向項少龍，冷笑一聲向烏廷芳道：「孫小姐難道忘了我們的山盟海誓嗎？」

烏廷芳惶恐地瞥項少龍一眼，跺足道：「不要亂說，誰和你有甚麼山……唉！不准你再說。」

連晉淡然一笑，道：「過了明晚才再口硬吧！」胸有成竹地向項少龍道：「我們走著瞧吧！現在連雅夫人都護你不住了。」言罷揚長而去。

烏廷芳哪受過這般侮辱，大叫道：「我要告訴爺爺。」

連晉只以狂笑回應，竟連烏氏倮都不在意似的。

項少龍和陶方交換個眼色，均大感不妥。

難道趙穆眞會爲他撐腰，否則他怎敢如此囂張？

項少龍剛返回屋內，便有下人來報，雅夫人派馬車來接他去。

項少龍想起她今早的事，心頭火起，一口回絕。

吃過晚飯後，他又再次研習墨子劍法，愈覺其博大精深，妙用無窮，能把人類的體能推展至極限。

正沉醉間，雅夫人竟芳駕親臨。

項少龍漠然不理，直到她挨入懷裡，才皺眉道：「你還來幹甚麼？」

雅夫人淒然道：「少龍！對不起。」

項少龍還要說話，頸項處像給毒蚊般叮了一口，駭然朝她望去，只見她纖指捏著一根細針，尖鋒處閃耀著奇異的綠色光澤，神智一陣迷糊，昏迷過去。

第十五章　色慾陷阱

被雅夫人的手下抬上馬車的一刻，項少龍醒轉過來，身子仍柔軟無力。

雅夫人坐進車裡，讓他枕在大腿上，輕柔地摩挲著他的頭髮，不時發出歎息，顯然不知他逐漸醒轉。

項少龍並不奇怪，因爲她不知道他曾受過對藥物的「抗體訓練」，接受過多種抗體的注射，擁有常人多倍以上對藥物和毒素的抵抗力。

針鋒的毒素極可能是從植物裡提煉出來，能使他暫時昏迷發軟，卻不會損害他身體的組織，造成永久的傷害，他甚至感到身體正逐漸回復力氣。

她爲何要對付他？

臉上傳來奇異的感覺，原來是雅夫人的淚水滴在自己臉上。

馬車徐徐開出，當然沒有人敢攔阻她的座駕。

雅夫人幽幽一歎，喃喃地道：「少龍不要怪我，我是被逼的，不這樣做，我們會很慘的。」

項少龍可非蠢材，怎還猜不到是巨鹿侯趙穆的陰謀，不過卻猜不到他會做何擺佈，諒他有天大的膽子，怕仍不敢公然傷害他。可是他爲何要助連晉這樣一個「外人」來對付他這個「自己人」呢？

雅夫人急促的呼吸平復下來，默然不語。

項少龍當然仍佯裝昏迷，乘機休息，好應付敵人下一步的陰謀。

馬車忽地停下，接著是車門打開的聲音。

雅夫人嬌軀一顫，輕呼道：「侯爺！」

那侯爺走上馬車，門關後繼續開出。

雅夫人的呼吸急促起來，驚駭道：「侯爺要幹甚麼？」

一把沉雄悅耳的聲音道：「沒甚麼！試試他的反應罷了。」

項少龍心中冷笑，已知對方有甚麼打算，暗忖這種小把戲自己也有得應付，集中意志，把身體完全放鬆。

果然大腿一陣劇痛，給對方用利器硬刺了一下。

雅夫人嗔道：「還不信奴家嗎？」

趙穆嘿然笑道：「小心駛得萬年船，我哪知你不是和他合起來騙我。」

雅夫人還想抗議，忽地嬌軀俯前，小嘴「咿唔」作聲，當然是給對方吻著。

項少龍還感到侯爺的手橫過他仰躺著的上空，向雅夫人大恣手足之慾，聽衣服「窸窣」之聲，趙穆的手必然探進雅夫人的衣裳內。

雅夫人嬌喘呻吟。

趙穆淫笑道：「騷娘兒愈來愈豐滿哩！」

雅夫人喘著氣道：「你今天還糟塌得人家不夠嗎？」又再「咿唔」、「嚶嚀」起來。

項少龍雖看不見，卻可把所有不堪入目的情景描畫出來，心中湧起嫉妒之念，旋又強壓下去，立誓永遠不會對雅夫人再生愛意。尤其這淫婦扭動得這麼厲害，顯然不堪對方的挑逗，這時的雅夫人在他心中變得一文不值。

趙穆放開雅夫人，邪笑道：「又想了嗎？」

雅夫人無力地挨在椅背，全身發燙，沒有作聲。

趙穆笑道：「假如我娶了你，趙雅你肯否放棄這小子而跟隨我呢？」

雅夫人歎道：「侯爺不要作弄奴家了，你看上的只是烏廷芳，怎會是我這人盡可夫的殘花敗柳呢？」

坐在對面的趙穆又伸手過去搓捏她的酥胸，笑道：「這麼有彈性，怎會是殘花敗柳，好了！我不逼你，只要你依我之言辦事，這小子明晚後就是你的了。」

項少龍心中恍然大悟，難怪趙穆這麼恨自己，原來是爲烏廷芳這絕色美人兒。

雅夫人任他輕薄，呻吟道：「我眞不明白，項少龍就算輸了，烏氏倮亦絕不肯把他的寶貝孫女送你，你這樣對付項少龍有甚麼作用？」

趙穆得意地道：「本人自有妙計，這個不用你去管。嘿！告訴我，我和這小子誰摸得你更舒服？」手的動作加劇起來。

雅夫人聲音顫抖道：「當然是侯爺逗得人家厲害。」

趙穆聲調轉冷道：「那爲何我拿這小子來和你交易，你便立即投降？」

雅夫人輕呼道：「侯爺抓痛人家了。」

趙穆怒喝道：「先答我！」

項少龍恨得差點拔出匕首把他殺掉，可是當然不能這樣做，因爲他還有更遠大的目標，就是殺死連晉。

雅夫人無奈地道：「因為你對我只有慾，而他對我除肉慾外，還有愛。」

趙穆放開雅夫人，好一會兒後平靜地道：「弄醒他後，翠娘會給他餵一粒『貞女蕩』，你自己若受不了，教翠娘代你，千萬不可勉強，事後讓他沉睡三個時辰，才好把他喚醒。」

雅夫人擔心地道：「眞的沒事嗎？」

趙穆冷笑道：「看你關心他的樣子，我眞想把這小子殺掉。放心吧！他除了因春藥而致消耗大量體力外，一切均與常人無異，只不過那場比武他註定會敗給連晉。記著，明晚你要陪連晉，以後的事我再不管你。」

馬車停下。

趙穆離車去後，馬車繼續開行。

項少龍大叫好險，這條計不可謂不毒，藉女色暗中害他於無影無形，確是厲害。

幸好是他項少龍，若換過任何一人，讓人宰掉都不知道發生了甚麼事，可能還會怪自己控制不了情慾。

項少龍被抬進雅夫人的寢室裡，下人走後，只剩下雅夫人和受侯爺之命來監視他們的那個叫翠娘的女人。

他暗暗頭痛，如何可瞞過這兩個女人呢？假若春藥入口即溶，豈非來不及吐出來。

腳步聲移了開去，項少龍冒險把眼簾打開一隙，只見雅夫人和一個體態豐滿、姿容冶蕩的女人正站在較遠處，不知在爭議甚麼事。靈機一觸，撕下衣衫的一角，塞進嘴裡，封住食道。

兩女又走了回來，雅夫人不滿道：「侯爺眞的這麼信不過人家嗎？」

翠娘低聲下氣地道：「夫人見諒，侯爺吩咐小婢定要目睹整個過程，他很給夫人面子的了！否則他最愛看的就是這類事，若來的不是小婢而是他，夫人就更難堪了。」

雅夫人不再抗議，默然接受安排。

弄破蠟丸的聲音傳來，接著異香盈鼻。

一顆拇指頭般大的藥丸塞進他口內，恰好落入碎布裡。

翠娘笑道：「成了！這藥入口即溶，流進咽喉，甚麼貞烈和意志堅強的人都禁受不起。」

春藥雖隔了層布，仍迅速溶解。

翠娘走開去道：「讓小婢取水來弄醒他。」

雅夫人追過去問道：「假若他醒來知我餵他春藥，事後豈非恨死人家？」

項少龍怕春藥由濕布滲入喉間，暗自叫苦，得此良機，忙吐出來，藏在枕下。

翠娘笑答道：「放心吧！他受藥力所制，神智會陷在半昏迷狀態，只知戮力以赴，夫人好好享受！我看他壯健如牛，夫人待會說不定還要求我替上哩！」

雅夫人冷哼一聲，心中不滿。

翠娘似並不怕她，嬌笑去了。

雅夫人回到他身旁，歎了一口氣，爲他寬衣解帶。

不一會兒翠娘回來，用冷水爲他敷臉，奇道：「這人的體質必然非常特異，皮膚仍未轉紅。」

項少龍心中暗笑，一聲狂喝，詐作藥力發作，把兩女摟著，同時施展軍訓學來的手法，拇指猛按上她們後頸的大動脈處，兩人未來得及呼叫，應指倒下。

她們的昏眩將只會是幾分鐘的事，但已足夠他實行計劃。忙把枕底的濕布片取出，每人分別餵下一半變成漿糊狀的春藥後，項少龍悠閒坐在一旁。

不片晌她們的皮膚泛起豔紅色，開始扭動呻吟，緩緩回醒過來。

項少龍暗叫厲害，退往一角靜觀其變，當兩女各自春情勃發，不管虛凰假鳳地糾纏起來，互相撕掉對方衣物，他終放下心來。

原來些許春藥已如此厲害，自己假設吞掉整顆，任是鐵打的身體都受不住。

雅夫人和翠娘的動作愈來愈不堪入目，寢室內充滿她們的狂喘和嘶叫。

項少龍閉上眼睛，依照元宗教下的調神養息法，排除萬念，對室內發生的事充耳不聞，不知過了多少時間，待兩女的動作、聲音完全靜止，才睜開眼來。

兩女像兩灘爛泥般橫七豎八躺在榻上，胸脯不住起伏，疲極而眠。

項少龍微微一笑，先把布片藉油燈燒掉，脫掉衣服安然躺在兩女之間，拉被爲三人蓋上，像天掉下來當被蓋般倒頭大睡。

那晚他夢到舒兒七孔流血，淒然叫自己爲她報仇，一聲驚叫，從噩夢裡驚醒過來，早日上三竿。

兩女不知去向，只有一名俏婢在旁看守，見他起來，忙下跪施禮道：「烏家的大少爺在正廳等候項爺，項爺你沒甚麼吧！」

項少龍裝作手顫頭暈的模樣，叫道：「水！給我一點水！」

俏婢媚笑道：「項爺昨晚過勞哩！夫人也像你那樣子。」

項少龍暗笑婢似主人，這俏婢看來也不是好東西，探手往她酥胸摸了一把。

俏婢嬌笑著去了。

項少龍裝模作樣，扮作腳步不穩，踉蹌步出廳外。

烏應元和陶方正由兩眼失神的雅夫人陪著，見他這樣子，均臉現怒色，還以爲他不知自愛至此。

雅夫人看到他出來，眼中露出歉疚之色，站了起來，正要說話，豈知項少龍一個倒栽葱，竟昏倒地上去。

這一著免去了所有唇舌，他決意暫時把烏應元和陶方一起瞞騙，如此更能令趙穆和連晉深信不疑，讓他們反中了他的計謀。

烏應元和陶方兩人又氣又急，忙把他運回別館。

睡到榻上去時，烏應元沉聲道：「情況有點不妙，我看少龍是著了雅夫人的道兒，陶公快去請黃妙手來，看看可否在比武前恢復他的精神體力。」言罷一聲長歎，充滿惋惜和忿怨。

項少龍猛地睜眼，坐將起來。兩人嚇了一跳，呆頭鳥般看著他。

項少龍苦笑道：「若要我由現在起一直裝作昏迷，會比打我一頓更難過。」

兩人大喜，忙問他是怎麼一回事。到項少龍說出整個過程後，他們捧腹笑了起來。

烏應元趕緊使陶方出去吩咐眾武士把守宅院，不准任何人進來。

陶方回來後坐下道：「少龍眞了得，那針上的毒藥定是由昏麻草提煉出來的汁液，刺入血脈裡，馬兒都要昏迷，想不到對你竟不起作用。」

烏應元道：「這可說是天運仍在我們這一方，少龍準備怎樣運用此優勢？」

項少龍道：「我會教趙穆和連晉大吃一驚。」

陶方道：「剛才雅夫人使人來問你的情況，我把那人趕走，假設她親來見你，少龍要不要見她。」

烏應元道：「還是不見爲妙。」

項少龍道：「這春藥雖厲害，不過聽趙穆的語氣，睡上幾個時辰後，體力應可恢復少許，只不過絕應付不了激烈的打鬥。」

烏應元道：「這才是道理，否則連晉勝之不武，如何在大王和眾公卿大臣前立威。」

項少龍道：「我同意大少爺的話，不見任何人，使敵人以爲我正致力恢復體力，今晚可不用扮得那麼辛苦。」

陶方道：「不過少龍至少要裝作力竭筋疲的樣子，起行前我爲你臉上敷點灰粉，那就更萬無一失了。」

說到這裡三人都忍不住笑起來。

趙宮位處邯鄲城的中心，四周城牆環護，城河既深且闊，儼若城中之城。

晚宴在宮內的祥瑞大殿舉行。趙王的王席設在面對正大門的殿北，兩旁每邊各設四十席，均面向殿心廣場般的大空間，席分前後兩排，每席可坐十人，前席當然是眾王室貴冑大臣，後席則是家眷和特別有身分的武士家將。

愈接近趙王的酒席，身分地位愈崇高，烏氏倮和郭縱兩大富豪的席位分設於左三席和右三席，於此可見兩人在趙國的重要性。

眾賓客入殿後，分別坐入自己的酒席，談話時交頭接耳，不敢喧譁，氣氛緊張嚴肅。

烏氏倮與穿上華服、體態綽約的烏廷芳和烏廷威進場時，立即吸引所有人的目光，一來自是因爲烏廷芳超塵脫俗的美麗，更因爲今晚比武的兩人均是來自他烏府的劍手。

本已入席的郭縱起身迎來，說了兩句客氣話後，湊到他耳旁低聲道：「聽說項少龍昨晚還到雅夫人處鬼混，如此不知自愛，如何可成大事，看來他今晚必敗無疑。」

郭縱身材中等，年紀在四十許間，臉白無鬚，眉目精明，說起話時表情豐富，乍看似是漫無機心的人，但認識他的人無不知他笑裡藏刀的厲害。

無論身高、體型均比他最少大兩號的烏氏倮心中暗怒，一方面因項少龍的不爭氣，另一方面則因郭縱暗指他有眼無珠，薦錯人與無敵的連晉比試，惟有皮笑肉不笑地道：「你郭家手下能人眾多，不如找個人出來讓我們開開眼界。」

兩人唇槍舌劍時，左臉頰有道由耳根斜下至口角的劍疤的趙穆，和美豔如花，但容色略帶倦意的雅夫人，在幾名武士的簇擁中雙雙抵達，眾公卿大臣忙向他問好敬禮，顯出他特別的身分。

趙穆挺拔筆直，肩膀寬闊，臉上的劍疤不但沒有使他變成醜男子，還加添他男性的魅力，事實上他雖年過三十，仍保養得很好，長相俊偉，眉毛特別粗濃，鼻梁略作鷹鉤，配以細長但精光閃閃的眼神，使人感到他絕不好惹。

他見到烏氏倮旁的烏廷芳，眼睛立時亮起來，趨前道：「廷芳小姐，久違了。」

烏廷芳見禮後，冷淡地道：「侯爺你好！」

烏氏倮和郭縱不敢失禮，也轉過來和他施禮招呼。

忽然近門處一陣哄動，原來是武黑陪著一身武士服、軒昂俊俏的連晉跨步入殿。只見連晉神采飛揚，洋洋得意，含笑和各人打招呼，又不時用眼神挑逗場中美女。

這時應邀赴宴的已來得七、八成，女子均頭結宮髻，盛裝赴會，服飾多為衣裳相連的深衣，頭戴步搖，又或長襦垂膝，隱見下裙，羅衣長褂，手拂廣袖，配以綰臂的金環，約指的玉環，耳後的明珠，肘後繫的香囊，繞腕的鐲子，腰間的玉帶，一時衣香鬢影，教人目眩神迷。

男士們則頭頂冠冕，長衣夾袍，後襟裁剪成燕尾狀，亦款擺生姿，與女士們相映成趣。

烏廷芳早聞得項少龍被雅夫人強邀入府之事，見眾人注意力集中到連晉身上，移到雅夫人旁，湊到她耳旁狠狠地道：「你為何要害少龍，假設他有何不測，我定不放過你。」

雅夫人呆了一呆，啞口無言，連晉早大步走來，她想起今晚要陪他，一時羞憤交集，垂下頭去。

在連晉旁的武黑人如其名，面目黝黑，身形橫矮，方臉大耳，一對眼卻是細長狹窄，把高他最少一個頭的連晉襯得仿如玉樹臨風。

連晉先向趙穆、烏氏倮和郭縱三人施禮，眼光移到烏廷芳和雅夫人處，閃過奇異複雜的神色。

這時再有幾位大臣、名將加入他們這圈子裡，氣氛更添熱鬧。

連晉正想溜過去逗弄兩女，趙穆忽然道：「烏老闆若同意，本侯想請連晉坐到我那一席去。」

眾人同感愕然，趙穆這樣說，等若向烏氏倮公開要人，要把連晉納歸旗下。

連晉想不到他有此一招，亦感意外。武黑則為之色變，若連晉答應的話，他休想再在烏家混下去。

烏氏倮心中暗怒，表面卻笑道：「若連晉歡喜，老夫怎會不同意。」擺明要連晉作出選擇。

連晉心中暗咒趙穆，要知這時的人最重主僕情義，做食客者必須對主子盡忠，終身不渝，現在趙穆逼自己表態，若他點頭的話，必會受其他人鄙夷，變成他只有投靠趙穆，才能有生存空間了。不過他也是勢成騎虎，猛一咬牙道：「多謝侯爺賞識，連某怎敢不從命。」

眾人都靜默下來，看著烏氏倮。

烏氏倮畢竟見慣風浪，哈哈大笑道：「連晉你今晚定要盡力為侯爺爭光，許勝不許敗！」言下之意自是若你失敗，你也不用再在邯鄲混下去。

連晉和趙穆對望一眼，齊聲笑了起來。

烏氏倮和郭縱人老成精，一聽他們笑聲裡透露出來的得意之情，立知其中另有玄虛，同時向低垂螓首的雅夫人望去。

雅夫人自然明白兩人為何笑得這麼開懷，心中突然湧起無盡的悔意，想起待會項少龍受辱人前的可悲情景，急步往左邊第二席避去。

「噹！」鐘聲響起，提醒眾人入席。

烏氏倮對項少龍更不滿，又暗罵陶方和烏應元兩人，為何仍未抵達。

近千王親國戚、公卿貴冑紛紛入席，兩旁八十席人頭湧動，準備開始自燕人退兵的慶功宴後最盛大的宮廷晚宴。

眾人剛坐定，趙王尚未駕臨前，項少龍在陶方和烏應元夾護下，腰佩木劍，從容淡雅步入祥瑞殿。

在場各人或多或少均風聞他今早被人抬離雅夫人府的事，見他來到，無不仔細打量他。

項少龍除臉色有點灰白外，一切均與平日無異，比連晉還要略高少許的驃悍健美身形，確是女性夢寐以求的英偉人物。

趙穆和身旁的連晉交換個眼色，都暗笑此時的項少龍外強中乾，好看不好用。

雅夫人忍不住偷看他一眼，芳心暗淌悔恨的血淚，自己這樣害他，現在全城無人不知，他又怎會不明白呢？還肯原諒自己嗎？不由暗恨自己懾服於趙穆的淫威下，不過悔之已晚。若連晉違諾傷他，惟有一死報之吧！

烏氏倮見他仍步履穩定，放下點心來，呵呵笑道：「少龍過來！」

項少龍忙朝他走去。

第十六章　宮廷比劍

項少龍在烏廷芳身旁坐下，她忙湊過去關心道：「少龍你沒事吧！人家擔心死了，昨晚你還到那蕩婦處。」狠狠在席下捏了他大腿一把。

項少龍看著長几上的精美酒食，伸手過去摸她大腿低笑道：「放心吧！相信你的未來丈夫好了！」

烏廷芳被他弄得渾身發軟，既想他更放肆點，又怕自己受不住，給人看破，嚇得連忙坐好，幸好項少龍的五指大軍終於退卻。

坐在隔壁第二席一位臉色蒼白、身形高瘦的公子別過頭來，瞪著坐在第三席後排的項少龍，一瞬不瞬，充滿惹事的味道。

另一邊的陶方向項少龍解釋道：「那就是少原君趙德。」

項少龍冷眼回敬，雙目射出森寒的電芒，那趙德毫不退讓和他對望，他前、後兩席的武士都別過頭來怒目瞪他，空氣中充滿了火藥味道。

「噹！」

鐘聲再響。絲竹聲起，一隊禮樂隊步履輕盈且奏且吹領先入廳，然後散到兩旁立定，繼續奏樂。

少原君這才收回目光，望向正門處。

在妃嬪簇擁下，年約三十許間的趙國君主孝成王昂然步入殿內，後面跟著過百隨身衛士，其中一半繞往酒席後的空間排立站崗，只餘一半隨趙王往設在殿端的主席步去。

這趙王面容帶點酒色過度的蒼白，容顏俊秀，眉清目靈，額角寬廣，相貌堂堂，只是略嫌單薄，唇片不夠厚重，有點慘綠少年的味兒。

他頭頂長形旒冕，前圓後方，頂端有十數條串珠玉垂下，以紅綠彩線穿組，賦予他君主的威嚴。身上的龍袍上衣用繪，下裳用繡，綴滿日、月、星辰、龍等圖案，華麗非常。

他獨自走到主席，眾姬分坐後面三席，衛士則分別護在兩側和大後方，確有一國之主的威勢。

眾人跪伏地上，恭候他入席。

趙王坐定後，柔聲道：「眾卿家平身，請坐。」

眾人高頌祝賀之詞後，坐回席上，自有宮女來爲各人斟酒。

趙王舉杯道：「燕王喜不自量力，派栗腹、卿秦來攻，爲我國大敗，現在廉頗大將軍已奉寡人之命率兵圍燕，我看燕王喜休想有一晚能安眠，爲我大趙滅燕喝他一杯。」

眾人一起歡呼，開懷暢飲，氣氛熱烈。

趙王忽然站起來，嚇得各人隨之紛紛起立時，大笑道：「今次伐燕之舉能成功，眾卿固是功不可沒，但若沒有烏先生提供戰馬、糧食，郭先生供應兵器、船運，恐亦不能成事，讓我們君臣齊向兩位先生敬一杯。」

各人再痛飲一杯。

烏氏倮和郭縱心花怒放，非常高興。

本來不大看得起他的項少龍亦爲之心折，暗忖當慣君王的人，氣度確是與眾不同。

趙王請各人坐下用菜後，兩掌相擊，發出一聲脆響。

退到大門兩旁的樂師立時又起勁吹奏起來。

一隊近二百個姿容俏麗，垂著燕尾形髮髻，穿上呈半透明質輕料薄各式長褂的歌舞姬，翩翩若飛鴻地舞進殿內，載歌載舞。隱見乳浪玉腿，做出各種曼妙的姿態，教人神爲之奪。

眾人擊掌助興，歡聲雷動。

項少龍看著眾歌舞姬口吐仙曲，舞姿輕盈柔美，飄忽若神，不由想起被送人的婷芳氏，若擊敗連晉，便可重新得回她，禁不住雄心奮起。

烏廷芳湊到他耳旁傲然道：「芳兒的歌舞比她們好看多哩！有機會定要讓你一飽眼耳之福。」

項少龍答道：「可不准你身上有任何衣服。」

烏廷芳白他一眼後，又送他一個甜笑。

正留心烏廷芳的趙穆和連晉，都看得妒火狂燒，並竊幸待會項少龍便知曉味道了。

歌舞姬舞罷退了出去，留下一殿香氣。

眾人眼光全集中到趙王身上，屏息靜氣等待他發言。

偌大的宮殿，靜至落針可聞。

趙王獨據龍席，環視群臣，一陣長笑道：「我大趙以武起家，名將輩出，趙衰、趙盾、趙武諸祖先賢，事晉時均軍功蓋世。立國之後，非有軍功之人，不得受爵，若無此尙武精神，我國早雲散煙滅。」

眾人一起稱是。

趙王顧盼自豪，目光落到連晉身上，欣然道：「想不到小小衛國，竟出了個無敵劍手。」

連晉忙走到席前，下跪叩首道：「臣子現在心中只有大趙，只要大王一聲令下，臣子肝腦塗地，絕不皺眉。」

烏氏倮暗自冷哼一聲，顯然對他改投趙穆旗下的行為，極是鄙夷。

趙王不知是否受趙穆影響，對他態度大改，欣然道：「用人唯才，只要連晉你盡忠於我大趙，寡人絕不虧待你。」

連晉大喜，連忙大聲答應。

趙王又喝道：「項少龍何在？」

項少龍微微一笑，轟然應諾，大步踏出，在連晉旁跪下，高聲道：「項少龍參見我王。」

趙王雙目一亮，道：「你以一人之力，智退馬賊八百人，又忠肝義膽，為同僚之命，不顧自身留後抗敵，揚我大趙威名，寡人對你非常欣賞。」

項少龍慌忙表示謙遜和感激，心中卻暗笑事情是愈誇愈大了。

趙王滿意一笑道：「兩位均是人中之龍，今次寡人讓你們來宮廷比劍，正是要你們為我國樹立典範，發揚尚武精神，好能有力殺敵報國。」

項、連兩人齊聲應諾。

趙王哈哈一笑道：「寡人和在座眾卿都急不及待，等候兩位表演絕世劍法，但須謹記此乃切磋性質，只可點到即止，勝者寡人立即封為御前劍士，可領軍出征。」

趙穆揚聲道：「大王，臣下有一提議。」

趙王一怔道：「巨鹿侯請說。」

趙穆起身，恭敬地道：「若大王規定比武點到即止，他們定不敢有違大王之命，於焉縛手束腳，難以發揮劍道，請大王三思。」

雅夫人聽得全身一震，站起來顫抖著聲音道：「刀劍無情，若弄出人命，豈非喜事變爲悲事？」

趙王奇怪地瞥了雅夫人一眼，道：「王妹、趙卿請坐，寡人自有分寸。」

趙穆冷冷瞪她一眼，才坐回席去，心內暗喜，趙雅這反應正顯示出項少龍眞的著了道兒，誰還知道得比她更清楚。

這時全殿之人均知曉項少龍有點不妥。

趙王眼光落在烏氏倮臉上，淡淡道：「烏先生對此有何意見？」

烏氏倮暗忖假若項少龍因女色敗陣，自是怨不得人，死掉還好，但若能斬殺連晉，卻可爲自己出這口鳥氣，點頭道：「少龍曾和鄙人說過，他只精於殺人之道，仗劍表演反不擅長，所以若想見識他的本領，不應對他有任何限制。」

這樣說，等若表明要兩人生死相搏。

雅夫人嬌軀一顫，終爲自己的愚蠢流下熱淚，項少龍看入眼裡，對她惡感稍減。

殿內各人均大感刺激，議論紛紛。

「噹啷！」

酒杯破碎聲起，全場立即肅然。

趙王擲杯於地後，冷然喝道：「上沙場殺敵，正是以命相搏，戰爭之道，亦是死生之道，好！寡人就不加任何限制，勝出者便是寡人的御前劍士。」

龍席前的連、項兩人，一起答應。

趙王道：「比武開始。」

全殿寂靜無聲，靜候好戲開場。

雅夫人倒入身旁王姊安夫人懷裡，不忍目睹項少龍被殺的慘況。

烏廷芳變得臉色蒼白，靠到乃父身上，顫聲道：「他不會輸吧！」

「鏘！」

連晉拔出他著名的金光劍，移到殿心站定，持劍躬身，臉含笑意。

項少龍起身，一手把外衣掀掉，隨便拋在一旁，露出舒兒和四名婢女為他特別設計的武士服，使他看來更是肩闊腰細，英偉不凡。

本來眾人已覺連晉威武好看，但相較之下，項少龍卻多出了正氣凜然的英雄氣概，看得男的讚歎，女的傾心。

當項少龍拔出木劍時，眾人再發出驚異之聲。

他昂然立於連晉對面，仗劍施禮。

趙王訝異地道：「少龍以木劍比武，不怕吃虧嗎？」

項少龍淡淡一笑，說不出的瀟灑道：「大王放心，這把木劍乃小臣特製，不怕兵刀利器。」

連晉心中暗笑，我就看你這連身子都淘空了的人有多大道行。

雅夫人忍不住抬頭偷看他一眼，見他如此威武，心中悔恨更增，再度倒入安夫人懷裡，不忍續看。若要找全場最痛苦的人，肯定就是她了。

在項少龍之前，趙穆是一直控制她芳心的人，自趙括戰死長平，趙穆乘虛而入，征服了她。起始時趙穆對她動人的身體非常迷戀，可是不到一年便給別國來的年輕俊男美女吸引。這些年來對她若即若離，在寂寞難耐和報復的心理下，她開始四出獵男的放蕩生活，直至遇上項少龍，才逐漸把趙穆取代。

她今次被趙穆騙得對付項少龍，一方面是懾於他的權勢，怕他傷害項少龍和破壞他們好事。更重要的是潛意識裡慣於接受他的命令，以致一時迷糊，鑄成恨事。

趙穆昨晨把她由項少龍手上搶去後，便施展渾身解數，利用藥物和高明的挑情手段，配合威逼利誘，玩弄她半天，終於成功驅使她去進行他的毒計。條件是不傷害項少龍，並在事後玉成她和項少龍的好事，以後更不再騷擾她，現在她當然醒悟到趙穆在騙她。

就在這一觸即發的時刻，趙穆長笑一聲道：「自古英雄配美人，爲了增加看頭，更能使我國上下軍民清楚大王發揚劍術的心意，微臣有另一個提議。」

趙王對這「情郎」果是特別不同，不以爲忤道：「巨鹿侯的提議總是非常管用，快說出來！」

趙穆凌厲的眼神橫掃全場，緩緩地道：「微臣提議的是今次比劍的勝出者，可在本殿內任意挑選一名美女爲妻，如此美人、官職全得，豈非天大美事，請大王欽准。」

眾人一齊起鬨。

項少龍不由暗讚趙穆厲害，也看破了他的陰謀，不問可知，假若連晉勝了他，自可把烏廷芳據爲己有，那時他大可轉贈趙穆，趙穆便可得其所哉了。

烏氏倮立時色變，亦看穿對方的奸計，卻很難出言反對，因爲那等於表示勝者定會挑選自己的孫女，也間接表明烏廷芳豔冠群芳，其他美女都沒有資格。

趙王聽得微微一愕，也想到烏廷芳，暗忖若自己不敢下此命令，等於明著告訴殿內諸臣他怕了烏氏倮，沉吟半晌，仰天笑道：「劍奪美人歸，如此一來，今晚宮廷之戰勢將千古傳誦，寡人就如巨鹿侯所請，勝者可在場內任意挑選沒有婚約的女子爲妻。」

龍口一開，此事立成定局，眾人的注意力回到場內項、連兩人身上。

連晉臉上露出掩不住的喜色，他和趙穆暗中約定由趙穆擁有烏廷芳的頭三天，此後這絕色美人兒歸他所有，雖不是太圓滿，但比起得不到她，已是天堂與地獄之別。

項少龍則是平靜至近乎冷酷，進入墨子劍法養心守性的狀態。

「噹！」

劍戰開始。

連晉轉向項少龍，擺開架勢，雙足弓步而立，坐馬沉腰，上身微往後仰，在燈火下爍芒閃閃的金光劍遙指二十步外的項少龍，劍柄緊貼胸前，使人感到他強大的力量正蓄勢待發。

項少龍雙目低垂，木劍觸地，有若老僧入定，面向趙王，仍以肩側向著連晉。

兩人雖未動手，眾人都強烈感到動靜的對比，形成使人透不過氣來的張力。

連晉哪知這種靜態乃墨子劍法的精要，還以爲對方因身體虧損，心生怯意，哈哈一笑道：「項兄不是膽怯了吧！」

雅夫人坐直嬌軀，望往場中，袖內暗藏匕首，心中叫道，項郎莫怕，趙雅陪你一道去。

眾人給連晉這麼一說，均生出項少龍畏怯的感覺，議論紛紛，趙王和烏氏倮同時露出不悅之色，趙穆則發出不屑的冷笑。

這並非他們眼光不夠高明，而是墨子重守不重攻的精神，實與當時代的劍術和心態大相逕庭。試問兩敵對壘，誰不是全力搶攻，務求一舉斃敵。

項少龍嘴角露出一絲笑容，淡然道：「上乘劍術，豈是連兄所能知之，動手吧！勿要別人誤會連兄是只懂逞口舌之徒。」

連晉氣得兩眼射出森寒殺機，猛一挺腰，借力手往前推，金光劍電射而去，疾刺對方肩下脅穴，又準又狠。

趙穆和少原君那兩席立時爆出震天喝采聲。

項少龍平靜無波，絲毫不受替對方打氣的聲音影響。他早知一動上手，便難再偽裝身疲力弱，否則定被劍術絕不下於自己的連晉幹掉，不過他卻可在策略上引他入彀。

連晉欺他氣虛力弱，所以一上場必是全力搶攻，兼之連晉對他恨意甚深，又想消耗他的體力，下手絕不容情，不留餘地的招招硬拚，如此便中了他的計。

比體力，連晉又怎是他這受過最嚴格體能訓練的人的對手，所以連晉以為消耗他體力之時，其實剛好相反，被消耗的是他連晉自己。何況項少龍還佔了木劍重上三、四倍的便宜，硬拚時吃虧的自是連晉。

金光劍已至，射向左脅。

項少龍一聲不響，往後右側斜退一步，扭身，重木劍離地斜挑，正中金光劍尖，正是對方力量最弱之處。

金光劍哪受得起，立刻盪開。

這回輪到眾人一陣喝采聲，叫得最厲害的當然是烏家之人，烏廷芳差點連手掌都拍爛。

連晉想不到對方劍術更勝上次動手之時，怕對方乘勢追擊，金光劍挽起劍花，回守空門，待要再出劍，對方轉過正身，重木劍微往內收，似欲攻來，嚇得他疾退一步。

就在此時，項少龍手持的劍輕顫一下，墜下了少許，露出面門的破綻。

連晉大喜，暗忖這小子第二劍便露出疲態，哪肯遲疑，「嗖」的一聲，舉劍直劈，似要劈向對方木劍，到與肩膊平行時，身體前衝，手腕一沉一伸，由直劈改爲平刺，斜飆對方面門，同時飛起一腳，疾踢對方木劍，誓以一招斃敵。

他的動作矯若遊龍，一氣呵成，殺氣騰騰，看得眾人目瞪口呆，都爲項少龍擔心起來。

雅夫人暗叫一聲罷了，趁身旁的人注意力集中到場上時，匕首抵住小腹。

項少龍冷然注視著狂若毒龍的金光劍，迅速橫移，木劍反手一揮，重重擊在金光劍上。

「篤」的一聲，金光劍再次盪開。

眾人看得如癡如醉，轟然叫好。

連晉雖被震得手腕發麻，可是因項少龍收起了五成力道，所以連晉還以爲他是強弩之末，只是仗精妙劍法和木劍本身的重量擋住金光劍，遂一聲長笑，「刷刷」一連十劍，每劍均是大開大闔，逼敵人硬拚。

項少龍心中暗笑，對方捨精巧細緻的劍法不用，正是以他之短，攻我之長。於是且戰且退，守得無懈可擊，或挑或劈，總是在險若毫釐中化解了連晉狂風掃落葉的攻勢。

表面看來，連晉佔盡上風，逼得項少龍不住後退，全無還手之力，但連晉卻是有苦自己知，對方雖似險若累卵，可是他始終不能突破項少龍最後的防線。

爲何經過昨夜的虛耗後，這人的耐力仍如此厲害？

眾人何曾見過這種驚人劍法，叫得如狂如癡。

趙王亦爲之動容，頻頻拍掌叫好。

趙穆本以爲連晉可迅速斃敵，這時直皺眉頭，往雅夫人望去，見她一臉淒楚，稍放下心來。

少原君叫得最凶，恨不得連晉下一劍便把項少龍劈得身首異處。

項少龍再退三步，一聲長笑，沉馬立定。重木劍全力斜劈，在擊上金光劍前，竟變化兩次，累得已感力竭的連晉亦要變兩次招，才擋著重木劍。

「噹！」這次發出的竟近似兩把鐵劍相擊時生出的清響。

連晉虎口劇震，發覺對方力道至少增強一倍，縱使絕不情願，仍不得不後退兩步，捨攻爲守，狂暴不休的攻勢終於土崩瓦解。

項少龍雙目一瞪，厲芒電射，整個人像脫胎換骨地腰桿一挺，流露出不可一世的英雄氣概，冷冷道：「你中計哩！」

踏前半步，一聲狂喝，舉劍斜劈對方面門，風聲呼嘯，勁厲刺耳，更驚人的是這橫掃的一劍，有種像萬馬千軍廝殺於戰場之上的慘烈效果。

潮水般的喊叫喝采聲驀地中斷，這變化太令人意外。

很多人不自覺站了起來，趙穆正是其中之一。

雅夫人亦在「呵」一聲驚叫中站起來，手中匕首滑掉地上，一臉喜色看著場上威武若神的情郎。

連晉在對方說「你中計」時，早嚇得魂飛魄散，不過他終是高手，施盡渾身解數，竭盡吃奶之力，「噹」的一聲硬架住此避無可避的一劍。

連晉虎口爆裂，他膂力本不及項少龍，又是久戰力疲，兼之對方木劍重逾百斤，竟連人帶劍給項少龍劈得急退三步。

全場爆起震耳欲聾的喝采聲。

項少龍眼睛不帶半點表情，靜若止水，重木劍回擱肩上，一步一步往連晉逼去，發出「噗噗」足音，形成了殺人的響曲。

強大的氣勢緊迫而去，不教連晉有任何喘息機會。

連晉知道絕不能讓敵人蓄滿氣勢，大喊一聲，金光劍化作朵朵劍芒，由大開大闔變回細膩精巧的看家劍法。

項少龍的重木劍由肩上彈起，來到空中，冷冷道：「太遲了！」

重木劍猛地加速，似拙實巧，狂劈向劍芒的中心點。劍花散去，連晉踉蹌後撤，嘴角溢出鮮血。

項少龍知道要報血海深仇就在此刻，心中暗唸舒兒和素女的名字，疾衝往前，連人帶劍朝連晉撞去。

兩條人影乍合又分。

一切均靜止下來，像時空在這一刻凝定不移。

全場靜至落針可聞，除趙穆等有限幾個眼力高明的劍手外，餘人根本看不清楚發生了甚麼事。

兩人交換位置，隔開兩步，以背相對。

項少龍仰首望向殿頂，木劍回扛肩上，眼中射出無盡的悲怨。

連晉一臉不能置信的神色，低頭凝視胸口中劍處，感覺著碎裂的胸骨和逐漸擴散的椎心劇痛。

眾人瞠目結舌，呆看場內靜立的兩人。

連晉呻吟一聲，雙膝跪地。

項少龍仰天長笑，向趙王下跪，劍點地面，恭敬地道：「小臣幸不辱命，願娶烏家小姐廷芳爲妻。」他這兩句是故意說給連晉聽的。

連晉聞言急怒攻心，噴出一口鮮血，仆往地上，就像叩頭朝拜般，當場斃命。

趙穆偷雞不著反蝕把米，氣得臉色煞白，手握成拳，狠狠往鄰席的雅夫人望去。

雅夫人的俏臉露出動人心魄的狂喜，嬌軀抖震，轉過頭來，瞅他一眼，嘴角露出不屑的鄙視表情。

趙穆忽然知道雅夫人已完全脫離他的控制。

烏家各人激動之極。

烏廷芳兩手捂著俏臉，情淚不受控制地滾下來，天啊！自己是他的小嬌妻了。

殿內各人仍未從剛才目睹激戰的情緒裡回復過來，啞然瞧著，耳內只有項少龍的語聲在殿內迴蕩餘響。

趙王親自斟滿一杯酒，離席往項少龍走去，歎道：「如此劍術，眞是見所未見，由今天開始，少龍不但是烏廷芳的嬌婿，還是我大趙的首席御前帶兵衛，賜你一杯美酒。」

項少龍放下木劍，叩頭謝恩後，跪地接酒，一飲而盡。

喝采聲震天響起。

再沒人有興趣給連晉的屍身投上一眼。

第十七章　失而復得

當晚烏家城堡張燈結綵，人人喜氣洋洋，歌舞狂歡。

唯一失意的人是武黑，烏氏倮大罵他一頓後，逐出家門，手下全移交給推薦項少龍有功的陶方，使他笑逐顏開。

內宅裡烏氏倮的夫人、寵姬，十七個兒子和他們的家眷全體出席慶功宴，加上二十多個女兒和她們夫家的人、其他的親族，過千人濟濟一堂，熱鬧非常。

喜翻心兒的烏廷芳拉著夫婿，見過親娘後，逐一引見親戚朋友，弄得項少龍眼花撩亂，暈頭轉向。正如陶方所言，除烏應元外，其他無一是能成器的人才，盡是耽於逸樂之輩。

談笑間，陶方過來喚了項少龍去，來到後宅一間小書齋，烏氏倮和烏應元正在等候。

四人圍坐地蓆。

烏氏倮拍拍他肩頭道：「應元告訴了我整件事，少龍你不但劍術蓋世，且智計過人，否則現在的局面會是截然相反。」

項少龍聽他語氣親切，顯已正式視他爲孫女婿，忙表示感激。

烏氏倮臉上現出陰霾，沉聲道：「應元告訴我少龍有秦人血統，換了以前，我必然非常不高興，可是今天我卻感到和你更接近。」接著激動起來道：「無論我爲趙國立下多麼大的功勞，趙人對我仍是猜忌甚深，今次連晉的事便是明證。」

掃視眾人一眼，喟然道：「想當年衛國商鞅入秦之前，秦人仍未脫戎狄之俗，父兄、子弟和姑媳、妯娌同寢一室，全賴商鞅改革變法，使秦一躍而成頭等強國。可是看他這外國人得到甚麼遭遇，孝公一死，繼位者立即把他車裂分屍。唉！現在我愈來愈相信應元所言，遲早我們會遭同一命運。」

陶方道：「幸好現在少龍冒起，應可暫時消解對我們不利的形勢。」

烏應元道：「只怕趙穆一計不成，再來一計，他定會設法把少龍陷害，少原君那傢伙亦不可不防。」

烏氏倮冷哼一聲，道：「他們想謀的是我烏族家業和財貨、女人。哼！我烏氏倮豈是引頸就戮之輩，現在趙人已露出要對付我的痕跡，又有郭縱在旁推波助瀾，我們要未雨綢繆，免得到時措手不及。」

烏應元道：「爹放心吧！有了少龍，我們如虎添翼，趙人應不敢輕舉妄動，何況這十年來，我無時無刻不利用往外之便，部署後路，現在已有點眉目，很快可把完整計劃奉上，讓爹考慮。」

烏氏倮稱讚兒子幾句後，對項少龍道：「今天是你大喜的日子，這幾天擇個良日吉辰，立即給你和芳兒成親，你可放心休息享樂，其他事都可暫擱一旁。」

接著微微一笑道：「現在陶方會帶你去見一個人，那是你應得的獎賞。」

項少龍大喜，急忙謝禮。

陶方和他往城堡後的宅院走去，感慨道：「假若不是遇上少龍，今天被趕出去的，不會是武黑而是我陶方。」

項少龍問：「陶公究竟是否趙人，爲何烏家父子這麼信任你？」

陶方回答：「事實上我並不知道自己是甚麼人，若非上一代主人把我收養，恐怕我早餓死街頭，所以對烏家縱使肝腦塗地，我陶方都沒有半句怨言。」

項少龍恍然大悟。

兩人來到靠近後山的獨立平房，裡面隱見燈火透出。

陶方道：「由今晚開始，這房子就是你的寓所，孫小姐成爲你的人後，也會搬到這裡。」

項少龍見房子四周園林環繞，甚是歡喜。

陶方領他步進前院，笑道：「好好享受吧！不過若孫小姐要來找你，連主人都擋她不住。」說完自行去了。

項少龍足踏碎石徑，還未到大門，春盈、夏盈、秋盈、冬盈四位俏婢一擁而出，跪在兩旁，嬌聲齊道：「小婢向公子請安。」

項少龍大樂，伸手在每人臉蛋各捏了一把，心中卻想起命薄的舒兒和素女。

現在連晉授首劍下，剩下的還有少原君和趙穆。

四婢善解人意，看他黯然失色，陪他垂淚。

項少龍強露歡顏，喚四婢起來，踏進屋裡，只見佈置典雅，溫馨舒敞。

夏盈生得嬌巧玲瓏，年紀在十六、七間，樣子最是俏麗甜美，湊到他耳邊道：「有人在房中等候公子。」

項少龍心中一熱，朝房內走去。剛推開門，一團熱火衝入懷裡，嬌體發顫，喜極而泣，不是久別了的婷芳氏還有誰人？

久蓄的情火烈焰般高燃起來，說話被灼熱濕潤的吻代替，這對飽嘗相思之苦的男女瘋狂地愛撫對方，爲對方脫掉阻隔兩人的衣物。燈影搖晃下，他們以最熾烈的動作向對方表示出心中的愛戀，以男女所能做到最親密的形式合爲一體。

在這一刻，每一寸肌膚全屬對方，沒有任何的保留。

性感迷人的婷芳氏把美麗的肉體完全開放，承受著令她夢縈魂牽的愛郎最狂暴和醉人的衝擊。深入的快樂把她的靈魂提升到歡娛的至境，神魂顛倒中，她狂嘶喘叫，用盡身心去逢迎和討好這令她大半年來流下無數苦淚的男子。

一切都在此刻得到回報。

次日天尚未亮，陶方來把他吵醒，要他立即到王宮去見趙王，接受新職。

項少龍暗咒在這沒有鬧鐘的時代，仍免不了清晨起床之苦，匆匆在四女服侍下梳洗更衣，和陶方策騎上路。

到邯鄲後，他還是第一次這麼早起床，原來很多人比他們更早起來，除趕集的農民和牧人外，還不時遇到一隊隊晨操的趙兵，隊形整齊，喊著口令急步走過，爲這早晨的大城平添緊張的氣氛。

陶方和他並騎而進，睡眼惺忪道：「昨晚多喝兩杯，又和兩名歌舞姬胡混，現在頭還有點疼痛，想不認老也不行，以前我試過連御七女仍面不改色的。」

項少龍失聲道：「七個？」心想他不是記憶有問題，就一定是吹牛皮，自己昨晚只應付一個婷芳氏，現在腰骨挺直時仍有問題，七個的話，恐怕馬背都爬不上去。

男人一說起這類事，沒有人肯認輸，陶方嘿然道：「不信可以問大少爺，那晚他就在我隔壁，說整晚都聽到她們的嬌吟，唉！若有返老還童的仙丹就好哩。」

項少龍暗忖難道我眞的去找岳丈問他，陶公是否某年、某月、某晚在你隔壁幹得七個女人叫足一晚？不禁爲之莞爾。

兩人經過雅夫人的巨宅，轉上邯鄲大道，朝王城進發，天色漸明。

陶方看到夫人府，有感而發，道：「我還以爲趙雅昨晚定會來纏你，想不到竟然猜錯。」

項少龍有點失落的感覺。因爲他亦以爲趙雅昨晚不會放過他，那他自可羞辱她一番，以出她服從趙穆這口鳥氣，誰知天不從人願，不過現在氣早過了，想起她昨晚不顧一切地反對趙穆比劍不受限制的提議，顯然眞的愛自己多過趙穆，不由有點想她。

經過宮門，眾禁衛對項少龍肅然敬禮，使他感到自己的身分地位，同時亦想到若以後每天都要這麼早上朝，豈非甚麼夜夜歡娛均要戒掉。

兩人來到趙王接見百官的朝陽殿外的廣場，只見殿外的臺階上下滿是穿上冕服的文官、武將，三三兩兩的在聊天，氣氛於嚴肅中透出寫意和輕鬆。

趙穆正和幾名武將在說話，見到兩人走過來，施禮後像個沒事人似的親切道：「陶公請回府，少龍可交給本侯，我自會爲他打點一切。」

陶方向項少龍打了個眼色，無奈離去。

項少龍恨不得立即把他撕作十塊八塊，表面還要堆出笑容，做出恭順的樣子。

趙穆笑道：「少龍初來甫到，定不習慣宮廷的規矩，不過現在大家是自己人，本侯自會看顧你。」

項少龍暗罵一聲老狐狸，他先前投注錯誤，現在改對自己採取籠絡手段，惟有虛與委蛇，感激地道：「多謝侯爺賞識，卑職對侯爺非常感激，若非侯爺提議，烏家怎肯將女兒許我。」

趙穆雖聽得心似中箭淌血，但當然不曉得項少龍那晚在車內偷聽到他對烏廷芳的狼子野心，還以爲對方眞的感激他，連忙道：「哪裡哪裡。」

這時鐘聲敲響，眾官將紛紛入殿。

趙穆親切地道：「少龍今晚有沒有甚麼特別的事情要辦？」

項少龍心中暗歎，知道推辭不得，更爲了昨晚與烏家定下的拖延策略，惟有道：「侯爺儘管吩咐，其他一切事我都可擱在一旁。」

趙穆大感滿意，暗忖你這傢伙投靠烏家，想的無非是權位、美人，只要我略施手段，教你看到誰才是眞命主人，還不乖乖爲我所用，笑道：「黃昏時我派人到烏府接少龍到我侯府吃頓晚飯，衣飾隨隨便便就可以，當是回家那樣最好。」大笑一陣，與項少龍往大殿走去。

趙穆亦是梟雄人物，對項少龍這難得人才確有籠絡之意，又想打擊烏家，所以暫時擱下私人恩怨，改對項少龍展開懷柔手段，哪想得到他會是個情義重於一切的人。

舒兒之死，使他們之間結下不可解的深仇，只有血才能洗刷乾淨。

殿內大臣依照身分地位左右排開，項少龍則留在殿門處，到趙王登上王座，在處理朝政前，破例召他入殿，正式任命，才使內臣帶他到宮內衣監處量身製造官服，又有專人指點他的職責和禮儀。

那內侍臣叫吉光，對他非常巴結，不厭其詳解釋一切，這時項少龍才知道帶兵衛乃禁衛統領下的十個副手之一，專責保護趙王的安全，每月有五天到宮內當值，貼身保護趙王，暗忖以前自己常被派往保護政要，想不到來到二千年前的世界又當回老本行。

矮胖的吉光諛笑道：「大王對你不知多麼恩寵，給了你三天假期，那時造妥官服，兵衛你穿起來定是威風凜凜，沒有人比你更好看了。」

項少龍打量他扁平得有點滑稽的圓臉，問道：「我現在可以走了嗎？」

吉光臉上閃過異色，笑道：「還要到一個地方去，兵衛請隨小臣來。」

領他在王宮內兜兜轉轉，穿廊過園，最後抵達後宮一座別緻的小樓前，神秘地道：「兵衛請進，小臣在此恭候。」

項少龍摸不著頭腦，但看他表情，知道問也是白問，索性大步朝小樓走去。

甫入廳內，一位正憑窗而立的麗人轉過嬌軀，正是今早才想過的雅夫人。

她完全回復初見時的神采和豔光，一身雪白，驕傲自信，笑意盈盈來到他身前，朱唇輕唸：「項少龍！項少龍！」

項少龍見她笑靨如花，責怪的話一句都說不出來，惟有冷冷地擦身而過，來到她剛才站立的位置，望往窗外的園林，隱見小橋流水，景色幽深雅緻。

雅夫人裊裊娜娜，移到他身旁，柔聲道：「項少龍！我們做個交易好嗎？」

這著奇兵使項少龍有點難以招架，愕然望向她。

雅夫人抿嘴一笑，垂下螓首，幽幽地道：「首先趙雅請你大人有大量，原諒她慘中趙穆這奸賊的毒計，差點害了你，也害了自己。」

項少龍知她必是事後回想起來，知道他沒有吃下那顆春藥，所以先行坦白說出，以示對他不敢有任何隱瞞。

雅夫人再抬起頭來，朱唇輕啓道：「趙雅還要多謝你，若非有你的出現，我可能永遠離不開趙穆的控制，但由昨晚開始，想起他只令我作嘔，從今以後，我絕不容他再沾我半根指頭。」接著赧然道：「也不容任何男人碰我，當然，唯一的例外是項少龍，他怎樣碰都可以。」

項少龍心中一蕩，差點把這豔色比得上烏廷芳的美女摟入懷裡，讓一對手恣意取樂，旋又咬牙壓下這衝動，平靜地道：「夫人尚未說出你的交易條件。」

陽光樹影，由窗外灑落到她雪白羅裳上，令她看似披上一身璀璨的朝霞，浮凸的酥胸，刀削般纖巧嬌柔的香肩，不盈一握的小蠻腰，美腿修長，是如許地綽約動人，使項少龍沒法把她和「淫賤」這兩個字連在一起，可是她偏又曾爲蕩女，這種微妙的矛盾，使她特別具有誘惑力。

雅夫人比任何人更清楚這一點，所以滿有把握教項少龍接受她的投降。此時她秀眉輕蹙，微嗔道：「我知少龍你故意嚇人家，根本你再不惱我，還要裝模作樣。」

項少龍拿她沒法，歎一口氣，探手抄起她的腰，摟貼過來，在兩寸的距離內細看她的粉臉道：「眞的以後不碰別人的男人？」

雅夫人瞟他一眼道：「當然是眞的，不信把人家的心掏出來看吧！」

項少龍本就是風流浪子，愈蕩的女人，對他來說愈精采，爲此哪吃得消雅夫人妖女式的攻勢，歎道：「我昨晚雖曾狂歡一夜，可是現在仍給你逗得慾火焚身，只想看看你這交易裡面最精采的那件貨色。」

雅夫人媚笑道：「那件貨色早是你的，現在趙雅來只是求你好心接收。我要付出的是雅夫人靈通的耳目，做你的哨兵和探子。」

項少龍愕然道：「你是否暗示我會遇到很大的危險？」

雅夫人用盡所有氣力擁抱他，輕輕的獻上一個短吻，歎道：「一山怎能容二虎，這個道理多麼簡單，總有一天你會和趙穆正面衝突，趙雅這麼有用的小兵，少龍怎可不欣然笑納。」

項少龍失聲道：「原來脫離趙穆後，趙雅可變得如此厲害，本人決定將就點，收了你這件正貨。」

雅夫人高興地道：「記著是正而不是偏，離開邯鄲後我要成爲你的正妻之一。」

項少龍愕然問道：「離開邯鄲？」

雅夫人離開他的懷抱，凄然望往窗外，點頭道：「那是我們唯一的活路，否則不出一年，你和烏家將無一人能活命。」

項少龍心神震盪，抓著她的香肩，柔聲道：「雅兒你可否說清楚點？」他終被趙雅感動，因爲她爲他連趙國和家族都背叛，愛得義無反顧，所以對她的稱呼也改了。

雅夫人深情地道：「只要你肯一生一世疼愛人家，雅兒甚麼都聽你的。」

項少龍看著她在說話時不斷起伏的酥胸，知她內心正激盪著情火，歎道：「雅兒的酥胸呼吸時眞美。」

雅夫人聽得情郎讚美她的酥胸，喜孜孜轉過身道：「繼續讚美我吧！雅兒最愛給項郎逗哄。」

項少龍暗叫厲害，眞想和她立即歡好，可是這處絕非適宜的地方，拉起她道：「去你處還是我處？」

雅夫人緊摟著他，歎道：「唉！雅兒比你更想哩！只是正事要緊，你和烏家正處於生死關頭。」

項少龍像給冷水照頭淋下，慾火消失得無影無蹤，凝神看著她。

雅夫人縱體入懷，湊在他耳下道：「昨天我被趙穆帶回府中淫辱時，我趁他熟睡偷看他鎖起來的秘密卷宗，發現了一張名單，都是烏家的人，列出名單上的人何時收取酬金，何時提供情報等所有有關細節，剛才我把這些人的名字默寫出來，已放入你懷裡去。」

項少龍一震，問道：「你懂開鎖嗎？」

雅夫人悄聲道：「人家自幼便受偷竊和刺探情報的訓練，加上我的身分和肉體，所以雅兒常出使國外，收集情報。此事除王兄和趙穆外，無人曉得，現在人家甚麼都向你透露，你應知道人家的心意吧！」

項少龍吻他一口，正容道：「我項少龍一諾千金，絕不會辜負你這可人兒。」至此才明白為何她能得到趙王的重視，同時想起另一個問題，道：「現在誰都知道你愛上我，他們不會懷疑你嗎？」

雅夫人道：「放心吧！他們認定了我不會對任何男人長期迷戀，是天生的蕩婦。何況我也姓趙，怎會助外姓人來對付自己血濃於水的家族？」

項少龍忍不住問道：「你真狠得起心來對付你們趙家的人嗎？」

雅夫人幽幽歎道：「我對趙家已完全失望，他們不但排斥非趙國的人，更排斥外姓的趙人，這就是全無資歷的趙括可以替代大將廉頗的原因，以致招來長平的大慘劇，令趙國由盛轉衰，現在我只想隨你遠走高飛，不想終成亡國之奴，被貶作賤妓。」

項少龍恍然點頭，開始有些兒明白為何她自丈夫趙括死後，過著醉生夢死的生活，因為她對前途感到絕望，所以藉放蕩的生活麻醉自己。

雅夫人聲音轉細，又急又快地道：「烏應元在國外的活動，王兄等早有耳聞，還懷疑他曾與秦人接觸，只不過烏氏倮控制我國近半的畜牧業，在趙國聲望又高，家將數以萬計，故王兄不敢輕舉妄動，怕為此動搖根基，被他國乘虛而入。」

項少龍聽得頭皮發麻，原來趙王真的密謀誅除烏家。

雅夫人道：「昨晚王兄和趙穆等在你戰勝連晉後舉行秘密會議，決定把你招納過來，利用你對付烏家。後來王兄又召了我去，要我以美色迷惑你，教你不能自拔，而雅兒卻自家知自家事，被迷惑的只是雅兒吧！」

項少龍想起趙穆今晚的約會，暗抹一把冷汗，想不到竟有趙王在幕後參與此事。

雅夫人道：「暫時你還可拖延時間，因為趙穆的人這兩天會出發到桑林村查探你的來歷底細，肯定你沒有問題才會重用你。」

項少龍今次真的遍體生寒，若美蠶娘給他們抓著，那就糟透了。

雅夫人溫柔地吻他道：「雅兒知你不但劍術蓋世，智計更是厲害，現在人家把終身託付給你，禍福與共，你絕不可捨棄雅兒啊！」

項少龍緊摟她低聲道：「現在我們來做一場戲，扮作我們剛剛歡好過，明白嗎？」

雅夫人俏臉一紅，點頭答應。

項少龍立即付諸行動，口手齊施，把她弄得釵橫鬢亂、衣衫不整，才匆匆離去。

第十八章　虛與委蛇

名單攤在几上，烏氏倮、烏應元和陶方都神色凝重。上面赫然有連晉、李善和武黑的名字。除陶方外，李善可說在眾武士中與項少龍最相得的了，豈知竟是趙王的奸細。

難怪少原君來要素女的時間這麼巧，因爲整件事根本是個陰謀。

項少龍感到被好友出賣的痛心。

烏氏倮沉聲道：「雖說趙雅可信性極高，但我們仍須以種種手法查證名單的眞僞，這事交由應元負責。」接著向陶方道：「你立即派人兼程趕往桑林村，把美蠶娘遷往秘密地方，再以重金收買那裡的人，要他們爲少龍說謊，掩飾他乃秦人之後的秘密。」

項少龍有苦自己知，因爲那裡根本沒有人認識他，惟有硬著頭皮道：「我一向在深山打獵維生，只是最近才到桑林村去，一直住在偏僻的山谷裡……」

陶方拍胸道：「這個沒有問題，我會使人假扮村民，應付查詢，保證不會被人識破。」

項少龍放下心來。

烏氏倮歎道：「今次全仗少龍，我們才清楚形勢險惡到這地步，若非少龍昨晚獲勝，教連晉娶得芳兒就糟了。由現在起，我烏氏倮再不視自己爲趙國人，幸好我們和各國的權貴向有交往，逃到哪裡都有人接納，問題是怎樣避過趙人的追殺？」

項少龍心中奇怪，爲何烏氏倮好像很有把握把龐大的家族撤出城外呢？

烏氏倮顯示他處變不驚的大將之風，冷然道：「秋收結帳的時間已到，趁各地牧場主管來邯鄲之際，我會趁機部署一下，準備好應變的措施，他不仁，我不義，孝成王想對付我，我就順勢把他拖垮。」

烏應元道：「養兵千日，用在一時。現在應是召烏卓和他訓練的死士來邯鄲的緊急時刻了。」

烏氏倮爽快答應，這一向對趙國忠心耿耿的畜牧大王終於動了眞怒。

陶方向項少龍解釋道：「烏卓是主人的義子，專在各地收養無父無母的孤兒，加以嚴格的訓練，作爲我們的核心主力，人數在千人間，平時分散在邯鄲附近各牧場，知道此事的人就只我們幾個人。」

烏應元道：「有他們來助少龍，更是如虎添翼，就算趙王派人來攻打我們烏家城堡，我們仍可以守他十天半月。」

烏氏倮道：「我們把少龍和芳兒的婚禮推遲到一個月後，如此我們可藉籌備婚禮，掩飾各式各樣的行動。」

陶方接著道：「老僕還可以假借重組武黑的手下爲名做出調動，把大部分內奸調離這裡，不教趙人起疑。」

烏氏倮斷然道：「就這麼辦。」轉向項少龍道：「少龍要扮作利慾薰心的樣子，接受趙穆的籠絡，更要扮作沉迷於趙雅的美色，教趙人不起疑心。我們會把一些資料讓你洩露給趙人，使他們更信任你。」

項少龍誠懇地答應。

烏氏倮伸手拍拍他的肩頭，微笑道：「去見芳兒吧！她剛來向我們要人呢！」

項少龍很想報以一笑，卻已失去那心情。

在二十一世紀，每天離家時，都很少想到自己會沒命回家。可是在這戰國時代，不但擔心回不了家，還要擔心禍從天降，累及整個親族的人。

爲了生存，每一個人都要使自己成爲強者，又或依附強者而生存。

項少龍在練武場找到正在練習騎射的烏廷芳，和她比射一輪箭後，返回幽靜的住所，見到門外掛上「隱龍居」的木牌，原來是烏廷芳的傑作。

婷芳氏和四名婢女興致勃勃在修剪花草，哼唱小曲，見他回來，欣喜不已，擁著他和烏廷芳進入屋內。

還未坐定，大批僕人搬來大大小小百多個箱子傢俬，項少龍瞠目結舌時，烏廷芳笑語道：「有甚麼好奇怪的，廷芳早是你的人，爹和娘又不反對，我自然要搬來與你同住。」

項少龍想不到這時代亦有婚前同居的事發生，旋又恍然大悟，對烏家來說甚麼忠孝節義都是不可靠的空言，惟有用烏家最動人的美女來縛住自己的人和心，才最是實在。

不過他對烏廷芳確是非常疼愛迷戀，笑道：「有權利就有義務，每晚我都要你付足床第稅才准睡覺。」

烏廷芳俏臉一紅，嫵媚地橫他一眼，歡天喜地的去指揮下人如何擺放東西，佈置空出來給她的東廂那兩個房間和偏廳。

婷芳氏在他旁邊笑著道：「孫小姐說西廂八間房，頭房是我的，其他留給你將來納回來的女人，若不夠用，還可教人加蓋一座。」

項少龍摟她的腰肢道：「開心嗎？」

婷芳氏嬌羞地點頭，神情歡悅。

能夠令所愛的女人快樂，實是男人的最大成就，他想起一事，問道：「和你一起到邯鄲來的美女，知不知她們到了哪裡去？」

婷芳氏茫然搖頭道：「聽說她們有些被送去當營妓，除我之外沒有人留在烏府。」

項少龍解開心中疑問，難怪要到鄉間搜羅這麼多美女，原來是要用來慰藉離鄉別井、駐守或出征外地的軍旅，不禁大起同情之心。

只有統一各國，建立新的國度法制，才可打破這種漠視婦女主權的情況。

唉！就算統一天下，還要再走二千多年的長路，才有希望能文明一點。這是多麼遙遠艱難的路途。

午飯後，他摟著婷芳氏睡了個午覺，申時初才醒過來，這時烏廷芳仍興高采烈佈置她的閨房。

項少龍梳洗後，來到她的房間，饒有興趣地看著春盈等四女在她指揮下工作。

雖名之爲房，比之寸金寸土的現代人的廳子還要大。最觸目是那寬大的床榻，佔去房子的四分之一，七、八個人睡上去仍有很多活動的空間，本身就像個房間。床榻的四角有四根雕花鏤空的圓木柱，用木格子連接屋頂，懸垂寬大的帷帳。

想到這美人兒每晚都乖乖的在這鋪了幾層褥墊和棉被、放滿角枕的小天地裡等他愛撫時，他的心立即灼熱起來。

房內還有銅鏡臺、盛衣的箱櫃及衣架，地上鋪著柔軟的地蓆。房子一角的小几上有個銅香爐，燃燒醉人的香料。這種情調，項少龍還是第一次嘗到。

在這融洽香豔的浪漫天地裡，眞不願想起外面虎狼當道的世界。唉！今晚不用去見趙穆就好了。有烏廷芳在，四婢都正經起來，不敢和他像平時般調笑。

烏廷芳香汗淋漓來到他身旁，挽著他的手邀功地道：「芳兒的寢室佈置得舒服嗎？」

項少龍微笑道：「我最欣賞是那張大床。」

烏廷芳瞅他一眼，媚笑道：「今晚你宴罷歸來，記得爬上來啊！人家不睡覺等你。」

項少龍哈哈一笑，拉她往外走去，笑道：「來！讓我服侍你這美人入浴。」

烏廷芳霞燒玉頰，口說不依，蹬著專在室內穿的小布鞋的那雙纖足卻乖乖地跟著他去了。

當日黃昏，趙穆派馬車來把他接往城北的侯府，出奇地並沒有脂粉盈殿、狂歡熱舞的歡迎場面。

趙穆接見他的地方是位於後園內的雅軒，一邊全是大窗，捲起的朱簾外是美不勝收的亭園景色。兩人靠在軟墊上，席地而坐，中間隔著一張大方几，放滿酒菜，氣氛親切，下人退出後，只留下他們兩人。

趙穆一邊殷勤勸飲，隨口問起他的出身。項少龍忙把編好的故事奉上，說到與陶方相遇的經過，想起李善這內奸，更是如實直說，一句都不瞞他。

趙穆自然知道他沒有說謊，大感滿意道：「少龍劍法顯得受明師指點，不知令師何人？」

項少龍本想說是學自隱居山林的隱士，但與他眼神一觸，感覺到對方眼中的期待。心念電轉，暗忖自己以木劍克敵，說不定已暴露與墨門的關係。

元宗曾說過邯鄲是趙墨的根據地，若趙墨的首領嚴平爲求取功名富貴，自然要投靠趙王，所以大有可能趙穆早猜到他與元宗的關係，忙改口把落泊武安，遇上元宗的經過有選擇地說出來，特別強調自己爲求取富貴，不肯加入元宗的組織一事，與元宗只是朋友關係。

趙穆聽罷欣然一笑，「噹」的一聲敲響身旁喚人的銅鐘。

項少龍暗叫好險，心裡明白是怎麼一回事，卻故作不解地望著他。

果然一名麻衣赤腳的高瘦漢子走進軒來，項少龍見這人氣度沉凝，面目陰鷙，兩眼銳利如鷹隼，一派高手風範，亦是心中懍然，暗忖難怪以元宗這種高手也要倉皇逃命。

那人來到兩人前略一施禮，席地跪坐，腰背挺得筆直，卻沒有絲毫拘束的感覺。

趙穆笑道：「這就是現在邯鄲墨者行館的鉅子嚴平先生，也是我王的客卿，他適才坐在隔壁，少龍的話他全聽到了。」

嚴平冷冷地凝視項少龍道：「兵衛大人能擊敗連晉，顯已得我墨門叛徒元宗的眞傳，只不知他的鉅子令是否一併傳給你？」

項少龍心中一痛，推想出元宗已被他們殺死，搜身後找不到鉅子令，故有此問，詐作不解道：「甚麼鉅子令？」

嚴平打量他半晌後，平靜地向趙穆道：「本子也相信元宗不會把鉅子令交給一個外人。不過對於他爲何將劍術傳給兵衛大人，本子仍是想不通。」

趙穆問道：「鉅子憑何認定少龍不是鉅子令的傳人？」

嚴平淡然道：「我們墨者身體力行的是節約和刻苦之道，居室茅茨不剪，用的是土簋土碗，飲的是藜藿的羹，吃的是粗糙的高粱飯，穿的是葛布、鹿皮。若元宗肯傳他鉅子令，自因他已成為墨者。可是兵衛大人不戒女色、酒食，顯然尚非我墨門之人。」

項少龍和趙穆一起恍然大悟。

趙穆對項少龍更無懷疑，欣然道：「本侯非常欣賞少龍這種坦誠無私的態度。」接著壓低聲音道：「假若剛才少龍說的是謊言，現在怕已濺血此軒了。」

項少龍裝作惶恐道：「多謝侯爺信任。」心中當然連他的祖宗都罵遍了。

嚴平沉默起來。

項少龍客氣地問道：「元宗先生對鄙人有傳藝之恩，不知他現在去向如何？當日他忽然著我離開武安，又不肯與我同行，鄙人便覺得有點不妥，那時我還不知他與墨門有關係。」

嚴平冷冷道：「不知道最好，兵衛最好以後都不要過問我們墨者的事。」話畢，向趙穆告辭後，起身便走。

待他離去後，趙穆笑道：「鉅子身分尊崇，手下三百死士，人人劍術高明，可以一當百，鉅子本身更是高手裡的高手，連見到大王都不用執君臣之禮，對少龍算是客氣的了！」

項少龍當然只有表示不勝崇慕，心中卻在思索如何為元宗這大恩人報仇雪恨。

趙穆微微一笑，牽得斜跨臉頰的劍疤跳動一下，分外令人覺得他的笑容森冷無情，兩眼掠過精芒，若無其事地道：「少龍的表現令本侯非常滿意，所以本侯再不見外，坦白和少龍說出心中的想法。」

項少龍知道好戲上演了，擺出洗耳恭聽的樣子。不過無可否認，這趙穆確有種攝人的魅力氣度，難怪趙雅亦迷戀他多年。

趙穆盯著他道：「對本侯來說，這世上的人是敵則非友，是友則非敵。假設你是我的人，我可保你金錢美女、權勢地位享之不盡。但若成了我的敵人，本侯將不擇手段把你毀掉。」

項少龍心想你這人眞夠霸道的了，口中卻恭敬地道：「少龍明白！」

趙穆道：「少龍莫怪我看走眼，揀了連晉，才使出手段對付你，哪知仍低估了你。到現在本侯仍不明白爲何你被餵下烈性春藥，神智竟不受影響，能反敗爲勝？」

項少龍當然不能告訴他自己偷聽到他的毒計，假裝不好意思地道：「我這人最是好色，加上甚受女性歡迎，有時應付不來，只好借助春藥，開始時一、兩粒即立竿見影，用多了，非大量服食不可，所以不大怕這類東西。」

趙穆拍几失笑道：「原來如此，不過你確是天賦異稟，如此鬼混仍有這麼好的體魄。」灼灼的目光在他身上遊走。

項少龍心中叫糟，若給這雙性戀者看上自己就大大不妙。

幸好趙穆很快收回那種目光，語重心長地道：「少龍以前是烏氏家臣，可以不論。但現在成爲大王的貼身兵衛，自須公私分明，事事應以我大趙爲重，少龍明白本侯的意思嗎？」

項少龍肅容應道：「少龍自然懂得分辨誰才是應該盡忠的對象，侯爺請放心。」

趙穆欣然道：「我會找幾件事來試試你，只要證實你的忠誠，本侯會向大王竭力推薦，保證你前途無限，建爵封侯，亦非妄想。」

項少龍裝作大喜，爬了起來，叩頭謝恩。心中卻暗暗叫苦，若他要借烏廷芳去玩兩晚，自己怎辦才好呢？

趙穆呵呵笑道：「快起來，今晚的公事至此爲止，接著便是享樂的時光了。」

「噹！噹！」

今次項少龍睜大眼睛，看看進來的會是甚麼人。趙穆乃趙國的第二號人物，拿得出來見人的東西肯定不會太差吧。

趙穆看見他的神情，暗想此子既肯爲五十個銅錢向陶方折腰，又好漁色，在自己名利與女色誘惑下，哪會不爲我所用。

環珮聲響，一對麗人捧著一個長形錦包，盈盈步入軒內。

項少龍定睛一看，立即雙目放光。原來兩女不但衣飾相同，一式雲狀的髮髻高高聳起，薄如蟬翼的裹體輕紗內，雪肌若現若隱，緊身的褻衣束著裂衣欲出、驚心動魄的豐滿身材，如花玉容更是一模一樣，竟是對孿生女。

她們的眼神秀麗明澈，俏臉沒擦半點粉油，不施些許脂粉，但白裡透紅的冰肌玉膚卻比任何化妝更炫人眼目。

修長的眉毛下，明亮的眼睛顧盼生妍，頰邊的兩個迷人酒窩，未笑已教人迷醉。姿色絕美，體態婀娜。容貌更勝舒兒，比之烏廷芳和趙雅只略遜半分。

兩女合力托著長錦囊，蓮步輕移地來到兩人身前跪下，低頭獻上長錦囊，齊道：「越國女子田貞、田鳳拜見項兵衛。」

項少龍至此靈魂歸竅，見到趙穆正盯著自己，不好意思地尷尬一笑。

趙穆取過長錦囊，任由兩人跪伏身前，解開錦囊，取出一把連鞘古劍，哈哈一笑道：「說到鑄劍，沒有人能勝過越國的劍匠，第一把鐵劍便是由他們鑄成，經他們淬火後多番鍛打而成的劍，性能遠超前代體短質脆的青銅劍。我手上這把越劍名『飛虹』，本侯因看你的木劍沉重非常，不便攜帶，所謂寶劍贈俠士，今夜就把此劍送你。」

項少龍暗叫厲害，趙穆確懂得收買人心，若非自己來自二十一世紀，有自己的原則和對恩怨的態度，說不定真會向他歸降。扮作感激涕零地恭敬接過長劍，入手雖沉重，但比之重木劍自是輕了很多。

兩女仍馴服地跪著，雪白的粉頸，緊束的纖腰，起伏的線條，足教任何人想入非非。她們的順從，使人覺得可任意攀折，更添遐想。

趙穆見他捧劍呆看兩女，調笑道：「寶劍、美人，我看少龍還是鍾意後者居多。但不若先看劍吧！」

項少龍忙拔劍出鞘，寒氣輝芒隨劍而出，如明月之破雲而來。

飛虹長達四尺，劍身隱見細密的菱形暗紋，劍脊處用鎏金法嵌了一排七個鳳眼形圖案，劍格鑲嵌藍色琉璃，刃沿平直，便於砍劈，鋒口的夾角長而銳，鋒快非常，連項少龍這不大識貨之人，亦知手中握的是異寶。

他正用神察看時，忽聞趙穆道：「少龍拺姊姊還是妹妹？」

項少龍呆了一呆，望著他道：「不會有甚麼分別吧！」暗歎自己既表明好色，自然做戲要做到逼眞，幸好並非苦差。

趙穆眼光落到這對越國姊妹花的嬌軀上，嘿嘿淫笑道：「平時一點分別都沒有，但到了榻上，分別就出現了。」低喝道：「給我站起來，脫掉衣服。」

這對越國的孿生姊妹花，聞言站起來赧然微泛紅霞，乖乖的脫掉輕紗，卸下內衣，露出全裸的雪白胴體，皮膚像凝脂白玉般柔潤光滑，在牆燈下閃閃生輝。尤其臉上那欲拒還迎、似喜還羞的神情，哪個男人能看得不血液沸騰，胸內的心兒霍霍劇跳。

兩女都在偷看軒昂俊偉的項少龍，如此好男兒，她們還是第一次面對。

項少龍的感覺便像處身世上最華麗高貴的妓院，享受帝王式的招待。

風流陣仗他見得多了，但這樣一對高矮肥瘦、神態相貌完全相同的美女，還是首次遇上，難怪趙穆連雅夫人都無暇理會，因爲他實在太多選擇，何況還要應付趙王。

正因如此，才會生出變態行爲，虐殺了他鍾愛的舒兒，現在又以美色籠絡自己，利用他去摧毀烏家。

趙穆的目光在兩女身上游移，讚歎道：「你看，只有越女的身體才會像她們這樣，似隨風飄搖的嫩草一樣裊娜多姿，我們的趙女稍嫌胖了點，只有烏廷芳和趙雅等幾個是罕有的例外。」

項少龍聽他在這種情況下提起烏廷芳和雅夫人，心中大怒，惟有默然不語。

趙穆再歎一口氣，正要說話，項少龍怕他提出對烏廷芳的要求，站起來道：「嘿！侯爺，卑職想去方便一下，喝得太多酒哩！」除了借尿遁外，他眞想不出其他方法。

趙穆笑道：「姊姊陪少龍去吧！」

田貞答應一聲，領著項少龍往圍起軒內一角的屏風走去。

項少龍跟隨這全裸的美女，看著她誘人的肉體，既尷尬又好笑，暗忖以前常給人說自己荒唐任性，但比起古代這些侯爺貴冑，只是小巫見大巫。不過亦只有這時代的女性肯如此服侍男人，在二十一世紀要初相識的美女服侍上廁所，不給你一個耳光才怪。

若自己能重返二十一世紀的現代去，只要把這情況透露點出來，保證排隊坐時空機來這裡的男人，可以繞上地球幾圈。

到了屏風後，這動人的越國美女跪了下來，捧起置於屏風後的夜壺，恭候他放尿。瞧著紅了俏臉的她，項少龍啼笑皆非，暗忖這樣如何可尿出來呢？

屏風外忽然傳來田鳳的嬌吟和喘息聲，不看可知趙穆正侵犯著美麗的妹子。

田貞俏臉更紅了，偷偷瞅了他一眼，咬著嘴唇，顯然聞聲心動。

項少龍本就沒有方便的意思，只是爲避開趙穆的說話，低聲道：「放下它！」

田貞微感愕然，仍依言放下夜壺。

項少龍將她拉起來，暗忖在這裡總好過當著趙穆這雙性戀者行事。

如此美人兒，放過亦是可惜。何況更會使趙穆懷疑他的誠意，哪還遲疑，將她摟入懷裡，毫不客氣動起手來。

一時屏風內外，盡是女子呻吟嬌喘的誘人聲音。

第十九章　秦王駕崩

項少龍坐車回烏府時，仍在回味剛才的滋味。

他們曾在有意無意間，隔著一道屏風，以這對越國姊妹花美人兒作競賽，最後項少龍故意讓他一馬，提早鳴金收兵。果然當他抱著姊姊田貞出來時，趙穆和田鳳均有若半死之人，當然更不能向他提出對烏廷芳的要求了。

這時項少龍已知趙穆劍術雖高，但體能卻不及自己這特種戰士，忙乘機告辭。

田貞表現得依依不捨，眼神差點要把他吞掉。

趙穆何等精明，當然知道項少龍故意讓他。暗讚項少龍體貼識趣，以自己的車駕使人送他回烏府，好顯出對他的寵視。

華麗的馬車駛出侯府，在寂靜暗黑的長街疾行。四名衛士在前挑燈策馬引路，車後另有四名衛士護行。

項少龍心事重重，想著無數的人和事。現在他已完全投入到這時代裡，若可選擇的話，亦不願意返回二十一世紀。

胡思亂想間，忽給一陣急驟的馬蹄聲驚醒過來。項少龍提高警覺，往車後望去。

四名衛士亦正扭頭朝後望。

黑暗的長街，一騎由遠而近催馬而來，到看得清楚點時，竟是一名全身連頭帶臉均罩著黑布和黑衣的騎士，手持長劍，殺氣騰騰追來，一看便知不是好路數。

四衛士紛紛斥喝，拔出佩劍，回馬迎敵。

那刺客加速衝刺，旋風般趕至，一揚手，由馬側抽起一團黑忽忽的東西，沖天而上，高過頭頂，變成一張滿掛尖鉤的大網，照頭照面罩往四衛士。

四衛士武功雖好，可是對方有備而來，手法巧妙，欺他們猝不及防，竟一下子把四人罩個正著。驚呼聲間，待要掙開纏網，網內的倒鉤立時陷進肉內，慘哼聲中，四人滾下馬去，纏作一團。

那刺客此時來到馬車旁，劍光一絞，竹簾粉碎，嚇得項少龍忙縮往一角，就在這時那人把一件長條形的物體拋入車廂，落到車廂的地板上，一陣擺動，往項少龍竄來。

項少龍定睛一看，暗叫聲「我的媽呀」，一個翻身穿窗滾跌街上，原來擲向他的竟是條昂首吐信的毒蛇，若非他反應超人一等，定給這條毒蛇咬上一口。

當項少龍仍在街上翻滾時，那刺客劈倒御者，迎上正掉頭來援的四名衛士，一連發出四枝袖箭，四名衛士急忙間看不真切，紛紛中箭倒地。

刺客回馬向倒在地上的項少龍奔來。

這麼厲害的人物，項少龍還是初次遇上，正要藉腰力彈起來，刺客已向他發出袖箭，又準又狠。

項少龍無奈，橫滾開去，連避對方三箭，才有機會跳將起來。

那刺客可能用罄袖箭，改以長劍砍劈。

項少龍尚未有機會拔劍，又要藉滾地避過，不過這次滾往對方馬後，當他再跳起來，拔出趙穆贈的飛虹劍時，對方才掉過馬頭。

兩人打了一個照面。

那刺客呆了一呆，喝道：「你不是趙穆？」

項少龍聽她鶯聲嚦嚦，竟是個女子，也爲之愕然。

蒙臉女子一聲嬌叱，挽起一團劍花，策馬衝來，到了五步許外，劍光鮮花般盛開，變成漫天劍點，暴風雨般往他吹打過來。

項少龍知她要殺的是自己的大仇人趙穆，哪肯傷她。但見她劍法精妙絕倫，手癢起來，展開墨子劍法，以拙破巧，一劍斜挑，眼看挑中對方的劍，豈知劍鋒一空，竟挑斜了，而對方的劍乘虛而入，直奔面門。

項少龍想不到她如此厲害，駭然下橫移開去。

女子並不追擊，策馬衝往遠處，冷言罵道：「爲虎作倀。」蹄聲遠去，沒入暗黑的長街裡。

八名衛士，全部身死，可見箭鉤上淬的毒物如何厲害，壯健如牛的人竟都撐不過一刻鐘的時間。

此時街上佈滿趙兵，搜索刺客留下的痕跡。

趙穆神色凝重道：「那人放入車內的毒蛇叫作『封喉金』，竄動迅若閃電，劇毒無比，見血封喉，少龍能及時逃出車外，眞是福大命大。」

項少龍吐出一口涼氣，當時全憑訓練多年的本能反應，兼之毒蛇要咬的是他的腳，才能及時縮腳翻出車外，確是危險非常。

趙穆拍拍他肩頭道：「幸好你給我擋了此禍，若換作我，說不定會被她得手。」接著冷哼道：

「我看她能逃到哪裡去。」

此時一名騎士奔來，下馬後到趙穆耳旁說了幾句話。

趙穆一聽大喜，向項少龍道：「我有急事要立即見大王，遲些再和你研究刺客的事。」上馬而去，百多名衛士忙追隨去了。

項少龍心中大訝，趙穆究竟接到了甚麼消息，以致如此興奮呢？想之無益，項少龍騎上一匹駿馬，在十二名衛士簇擁下回到烏府。

甫進大門，守門的家將立即把他帶到烏氏倮的書齋，烏應元和陶方都在那裡，臉色凝重，顯然發生了嚴重的事。

項少龍坐下後，烏氏倮道：「秦昭王死了！」

項少龍茫然看著他，心想秦昭王又不是你老爹，死了有甚麼打緊。

陶方知道他並不明白其中的關鍵，道：「繼位的是孝文王，大喪期間，秦國會有一段時間不動兵戈，所以各國會利用這段空隙去進行各種先前因懼秦而擱下的計劃，包括擴張和蠶食其他小國。」

項少龍恍然大悟，道：「所以要擔心趙王會加速對付我們。」

烏應元歎道：「這還不是我們最擔心的事，而是我一直和秦國的呂不韋有聯繫，此人家財既厚，又有手段，本為我們的大靠山，但現在新繼位的秦孝文王，表面雖對這救回他兒子的大賈執禮甚恭，但始終忌他是韓人，只看呂不韋到秦後，不過是食邑千戶的客卿，毫無實權，便知是孝文從中弄鬼，現在他登上王位，呂不韋可能權勢不保，也斷掉我們與秦人的關係。」

項少龍恍然大悟，低聲問道：「呂不韋是否想通過我們把嬴政弄回咸陽？」

三人一起臉露驚容，呆瞪著他，像首次認識他的樣子。

三人交換了一個眼色，烏氏倮的胖軀抖動一下，深吸一口氣道：「少龍眞是識見過人，一語中的。但此事千萬不可洩露半點出去，否則明天烏家城堡連一塊完整的瓦片都留不下來。」

項少龍心笑我還知道嬴政根本就是趙姬爲呂不韋生的兒子，呂不韋把趙姬送與秦始皇嬴政名義上的父親異人之前已懷身孕。不過有些史學家指出後來秦始皇對呂不韋手段殘忍，看來呂不韋又不大像是嬴政的生父，這筆糊塗帳，眞是誰也弄不清楚。總之呂不韋想把嬴政弄回咸陽，是眼前鐵般的事實。

烏應元道：「四大公子裡，趙國平原君已死，楚國的春申君黃歇一介庸才，可以不論；齊國孟嘗君則稱病薛邑，現在只餘魏國信陵君無忌，此人精通兵法，手下謀臣勇將不勝計算。往日念在平原君夫人爲其胞姊之情，所以對趙國頗爲眷顧，現在平原君已死，恐亦變化難免。」

烏氏倮點頭道：「秦王之死，確使本已複雜的形勢更趨複雜，但對我們卻是有利無害，因爲趙國勢必要藉強秦息兵之機大肆擴張，無暇對付我們，致動搖根本，我們可偷得喘息之機，從容部署，眞是天助我也。」

陶方笑道：「燕人慘矣！」

烏應元搖頭歎道：「他們這叫自作孽不可活，趙王必乘勢拿他們來開刀，好擴張領土。不過聽說燕國的太子丹也是個人才，最好能拖上趙國幾年，我們便有更充裕的時間了。」

各人又談一會兒，定下暫不再與呂不韋聯絡，更不要碰刻下正在邯戰做質子的嬴政，採取靜觀其變的策略，才各自散去。

項少龍回到他的隱龍居，四婢除生得最白淨豐滿的冬盈仍撐著眼皮等他外，眾女均酣然入夢鄉。

項少龍問道：「你們來了烏家多久？」

冬盈低聲回答：「我們四個是自幼賣入烏家。」接著以更小的聲音輕吐道：「現在只求少主不嫌棄我們，讓我們四姊妹畢生在旁伺候，就是最大的恩寵了。我們從未遇過像少主般隨和的人。」

項少龍暗忖這時代還有誰比自己更尊重女性，湧起憐意，把她摟入懷裡親熱，卻是適可而止，不敢把她逗得太厲害，這些天來終日周旋於眾女之間，過足古代貴族夜夜歡宴、醇酒美人的頹廢生活，其放縱是從未有之。剛才又與越女相好過，所以眼前雖有任由採摘的可人兒，亦惟有暫時放過。

沐浴後，項少龍先去看婷芳氏，為她蓋好被子，然後進入烏廷芳的閨房，爬入帳幔垂地的繡榻。這妮子竟是身無寸縷，幸好她這年歲的女孩最是貪睡，項少龍暗叫好險，摟著她東想西想，想到那厲害的女刺客時，疲極入睡，一覺天明。

隱龍居內，項少龍如處眾香之國，差點連自己是二十一世紀的人都忘掉，享盡溫柔滋味，回復體力，思想又起變化，暗忖這樣的假期，過一世都不會厭倦，大歎這時代的男人真幸福時，趙王卻召他立即進宮覲見。

眾女頓時怨艾連聲，項少龍也在心中操趙王的祖宗，可是大老闆有命，惟有收拾色心，匆匆趕赴王宮。

趙王在主殿旁的小偏殿接見他，趙穆當然是座上客，出奇地還有雅夫人和郭縱。另外尚有兩人，經引見後，一個竟然是大名鼎鼎，剛由與燕國交戰前線趕返來的大將兼相國廉頗。

他身材不高，但相當結實，氣勢懾人，年紀約在五十許間，臉骨闊大，帶著難掩的風塵之色，雖神態疲倦，但一對深邃的眼神仍是顧盼生光，不怒而威，讓人感到他是位值得敬重的長者。

另一人是名傳千古的將軍李牧，身形挺拔高瘦，只比項少龍矮一寸，在那時來說是相當高的了，年不過四十，貌相威嚴，有種軍人的硬朗和風采。

廉頗和李牧都留心地打量他。

趙王吩咐他不必多禮，賜他就坐。

趙穆正容道：「少龍你不知自己多麼幸運，還沒上任，立即有一至關緊要的任務交由你負責。」

項少龍心中詛咒，口上卻謝恩。

趙王微笑道：「沒有比你更適合的人選了，因這人不但要勇武蓋世，膽識過人，還要機警聰敏，能隨機應付突發事件，假設你能完成這項任務，回來後不但重重有賞，還陞你爲將。」

項少龍忙應道：「大王儘管吩咐，小臣赴湯蹈火，在所不辭。」

在場者六雙眼睛，全盯在他身上。

趙王向廉頗恭敬地問道：「相國看看這人是否可用？」

廉頗兩眼閃著精芒道：「少龍以區區一個帶兵衛，進來見到我們後仍保持冷靜自若的心境，顯是有膽有識的人。舉手投足間更流露出劍手風範，毫無缺點可尋，更是難得。但我最欣賞的還是他明知任務不易，仍沒有露出怯意，聞報酬而不露喜色，能得如此人才，實我大趙之福。」

雅夫人聞得這德高望重的廉頗也盛讚愛郎，芳心竊喜，偷望趙穆，只見他眼內掠過殺機，顯是對項少龍生出妒意。

項少龍心想人的名兒樹的影子，廉頗眼光如此厲害，難怪能成爲戰國名將，連忙謙讓。

郭縱心中卻想，趙穆和連晉都扳你不倒，我趙國還有甚麼人比這小子更適合此任務。

趙王開懷大笑：「天佑我國，天佑我國。」轉向趙穆道：「巨鹿侯請把今次任務向少龍解說。」

趙穆裝出笑容，溫和地道：「今次的任務，表面看來非常簡單，就是由少龍率領五百騎兵，護送平原夫人母子和雅夫人到魏國探親和進行友好活動，當然內裡另有玄虛，不若由郭先生親自說明。」

項少龍心中打了個突兀，平原夫人之子不就是少原君嗎？他和自己勢成水火，爲何要去護送他呢？而雅夫人又爲了甚麼要到魏國去？

郭縱壓低聲音道：「最近魏國的信陵君得到一套帛書，上面盡錄魯國一代巧匠公輸般對各種攻防武器的詳細製法，共錄大小巧器一百零八件，其中一篇流落了出來，落到我手裡，說的是攻城雲梯的製作方法，已遠超過現在各國雲梯的水平，假設能得此《魯公秘錄》，我大趙將有望成爲霸主，更教魏國不能藉此稱雄。」

一直沒有發言的李牧道：「我曾風聞此事，聽說其中有一篇說及兵器的鑄製，能通過新的配方和淬火的過程，把鐵變成更堅硬的精鋼，若能得此秘笈，我們便可擁有最優良的武器。」

趙王有點擔心地道：「信陵君爲人精明，手下能人眾多，幸好王妹和他有一段香火情，曾不斷修書求王妹赴魏，所以我們現在才有這麼好的藉口，派你把王妹送去。」

項少龍暗忖原來如此，愕然向雅夫人望去，記起她是偷竊情報的高手。

雅夫人怕他知道自己和信陵君也有一手後會不高興，芳心忐忑垂下臉去。

廉頗和李牧交換個眼色，心知肚明是怎麼一回事。

趙穆再掠過嫉恨之色，對他這有強烈佔有慾的人來說，就算是他捨棄的女人，亦不希望她的身心被另外的男人佔有。

廉頗淡淡道：「巨鹿侯曾提議過很多人，均給我否決，因他們的底細都被信陵君摸得一清二楚，難有作爲。推薦少龍的是雅夫人，少龍該感激她給你這個表現的機會。」

項少龍一聽，心中大樂，立刻知道廉頗和趙穆關係不佳，所以當面嗝他。他不敢望向趙穆，問道：「甚麼時候起程？」

趙王道：「我們已派出快馬知會信陵君，應該在五日內可以起程，李將軍會派先頭部隊，爲你們沿途打點出境前的一切事宜。」

趙穆插嘴道：「這五天內少龍不可以回烏府，要留在宮內直至起程。我自會派人通知烏家，他們可派人帶東西來給你或來探望你，明白嗎？」

項少龍心中叫苦，無奈答應後道：「我心中有一些對此行任務有點作用的小玩意兒，只不知可否由工匠打造出來。」

眾人齊感訝異，郭縱笑道：「這個容易，我派個專人來服侍你，無論怎樣困難，務要在這五天內給你完成。」

項少龍心中大喜，自問隨便揀幾件以前在特種部隊的輕巧工具，包保遠勝魯班的所謂巧器。但他會分件教郭縱的人打製，再由自己到魏國後做裝配，那便不虞被對方學得超越了二千多年的技術。

趙王最後命各人退下，只留下廉頗商量對付燕國的事。

出殿後趙雅欣然扯著項少龍往後宮走去，笑道：「不要因見不到你的烏家美女愁眉苦臉，有雅兒陪你呢！」

項少龍苦笑道：「究竟有哪些權貴人物和你沒有過香火緣呢？可以說幾個來聽聽嗎？」

雅夫人低聲道：「人家早求你原諒了嘛，嘻！你嫉妒哩。」言罷睨他千嬌百媚的一眼。

項少龍知道計較不了那麼多，話題一轉問道：「平原夫人和少原君到魏國眞是探親那麼簡單？」

雅夫人待遠離了兩個拜倒路旁的宮女，才耳語道：「他們去了便不會回來。」

項少龍失聲道：「甚麼？」

雅夫人幽幽一歎道：「還不是長平之戰累事，我們本來人口就比別國少，現在又死掉四十多萬壯年的男丁，這九年來，雖不斷鼓勵生育，規定凡女子滿二十尚未有夫家者，便由地保分配，違命者充爲公娼營妓，可是除非再有一個十年，否則仍難回復以前的國力。現在誰都不看好我們，不然燕王喜絕不敢來攻打邯鄲。」

項少龍道：「但現在我們是勝利者啊！」

雅夫人領他轉入一個美麗的大花園裡，樹木掩映間，隱見一座別緻宮室。

她挽著項少龍粗壯的手臂，無奈地道：「一時的勝利有甚麼用，除燕國外，誰不虎視眈眈我們這東鄰燕、西接秦、南錯韓魏、北連蠻貊的肥肉。別人虧蝕得起，我們卻是少一個便弱一分，誰知甚麼時候會再跌一跤。王兄又不爭氣，寵信趙穆這不能容物、言而無信的奸徒。」說到最後，咬牙切齒起來，對騙她、棄她的趙穆恨之入骨。

項少龍清楚感到大難臨頭各自紛飛的味兒，烏應元不也是爲此起異心嗎？

秦將白起可說是戰國最著名的殺人狂魔，長平一役坑殺趙卒四十萬前，也曾經把魏兵數十萬人斬首。這招的確非常毒辣，又非常有效。

兩人登上臺階，早有俏麗宮女跪地相迎，看到項少龍，眼睛都亮了起來。

雅夫人把他直挽入寢宮，笑道：「這是雅兒在這裡的行宮，侍女都是我的人，少龍若看中誰，隨便召她們侍寢，對你嘛！沒有女人會不樂意逢迎的。」

雅夫人著宮女關上門後，毫不客氣地爲他寬衣解帶，自己亦來個大解脫，到兩人袒裎相對，擁臥榻上時，她幽幽一歎道：「三十八年前，自韓國的宛先和鄧這兩個冶鐵業的重鎮落入秦人手內，他們的武器裝備便逐漸凌駕各國之上，所以王兄今次才會這麼重視《魯公秘錄》。」

接著輕輕道：「少龍，爲了獲得《秘錄》，雅兒或再要犧牲肉體色相，你肯讓人家這麼做嗎？」

項少龍苦笑道：「有沒有我的同意，事情會有分別嗎？你的武器就是美麗的身體，不用美色難道還有別的可代替？」

雅夫人歎道：「假若代價是失去你，我寧願拿不到《魯公秘錄》。雅兒對戰爭早厭倦得要命，只想和少龍找個安樂居所，避開這你爭我奪的仇殺環境，終老山林算了。」

項少龍道：「要不要陪人上榻，這事遲些再說。是了！爲何我從未聽你提起自己的孩子？」

雅夫人神色一黯道：「我是個不能生育的女人，若有孩子，我的生活或者不會那麼不檢點。少龍！你會否因我的缺陷而不疼人家呢？」

項少龍立即以行動回答。今次雅夫人比之以往任何一次更熱烈和馴服，令項少龍享盡溫柔之福，明白到爲何以信陵君這種可隨手招來千萬美女的人物，對這尤物仍不能忘情。

事後兩人相擁睡了半晌，郭縱派的工匠來了，項少龍費兩個多時辰才向他說清楚要造些甚麼東西。

拿著項少龍畫的圖樣，那工匠一頭霧水去了。

雅夫人見他繪圖時說得頭頭是道，追問他時，項少龍只微笑不語。

他並不想製造出甚麼厲害的現代兵器，只是希望擁有一些方便做間諜和逃走的裝備及工具。

這幾天他還要好好在宮內練習騎術，那是他最弱的一環。

要在這時代好好活下去，保護自己所愛的人，唯一方法是比別人更強橫、更狠辣，再沒有別的方法。

第二十章　禁宮春色

換了以前的項少龍，遇上美女，哪還不千方百計弄上手來，玩個暢快。但現在美女俯拾即是，個個千依百順，卻物極必反，太多女人反變成他的負擔和煩惱，試問一個人如何應付得來。見到俏侍女們飢渴熾熱的眼神，他只想找個無人的地方獨處，可是這個連上廁所也有美女在旁伺候的年代，要找個見不到女人的地方，眞是難比登天。

他逐漸明白到這裡的女人爲何如此容易一拍即合，關鍵在於通訊的問題。在現代，只要交換電話號碼，便隨時聯絡得上；而在這遠古時代，送信靠的是人力，那只是有身分的人的玩意。一面之緣後，往往再無相見之日，所以白夷女秀夷見到他後便追在後面，找尋歡好的機會，否則可能就此緣盡。這些宮女亦有同樣的情況。

項少龍並不是不想滿足她們，可是只一個雅夫人已教他應接不暇，還怎能去撫慰其他女孩子。在華麗的浴殿洗澡時，雅夫人行宮內的八名侍女全體出動到池內伺候他，又爲他遍體按摩。以項少龍這麼風流的人，這時亦不敢稍有逾越，怕惹來不可收拾的局面。

侍女不斷把燙熱的水注入池內，蒸氣騰升，將浴殿弄得像個焗蒸氣的封閉空間。春盈等四婢常服侍他沐浴，但身上總留有褻衣，絕不像這些宮女般全無掩遮，可見宮廷的生活遠比民間的富室淫穢荒唐。

但無可否認，項少龍這刻也感到非常鬆弛享受。令他放心的是沒有他主動，這八位漂亮的熱女郎，不敢對他做出過分的挑逗。

浴罷，項少龍伏在池旁一張榻上，由八對玉手爲他擦上香油和細意推拿，舒服得他連眼睛都張不開來。

人生至此，夫復何求。

腳步聲響起，雅夫人來到榻旁挨著他坐下，伸出纖手撫弄他長可及肩的濃黑頭髮，笑道：「她們是我特別由府內挑選出來的女侍，既乖巧又美麗，旅程中便由她們和我伺候你。給點甜頭滿足她們吧！她們會更盡心盡力呢！」

八女俏臉均紅了起來，低頭羞笑，誰都看出她們是千肯萬肯，求之不得。

項少龍差點想痛打雅夫人的屁股。或者放縱情慾是宮廷內最普遍和正常的行爲，可是他受的那種軍訓，卻使他知道節制的重要和必須。含糊應一聲，裝睡去了。他還能做甚麼呢？

雅夫人俯下頭來，在他耳邊道：「你只要躺著享受便成，指頭也不用稍動一下。」

項少龍暗忖那豈非反成八女的洩慾工具，怎能接受，沒有答她，不久沉沉睡去。

醒來時，靜悄悄的。浴殿內燃起油燈，一片寧和。

他還以爲眾女離開了，剛爬起來，立聞嚦嚦鶯聲嬌呼道：「公子醒哩！」

兩名穿回羅衣的俏侍女立即過來伺候他穿衣服。

項少龍見兩女一臉期待和渴想之色，問道：「兩位姊姊喚甚麼名字？」

其中一個吃吃笑道：「公子折煞小婢，我叫小昭，她叫小美，是夫人的貼身小丫頭。」

小美讚歎道：「公子的體格眞好，我們從未伺候過比公子更精壯的男人。」

小昭來到他身前為他縛上襟頭複雜的鈕扣，胸脯聳伏有致，項少龍忍不住摸了一把。

小昭全身一顫，軟伏在他身上，嬌聲道：「公子！」

小美亦把身體緊貼他的後背，體溫火般灼熱。

項少龍索性摟著兩女，每人親了個嘴兒後問道：「夫人在哪裡？」

兩女嚇了一跳，忙繼續為他穿衣。

小昭惶恐地道：「奴婢該死，夫人吩咐你醒來便要領你去見她的。」

項少龍大喜，知道暫時不用怕給她們纏著，隨她們出去。

雅夫人嫻靜地在餐几旁等候他，見他到來，跪在蓆上，以甜甜的笑容，妻子伺候丈夫般的禮節恭迎他入座。

兩人並肩坐在几子的一邊，侍女們流水般奉上酒菜。

雅夫人為他斟酒，笑語道：「活了這麼多年，雅兒還是第一次感到身有所屬的快樂，剛才坐在這裡等你，一點不覺得時間難過，沒有半分空虛或沉悶，因為人家知道有你在身旁。」

小昭等八女分兩組跪在入門處的兩旁，八對俏目不時溜到項少龍身上。

雅夫人掃視八女後，含笑道：「雅兒是你的人哪！她們亦變成你的私產，若有興致，可和她們戲耍取樂。」接著抿嘴笑道：「項郎一點都不像其他男人，若換過其他人，當是另一番情況。」

項少龍暗笑，說到荒唐放縱，他這受慣責任和紀律約束的現代人實自愧不如。不過若多喝兩杯，酒性發作，自己也不知會變成甚麼樣子。

雅夫人揮退八女，倒入他懷內道：「王兒和廉頗很看得起你，這事必招來趙穆妒恨，尤其他剛才派人來召我，給我嚴詞拒絕，必然更添恨意。雖說他現在因你有利用價値，不會隨便翻臉，但始終會佈局害你，有起事來時，王兄是只會幫他而不幫你的。」

項少龍心想，我又豈肯放過他嗎？想起舒兒之死，怎能釋懷。

雅夫人見他神色一黯，還以爲他擔心趙穆，道：「趙穆下面有兩條走狗，一是大夫郭開，另一是將軍樂乘，一文一武，都是滿腦子壞思想的厲害人物，刻下他們均不在邯鄲，將來遇上，切要小心應付。」

項少龍記起秦始皇，忙問道：「秦國的質子嬴政究竟是怎樣的一個人？」

雅夫人臉現不屑之色，冷冷道：「這人長得相貌堂堂，比一般秦人更高大魁梧，人卻膽小如鼠，畏首畏尾，難成大事，終日只知在脂粉叢中打滾。」

項少龍失聲叫道：「甚麼？他會是這麼的一個人？」

雅夫人坐直嬌軀，奇道：「爲何你像對他很感興趣似的？」

項少龍心內亂成一片，秦始皇一直是他心中的期待和夢想。說到底，他仍是一個對國家忠心的軍人，很自然對這個一手締造出中國的偉大君主生出盡忠之心。但假若秦始皇只是個沉迷女色、難成大器的人，那他豈非唯一的希望和目標都沒了。歷史該不會錯得這麼離譜的，或是秦始皇爲蒙騙趙人，故意裝成那樣子。唔！一定是這樣。

想到這解釋，輕鬆起來，應道：「秦國現在這麼強大，所以我對他們亦分外感興趣罷了！」

雅夫人沒有起疑，道：「秦人最野蠻，只有他們才可下手屠殺以萬計的降卒，對女人更粗暴淫虐，所以聽到秦兵來，沒有人不害怕的，寧死不肯落在他們手中。」

項少龍忍不住問道：「嬴政的體格好嗎？」

雅夫人伸手摸著他寬闊的胸膛，媚笑道：「比起你來差得遠哩！若有人告訴我他剛死掉，我絕不會驚訝。像他那樣無時無刻不擁美作樂，能待到現在已是奇蹟，登幾級石階都要喘氣。」接著輕歎道：「事實上也不能全怪他，一來其母朱姬對他寵溺過度，更要命的是趙穆等故意誘他沉迷酒色，十一歲便教他飲酒作樂，又不斷送他各國美女，這樣一個無知孩兒怎把持得住。」

這次項少龍眞的目瞪口呆，健康這東西是假裝不來的。難道歷史錯了，嬴政並非秦始皇。

至此心情大壞，在雅夫人手上連喝三杯烈酒，又灌了雅夫人幾杯。雅夫人不堪酒力刺激，開始放蕩起來。

項少龍心情鬱結，亦需用刺激來麻醉自己，主動召來八女，逐一灌酒取樂，終於學著趙國的王族公卿，度過最荒唐的一個晚上，到最後連他自己都弄不清楚曾和誰發生過肉體關係。

沒有了秦始皇，難道就這麼長在趙國混下去？就算應付得了奸人趙穆等的陷害，遲早還不是給秦兵宰掉！明知將來是這樣的命運，今天怎快樂得起來？

他開始明白爲何各國王侯貴族，要過著只有今朝的頹廢生活。因爲誰都不知明天是否仍享有眼前的一切。

第二天他爬起床來時，又變得精神爽朗，使得還要繼續休息的雅夫人和眾女稱奇不已。

項少龍暗責自己荒唐，拋開秦始皇的事不想。梳洗後，走到宮中的校場苦練一會兒騎射，其他禁衛將兵都對他既崇慕又恭敬。當然，就算妒忌他亦不敢擺在臉上，誰不知他成爲趙王身邊的紅人。

他的頂頭上司，禁衛長趙方親自領他參觀王宮，解釋宮中的禁忌和須注意的事項，道：「我們的職責主要是負責內外兩宮的安全，外宮建築物有四殿、九樓、十閣，是大王接見群臣和辦事的地方。內宮分三部分，正宮是大王和眾妃嬪的居室，西宮是接待外國來的貴冑使者，東宮是王族的居室。暫時少龍可四處巡察，到熟習了環境後，我會進一步向你解說要負責的職務。」

項少龍知他不曉得自己即將遠行，也不說破，這時內侍臣吉光來找他，領他去試穿為他趕製的護甲。

護甲主要是保護前胸和後背，兩肩設帶連繫，在背後交叉與腰部的繫帶相連，打結繫穿，又有像兩翼橫飛的披膊，穿上後看得四周的人全部眼睛發亮，像他那般威武若天兵神將的人物，他們還是第一次看見。

縫甲室內十多名女工對他目不轉睛，項少龍已習慣了給女人看，暗笑以前是他看女人，現在卻是女人看他，這也可算是世界輪流轉了，由現代轉到古代。

他試戴頭盔，最頂處是兩片半圓形的甲片合綴成圓形的平頂，然後是圓角長方形的甲片自頂向下編綴，共分七層，上層壓下層，護頰、護額的甲片形狀較特殊，用以配合臉型。額部正中的甲片向下伸出直條，保護眉心突出的部分。可能是怕給人由後斬首，對後頸的保護特別緊密周詳。

穿上禁衛將官的制服後，自己也覺得好玩，忙走了出去四處巡邏。

另一名同級的帶兵衛成胥自告奮勇陪他走一會兒，來到正宮入口的大牌樓處，向守門的十多名禁衛介紹項少龍，把他拉到一旁道：「大家以後是兄弟，有些事不能不對你說，千萬不要獨自進入正宮，愈多人陪著愈好。」

項少龍大訝，追問原因。

成胥低聲道：「正宮內除宦侍外，妃嬪和侍女超過五百人，閒著無聊時甚麼事都做得出來，像你這麼威武的壯男給她們看到，哪還肯放你出來，那可不是說笑的事。」

項少龍倒抽一口涼氣，原來如此，皺眉道：「大王不管這些事嗎？」

成胥別有深意地苦笑道：「大王連自己的妃嬪都沒空去理，哪管得了這些事。有家人在京城的還好一點，可藉回家探親，找人鬼混。外國獻來的女子連宮門都不准踏出半步，見到男人哪還不如狼似虎。」

項少龍自然明白他的意思，趙王對女人哪有興趣，想起雅夫人的八個侍女，心想她們可能算是非常溫柔斯文的了。再聊幾句後，溜回雅夫人的行宮去。

才走入東宮的區域，兩名美麗的宮女追了上來，跪稟道：「小婢們恭候兵衛大人半天了，妮夫人請兵衛大人相見。」

項少龍大感頭痛，成胥雖有警告在先，可是以為危險地區只限於正宮，怎知東宮亦非安全地帶，硬著心腸道：「噢！請代向妮夫人請罪，卑職有急事要趕去面稟雅夫人……」邊說邊走，匆匆逃亡。

兩宮女還想追來，他早已去遠。

沿途自是遇上不少宮娥貴女，見她們眉目傳情，嚇得項少龍眼觀鼻，鼻觀心，直至回歸雅夫人別宮的「安全」範圍，才鬆一口氣。

步入廳內，其中兩名婢女欣然迎來，爲他脫盔解甲。

項少龍忘了她們名字，問道：「兩位姊姊叫甚麼名字？」

兩女昨晚和他胡混整夜，知他隨和，其中之一白他一眼撒嬌道：「公子就只記得小昭、小美，卻記不著人家。」

項少龍大樂，暗忖可能糊裡糊塗下破去陶方的紀錄，自己眞的不賴，只是以前沒有機會嘗試罷了。又暗自警惕，這等荒唐事可一不可再，否則自己與趙穆之流有何分別？

另一女道：「她叫小紫，我叫小玉，公子不要忘記了。」

項少龍唸兩遍後道：「夫人在哪裡？」

小玉道：「夫人親自下膳房，爲公子造飯。」

小紫笑道：「我們服侍夫人這麼多年，還是第一次見她這樣呢！」

項少龍心想她弄出來的東西必然非常難吃，但心中感動，想起烏家的妻婢，頓感相思之苦，自己在這裡偎紅倚翠時，她們卻要獨守空房，眞不公平。

小玉壓低聲音道：「三公主來探夫人，現在也在膳房裡，宮內除雅夫人就數她最美。」

項少龍爲之愕然，這些宮廷貴女爲了男人，眞的甚麼事都敢做出來，竟來到這裡找他，無奈下惟有隨兩婢往膳房走去。

剛入內軒，雅夫人和另一宮裝美女從膳房處步出，與他碰個正著。

項少龍和那絕不超過十七歲的美女目光相觸，雙方的眼睛同時亮了起來。

這三公主長得非常貴氣，婀娜娉婷，雖沒有雅夫人魔鬼般的身材，但骨肉勻稱，姿態優雅，像一朵珍貴的鮮花，文靜中充滿撩人的風姿，見到項少龍，露出美麗文靜的微笑，會說話的眼睛像在向他殷勤問好。

她的衣服袖子很寬，下襬長長拖在地上，香肩披上精緻的大圍巾，髮髻精巧有特色，在鬢角戴著以絲線穿成的珠花，垂在兩旁，薄遮雙鬢，使她分外嬌俏多姿。

彎曲的梳子裝飾在頭髮前端，左右各插三枝簪，額頭中央點了一顆朱紅色的美人痣。使項少龍眼睛放光的原因，是她不像他心中所想的淫娃蕩女，只見她氣朗神清，有種玉潔冰清、雅麗高貴的動人氣質。

和美豔不可方物的雅夫人並肩俏立，春蘭秋菊，各擅勝場。

當她發覺項少龍目不轉睛打量她，俏臉一紅，低垂螓首，卻沒有絲毫不悅之色。

一股少女健康的幽香隱傳鼻內，項少龍忍不住大力吸嗅了一下。

雅夫人白他一眼後，爲他兩人作介紹。項少龍慌忙對這金枝玉葉行禮。

雅夫人把三公主請入內軒坐下後，拉著項少龍到一旁低聲道：「無論她趙倩對你多麼有意思，你也絕不可以壞她的貞操，因爲她今次會隨團嫁到魏國去，做儲君的正妃，魏人若發覺她並非完璧，會把她退回來，那時你立即大禍臨頭。」

項少龍今次是眞心叫可惜，無論他擁有多少美女，仍然強烈地感到此爲天大憾事。

雅夫人陪著項少龍走進軒內，三公主趙倩盈盈站起，避開項少龍眼光，輕輕道：「夫人，趙倩要回去哩！」

項少龍心想，少點見面也好，否則愈看愈捨不得就慘了，趙倩給人一種既文靜又很有涵養和內在美的感覺。

雅夫人也不挽留，把她直送出門外去。回來時媚笑道：「項郎的魅力使我們女兒家沒法抵擋，連趙倩都不能免，爲此匆匆逃掉，眞想看你有沒有本領收拾魏國最著名的美人石才女。」

項少龍奇道：「石才女？」

雅夫人拉他坐到蓆上，靠過來緊纏他脖子嬌媚地道：「不要以爲她姓石，只是她才高八斗，十六歲便以文名驚動四方，她雖生得有傾國傾城之色，卻從不把任何男人看在眼內。至今年滿二十歲了，仍不肯嫁人。各國求她青睞的名公子，一一鎩羽而回。所以外傳她是天生的石女，不會對任何男子動情。」

愈難到手的東西愈珍貴，此事自古已然。項少龍大感興趣問道：「她就算不想嫁人，可是這事能由她作主嗎？」

雅夫人笑道：「心動了嗎？她和秦國著名的美人兒寡婦清可說各有千秋，都以能保持貞潔而大大有名。石才女能保持超然，全因她的琴技和文采無人能及，見到她的人都要自慚形穢，所以魏王和信陵君非常維護她，有兩個大靠山在，誰敢強來？」

接著微笑道：「項郎的文才天下無雙，或者有機會打動她也說不定。」

項少龍暗叫慚愧，岔開話題說起妮夫人要他去相見的事。

雅夫人一愕坐直嬌軀，不能相信地道：「她竟也會找男人嗎？」

項少龍尷尬道：「或者是我誤會她的意思了吧！」

雅夫人道：「怎會是誤會，我看這美人兒爲丈夫守了九年貞節後，終於動了春心。唉！都是你不好！那天比劍表演得這麼有男兒氣概，誰能不爲你傾倒。只想不到妮夫人如此有修養的人，仍不能例外。她也是唯一夠膽來和我爭你的人，因爲她是王兄最敬重的堂妹，而我則是他最寵縱的妹子。」

跟著嬌媚一笑道：「要不要我穿針引線，讓你與她共度香宵，又或我們兩人一起陪你？」

項少龍戒備地搖頭道：「我連她高矮肥瘦都不知道，萬一是你爲敬愛她而騙我，那我豈非變成免費男妓。」

雅夫人對他的新鮮用語「免費男妓」一時聽不懂，想了半晌，才笑得花枝亂顫，伏在他肩上喘氣道：「唉！我的兵衛大人，小雅怎敢騙你呢？不怕受責被罰嗎？要不要人家帶你去看看貨色？我也想看她被揭開心事的窘態。」

項少龍大感不妥，正容道：「不准你胡來，若你利用我使妮夫人難堪，我絕不放過你。」

雅夫人坐直身體，委屈地道：「人家不過想你在赴魏前，多點玩樂機會吧！」

項少龍苦笑道：「不要以爲我跟其他男人一樣，無美不歡。我還要保持體力，爲今次赴魏出使做好功夫，明白嗎？」

這時小昭來報，說烏家有人來找他。

項少龍站了起來，雅夫人隨其起立，道：「對不起，我奉王兄之命，要在旁聽著才行。」稍頓媚笑道：「奴家當然甚麼都不敢洩露的！」

項少龍瀟灑地聳聳肩，擺出個毫不在乎的姿勢。那漂亮的動作，看得雅夫人和小昭兩女俏目放光，才往外走去。

事實上他的言談舉止，和這時代的人有很大的分別，那形成了他別樹一格的風度和魅力。俊俏比他猶有過之的連晉在情場上敗得一塌糊塗，並非偶然。

剛步出廳外，一團熱火夾帶著芳香撞入他懷裡，失聲痛哭起來，當然是烏家的大美人廷芳小姐。

陶方站在廳心，做個無奈的姿態，另外尙有兩名武士，捧著他的木劍和衣物包裹。

雅夫人來到手足無措的項少龍身邊，伸手撫上烏廷芳的秀髮，湊到她耳旁說了一句話。

這句話比甚麼止哭靈丹更有效用，烏廷芳立即收止哭泣，由項少龍肩上抬起俏臉，盈盈淚眼瞧著雅夫人道：「眞的？」

雅夫人肯定地點頭，拖起這絕色嬌女，進入內宅去。

項少龍當然不知道雅夫人說了甚麼，卻猜到爲了將來的融洽相處，趙雅自然要討好烏廷芳。誰都想到若爭風吃醋起來，他項少龍會站在烏廷芳的一邊。

陶方令武士放下木劍衣物，退出屋外，然後向項少龍打個詢問的眼色，項少龍忙把赴魏的事扼要說出來。

陶方聽得眉頭大皺，低聲道：「信陵君智計過人，手下能人無數，絕不好惹，你要小心點。」頓了頓又道：「魏國也有我們的人，我回去安排一下，看可以怎樣幫你的忙。」

約定見面的暗號後，雅夫人和歡天喜地的烏廷芳轉了出來。

烏廷芳笑道：「陶公自己回去好了，告訴婷姊不要擔心，芳兒留在這裡伺候項郎。」

陶方如釋重負，向雅夫人道謝後，欣然去了，可見他給烏廷芳纏得多麼辛苦。

項少龍心情大佳，當晚自然是郎情妾意，說不盡恩愛纏綿。

次晨醒來，在小昭等服侍下，換上頭盔甲冑，精神抖擻地趕到練武場練習騎射，眾禁衛均視他爲新的英雄偶像，兼之他又不擺架子，所以人緣極佳，當他策馬急馳，彎弓搭箭命中靶心時，全場轟動喝采。

忽然眾人全體跪伏地上，項少龍一看下，慌忙滾下馬去，拜伏地上，原來是趙王駕到，身旁還有位亭亭玉立的年輕貴婦，生得眉如春山，眼若秋水，清麗明媚，但神態端莊，有種凜然不可侵犯的高貴氣派，絕不似雅夫人那類煙視媚行的蕩女風姿。

趙王命眾人繼續練習，召項少龍過去，歡悅地道：「少龍這麼勤於練武，寡人甚感欣慰。」

項少龍心想，我練習騎射絕非爲你，只是爲自己的小命著想，口中當然不會這麼說。

趙王道：「來！拜見妮夫人！她有事求你哩！」

項少龍忙向妮夫人施禮，這時確知自己是誤會她了。這樣端莊的貴婦，怎會公然勾引男人？

趙王道：「妮夫人告訴我，少龍你曾拒絕她的邀請。初聽時寡人著實不悅，但旋即猜到少龍誤會夫人的意思，以爲與男女之情有關。不知者無罪，亦可見少龍爲了未來任務，把持得很好。所以寡人不但不怪你，還非常欣賞你。」

項少龍心叫慚愧，暗道你若知我只是因爲力不能及，應付不了這麼多美女，又不知妮夫人長相如何，身材好是不好，才婉拒邀請，不知又會作何感想。表面當然是惶恐請罪。

趙王向妮夫人笑道：「少龍暫時交給你哩！」在眾禁衛前後拱衛下離開。

項少龍望向妮夫人，恰巧她亦在打量他，目光一觸，妮夫人俏臉一紅，垂下眼光輕柔地道：「趙妮行事莽撞，致先生誤會了。」

項少龍見她冰肌玉骨，皮膚晶瑩剔透，豔色雖比不上趙雅，嬌俏遜於烏廷芳，清麗及不上三公主趙倩，卻另有一種楚楚動人的優嫺嫵媚，教人傾倒，這時反希望那不是誤會。

妮夫人道：「這處人多，先生請移步到趙妮居處一談，見見劣兒。」

項少龍心中一動，想到事情必是與她兒子有關。這時代的女子無不早婚，說不定妮夫人十三、四歲便嫁人，所以不要看她二十許人，有個十多歲的兒子絕不稀奇。

一輛馬車駛來，妮夫人坐進車裡，項少龍自知身分，騎上馬兒，隨在馬車之後。不一會兒來到那天兩名宮女邀請他的地方，馬車轉入一座庭院。

來到廳中，兩人分賓主坐下，四名女侍奉侍在旁，爲兩人送上香茗。

妮夫人有點慌亂，喝口熱茶後，往他望來，文靜地道：「今次邀先生來此，實有一事相託。」

項少龍見她一直不以官職相稱，而禮遇之爲先生，早猜了八成出來，看著她美麗的秀目微笑道：「是否和小公子有關？」

妮夫人歎道：「還不是爲了這劣子，先夫戰死沙場後，妾身所有希望全放在他身上，哪知他生性頑劣，不知自愛，終日只顧嬉玩……」

項少龍笑道：「孩子誰不愛玩？」

妮夫人玉臉霞飛，苦惱地道：「他玩的不是一般孩子的遊戲，而是宮內的女孩子。」

項少龍失聲道：「他多少歲？」

妮夫人不好意思地答道：「年底將足十四歲。」看到項少龍瞠目結舌的樣子，無奈地道：「妾身遍訪有名的學者教導他，只是誰也拿他沒法，一轉眼便不見他，除對妾身還稍有點害怕外，我身邊的婢僕全怕了他，他……唉！我不知怎說才好。噢！茶冷了。」

項少龍待要喝茶，一聲女子的尖叫由後宅傳來。

妮夫人臉色一沉，站起來匆匆往聲音傳來處趕去，項少龍怕她有危險，忙追隨在後。

才步入內堂，只見一個粗壯的孩子，把一名美麗的婢女按在牆上，上衣被他扯了下來，露出粉嫩的胸脯，而那孩子緊捉她的手吻如雨下，旁若無人，雖另有三名婢女在旁，卻無人敢加以攔阻。

妮夫人勃然大怒，喝道：「畜生！還不給我住手！」

項少龍心想，應是住口才對。

那小公子嚇了一跳，放開了婢女，轉過來施施然道：「娘不是去找大王嗎？是少君告訴我的。」話說完目光灼灼地盯著項少龍，充滿嘲弄不屑的神色。

那婢女衣衫不整地哭著走了，妮夫人氣得說不出話來。

項少龍心中恍然，這小子自小習武，身強力大，又和趙國的儲君交好，自然是天不怕、地不怕，誰都管不了他，也不敢管他。

小小年紀，便習染王室淫靡之風，使人感歎。不過也惹起反省，自己何嘗不是被這種風氣感染。

小公子斜眼睨著項少龍，嘿然道：「你就是那項少龍了，見到本公子怎不下跪？」

妮夫人斥道：「斗膽！從今天起，項先生就是你的老師，下跪的應是你才對。」

小公子哈哈一笑道：「娘此言差矣，君臣上下之禮怎可廢，他叩頭後，我肯不肯讓他教，還要看他有甚麼本領。」

妮夫人氣得跺腳，待要大罵時，項少龍微微一笑道：「夫人且莫動氣，你們先避開一會兒，讓我和小公子說幾句心裡話兒。」

小公子見項少龍全身甲冑，威武不凡，其實頗感心寒，冷笑道：「誰有興趣和你說話。」轉身便想由後門溜走，對妮夫人的召喚置若不聞。

眼看要溜出去，風聲響起，接著小公子只覺耳側一寒，一把七首貼頰擦過，釘在門框上。

小公子雙腳一軟，停下步來。

妮夫人和眾婢花容失色，掩嘴驚呼，想著若七首稍偏半分，會是甚麼後果？

小公子臉青唇白轉過身來，顫聲道：「娘！他想殺我，快找人拿下他。」

項少龍兩眼射出森寒之色，冷冷道：「你這算甚麼本領，立即給我噤聲，明天早上我來時，若見不到你乖乖在書房等我，就算你躲到天涯海角，我也會把你找出來揍一頓，走吧！」

小公子氣得小臉煞白，狠狠一跺腳，惡兮兮的指著他道：「好！我們走著瞧！」掉頭溜出後門，轉眼不見了。

項少龍哪會把這個小子放在心上，乘機向妮夫人告辭。

妮夫人垂頭低聲道：「那杯茶你還未喝啊！」

項少龍暗忖美人兒你心動了嗎？瀟灑一笑，到門框處拔回陶方贈的七首。心中生出了個主意，說到射箭，可能很多人比他出色，但擲飛刀嘛，卻沒有人及得上自己。可是飛刀攜帶不便，若改用以前特種部隊慣用的五寸鋼針，那隨便帶上數百枝在身上該可辦到，殺傷力還更可怕，打定主意，決定教郭縱的人立即打製。

轉過身來，原來妮夫人剛移到他身後，兩人在近距離打個照面，四目相交，妮夫人驚呼一聲，移後兩步，有點手足無措。

這世上最令男人心動的，是當貞節高貴的成熟美女芳心初動的時刻。項少龍亦不例外，若非有其他侍女在旁，定忍不住上前挑逗她，那並不是心懷不軌要把她弄上床榻，而是想看她那六神無主的誘人樣兒。

妮夫人道：「先生請！」

項少龍隨她回到前廳，喝過由她親爲他換上的熱茶，再次告辭。

妮夫人心裡生出敬重之意，她以前接觸的男人裡，除像趙王這些有血緣的近親外，誰不對她一見便生覬覦之心，一方面他們愛她美麗的肉體，另一方面可向人誇耀征服了她這節婦的魅力。

她最憎厭就是那些色迷迷的嘴臉，只有眼前這氣宇軒昂又充滿英雄氣概的男子，才使她感受不到那種煩厭。

剛才他擲出飛刀那種充滿自信和力量的英姿，連她止水不波、厭倦了異性的芳心，也不由怦然而動。

妮夫人再找不到挽留他的藉口，殷勤送他直抵院門，深深望著他輕輕叮嚀道：「先生明早記得來這裡，妾身把小盤兒交給你了。」

項少龍差點衝口而出問道，那你呢？可是當然不敢如此無禮，微微一笑道：「我教孩子的方法可能不會是你想像的那樣，希望夫人能接受才好，否則可隨時把我解聘。」

妮夫人欣然道：「只要是先生的方法，妾身無不接受。噢！妾身眞大意，忘了向你問及報酬。」

項少龍哈哈一笑，大步走出門外，聲音傳回來道：「我是爲一個慈母對兒子的愛而做的，那就是酬金了。」

第二十一章　趙國王后

回到別宮，烏廷芳大喜，埋怨他幾句後，拉著他到花園的涼亭說親密話兒。

一會兒後雅夫人回來，帶來一個驚人的消息，登位不足三天的秦孝文王忽然病死，由嬴政的父親異人繼位爲莊襄王。

雅夫人道：「孝文王今年五十三歲，一向體弱多病，但今次他卻是因吃了呂不韋獻上的藥而致死的，所以無人不懷疑是呂不韋暗下的手腳，只是礙於莊襄王與呂不韋的關係，故敢怒不敢言。唉！呂不韋這人野心極大，手段又毒辣厲害，現在各國人人自危，怕秦軍很快便有東侵的行動。」

項少龍聽得又驚又喜，暗忖果然與電影中情節相同，但他卻知道呂不韋首要之務，不是要進攻六國，而是先要把寶貝兒子嬴政弄回咸陽，然後再設法把莊襄王謀殺，那秦國的王位便可落入他嫡子手裡，他亦等於太上王。

雅夫人續道：「呂不韋長年行商，往來各地，對各國的情勢有深入的了解，若給他當權，後果會更嚴重。商人只講實利，不顧道義，不受意氣驅策，這樣的人進行擴張政策，想想都教人心寒。」

項少龍心中想的卻是嬴政，一向以來，史學家都不明白，爲何他父親異人當年和呂不韋逃離邯鄲，爲免趙人起疑，留下趙姬和嬴政母子，而趙人卻不殺嬴政母子出氣。現在他明白了，那是趙穆的陰謀，故意以酒色消磨嬴政的壯志，使他變成個無用的人。將來既可以用他來和秦人交易，儘管讓他回國坐上王位，這樣一個昏庸的人，對秦國有害無利，一石二鳥，非常毒辣，現在看來趙穆奸計已成功，秦始皇還憑甚麼去一統六國？

他眞的想不通。見不到秦始皇，他是絕不會死心的。可以想像異人繼位成了秦王，作爲儲君的嬴政身價陡升，正是奇貨可居，趙人對他的監視會更嚴密，自己怎可能見到他，而又不使人起疑呢？

烏廷芳挨到他旁問道：「項郎在想甚麼？」

項少龍一震醒來，見到雅夫人灼灼的目光正盯著他，岔開話題問道：「現在秦國由何人當宰相？情況又是如何？」

雅夫人歎道：「何人掌權並不重要，這相國之位遲早都要落入呂不韋手中。」

烏廷芳奇道：「雅姊爲何這麼怕秦人？」

雅夫人無奈地道：「不是我怕秦人，而是沒有人不怕他們。看看我們趙國便清楚，誰不沉迷在荒淫萎靡、醇酒美人的生活裡，敵兵臨城時便振作一下，敵人一退又故態復萌；而秦人仍保持著戎狄的刻苦耐勞，盡量不受南方的風氣沾染，商鞅爲秦人『焚《詩》、《書》』，正是逢迎秦人禁止詩書，國必富強的心態。奴家雖不知誰對誰錯，但觀乎秦人日益強大，便不能說秦人焚詩書沒有理由。」

項少龍這才知道，在秦始皇焚書坑儒前，商鞅早來一著，實行了一次燒書。

雅夫人續道：「范雎拜相前，秦國大權旁落到穰侯手上，掌權的全是他派系的人，採取所謂遠攻近交的策略，使秦國長年勞師遠征，國力消耗；秦昭襄王於是與范雎密謀，一舉奪回軍權，改遠攻近交爲遠交近攻，與齊、楚修好，全力對付韓國和我們，致有長平之戰，王兄又走錯了棋，唉！」

項少龍見她秀目射出淒然之色，知她想起喪身長平、只擅「紙上談兵」的趙括，憐意大生，把她摟著，吻了她的臉蛋，柔聲道：「過去的便讓它過去，不要多想了。」

趙雅軟弱地倚在他懷裡，道：「穰侯下臺後，他的敵系大將白起與范睢一向不和，白起在長平一役坑我四十萬降兵，手段空前殘忍，范睢以此大做文章，最後終於說服秦王把白起族誅。此事亦惹起秦國軍方眾將領對范睢這些外籍人的仇視，現在由燕國來的客卿蔡澤取代相位，不過呂不韋刻下水漲船高，蔡澤當好景不長了。」

項少龍聽得意興索然，感到前景一片灰暗，這時代眞是無一人不爲私利動輒殺人，挽起二女道：「唉！甚麼都不用想，今朝有酒今朝醉，明日愁來明日當。來！我們立即入房行樂。」

兩女俏目都亮了起來，唸道：「『今朝有酒今朝醉，明日愁來明日當』，項郎說得眞好。」乖乖跟著他走，粉臉熊熊燒起來。

項少龍暗忖，哪管得明天發生甚麼事呢？自己一介武夫，又不懂政治，要改變這時代是癡人說夢，不若及時行樂，見一個美女享受一個，那還實在一點。誰知明天是否還有命可活，或是仍留在這時代？

不由得想起端莊高雅的趙妮。明天看看有沒有機會情挑淑女，那必是非常動人的體驗，也不枉來此地一場。

對於能否重返二十一世紀社會，他一點都不放在心頭了。

天未亮項少龍便起床，穿上武裝勁服，不戴盔甲到校場苦練騎射。

他現在開始不去想將來的事，只是抱著盡情享受的心態做人。

多年的習慣使他愛上運動，兼之他體力過人，昨夜的荒唐對他沒有多大影響，反而不活動筋骨，會令他感到不舒服。

他虛心向眾禁衛請教控馬的各種技巧，所以進步神速，在馬背上翻騰自如，做出種種高難度的動作。又苦練持矛衝刺的戰術，只是仍不大熟練披上沉重的甲胄在馬上作戰。

苦練一番後，由成胥帶他到本來分配給他的禁衛營宿舍，沐浴後趕往妮夫人處，想著如何入手情挑這美人兒時，忽聽到有人在喚他。

項少龍愕然看去，見到妮夫人頑皮好色的兒子在左旁一座院落外向他招手。

他心知肚明不會有甚麼好事，但哪會害怕，大步走去。

小公子閃入院落去。

項少龍心中暗笑，暗地提高警戒，剛踏進院內，「嘩啦啦」的一張大網照頭蓋下來。項少龍哈哈一笑，就地前滾，避過罩網，若無其事彈了起來，輕鬆地拂掉身上的草碎塵屑。

寬敞的院落裡十多人持劍由隱伏處跳將出來，把他團團圍住。公子盤躲在一名比他高一個頭的大孩子後，叫道：「快揍他！」

項少龍環目一看，心中也感好笑，這十多人年紀介乎十四至十七間，看樣子都是王族裡的小惡霸，竟敢結黨來對付他。

那個被小公子倚仗的大孩子，說不定是趙國的儲君，怎能讓他有機會表露身分，哈哈一笑，拔出飛虹劍，往公子盤撲去。

兩把劍倉皇下迎上來，項少龍「鏘鏘」兩記重擊，劈得對方虎口爆裂，劍掉地上，再每人踢一記屁股，那兩名嬌生慣養的哥兒慘叫聲中，痛得趴倒地上。

項少龍長笑聲中，鐵劍揮動，見劍劈劍，遇人踢股，不片刻便完全瓦解了這群王子黨，他又虛張聲勢，嚇得這批大孩子屁滾尿流，走個一乾二淨。

他當然不會放過公子盤，把他掀翻地上，用劍身抽擊他的小屁股十多記後，才把放聲大哭的他像小雞般提起來，冷然道：「再哭一聲，我賞你十記耳光。」

公子盤何曾見過這樣的惡人，立時噤聲。

項少龍把他押回家，妮夫人早聞風聲，在門口把兩人迎進去。

公子盤一見乃母，見有所恃，再哭起來。

妮夫人看得心痛，正要撫慰，項少龍喝道：「夫人一是將他交給我，一是我以後袖手不理。」

妮夫人嚇了一跳，垂頭道：「當然是交給先生哩！」

項少龍微笑道：「這就最好！」一手提著公子盤的後領，將他拖進書房，把妮夫人和一眾婢女關在門外，倚著軟墊坐下來，笑嘻嘻看著由地上爬起來眼睛噴著恨火的公子盤。

項少龍喝道：「坐下！」

公子盤駭然坐下。

項少龍冷然道：「看！你這是成甚麼樣子，自己沒有本領，卻找人幫忙，想以眾凌寡，輸了又哭又喊，算甚麼英雄好漢。」

公子盤咬牙切齒道：「你才不是英雄好漢，以大欺小。」

項少龍哂道：「你若怕我，就不會主動來惹我，可知這並非以大欺小的問題，而是誰強誰弱的問題。」

公子盤爲之語塞，怎估得到項少龍詞鋒如此了得，想了一會兒恐嚇道：「剛才你踢少君的屁股，他定會告知大王，斬你的頭。」

項少龍歎道：「我見你這麼年紀小小，便懂得調戲女人，還以爲你是個人物，哪知鬥不過人，卻只懂用卑鄙手段，我看錯你了，滾吧！我以後都不想見到你。」

公子盤懷疑地看了他一眼，爬起來轉身想走，又回過頭來道：「爲何我捉弄那些女人，你還當我是個人物？」

項少龍淡淡道：「凡是男人，大都好色，年紀大小，並無分別，那天我見你輕薄那位姊姊時，頗有手段，還以爲你其他的功夫都不賴，怎知如此窩囊，有志氣的便學得比我更有本領，正正式式把我擊倒。」

公子盤還是首次聽到有成年人欣賞他的劣行，點頭道：「終有一天我會打敗你。」

項少龍知道成功引起他的好奇心和爭勝之念，啐道：「只是口頭說說有甚麼用，還是滾吧！我最討厭只懂空言的無用之徒，希望你永遠不用到沙場去，否則就不是被踢屁股那麼簡單了。」

少年人都是愛崇拜英雄，項少龍形相威武好看，又曾把他心目中的強人輕鬆擊倒，對項少龍早生出又敬又怕的心理，兼之項少龍的話句句合耳，不由敵意大減，坐回席前，道：「若我聽你的話，你會否教我剛才打人的本領？」

項少龍兩眼精光一閃道：「你知否我的本領多麼珍貴，哪會憑你娘一句話便傳給你，想學嘛！還要通過考驗才行。」接著微微一笑道：「但若你聽話，我不但可使你成爲趙國眞正的英雄和劍手，還可以教你成爲迷死女人的愛情高手，天下美女，任你予取予攜。」

軟硬兼施下，公子盤的臉發起亮來，父親死後，他一直羨慕別人有父親，項少龍正好彌補了他這缺憾，他自己當然不知道，但深心中其實渴望有像項少龍這麼一個人的出現。

沉吟片晌後，試探地道：「眞的嗎？我要通過甚麼考驗？」

項少龍知道這種事不可能一蹴可幾，站起來把他拉起。

公子盤受寵若驚時，項少龍一把抽起他，俯身把他由背上過肩摔在席上，哈哈笑道：「首先是捱揍，捱不得揍的人哪有資格打架。」

公子盤雖給摔倒地上，卻只感覺輕微的痛楚，大覺好玩，跳了起來。

項少龍教他幾記柔道的摔跤技法，又讓他把自己摔倒，登時惹起他的興趣，興高采烈玩了一輪後，小孩心性，哪還記得甚麼仇甚麼恨。

項少龍摸他的頭道：「你去找其他人試試我教的技法吧！若聽教聽話，將來定會變得像我般高大強壯，本領過人。」

公子盤歡呼一聲，奪門去了。

一直守在門外的妮夫人看得目瞪口呆，完全不能明白她的劣子爲何會如此雀躍興奮？

她步入書齋裡，呆看項少龍，不知說甚麼才好。

項少龍過去把門關上，來到她身後笑道：「假若我教小公子如何去和女人親熱，夫人會怎樣想呢？」

妮夫人嬌軀一顫，駭然轉身，失聲道：「甚麼？」差點挨到他身上，才退開去，這次是小半步。

項少龍淡淡道：「小孩子最是反叛好奇，夫人你愈禁制他，他愈想打破禁制，所以不若讓他清楚自己在做甚麼，會有甚麼後果，應負上甚麼責任，他反會節制自己。」

妮夫人顫聲道：「可是他只有十三歲啊！」

項少龍道：「夫人嫁人時多大年紀呢？」

妮夫人俏臉一紅，垂下目光道：「那時妾身只有十四歲。」

項少龍看得心中一動，微笑道：「所以呢！十三歲不算小了，十五歲的男人有妻有妾的大有人在，兼之宮廷風氣如此，夫人想阻止他不近女色，看來也難以辦到。」

妮夫人幽幽道：「但妾身總覺得他還是個不懂事的孩子，不過先生的想法很精闢獨特，妾身從未聽過其他人有這種看法。」

項少龍趁機看她的胸、腰和長腿，暗忖上床後你才眞的知道我這現代人的本領是如何特別。

妮夫人正偷眼看他，見他灼灼的目光在自己身上巡視，一顫嗔道：「先生！」

項少龍給她看破自己的色心，大感尷尬，忙藉詞離去。

妮夫人想挽留他，偏苦無藉口，惟有含羞送到門外。

兩人心中有鬼，再無一語交談，但均感受到那暗醞著的刺激感覺。

項少龍回到雅夫人處，正要和眾女嬉戲作樂，忽然趙王派人來召，忙匆匆趕去。

衛士領他直入正宮，項少龍記起成胥的警告，皺眉問道：「大王不是在外宮辦事嗎？」

衛士面無表情道：「小人奉命行事，其他的都不知道。」

兩人在寬闊連接宮殿的長廊走著，遇上的宮娥妃嬪，無不對項少龍大拋媚眼，她們全是百中選一的女子，姿容自是不俗。

抵達一座特別宏偉的宮殿前，衛士把他交給兩名內侍，自行離去。

其中一名內侍著他解下佩劍，交出匕首一類的武器，領他進入殿內。

才踏入殿裡，項少龍已知不妥。只見兩旁各立了十名粗壯如牛、力士般的人物，殿端高起的臺階上，一名高髻雲鬢、身穿華裳彩衣的貴婦斜倚在一張長几榻處，挨坐軟墊，冷冷看著他。

她身旁坐的是今早給他踢過屁股的少君，兩人身後又坐著七、八個妃嬪模樣的美女，再後則是十多名俏宮娥，均是神色不善。

見到這種陣仗，他哪還不知道是甚麼一回事，忙跪下叩頭道：「帶兵衛項少龍拜見王后。」

趙王后年不過三十，長得雍容華貴，鳳目含威，高起的鼻柱直透山根，顯出她是個性格剛強和有主見的人。

她當然比不上雅夫人、妮夫人或三公主的美麗，但亦屬中上之姿，尤其她的朱唇特別豐潤，很是性感。

一瞥之下，項少龍大約摸到她的性格。這種女人，最愛的就是比她更剛強的男子漢。

那少君指著他狠狠道：「母后！就是他踢了我。」

趙王后鳳目生寒，輕叱道：「連少君你都敢冒犯，項少龍你可知此乃死罪。」

項少龍不亢不卑道：「小臣現在知罪，但當時小臣並不知道圍攻我的十多人裡有少君在，只是奉妮夫人旨意，希望能好好管教公子盤，又爲了自衛，才犯下此罪，請王后明鑒。」

趙王后顯然並不清楚來龍去脈，瞪了少君一眼後，冷冷道：「事情究竟如何？你給我清楚道來。」

項少龍於是將前因後果，一五一十說出來，他語氣裡洋溢著強大的自信和說服力，聽得趙王后和眾妃嬪暗暗心折。當他說到事後如何教訓公子盤時，無不露出會心的微笑。

那少君見勢色不對，扯著趙王后的衣袖道：「母后定要爲王兒作主。」

趙王后皺眉道：「你想怎樣？」

少君湊到她耳旁，說了幾句話。

趙王后微一點頭，喝道：「給我站起來。」

項少龍長身而來，傲然挺立，頓時把兩旁二十名魁梧的力士比下去，看得趙王后和眾妃嬪俏目一起亮了起來。

如此人才，她們還是第一次見到。

趙王后向少君柔聲道：「母后可答應王兒要求，由他們揍項少龍一頓給你出氣，可是若他們反敗了給他，王兒以後要像小盤般隨項兵衛修習武藝，肯答應嗎？」

她那天目睹項少龍擊敗連晉，知他武功高強，又聽他管教有術，心中大喜，所以提出這要求。

少君喜道：「是否由他們一起出手？」

趙王后皺眉道：「怎可如此不公平，你自己挑三人出來還不夠嗎？」

少君早給項少龍打怕，搖頭道：「不！太少人哩！」

那二十名力士一陣哄動，均露出不滿之色，躍躍欲試。

項少龍躬身道：「王后儘管答應少君要求，少龍願意一試。」

殿內各人無不譁然。

項少龍卻是心中暗笑，說到自由搏擊，再多些人也不怕。這些力士在這時代自然算是壯漢，但比起黑面神等卻差遠了。

少君大喜道：「就這樣吧！立即動手。」暗想今次還不要了你的命。

項少龍脫掉外袍，露出媲美龍虎之姿的健美體型，看得趙王后等全體心如鹿撞，目眩神迷。

那二十名力士被人小覷，早憋滿一肚子氣，齊聲大喝，脫下上衣，露出精赤的上身，擁上來把項少龍分幾重圍困著。

項少龍餓了拳頭架這麼久，豪興大發，索性學他們般脫掉上衣，露出精壯健碩的上身。沒有半寸多餘脂肪的肌肉，像閃亮的小蛇般爬滿寬闊的胸膛和手臂，尤使人印象深刻是小腹那塊三角肌。

趙王后一向被趙王冷落，看得心旌搖蕩，一時說不出話來。

少君大喝道：「動手！」

四名力士立時向項少龍撲去，兩人由後抱他，另兩人揮拳分擊他的太陽穴和前胸，下手毫不留情。

眾女一起驚叫。

項少龍往後急退，左右兩肘同時擊中由後撲來的兩名力士。兩人慘叫聲中，跪倒地上。

項少龍分按在兩人肩上，借力凌空飛起，兩腳踢出，正中前方攻來那兩名力士的面門。鼻破血流中，兩力士掩臉後跌。

一個照面，已解決四名壯漢。少君看得緊張之極，不斷爲其他人打氣。

項少龍落回地上時，就地一滾，兩腳斜踢，另兩名力士何曾遇過如此詭詐的打法，立時小腹中招，飛跌開去，再爬不起來。

項少龍跳起來時，一名力士雙拳擊來，給他兩手穿入，硬架開去，乘勢在對方胸膛連轟兩拳，再俯身反腳，踢中另一名力士胸膛處，兩人同時飛跌。

他的搏擊之術是參考泰國拳、空手道、西洋拳和韓國的跆拳道，再配以國術，經電腦的力學分析後，融會而成的赤手戰術，豈是這時代的搏擊能望其項背，幾乎是毫不費力便擊倒對方近半的人，中招者連動手的能力都失去。

眾力士均駭然大驚，退避開去。

少君則是目瞪口呆，不能置信地看著威武若天神的項少龍。

趙王后終忍不住，叱道：「住手！」

眾力士鬆一口氣，扶著傷者退下。

項少龍跪下道：「王后恕罪，少龍已留了手，他們休息一會兒便沒事。」

少君不依道：「母后！」

趙王后瞪他一眼道：「我大趙得此勇將，實是你父王和王兒之福，還想怎麼樣？」

少君受項少龍神威所懾，一時啞口無言，猛一跺腳，奔出殿外去。

趙王后望向項少龍，眼光轉柔道：「兵衛平身。」

項少龍站了起來，施禮道：「王后若無其他吩咐，小臣告退了。」

趙王后揮退那群力士後，站起來步下鸞臺，歉然道：「兵衛的衣服都弄糟哩！」喝道：「來人，給我帶兵衛到後宮沐浴更衣。」

項少龍嚇了一跳，心想這還得了？跟送羊入虎口實沒有甚麼分別，趁眾妃嬪和宮娥尚未擁到前，以迅雷不及掩耳的手法拾起地上衣物，打手勢制止眾女，向趙王后懇切求道：「後天小臣須出使魏國，現在正準備行裝，王后請恕罪。」

趙王后對他愈看愈愛，但見他神情堅決，不想拂逆他，暗想以後藉口要他教王兒練武，哪怕沒有機會再見他，微笑道：「至少你讓她們伺候你穿上衣服吧！」

眾宮女一哄而上，嬌笑聲中七手八腳為他穿上衣服，自然乘機把他摸個夠。

趙王后和眾妃嬪眉目含情在旁觀看，項少龍則膽戰心驚，若給趙王知道這事，不知會有何反應？不由得暗暗叫苦。

第二十二章　情挑淑女

回到雅夫人的別宮，郭縱處送來為他打造的東西，飛針竟達千枝之多，使他看得精神一振。

雅夫人和烏廷芳兩女正在研究這些彈簧、索鉤、腰箍等怪東西的用途，見他回來立即追問究竟。

項少龍摟著兩女親熱，搞得她們神魂顛倒，胡混過去。

這時忽來了個小貴客，正是那公子盤，興奮地向他誇說如何把許多人摔倒的情況，接著頹然道：「可是很快又被他們打倒了。」

項少龍問起少君的態度。

公子盤道：「師父眞了不起，把那群力士打得東倒西歪，少君雖然口硬，但我看他心中是挺服氣的。沒試過你厲害之處的人，自告奮勇要來找你，全給少君拒絕了。」

雅夫人笑道：「甚麼？你們這群橫行霸道的小惡人，終於遇上剋星了嗎？」

公子盤色迷迷盯她一眼，絲毫不讓道：「雅姨不也是給師父收拾了嗎？」

雅夫人氣得杏目圓瞪，不再理他，和烏廷芳去了。

公子盤目不轉睛緊盯著烏廷芳搖曳生姿的美臀，讚道：「烏姊姊眞美，宮內無人可及。」

項少龍心中暗罵小色鬼，不過若大家交換位置，恐怕自己也絕不會比他好得了多少，在這裡實在太容易得到女人，問道：「小子！告訴我，你和女人來過了沒有？」

公子盤興奮起來，推心置腹地道：「當然來過，不過比起師父就差得遠了，連雅姨都給你降伏，我們早封你作趙國對女人最有吸引力的男人。」接著低聲道：「你碰過娘沒有？」

項少龍呆了一呆，這人小鬼大的小子的確很難應付，如何才可灌輸點正確的觀念給他？

公子盤壓低聲音道：「我剛問過娘，她臉都紅透，將我趕了出來，但我卻看出她心中喜歡你呢！」

項少龍又好氣又好笑，把他抓到花園裡，逼他做了幾個強身健體的練習，又教他墨子劍法的起手式。

公子盤早視他爲偶像，破天荒地專心練習起來。吃過晚飯，公子盤才依依不捨的離開。

項少龍辛苦了整天，拉著兩女到浴池內胡混，八名婢女則負責爲他們傾注熱水，那種帝王般的享受，使他有種墮落的快感。但行樂及時，哪還管得這麼多。

不過他終是不甘心被命運操縱的人，在池內左擁右抱時，又向雅夫人問起各國的情況，道：「爲何各國明知秦人的厲害，仍不能團結起來？像我們今次到魏國去，明是修好，其實是不安好心？」

雅夫人嗔道：「你若再不停止摸人，教人家怎能好好答你？」

項少龍放開作怪的手，親她的臉蛋道：「說吧！」

烏廷芳撒嬌道：「少龍！芳兒都想聽啊！」

項少龍哈哈一笑，把手改摟她的纖腰道：「這樣可以了吧！」

烏廷芳歡喜地吻他一口，催促道：「雅姊快說。」

經過兩日的相處，在雅夫人的蓄意討好下，兩女變得親若姊妹。

雅夫人整理腦內的線索，歎道：「最主要的原因，我想是地理上的問題，例如齊、燕兩國，距秦頗遠，根本不像我們般受到切膚之痛。誰也知道若想強大，就要擴張領土，所以燕人見我們長平一役元氣大傷，乘機來侵，哪有空閒去想團結抗秦。」

項少龍點頭道：「雅兒的分析很有道理，我肯定六國遲早會給強秦滅掉，我們應早作打算。」

兩女都沉默下來，不自覺地靠近他，只有那樣，才使她們有安全感。

在這時代，戰敗對戰士來說是死亡，對貴族的女人來說卻是失去最基本的尊嚴，淪為比娼妓不如的男人玩物。

在溫熱的水裡，接觸著兩個動人的女體，項少龍神思飛越，想著自己離奇的遭遇。

這幾天來，他完全沒有想起自己所屬的那個時代，所有親友離他愈來愈遠，分隔在兩個不能跨越的時空裡。

馬瘋子那機器定是出了問題，而他將會被列入神秘失蹤的檔案裡。再沒有人會去理他，善忘的人會將他忘記，剩下他一個人裝載滿腦子不能向人透露的秘密，在這無情的戰爭世紀掙扎求存。

他也曾有過遠大的理想，那是元宗的犧牲激起他的豪情，使他想到利用秦始皇統一天下，創造出大同的社會。

但秦始皇的眞實情況，卻使他的美夢幻滅，只想盡情用醇酒、美人來麻醉自己，在脂粉叢裡放任地享受生命，可是又不甘心如此自暴自棄。但他能做甚麼呢？

不論魏國之行成功與否，回來可能便是丟官掉命的後果，趙穆絕不會放過他的。

不要看趙王對自己現在那麼恩寵，這些王族的人根本不把手下當作是「人」。人權的觀念在這時代並不存在。他能夠做甚麼打算？惟有走一步，算一步了。

次日，項少龍指點公子盤一會兒墨子劍法，又和他談笑一番後，發覺這頑劣的小公子比他的年紀早熟至少四、五年，充滿野性的反叛心態，但也非常堅強聰明，使項少龍首次對他生出好感。

公子盤忽然誠懇地道：「師父！你娶我娘好嗎？宮內外想侵佔她的人很多，若她給我憎厭的人得到了，我情願自盡。」

項少龍愕然往他望去，訝道：「想不到原來你這麼疼你的娘，可是儘管我有娶你娘的心，還須大王恩准，現在我一無軍功，二來職位低微，怎能得大王首肯，所以這事遲點再談吧！」

公子盤失望地道：「那娘怎辦才好，我從未見過她用那種看你的眼神望過別的男人。」

好一個敏銳的小孩，項少龍伸手摸他的頭，正要說話，眼角瞥處，不施脂粉的趙妮正裊娜多姿地往他們走來，人未到香息已隨風飄來。

她看到項少龍撫摸公子盤的頭，和自己兒子那甘心受教的乖樣兒，心中湧起自丈夫戰死沙場後從未有過的欣喜，嬌笑道：「先生早安，大恩大德，不敢言謝，惟有來世結草銜環以報。」

公子盤輕輕地道：「娘啊！何用來世呢？」

妮夫人立即霞燒雙頰，驚羞交集，杏目圓瞪，怒叱道：「小盤你口不擇言，對先生和娘均無禮之極，你……」

項少龍知她很難下臺，公子盤又硬頸，解圍道：「小盤還不快溜？」

公子盤哈哈一笑，一溜煙走掉。

氣氛登時變得更尷尬，妮夫人六神無主，解釋不是，不解釋則更不是。

項少龍目睹這端莊賢淑的貴婦那舉止失措的動人神態，意爲之軟，知道大家愈不說話，男女間的曖昧之情愈增。大感有趣，故意不說話，只是看著她的秀目。

妮夫人偷看他一眼，與他的目光碰個正著，登時全身滾燙酥軟起來，心如鹿撞。怎麼辦呢？自己怎可以如此失態？

項少龍見她差點窘死，暗忖公子盤說得對，益人不如益我，低聲道：「我們到那林中亭坐一會兒好嗎？」

林中亭是妮夫人的別院內最深幽的地方，在茂密的桂樹林裡，有座隱蔽別緻的小亭，正是幽會的好地方，這不啻等於一個約會。

妮夫人呆了一呆，抬頭望著他，眼中射出複雜的神色，欲語還休。

項少龍知道她的內心正掙扎徘徊於爲亡夫守節和以身相許兩個極端的矛盾中，不再要求她的答案，確定四周無人後，牽起她的纖手，往桂樹林走去。

妮夫人給他拖得身不由己，掙又掙不脫，無奈跟著他，嬌責道：「項先生……」

項少龍抓起她柔軟的小手，心中像注滿蜜糖的甜蜜，又感到情挑淑女的高度刺激，怎還有空閒去理她是否願意，拖著她穿林而過，眼前一亮，林中亭出現在前。

妮夫人驀地大力一掙，脫出他的掌握，俏立不動，垂頭幽幽地道：「先生尊重趙妮的名節好嗎？」

項少龍知道欲速則不達，柔聲道：「我項少龍怎會強人所難，來！我們到亭內坐一會兒，共享桂花幽香。」

妮夫人輕輕道：「你要先答應人家守禮才行。」

項少龍暗忖最怕是你不肯留下，若肯留下，逃得過我項少龍的如來佛掌我就不姓項，以後改跟你姓趙。

妮夫人似若忘記項少龍仍未答應她所提出「不得無禮」的條件，盈盈步上亭去，來到他的身旁，欣然走到亭內，坐到石圍欄處，向她做了個恭請的手勢道：「夫人請入亭小坐。」

倚在圍欄處。

因項少龍坐在圍欄的關係，兩人高度扯平，兩張臉對個正著，四目交投。

今次妮夫人勇敢多了，沒有移開目光，只是有種無所適從的茫然之色，纖巧但浮凸有致的酥胸急劇地起伏著，對自己的情緒不加掩飾。

項少龍暗喜，看破她終受不住自己情挑，開始情難自禁，但仍不能操之過急，使她心理上一時接受不來，溫柔地道：「嗅到桂花香嗎？」

妮夫人的臉更紅，略點頭，「嗯」的應了一聲。

項少龍緩緩探出右手，先摸上她的腰側，穩定地移往她腰後，再環往另一邊的腰肢。妮夫人立足不穩，「嚶嚀」一聲，半邊身貼入他懷裡，柔軟的酥胸緊壓在他右邊的胸膛上，兩人的呼吸立時濃重起來。

妮夫人像隻受驚的小鳥般在他懷裡顫抖著，卻沒有掙扎或反對的表示，不過耳根早紅透了，芳心則像個火爐，融掉九年來的堅持。那是多麼長的一段日子。

項少龍湊到離她的俏臉寸許處，幾乎是吻著她的香唇道：「桂花怎及夫人香呢？」

妮夫人意亂情迷嗔道：「不是說好不會對妾身無禮嗎？」

項少龍乃應付女人的高手，知道這時自己愈是撒賴，愈易得手，訝道：「怎麼才算無禮，還是周公大禮呢？」

妮夫人大窘，卻說不出話來，原來香唇已給剛強但又風流的男子封住了。

趙妮是天生端莊守禮的人，連丈夫生前對她都是非常敬重，謹守古禮。每月只同床共寢一晚，在榻外不做任何身體上的接觸，像現在項少龍的侵犯，對她來說比之亡夫更逾越和過分，這亦是她不能接受公子盤調戲婢女的原因。但在一般的貴族家庭，父母通常對這類事都是隻眼開隻眼閉的。

可恨是項少龍輕薄她的手法比亡夫大膽高明百倍，他的肆無忌憚尤使她嘗到前所未有的刺激，直到項少龍入侵她的小嘴，才本能地伸手推拒，試圖把兩唇分開。她象徵式的掙扎，反更增添項少龍的慾火。

開始時他只是一時衝動，現在卻是慾焰熊燒，欲罷不能。

他知道這種強吻不可倉卒了事，一邊和她嘴舌交纏，一邊把她摟得貼坐身旁，一隻手仍摟緊她柔軟的腰肢，另一手撫上她吹彈得破的臉頰、小耳、鬢髮和粉嫩的玉頸。

妮夫人兩手緊抓他的衣襟，劇烈顫抖和急喘，一對秀眸闔了起來，反抗的意志被持久的長吻逐分逐寸地瓦解。

項少龍放肆一番後，緩緩離開她火熱的小嘴，低頭細審她的玉容。

妮夫人因急促的喘氣張開小口，無力地睜開秀眸，似嗔似怨地白他一眼，立即羞然閉目。

這種眼神比甚麼挑情更有實效，項少龍撫摸她結實修長的大腿，妮夫人一聲驚呼，駭然按著他的大手，求饒地睜眼向他瞧去。

就在這箭在弦上的時刻，女婢的呼喊聲傳來。

兩人嚇一跳，分了開來。

妮夫人急喘道：「求求你，截著她，不要被她看到人家這樣子。」

項少龍狠狠在她大腿捏了一把，迎出林外，把奔來的婢女攔著道：「甚麼事？」

婢女俏臉一紅，施禮道：「烏府的陶公來找先生，雅夫人的小昭姊姊陪他來的。」

項少龍吩咐道：「姊姊請著他等一會兒，我立即便到。」

婢女靦覥地道：「先生叫我盈兒吧！」送他一個甜笑，赧然去了。

項少龍心情大好，回到林中亭時，趙妮早逃之夭夭，苦笑一下，趕回大廳與陶方相見。

陶方有點風塵僕僕的模樣，見到他便低聲道：「我們剛接到秘密消息，今次你送三公主趙倩到魏國的首都大梁，並非無驚無險，不但馬賊土霸摩拳擦掌，聽說齊國亦想破壞魏、趙這宗婚姻交易，要找人壞趙倩的貞操，少龍務要非常小心。」

項少龍大吃一驚問道：「這事應屬極端秘密，爲何消息竟會洩露出來呢？」

陶方歎道：「當然是有人故意放消息出來，照我看，這內鬼不出趙穆或少原君兩個奸徒的其中之一。」

項少龍一呆道：「這對他們有甚麼好處？少原君和我乘同一條船，若遭攻擊，他恐亦不能身免吧！」

陶方道：「內情可能非常複雜，我來是特別提醒你，明天清早你們便要起程了。」

項少龍記起鉅子令，囑他使人帶來給自己。聊幾句後，送他到門外去，正猶豫是否應回去時，妮夫人的小婢盈兒來說夫人有請。

項少龍有點意外，隨她回到屋內，在書齋裡見到回復端莊模樣的妮夫人。

盈兒關門退出後，項少龍小心翼翼地坐到她對面去，柔聲問道：「夫人還在惱我無禮嗎？」

妮夫人風情無限地橫他一眼，垂首赧然道：「你早已無禮了，妾身還有甚麼好怪先生的呢？」

項少龍心中一蕩，伸手抓著她一對柔荑，微笑道：「夫人恩寵，我項少龍受寵若驚哩！」

妮夫人的俏臉又紅起來，任由對方把弄自己的纖柔玉掌，幽怨地道：「先生明天要出使到魏國。唉！你教妾身怎樣度過這段時光？」

項少龍大喜，聽到這樣把心中情意剖白的話，哪還客氣，把她扯了過來，摟入懷裡，嘴唇揩擦她的臉蛋道：「光陰苦短，夫人是否怪我急色？」

妮夫人嬌體發軟，搖搖頭，垂下螓首。

項少龍慾焰狂燒，一邊吻她，一邊為她寬衣解帶。

妮夫人拋開一切矜持，任他施為，還鼓勵似的熱烈反應著，教項少龍魂為之銷。這類平時拘謹守節的貞婦，一旦動起情來，很多時比蕩婦淫娃更不可收拾，妮夫人便是這樣，久蓄的慾潮愛意，山洪般被引發奔瀉。

兩人纏綿了個多時辰，說不盡的郎情妾意，才攜手共進午膳。

公子盤興奮地回來，道：「我又打垮兩個人，他們都說要拜你做師父。」接著奇怪地打量著多了一層平時沒有的媚豔之光的母親。

妮夫人眞不爭氣，竟在兒子眼前臉紅透耳，又捨不得離開項少龍，那俏樣兒誘人極了。

公子盤又看看項少龍，喜道：「師父和娘……」

妮夫人又羞又喜，大嗔道：「不准小盤再說。」

公子盤吐出舌頭，嘻嘻一笑，不再嚼舌頭，大吃大喝起來。

項少龍心中湧起豪情壯氣，自己若不能保護心愛的女子，哪還稱得上英雄好漢。

素女和舒兒已死，他再不容許慘事發生在他的女人身上，想到這裡，消磨了的志氣，又堅強地復活過來。

第二十三章　春宵苦短

回到雅夫人處，婷芳氏和春盈等四婢赫然恭候廳堂。離別在即，自有說不盡的綿綿蜜語。

項少龍雖是風流，仍未試過這種群美環拱的溫柔陣仗，雖樂在其中，應接不暇，亦是有苦自己知。

疲極睡了一會兒後，睜眼時天已全黑，才動了一下，立時把緊纏著他的婷芳氏和烏廷芳弄醒過來。

烏廷芳撒嗲道：「芳兒不依啊！要隨你一起到魏國去。」

項少龍大吃一驚，醒了過來，暗忖自己照顧雅夫人和趙倩已大大頭痛，怎可再添上烏廷芳，若被趙王以為他想挾美溜走便更糟，忙好言安慰，軟硬兼施，才哄得烏廷芳打消主意。

這時春盈等四婢進來伺候他們梳洗穿衣，項少龍以最快速度打扮停妥，走出房去，來至偏廳內。

雅夫人正容道：「我見過王兄，可是他沒法再抽出人手給我們，真令人擔心。」歎了一口氣道：「由這裡到大梁，最少走三個月路，要渡過大河，經過無數荒山野嶺，入魏境後，還要先到蕩陰、朝歌、桂陵、黃池四個城市，真是一步一驚心，非常難捱。」

項少龍沉吟片晌，問道：「夫人和那少原君，曾否有過一手？」

雅夫人羞愧地點點頭。

項少龍不舒服之極，沒有作聲。

雅夫人惶恐地道：「少龍！求你不要這樣，雅兒現在已痛改前非了。」

項少龍終是心胸廣闊的人，歎道：「我和少原君本有嫌隙，加上了你和他的曖昧關係，會把事情弄得更複雜。」

雅夫人歉然道：「雅兒知錯了。」接著岔開話題道：「少原君會帶著他最寵愛的兩位姬妾和二百家將上路，我怕他會處處和你作對。」

項少龍沉聲道：「我不怕他留難我，最怕是他和外人合謀來對付我們，若他存心一去不返，甚麼事都有膽做出來。」

雅夫人道：「我從自己的家將挑選四人出來，這四人不但有膽有識，劍術高強，其忠心更是不用懷疑，我還安排成胥做你的副將，這人曾受我恩惠，免去誅族之禍，定肯竭誠爲我們效命。」

項少龍心下稍安，道：「聽說齊國密謀想破壞這次婚盟，他們有甚麼厲害人物？」

雅夫人深吸一口氣，緩緩道：「齊國有個身分神秘的人物，名叫囂魏牟，這人認爲禽獸最得天地之道，所以人若要回歸自然，與天地共爲一體，必須恣情縱慾，弱肉強食，不須有任何顧忌，而要成爲強者，則須學猛虎般磨利爪牙，所以他和弟子莫不是可怕的戰士和姦淫擄掠的凶徒，平時他們潛隱山林，威逼被擄來的男女爲他們從事生產和供作淫戲。」

項少龍奇道：「齊王如何能容忍這種奸賊在齊國作惡？」

雅夫人道：「六國中，齊國領土的幅員僅次於楚國，馬陵之戰後，更取代魏成爲東方諸國的領袖，甚至與秦人互稱西帝和東帝，四處擴張苛索，最後給秦、楚和我們三晉聯軍攻入首都臨淄，後又給燕國的樂毅攻佔七十餘城，尙幸齊國出了個田單，新繼位的燕王又慘中田單反間計，陣前易帥，才被田單把燕人掃出齊境，但已元氣大傷。」

項少龍點頭道：「明白哩！齊王是因國力匱乏，故不得不倚仗和容忍這種窮凶極惡之徒，爲他辦事。」

雅夫人道：「倚仗他們的人是田單，我們一直懷疑田單和囂魏牟是同族的異姓兄弟，囂魏牟武術高強，能空手搏獅，生裂虎豹，性慾過人，每晚不御數女便難以安眠，專替田單刺殺政敵，又或到國外去進行秘密任務，若是此人親來，我們將非常危險，雅兒情願自盡，也不肯落入他手裡。」

項少龍聽得肉跳心驚，安慰她一番後，妮夫人忽然來訪。

雅夫人知趣的避退，妮夫人淚流滿面道：「項郎啊！你定要保重，好好回來見趙妮和小盤。」

項少龍問道：「假設我要離開趙國，你是否肯跟從我？」

妮夫人一驚道：「你想背叛王兄嗎？」

項少龍歎道：「只是未雨綢繆吧！趙穆這人必不能容我，我項少龍豈是任人宰割之輩。」

妮夫人點頭道：「王兄眞不爭氣，竟重用這等小人，趙穆對妾身頗有野心，曾多次召我到他那裡去，都給我拒絕了。」

項少龍心想趙穆可能就是公子盤害怕會得到他母親的人之一，心中暗歎，現在妮夫人從他，趙穆更不肯放過自己了。

妮夫人斷然道：「妾身心已屬君，無論項郎到哪裡去，趙妮甘願爲牛爲馬，永侍君旁。」

項少龍心神皆醉，痛吻她香唇。心中同時起誓，無論前途如何艱困，我也要爲所愛的人，在這戰國亂世奮力求存，創出一番轟轟烈烈的功業，項少龍絕不會對任何人盡愚忠，只會爲自己的理想盡忠。

第二十四章　踏上征途

次晨日出前，項少龍在烏廷芳、趙妮等淚眼相送下，依依話別。

離宮前，兵將車馬在大校場集合，由趙王親自主持祭祀天地祖先的儀式，祈求一路平安，不過項少龍當然知道他求的是他們能把《魯公秘錄》偷回來，而非關心他們的生死，女兒趙倩的幸福更是不用提。

趙王勉強多調派些人手給項少龍，使他的兵力增添至五百人，加上少原君的二百家將，七百輕騎護衛載了雅夫人、三公主趙倩、平原夫人和一眾內眷婢僕的二十七輛馬車，以及裝滿糧食雜物的四十輛騾車，浩浩蕩蕩，由南門離開趙國的首都邯鄲，沿官道往第一站的滋縣進發。

因仍在趙國境內，所以不用擔心安全的問題。大將李牧又遣派五百騎兵護送他們直至滋縣城外綿延近二百里的護國城牆邊防處，所以項少龍心情輕鬆，要擔心亦留待越過城牆、踏上遙對的魏國邊界再煩惱。

最使他驚奇的是雅夫人的八名女侍小昭、小玉等全換上戎裝，英姿赳赳地策馬而馳，身手靈巧敏捷。

旋又釋然，在這戰爭時代，男丁固是人人習武，壯女又何嘗例外？

他對這個時代的軍隊編制是個門外漢，趁著旅途無事，向副手成胥請教。

成胥喟然道：「戰爭乃生死攸關之事，只要有一分力量，會把這一分力量用盡。當年長平之戰，秦國便盡起十五歲以上的男丁參軍作戰。今次燕王喜來攻我們，大王連未成年的童子都徵召入伍，幸好大敗燕人，否則……唉！」

項少龍知道成胥乃雅夫人的人，和他說話少很多顧忌，順口問及軍旅編制。

成胥知無不言地道：「所謂三軍，一般情況是壯男、壯女和老弱之軍。壯男之軍是戰鬥的主力；壯女則做構築工事和勞役的輔助事務；老弱之軍負起後勤和軍隊糧餉、炊事等雜役。」

項少龍大感索然，以前看電影，那些戰爭場面都是燦爛壯烈，充滿了英雄式的浪漫。原來眞正的情況根本是兩回事，連女人、童子、老弱都給推到戰場去受苦送命。

成胥低聲道：「今次我們人數雖少，但均爲精銳的野戰騎兵，顯見大王非常重視此行，是很難得的了。」

項少龍回頭看去，見到少原君的十輛馬車和二百家將，遠遠落在最後方，禁不住歎了一口氣，想起若有事發生時，少原君怎會聽他指揮，只是這「內患」便教他頭痛。

趙倩和趙雅這兩位美人兒的車子都簾幔低垂，看不到裡面的情況，只不知她們是否在偷偷看著自己？想到這裡，策馬來到雅夫人的馬車旁。

果然雅夫人立即掀起簾幕，露出如花玉容，媚笑道：「兵尉大人要不要上來坐坐？」

項少龍苦笑道：「卑職有任務在身，怎可如此放肆？」

馬車前後的小昭等諸女抿嘴低笑，而雅夫人曾提過的四名身手高強的忠心家將，分作兩組，護在兩旁，見到項少龍，都恭敬地向他行禮。

雅夫人道：「他們四人是孤兒，隨我姓叫趙大、趙二、趙五和趙七，有甚麼事，儘管吩咐他們。」

項少龍見他們中年紀最長的趙大，只比自己年長少許，趙七則頂多只有十六歲，均是體格精壯的青年，看來頗有兩下子，笑道：「我的吩咐就是要他們時時刻刻守護在你和三公主身旁，那便足夠。」暗忖趙國可能是這時代最多孤兒寡婦的國家。

趙大等四人一齊應諾。

那日走了三十多里路，幸好沿途風光如畫，項少龍抱著遊山玩水的心情，中間又可跟雅夫人和小昭等諸女說話解悶，所以毫不寂寞。

趙倩和她兩個貼身俏婢一直躲在車裡，沒有露面。

項少龍雖很想見她，卻要克制這衝動，她終是金枝玉葉的身分，地位尊貴，不可以隨便和男人交談。何況明知她要嫁入魏國，還是不要惹她爲妙。

黃昏時，大隊安營休息，在一道小溪旁的草原上豎起二百多個營帳。

項少龍的主帥大帳裡，項少龍、成胥與李牧派來的副將丁守，及另兩位領軍尙子忌和任征一共五人，圍坐蓆上，享用晚膳。

這些行伍之人，話題自然離不開戰爭和兵法。此時丁守這身經百戰的副將正以專家身分，縱論戰爭的變化和形勢。

丁守道：「以前的戰爭簡單直接，勝敗取決於一次性的衝鋒陷陣，數日便可作出分曉，即使是比較持久的圍城戰，也只二、三十日的光景，像最長的楚莊王圍宋，歷時九個月，是非常罕有的例子。哪像現在的戰爭，隨時可打個三、五年，箇中辛酸，眞是說之不盡。」

項少龍好奇心大起，問道：「爲甚麼變化竟會如此劇烈？」

成胥接著道：「大人參軍日子尙淺，自然不知道其中情況。這可以分幾方面來說，首先是人口增多，兵力隨之增強，以前的大國如晉、楚，兵力不過四千乘，連十萬人都不到。但現在若把女兵和老弱計算在內，動輒帶甲百萬。其次是國防方面……」

領軍尙子忌插言道：「成兵衛說得對，以前國防在意的只是首都，後來陸續給近邊陲的要塞和都邑築城，而其餘的地方，敵軍可隨時通過，如入無人之境。」

任征加入道：「現在完全是另一回事，國與國間都各自築起長城和堡壘。想征服別國，便要一個個城防、堡壘攻下去，又有補給各方面的問題，所以提起戰爭，無人不皺起眉頭。」

成胥意猶未盡道：「以前打仗，目的是取俘奪貨、屈敵從我。但現在卻以佔奪土地、殺死敵人爲首務，敗者是亡身滅國之恨。所以誰敢不誓死抗敵，戰爭確是愈來愈艱難慘烈。」

丁守歎道：「還有就是大規模步騎兵的野戰和包圍戰已取代從前以車戰爲主、整齊又好看的衝擊戰。戰術也複雜多了，所謂兵不厭詐，甚麼設伏、誘敵、包圍、腰擊、避實擊虛、以逸待勞等等。爲克敵制勝，敵我無所不用其極。」

成胥笑道：「古時的交戰雙方，事先擇日定地，約好時間、地點，屆時各以戰車爲主，步兵爲輔，擺好堂堂之陣，然後鳴鼓衝擊廝殺，乾淨俐落，現在哪還有這調兒。最好是兵臨城下你也不知道，殺你個措手不及。」接著喟然一歎道：「爭地以戰，殺人盈野；爭城以戰，殺人盈城。」

丁守也感歎道：「舊日只是臨時徵調農民充當兵卒，但現在戰爭愈來愈專業化，不但有常備的兵士，訓練亦嚴格許多。」

項少龍深刻地感受到他們對戰爭的恐懼和厭倦，暗忖若連他們這些軍人都如此心態，更何況是養尊處優的雅夫人和烏氏倮等人。尤其長平一戰後，趙國形險勢殆，更使人人自危。看來趙國再沒有多少好日子過，自己如何能及時帶領眾女逃到安全之處，免得成爲覆巢之下的破卵。

正思索間，帳外傳來混亂的人聲。

項少龍等大感愕然，搶往帳外。

只見雅夫人的營地圍滿士兵，爭吵聲不斷傳來。

這時有個士兵趕來，氣急敗壞道：「壞事哩！少原君的徐海殺了人。」

項少龍和成胥等交換個眼色，都看出對少原君的鄙視之意。

被殺的是雅夫人的家將趙二。

原來少原君趁項少龍等人在帳內用膳閒談，率領家將裡最著名的三大高手徐海、蒲布、劉巢和十多名好手，意圖闖入雅夫人的私帳，不問可知是要和她再續前緣，同時又可使項少龍丟失面子。

守衛當然不敢攔阻他，直至抵達雅夫人以布幕攔起的私營禁地，給趙大等擋駕，還未通傳雅夫人，存心鬧事的少原君已指使手下向四人攻擊，猝不及防下，又是寡不敵眾，四人同時受傷，趙二還給徐海割斷咽喉，當場斃命。

布幕後的守衛見形勢不對，一擁而上，將少原君等團團圍住，這才擋住了他們。

少原君的家將聞風而至，卻給項少龍屬下的禁衛軍擋在外圍，一時成對峙之局。

項少龍、成胥和丁守等趕到時，雅夫人在小昭等八女和身染血跡的趙大、趙五、趙七的拱衛下，鐵青著臉，狠狠盯著少原君。

少原君則和一眾手下好整以暇，一副你能奈我何的樣子。見項少龍到來，偏不理他。向丁守道：「這算甚麼一回事，我殺個以下犯上的無禮之徒，有甚麼大不了，丁副將你立即把這些人給本公子趕走。」

丁守心中有氣，不過他深懂爲官之道，並不把事情攬到身上，沉聲道：「這裡一切由項兵衛作主，末將只負責沿路的安全。」

雅夫人移到項少龍身旁，低聲道：「給我殺徐海，一切後果由我負責。」

趙大等與趙二情同手足，一齊跪下道：「項兵衛請爲我們作主。」

少原君冷笑兩聲，雙手環胸，不屑地冷眼瞧著項少龍，存心要他難看。

這時布幕早給推倒地上，圍著的眾禁衛軍見少原君目無項少龍，都感同身受，一齊起鬨，形勢緊張，一觸即發。

項少龍舉起手來，要各人安靜。心中湧起舊恨新仇，眞想就地把少原君殺死，可是當然不可以這麼做。

先不說他有責任保護少原君到魏國去，更可慮者是魏國的第二號人物乃少原君的舅父，殺了他怎還去得了魏國？少原君也是看清楚這點，才故意在起程的第一天來滅項少龍的威風。

若任他胡混過去，啞忍了此事，那以後再沒有人會看得起他項少龍。

這是個只尊重英雄好漢的強權時代，可能連雅夫人都會因此而對他觀感大改。

所有人的眼光集中到他身上。

項少龍眼光落到被抬到一旁的趙二屍身上，冷喝道：「徐海！」

面目陰狠、身材高瘦硬朗的徐海正要應聲，少原君制止他道：「命令是我下的，要找便衝著我來！」

項少龍眼中射出凌厲之色，望著少原君道：「假若徐海能擋我三劍不死，此事便作罷！」

眾人全靜下來，更有人認爲項少龍是想敷衍了事。

要知項少龍劍法雖高，但要三劍殺掉像徐海這樣的高手，實是難以想像的事。

少原君當然不相信他區區三劍可殺死徐海，心中暗喜，想道若他三劍無功，自是威信掃地，表面卻不動聲色道：「兵衛若給徐海傷了，切莫怨人。」

項少龍仰天一陣長笑，「鏘」的一聲拔出趙穆送的飛虹寶劍，遙指徐海道：「來吧！」

雙方的人退了開去，露出一片空地。

徐海一聲獰笑，拔出佩劍。他曾目睹項少龍和連晉的趙宮之戰，知他劍法。心想我難道連你三劍都擋不了？打定主意，以堅守配合閃移，好使項少龍有力無處發揮。

成胥、丁守和雅夫人等均以爲項少龍是藉此下臺階，暗歎此是沒有辦法中的辦法。

項少龍深吸一口氣，飛虹劍擱到肩上，往徐海逼去。

徐海手臂伸出，長劍平舉胸前，遙指項少龍的咽喉，盡量不予項少龍近身肉搏的機會，戰略上運用得恰到好處。

旁觀雙方都似預見到項少龍無功而退的戰果。

項少龍這時迫至徐海的劍鋒前兩步許處，不知腳上踏到甚麼東西，滑了一滑，失去平衡，往一側傾去。

雅夫人等諸女最關心項少龍，駭然驚叫。

少原君和一眾手下大喜過望，齊聲喝采給徐海助威。

徐海乃劍道高手，怎會放過如此千載一時的良機，一聲怒喝，舉步前衝，長劍閃電往項少龍刺去。

怎知項少龍用的正是他們剛才討論「兵不厭詐」的戰術，因爲若是正常情況，恐怕他十劍都殺不掉像徐海這種強悍的專業劍手，惟有引他出招，才能有可乘之機。

就在長劍及胸時，他立穩架勢，同時憑驚人的腰力拗往後方，上下身軀彈弓般差不多扭成了個九十度的直角。長劍在他上方飆過。

徐海造夢也想不到對方會使出如此怪招，一劍刺空，因用力過猛，仍往前衝去，正要揮劍下砍時，「砰」的一聲，下陰慘中項少龍一腳。

徐海痛得慘嘶一聲，長劍脫手飛出，身體卻往後跌退。

項少龍的腰又拗了回來，擱在肩上的飛虹劍化作一道光芒，抹過徐海的咽喉。

「砰！」當徐海仰天跌在地上時，已變成一具沒有生命的屍體。

全場肅靜，接著是項少龍那方轟天而起的喝采聲。

少原君方面的人臉如死灰，氣焰全消。

項少龍冷眼看著少原君，淡淡道：「少原君千金之軀，我們不敢冒犯，可是若你的家奴犯事，莫怪我手下不容情。」

少原君兩眼射出深刻的仇恨，口唇顫震，說不出話來。猛一跺腳，轉身欲走。

項少龍大喝道：「慢著！公子任由家僕曝屍荒野嗎？」

少原君又羞又怒，命人抬起徐海，憤然去了。

眾禁衛歡聲雷動，連成胥等也露出心悅誠服的神色，覺得項少龍處理得非常漂亮，把少原君壓得完全抬不起頭來。

少原君離去後，項少龍大感不妥，交代幾句話，回到自己的帥帳裡，又派人守在門外，謝絕探訪，把郭縱爲他打造的鐵製零件取出來，攤在地上。

這些零件精光閃閃，工巧細緻，令項少龍讚歎不已，想不到在戰國時代，冶煉的技術竟發展到這麼高的水平。

首先要裝嵌的是一套攀牆過壁的鉤索，那是他在特種部隊的必備寶貝，以機栝彈簧射出長索，鉤掛牆頭或任何受力之處，再把裝在腰間的掛鉤扣在索上，便可以往上攀又或向下滑落。特種部隊用的是鋼索，現在只可以柔韌的麻繩替代。

雖說結構簡單，而項少龍本身又一向對這類小玩意既有興趣又是熟悉，也要弄到深夜才大致完成。

正心滿意足地欣賞手上的傑作時，帳外傳來雅夫人不悅的聲音道：「誰敢攔我！」

項少龍想收起東西都來不及，雅夫人已直闖進來，見到蓆上的怪東西，一呆問道：「少龍！你在做甚麼？」

項少龍尷尬一笑，把分作兩件的攀爬索扣收回箱子，苦笑道：「你不用聽我的話了嗎？」

雅夫人立時軟化下來，坐入他懷裡，幽幽道：「我派小昭多次過來找你，都給守衛擋著，還以爲你因少原君的事惱人家，一時情急，惟有過來找你，怎敢不聽你話呢！」終忍不住問道：「那是甚麼東西？」

項少龍敷衍道：「只是些小玩意，不過會有意想不到的作用。」

雅夫人伸出纖手，拿起一串或彎曲或一端開有小叉的細長鐵枝，露出思索的表情道：「這是否開鎖用的？」

項少龍知道瞞不過她這專家，無奈點頭。

雅夫人轉過身來，秀眸閃動驚異的神色，凝瞧著他好一會兒後道：「我愈來愈感到你深不可測，剛才你施計殺死徐海，爲趙二報仇，更爲我出了一口惡氣，雅兒眞的很感激你，願爲你做任何事。」

項少龍見她神態柔順可人，獎勵地給她一個長吻，湊到她的小耳旁道：「答應我！不要把你現在看到的事，告訴任何人，行嗎？」

雅夫人給他吻得神魂顚倒，心神皆醉，願意地點頭，美目半閉，嬌嗲無限地道：「項郎的話，對人家來說是最高的命令，既知你不想我問這方面的事，雅兒以後不再問了。」

項少龍對她的善解人意甚感欣悅，乘機請她找人爲他縫製縛在腰上的內甲，好裝載那上千枚的飛針，雅夫人能爲愛郎辦事，自是欣然答應。

那晚郎情妾意，說不盡的溫馨纏綿。

次晨一早上路。

少原君方面靜默下來，落在最後，一副與他們格格不入的姿態，但再沒有新的挑惹行動。

項少龍不妥當的感覺更強烈，少原君這種自幼驕縱的公子哥兒，絕非吞聲忍氣之人，目下如此沉得住氣，定是在魏境另有對付他的佈置。

三公主趙倩則整天坐在簾幕低垂的馬車裡，下車時又以垂紗遮面，躲進布幔垂圍的帳內後一步不出，使項少龍大感不是味道。

如此曉行夜宿，第四天午後終於抵達最接近趙國邊境長城的要塞，滋縣。

城守瓦車將軍對送嫁團非常恭敬，在將軍府設宴款待他們。趙倩和雅夫人千金之軀，當然不來赴宴，平原夫人母子亦託詞不來，幸好瓦車風趣幽默、妙語如珠，仍是賓主盡歡。

宴後瓦車領著項少龍參觀趙國邊防，以及那隨起伏的山巒延往兩邊無限遠處的宏偉城牆。

踏足城頭之上，項少龍想起將來秦始皇就是把這些築於各國邊防處蜿蜒逶迤的城牆接連起來，而成世界七大奇蹟之一的萬里長城，使中國能長時期保持大一統的局面，禁不住大發「思將來」的幽情，心生感慨。

城牆厚而高，城前的壕池既深又廣，確是當時最佳的防敵設施，遠處大河環繞，氣勢磅礡，令人歎爲觀止。

瓦車指著城牆外一望無際光禿禿的曠野，微笑道：「這是我大趙最醜陋的地方，卻是人爲的，每隔一段時間，我們便要把城外所有樹木全部砍掉，連石頭都不留下，總之能帶入城中的東西一律運走，不留給敵人任何可用作攻城的工具。」

項少龍暗想這就叫「堅壁清野」。看著城上每隔百丈設置一個碉樓，讚歎道：「有如此屏藩，還怕敵軍壓境？」

瓦車遙指城外遠方環繞而過的大河道：「我們這堵連綿數百里的長城，全賴漳水的天險和山勢築城爲防，主要用於防禦魏、秦兩國。」

項少龍同意道：「築城在險要之地，是至關緊要的事，我們的長城依山而建，本身就是易守難攻。」

長城就像巨人一對有力的臂膀，把趙國緊擁在它安全的懷抱裡。

瓦車自豪地道：「爲應付敵人千奇百怪的攻城法，例如積土高臨、雲梯、挖地道、水攻、沿城蟻附的攻勢，甚或石彈機、巢車等攻城器械，我們曾多次修改城牆，現在不是我誇口，就算凶猛如秦軍，我們又沒有外援的情況下，仍可隨時擋他幾個月。」

接著又帶他參觀各種防守的兵械，如弩、戟、矛、鋋、斧、長椎、長鐮、長斧、壘石、蒺黎等兵器，各種運土載人的四輪木車，教項少龍大開眼界。

城上藏有大量的水和沙石，以及水缸、瓦木罌等盛器，還有火灶、大釜等，以應付敵人的火攻，又或以之澆灌爬牆上來的敵人。

項少龍一一默記心頭，暗忖將來有朝一日要憑這些原始但有效的工具守城時，才不致手足無措。

瓦車最後道：「守城之要，除做好一切防禦措施，備有足夠的糧食和燃料，更重要是做到內有堅守之兵，外有救援之軍。所謂『無必救之軍者，則無必守之城』。」

項少龍頷首受教，不過想起趙國男丁單薄，不由心下惻然！眞想把趙穆這奸賊拉來看看，好讓他領略一下面對敵人隨時兵臨城下的滋味，教他再不敢只懂躲在看似安全的邯鄲，終日想著如何排擠忠臣良將。

直到黃昏時分，項少龍興盡而回。回到寄居的賓館大宅，項少龍靈機一動，藉口向平原夫人請安，到東館見這權勢橫跨魏、趙兩國的女人。

剛好少原君不在，下人傳報後，平原夫人在東廂的主廳接見他。

項少龍還是第一次見到平原夫人，只見她生得雍容秀麗，由於保養得道，外貌比實際年齡年輕得多，遠看有若三十許人，近看才察覺到她眼角粉妝下的淺淺皺紋，但仍無損她的風華。

她的秀髮梳成墜馬髻，高高聳起，又墜往一側，似墜非墜，顫顫巍巍，使她更具女人的味道。身穿繡花的衲羅裙，足蹬絲織的繡花鞋，頭上的髮簪用玳瑁鑲嵌，耳戴明珠耳璫，光華奪目，豔光照人。

項少龍想不到她有了這麼又大又壞的「孩子」後，仍保持這種風采，心中大訝，施禮後，坐到下首。

背後立著四名侍女的平原夫人，亦留心打量項少龍，但神情冰冷，沒有半絲歡容，弄得氣氛相當尷尬。

項少龍開口道：「夫人路上辛苦了，卑職若有甚麼失職或不周到之處，夫人請不吝賜責。」

平原夫人淡淡看著他道：「哪敢責怪大人？」

項少龍知道她因自己開罪她的兒子，所以心存芥蒂，正要告辭離去，平原夫人揮退侍女，正容道：「識時務者爲俊傑，只不知項兵衛是否識時務的人？」

項少龍心叫好戲來了，恭敬地道：「夫人請指點少龍。」

平原夫人冷冷道：「你若連自身的處境亦看不清楚，我也不願對你多費唇舌。」

項少龍暗叫厲害，道：「良禽擇木而棲，可是若處處都是難棲的朽木，豈非空有鴻鵠高飛之志，偏無歇息棲身之所？」

要知兩人目下所談之事，等若背叛趙國，所以項少龍有意用暗喻的方法，免得被平原夫人拿他的痛腳來陷害他。

一來他並不覺得背叛趙王是甚麼一回事，其次若能巴結好這女人，說不定魏國之行會容易得多。否則若她在信陵君前說上兩句，便要教他吃不完兜著走。

平原夫人似乎很欣賞他的話，嘴角浮起一絲笑意，輕輕道：「現在天下最強者，莫過於秦。可是秦人乃虎狼之徒，又深具種族之見，以商鞅對秦的不世功業，仍落得族誅之禍，可知良禽擇木，還有很多須考慮的因素。」

項少龍心中驚訝對方的識見，一時摸不清她是否在招攬自己，試探道：「夫人是否清楚我和貴公子間的事？」

平原夫人俏臉一寒道：「少不更事的傢伙，徒取其辱，少龍不用理他，幾時輪到他作主了？」接著微微一笑道：「若非見你文武兼備，在那種情況下仍可誘殺徐海，我才沒有興趣和你說這番話。」

項少龍一陣心寒，這時代的人視人命如草芥，又見她如此精明厲害，更知不可開罪她，恭然道：「請夫人指點一條明路。」

平原夫人態度親熱多了，柔聲道：「少龍當清楚在趙國的情況，趙王寵信趙穆，此人必不能容你，但你可知是甚麼原因嗎？」

項少龍歎道：「看來是因爲我奪了他的雅夫人吧！」

平原夫人鳳目一凝，射出寒光，冷哼道：「你也太小覷趙穆，他怎會爲了一個人盡可夫的蕩婦，而捨棄你這種難得一遇的人才。」

項少龍聽她這樣說趙雅，自是不舒服之極，然亦不得不承認她說的是事實，起碼以前的趙雅是這樣。同時好奇心起，訝道：「那究竟是甚麼原因呢？」

平原夫人露出一絲神秘的笑意，道：「因爲趙王看上你。」

項少龍立時頭皮發麻，失聲道：「甚麼？」

平原夫人見到他的樣子，嬌笑道：「你眞是糊塗透頂，若非孝成對你另眼相看，怎會把這麼好的差事給你。」深深盯了他一眼，抿嘴笑道：「只要是歡喜男人的人，都不會把你放過，少龍你小心點了。」

項少龍見她變得眉目含情，春意盎然，眼光不由落在她高挺的酥胸上，心中一癢，不過旋又想起因素女之死對她兒子的深仇大恨，惟有強按下衝口而出的挑情言語，歎道：「我明白哩！所以趙穆將會不擇手段置我於死地，可是我更擔心少原君也正密謀對付我呢！」

平原夫人高深莫測地笑了笑，回復冰冷的表情道：「先不說這方面的事，少龍你坦白告訴我，現在普天之下，誰人有才能威望應付秦賊的東侵？」

項少龍呆了一呆，自問對眼前戰國的形勢一知半解，眞想不出這麼一個人來。可是又不能不答，否則平原夫人當然會大感沒趣。

思索間，平原夫人柔聲引導他道：「少龍不是連誰在六年前解了邯鄲之困也不知道吧？」

項少龍憬然道：「信陵君！」

公元前二五八年，秦昭王派大將攻趙，把邯鄲重重圍困，魏國派晉鄙往援，哪知被秦王虛言恫嚇，魏安釐王心膽俱寒下，竟命晉鄙按兵不動，後得信陵君用侯嬴計，竊得兵符，又使力士朱亥殺晉鄙，奪其軍，翌年信陵君在邯鄲城下大破秦軍，秦國主將鄭安平也降了給趙人。

這一戰使秦國威望大跌，而信陵君則成天下景仰之人。不過信陵君亦因此事觸怒魏王，有家歸不得，在趙國勾留數年後，去年平原君死，他才回到魏國。現在輪到平原夫人回魏，自然是因爲信陵君再次鞏固勢力，請平原夫人回去。

平原夫人欣然道：「現在只有信陵君的威望得以號召天下，共抗秦人，所以除非少龍想投靠秦人，否則棲身之所，惟此選擇了，若我肯推薦，保證可重用你。」

項少龍知道唯一方法就是緩兵之計，幸好她無論如何精明厲害，仍造夢也想不到自己有秦始皇這著棋子，起身拜謝道：「多謝夫人提攜！」

兩人尚欲繼續說話，少原君氣沖沖闖進來，大喝道：「娘！」

平原夫人怒道：「給我閉嘴！」轉向項少龍道：「兵衛且先退下，遲些才和你詳談。」

項少龍暗忖少原君你來得正好，忙告辭離去。

第二十五章　情海生波

項少龍回到住處時，成胥迎上來道：「烏家有人來找你。」

項少龍大訝，在成胥陪同下，來到幽靜的偏廳。

一個黝黑清癯、年約三十五、六歲的男子，背上交叉掛著兩枝精鐵打製的連鋌，像一把出了鞘的劍般，高挺筆直卓立廳中，兩眼光芒閃爍，自有一股逼人的氣勢。

這對連鋌長約五尺，形狀介乎矛和戟之間，只是短了大半。

那人見到項少龍，兩眼掠過異芒，跪了下來道：「烏卓拜見孫姑爺。」

項少龍大喜，知道他乃烏家秘密子弟兵團的領袖，忙搶前把他扶起，成胥識趣地告退。

坐下後，烏卓道：「我們奉主人之命，爲孫姑爺做先頭部隊探路，果然有收穫。」

項少龍見他神色凝重，心中懍然。

烏卓壓低聲音繼續道：「不知是誰放出消息，魏、趙境內幾股最凶悍的馬賊，已經曉得孫姑爺你護送珍寶和趙國最動人的美女前赴大梁，形勢對孫姑爺非常不利。」

項少龍皺眉問道：「魏人不會坐視不理吧？」

烏卓道：「魏國有人向我們暗通消息，安釐王不但不會派人保護你們，還供應馬匹、兵器給其中最大一股叫灰鬍的馬賊，暗遣他們攻擊你們的車馬隊。」

項少龍愕然問道：「灰鬍不是曾經在趙國境內偷襲我們的馬賊嗎？爲何會在魏境出現？」

烏卓回答道：「正是此人，當日他們偷襲不成，損兵折將，事後被趙人圍剿，所以逃入魏境，沿途招納亂民，現在人數增達千人以上，不可小覷。」

項少龍給弄得頭大如斗，首先是魏王爲何要派人對付他？其次是怎會揀上灰鬍這股馬賊？

烏卓道：「一直以來，我們懷疑趙境內的幾股馬賊，都有魏王在背後支持，好削弱趙國國力，所以他們每遇形勢危急時，都會逃進魏境避難，現在更證實了這個想法。」

項少龍大感頭痛，愈了解國與國間的關係，愈給那錯綜複雜的關係弄得更加糊塗，皺眉道：「可是我們今次是要把趙國的三公主送給魏人，爲何魏王用這種手段招待我們呢？」

烏卓道：「眞正的原因我也弄不清楚，不過可猜想這定牽涉到魏王與信陵君間的權力鬥爭。自信陵君盜兵符大敗秦兵後，功高震主，當然會惹起魏王的疑忌。況且信陵君曾長留邯鄲，若魏王能破壞這次婚約，受打擊最大的當然是信陵君和趙人的關係。」接著道：「而這次婚約，乃信陵君一手促成的。」

項少龍心叫我的天啊！爲何戰國人的關係如此複雜難解，平原夫人剛才還代信陵君招納自己，而趙人又是不安好心，要偷取信陵君的《魯公秘錄》，這樣的關係，究竟是怎麼一回事？

烏卓低聲道：「灰鬍裡有我們的臥底，據知灰鬍對你恨之入骨，決意要把你和所有女眷生擒，再當你面前淫辱諸女，以洩心頭之恨。」

項少龍冷哼道：「這只是他的癡心妄想。」旋又歎道：「有沒有那不想做人，只想做禽獸的囂魏牟的消息？」

烏卓搖頭道：「這人向以神出鬼沒著名，每次攻擊都是突然出現，教人抓不到半點先兆，比灰鬍可怕多了。」

項少龍苦惱得差點扯頭髮，沉吟道：「今次到魏的路線，早由趙穆親自定下來，又得趙王同意，不能更改。假若洩秘者是趙穆，那等於敵人對我們的路程瞭若指掌，我們豈非完全處於被動的劣勢？」

烏卓大有深意地微笑道：「孫姑爺怎會是盲從聽命的人？」

項少龍啞然失笑，點頭道：「你眞知我心意。」暗忖今次惟有出盡法寶，利用自己的現代化軍事知識，以應付攔在前路上的種種災劫。

烏卓道：「今次小人帶來一百名好手，充當孫姑爺的家將，嘿！能在孫姑爺手下辦事，我們都非常興奮。」

項少龍大喜，兩人商量行事的細節後，烏卓匆匆離去。走出廳外，俏婢小昭早苦候多時，項少龍著她先回內軒，找到成胥，大略告訴他險惡的形勢。

成胥聽得臉色發白，道：「我立即找查元裕商量一下，要他多帶糧草並添加裝備，好應付賊子的進攻。」

查元裕是成胥的副手，也是此行的營官，專責安營部署之務。因爲敵人若來犯，一是找形勢險要處伏擊，一是偷營。所以加強營地的防守力量自屬必要。

成胥去後，項少龍收拾心情，朝內院去。

小昭、小玉等八女全在廳內，正興高采烈地縫製給他裝載鋼針的束腰內甲。

眾人見他來到，一窩蜂的圍著他，七手八腳爲他脫掉沉重的甲冑，把用兩塊生牛皮縫在一起、滿佈小長袋的內甲，用繩在他腰間分上、中、下三排綁個結實。笑嘻嘻遊戲似地把鋼針插入那數十個堅實的針囊裡，只露出寸許針端。

連試了幾個動作，又迅速拔針，擲得木門「篤篤」作響，發覺雖多了二十來斤的飛針，兼穿上甲冑，仍可應付得來，不會影響行動和速度。

項少龍心情轉佳，和眾婢調笑一番後，往雅夫人的寢室走去。八女繼續努力，使這載針的腰甲縫得更臻完美。

寢室內雅夫人芳蹤杳然，項少龍順步尋去，只見雅夫人背著他站在內軒一扇窗前，正看著外面的園林景色，若有所思。

趙雅換過飄著兩條連理絲帶的衣袍，外披一件鮮麗奪目、裁剪合身的廣袖合歡衣，頭上梳個雙鬟髻，與纖細的腰肢、潔白的肌膚相得益彰，嫵媚動人之極。

項少龍暗歎她確是天生尤物，難怪能迷倒這麼多男人，成爲趙國最著名的蕩女。不由放輕腳步，躡足來到她身後，大手抓上她香肩。

剛叫了句「夫人」，那「趙雅」全身一震，猛力一掙。

項少龍大吃一驚，放開雙手。

那「趙雅」脫開身去，轉過身來，一臉怒容，赫然是金枝玉葉的三公主趙倩。

項少龍心知要糟，慌忙下跪，卻不知說甚麼才好。

趙倩見是項少龍，怒容斂去，代之而起是兩朵嬌豔奪目的紅暈，一跺腳，逃了出去。

外面傳來趙雅呼喚她的聲音，顯然沒有把她攔著。

項少龍站了起來，身上仍留有她的芳香，心房急遽跳動。

雅夫人走了進來，臉帶不悅之色，瞪他一眼，來到他身旁，冷冷道：「少龍！你對趙倩幹了甚麼好事？」

項少龍對她的語氣神態大爲不滿，兼且又因烏卓的情報心情欠佳，暗忖若不信任我便算了，老子何須向你解釋。冷哼一聲，往門外走去。

雅夫人始終是頤指氣使慣的人，雖說愛極項少龍，一來惱他去碰這個絕不可碰的三公主，更因受不得這種臉色，怒叱道：「給我站著！」

項少龍止步，想起她以前放浪的行徑，同時記起她曾以迷藥和春藥助趙穆對付自己，在車內又任由趙穆對她動手動腳，這些平時強壓下的心事湧上心頭，不舒服之極。兩眼厲芒一閃，冷冷看著她道：「夫人有甚麼吩咐？」

雅夫人給他看得芳心一寒，軟化下來，移到他面前，有點惶恐地道：「你難道不知道絕不可以惹趙倩嗎？」

項少龍對她語氣的轉變毫不領情，淡淡道：「卑職以後不敢，可以告退了嗎？」

雅夫人自問沒有錯怪他，哪受得起他這種對待，跺足道：「好！項少龍，給我立即滾出去！」

項少龍想起往事，暗忖失去這個女人，倒可省去不少煩惱，雖然以後日子不大好過，也理不了那麼多，大步離去，當然不會忘記把束腰內甲順手拿走。

那晚項少龍沒有踏足雅夫人居處半步，吃過晚飯，走到園內，練習飛針，興致勃勃的，對雅夫人的氣也消了，正躊躇應否去找她，趙大忽然來到，一見他便下跪，滿眶熱淚悲憤無奈地道：「項爺爲我們三兄弟作主，少原君那奸賊來找夫人，密談兩句後，夫人便把他請入寢室內去了。」

項少龍大爲錯愕，少原君剛殺了雅夫人的忠心手下趙二，這蕩女便邀他入寢室，難怪趙大如此憤慨，他這樣來向自己投訴，是擺明豁出性命，不顧一切了。

項少龍扶起他，吩咐道：「你當作從未來過我這裡，知道嗎？」

趙大憤然道：「我甚麼都不怕。」

項少龍暗歎一口氣，著他不要跟來，逕自往雅夫人的住處走去，故意兜個圈子，由後園繞去，守衛自是不敢攔阻他，當他從後門來到內軒處，小昭等諸女全給嚇呆，人人臉色發白，想把他擋著。

項少龍殺氣騰騰，一聲冷喝道：「讓開！」

眾女哪敢眞的攔他，退了開去。

項少龍直抵雅夫人的寢室門前，舉腳「砰」一聲把門踢開來，少原君和雅夫人的驚叫聲同時響起。

只見兩人並肩坐在一張長榻上，少原君兩手探出，把雅夫人摟個結實，似要吻她香唇，而雅夫人則半推半拒，一臉嬌嗔，看得項少龍一對虎目差點噴出火來。

少原君大怒起立，戟指喝道：「好大膽！」

項少龍回過神來，暗忖若眞說起道理，自己的確沒有權力這樣闖入來破壞他們好事，不過在這強權代表一切的時代，講的是實力，沒有甚麼好說的了。何況少原君逼死素女，自己恨不得剝其皮、拆其骨。虎目射出森寒殺氣，手按到飛虹劍把處，一動不動緊盯著他，看得少原君心生寒意。

雅夫人本無與少原君鬼混之意，只因少原君來找她，說有些關於項少龍和平原夫人的事要密告於她，遂把他請到房內說話，哪知此子說完話，立即對她動強，而項少龍恰在此時闖了進來，把她嚇得魂飛魄散。

早前兩人是情侶嘔氣，現在有少原君牽涉在內，卻變了完全另一回事。

此刻見項少龍臉寒如冰，一副要動手殺人的模樣，嚇得她跳起來，攔在兩人中間，尖叫道：「不要！」

項少龍哪還不知絕不可以殺死少原君，耳內亦傳入少原君守在正門處那些家將趕來的腳步聲，藉機下臺道：「儘管護著他吧！由今天開始，我再不管你的私事。」

揚長而去，不理驚魂甫定的少原君的喝罵。在廳內與趕來的少原君四名家將相遇，四人受他氣勢所懾，退往兩旁，眼巴巴地看著他離去。

項少龍回到寢室，反輕鬆起來。一直以來，他都頗受趙雅過往的浪蕩史困擾。他非是沒有和蕩女交手的經驗，就在被時光機送到這時代的那天，他便和酒吧皇后周香媚鬼混，但那只是追求一夕的情慾，沒有想過和她共同生活。

現在趙雅擺明要改邪歸正跟從他，那便是另一回事。他親眼目睹兩人摟作一團，無論是否有強迫成分，總是趙雅讓他進入閨房裡，可知她浪蕩成性，絕不計較男女之防，只是這點，他已很難嚥下這口氣。

門打開，趙雅一臉淒怨躡足走了進來，關上門後，倚在門旁壁上，幽幽看著坐在榻上、氣定神閒的項少龍。

雅夫人垂頭道：「是我不好，誤會你了。」

項少龍淡然道：「問過三公主了嗎？」

雅夫人輕輕點頭，怨道：「爲何你不向我解釋？人家也會妒忌的嘛！」

項少龍哈哈一笑道：「這事現在無關痛癢，夜深了！夫人請回去歇息，明天還要趁早趕路。」

雅夫人駭然望向他，見他神情冰冷，撲了過來，投到他懷裡去，摟上他粗壯的脖子惶恐地道：「少龍！求你聽我解釋，是他要強吻我，我……」

項少龍岩石般分毫不動，包括臉部的肌肉，冷冷看著她道：「若你能解釋爲何會邀請一個剛殘殺了你的心腹手下，又是我項少龍的仇人，兼且曾與你有染的好色狂徒到你房內，我便原諒你。」

雅夫人爲之語塞。對她這種自小生於貴冑之家的人來說，怎會把一個手下的生死擺在心頭。至於讓少原君進入自己房內，雖說由少原君採取主動，而她當時的確存有報復項少龍之心，當然她哪會想到項少龍竟來撞破？

熱淚湧出眼眶。

項少龍微微一笑道：「夫人！我已不計較你和趙穆聯手害我的事，因爲本人誤以爲你會從此一心一意跟從我。到今天才發覺只是我一廂情願的想法。就算你要揀，也不應揀少原君！這裡的精壯男兒少說有幾百人，揀任何一個都會使我好受一點。」

「啪！」

項少龍臉上多出個五指印。

雅夫人掩面痛哭，退了開去，悲聲叫道：「你在侮辱我，我真的……」

項少龍冷喝道：「閉嘴！」撫著臉頰道：「這一掌代表我們間恩盡義絕，你歡喜跟誰也好，我再不管你。看我不順眼的話，便請你王兄殺了我吧！不過莫怪我沒有提醒你，誰想殺我害我，當要付出慘痛的代價。」氣沖沖走出房去。

雅夫人尖叫道：「不！」一手扯著他的衣服。

項少龍一袖拂開她，出門去了。

憤懣塡膺，他又想起兩個大仇人。這是個怎麼樣的世界，明知趙穆和少原君犯下不可饒恕的暴行，仍可讓他們公然耀武揚威。

不！我定要成爲這時代最強的人，那時再不用委曲求存，活得一點都不痛快。

爲避開雅夫人，他躲到一角的暗影裡，果然雅夫人哭著奔出來，尋他去了。

項少龍回到房裡，暗忖今晚將難有一覺好眠，不若練習一下剛裝嵌好的攀爬工具，看看管不管用。

有了這個主意後，童心大起，穿上夜行黑衣，帶上裝備，爬窗來到園裡。

練習的唯一對象，自是平原夫人母子。項少龍藉黑暗的掩護，展開看家本領，迅捷無聲地往平原夫人居住的院落摸去。

當那座獨立的院落進入視野時，只見守衛森嚴，除非能化身飛鳥，否則休想潛進去。廳內燈火通明，隱有人聲傳出，幸好項少龍偏有高來高去的本領。

他先挑了一棵高達十丈的參天古樹，射出索鉤，掛在三丈許的橫枝處，再把腰扣繫緊索上，利用滑軸節節拉著索子往上升起，不一會兒抵達橫枝上。如法施爲下，頃刻後他已到達八丈高的近頂處，宅院形勢盡收眼底。

覷準機會，他再次以機栝彈簧射出索鉤，準確無誤地落在院子另一邊瓦背處。包著軟皮的鉤子落在瓦面，只發出微不可聞的響聲。項少龍把鉤子扯回來，直到鉤尖緊嵌在屋脊的木樑，試試力道後，再把腰箍扣緊索上，跳離大樹，神不知鬼不覺地由高往低滑翔到對面的屋頂上。

接著他伏下身來，取出一個兩邊通風、上寬下窄的小圓鐵筒。寬的一端按緊瓦背，耳朵則貼著窄的筒口處，就像現代醫生的聽筒般，立時把屋內擴大了的聲音收入耳朵裡。

只聽少原君氣惱地道：「若非那項少龍闖進來，我定能把那淫婦治死。哼！看她還敢否不依我。」

平原夫人的聲音道：「孩兒何需急在一時，趙雅遲早是你囊中之物，連趙倩亦逃不過你的五指關，哼！」

項少龍聽得頭皮發麻，想不到平原夫人竟和乃子一鼻孔出氣。

平原夫人再道：「你不要再去惹項少龍，這人對你舅父有極大的利用價值。」

少原君怒道：「他對孩兒如此惡劣，我怎忍得下這口氣，除非娘清楚說出你會怎樣對付他，否則我定要和他過不去。」接著又軟語求道：「娘啊！孩兒大了，應可以爲你和舅父分擔心事吧！」

項少龍暗中祈禱，希望她說出來。

幸好平原夫人溺縱兒子，受不住他再三催促，道：「你知否爲何舅父會一力促成趙、魏兩國間這場婚事，又故意把《魯公秘錄》的秘密洩露給趙人知道？」

項少龍聽得遍體生寒，原來《魯公秘錄》亦是陰謀的一部分，由此可見這戰國四公子之一的信陵君多麼厲害。

少原君央求道：「娘！快點說啊！」

平原夫人道：「此乃天大秘密，除你我外，絕不可給第三個人知道，明白嗎？」

少原君連聲應諾。

平原夫人默然半晌後道：「我是不得不說給你知，因爲尚要由你配合舅父派來的高手，進行這項重要的任務。」

少原君拍胸道：「這個包在我身上。」

平原夫人道：「趙人爲偷取《魯公秘錄》，必然會派出他們最好的高手赴魏，現在他們派了項少龍，此人心計、劍術均非常了得，正合我們心意。」

少原君非愚蠢之人，愕然道：「舅父想招納他嗎？可是他和孩兒……」

平原夫人打斷他的話，寒聲道：「放心吧！你的敵人就是我的敵人，我會教他死無葬身之地。」

少原君大喜道：「好極了！」

屋頂上偷聽的項少龍怒從心生，眞想撲下去，每人賞他一劍。原來平原夫人一直對他不安好心，這麼狠毒的女人，確是這適者生存時代的特產。

平原夫人壓低聲音道：「只要收買這蠢蛋，我們可安排他行刺魏國那昏君，有你舅父的協助，兼之這傻瓜武功高強，定能成功。」

少原君打個哆嗦，失聲道：「甚麼？」

平原夫人悶哼道：「看你驚成那樣子，只要項少龍得手，你舅父的人便會當場把他殺死，落個死無對證，然後把責任全推在趙人身上，那時你舅父便可名正言順藉口出兵討伐趙人，把軍權拿到手裡，魏國還不是他囊中之物嗎？」

項少龍聽得出了一身冷汗，明白平原夫人爲何說少原君可得到趙倩和趙雅。

少原君喜道：「果是天衣無縫的妙計，可是項少龍絕非愚笨之徒，最怕他陽奉陰違，向魏王告我們一狀，那便糟透。」

平原夫人冷笑道：「不要小看我和你舅父，當年娘嫁給你爹，就是希望他能坐上王位，豈知他不成大器，死得又早，否則你早成趙國之主。我們也想好了對付項少龍的方法，就是要逼得他走投無路，只好投靠我們。」

項少龍聽得眉頭大皺，暗忖你有甚麼方法可逼得我走投無路呢？

少原君當然更猜不到，追問平原夫人。

這外貌雍容，內心卻毒如蛇蠍的貴婦沉聲道：「只要能破掉趙倩的處子之軀，那時他還能到哪裡去呢？」

項少龍聽得差點叫出來，同時慶幸自己誤打誤撞下聽了這麼至關緊要的陰謀，當下自然用足耳力，繼續細聽下面這對母子對付趙倩的陰謀。

第二十六章　營地風雲

那晚項少龍回房後整晚沒闔過眼，苦思到天明。在丁守和瓦車的護送下，車馬渡過漳水，進入魏境的無人荒野。

雅夫人知他餘怒未消，躲在車內，沒有再來煩他，小昭等諸女自是一臉幽怨淒楚，但因雅夫人下有嚴令，也不敢和他說話。

少原君則擺明一副不合作的態度，故意落後，拖慢行程。項少龍胸有成竹，毫不在意。

到黃昏時，才走了二十多里路。

這時項少龍的心神全放在隨時會出現的敵人身上，揀了個背靠石山的高地，設營立寨。

項少龍把自己的帥營和雅夫人與趙倩的營帳設在中間靠山處，五百戰士分為三組營帳，置於右翼。少原君的營帳則置於左翼，變成涇渭分明的局面。

項少龍自然知道他會弄甚麼鬼，因為今晚信陵君派來的高手，將會由他那一方潛入趙倩的營地，再施放迷煙，好潛入趙倩的鸞帳把她污辱，而操刀者正是自告奮勇的少原君。若非項少龍早已知悉他們的陰謀，他們的確有成功的機會。誰會提防這樣的內賊？

項少龍此時挺立山頂高處，眺望四周丘陵起伏的山勢，暗忖難怪信陵君的人會選擇這地方下手，因為即使潛到近處，也很難察覺。少原君就是知道計謀，才故意拖慢行程。

成胥這時來到他身旁道：「想不到兵衛對佈營這麼在行，連自認高手的查元裕亦讚大人陣法方便靈活，折服不已。」

項少龍心想我多了你們二千年的佈營心得，自是高明，口上卻謙讓一番。

成胥壓低聲音道：「我派了親信與烏卓聯絡，教他暫時不要到營地來。嘿！我看大人似乎有點甚麼預感哩！」

項少龍心道這不是預感，而是「明知」。今晚要對付的是少原君，他不想烏卓的人捲入此事裡，以免弄得事情複雜起來。

負責安營的查元裕過來向兩人報告完成了的工作。項少龍雖知無論是與他有舊仇的灰鬍，又或是由齊國來的囂魏牟殺手集團，都會待他深入魏境後方會來犯，教他不能逃回趙國去，仍吩咐查元裕把四十輛騾車，在解開騾子後，一輛輛聯陣排在外圍處，形成一道可抵禦敵人矢石或衝鋒的前線壁壘，使查元裕對他更有信心，欣然照辦去了。

成胥見他如此有法度，更佩服得五體投地。

項少龍沉吟半晌，低聲道：「我有至關緊要的事吩咐你做，卻不許詢問原因，你給我找一批好膂力的士兵，準備好掘壕坑的工具，聽候我的命令，卻要瞞過其他人，特別是少原君，明白嗎？」

成胥還以爲他要在營地四周設陷坑一類的佈置，依言去了。

項少龍躊躇了好一會兒，歎了一口氣，硬著頭皮去找雅夫人。爲對付少原君，惟有與她講和。

士兵們都在生火造飯，見到項少龍，發自眞心地向主帥敬禮。

項少龍心中歡喜，知道計殺徐海的事蹟已深印在他們的腦海裡，以後指揮起他們來，將容易多了。

把營地與其他營帳分隔開的布幔掀開，映入眼簾的是趙大等三人正和幾名趙倩的親兵閒聊，見到項少龍肅然起敬。

項少龍含笑和他們打過招呼後，踏入這營地的禁區。裡面共有四個營帳，雅夫人和趙倩住的是特大的方帳。

小昭等諸女正在空地處弄晚飯，見到他來都喜出望外，小昭和小美兩人更委屈得低頭哭泣。

項少龍以微笑回報，逕自進入雅夫人的私帳內。

趙雅正呆坐一角，兩眼紅腫，顯是剛哭過一場。

項少龍心中再歎，亦開始明白自己愈來愈愛她，以致不能容忍她荒唐的過去，或在今後與別的男人親熱。

趙雅見他進來，驚喜交集站了起來，不可置信地叫道：「少龍！」

項少龍笑道：「不准哭，一哭我掉頭就走。」

趙雅強忍著眼淚，狂喊一聲，不顧一切投進他懷裡去，香肩不住抽搐，卻死也不敢哭出聲來，項少龍的襟頭自然全濕了。

項少龍撫著她的腰，柔聲道：「以後還敢不敢不聽話？」

趙雅拚命搖頭，馴若羔羊。

項少龍摟著她坐下來，爲她拭去淚痕，淡淡笑道：「現在我先試試你聽話的程度，給我立即去找趙倩，告訴她今晚我要這裡所有女人，全躲到我隔鄰的帳內去，這事必須保守機密。」

趙雅愕然望著他，旋又惟恐開罪他的不住點頭，那樣兒又乖又可憐，動人之極。

項少龍心中不忍，湊到她耳邊道：「我怕今晚會有人潛進來對她不利哩！」

趙雅見他語氣溫和，膽子大起來，試探地吻了他一口，道：「你真的肯原諒人家？」

項少龍含笑點頭。

趙雅看著他道：「眞的半點都不再擺在心上？」

項少龍歎道：「有甚麼法子？誰教我愛你愛得那麼不能自拔呢！」

趙雅一聲歡呼，送上香吻。良久，趙雅委屈地道：「人家差點給你嚇壞了，你再那樣對人家，雅兒只好死給你看。」言罷雙眼又紅了起來。

項少龍心生憐惜，安慰她一頓後，命令道：「還不給我去辦事！」

趙雅欣然站起來，拉著他的手道：「假若趙倩問起我，項少龍怎知有人會來襲她的營，趙雅應怎樣答她？」

項少龍知她芳心安定下來後，回復平日的機智，藉趙倩兜了個彎來問他，笑道：「放心吧！她會完全信任我，你依言而行就好。」

趙雅惶然道：「少龍！人家不是不信任你哩！只是好奇罷了，還要這樣治人家。」

項少龍見她媚態橫生，慾火升起，卻知今夜絕不宜男女之事，強壓下衝動，把她推出帳去。

然後去找成胥道：「我要你在三公主營地四周挖幾個藏人的坑穴，同時找二十個箭法高明的好手，和我們躲到坑穴裡去，一起欣賞即將發生的盛事。」

成胥聽得呆了起來。

項少龍吩咐細節後，哈哈一笑，回帳進膳去也。

寒風颳過大地，半邊明月高掛星空，照亮沒有半點燈火的營地。

除在營地外圍處值夜的士兵外，趕了一整天路後，所有人均疲倦入睡。

項少龍、成胥、趙大、趙五、趙七和二十名箭手卻是例外，他們分別躲在佈於趙倩鸞帳外四角的隱蔽坑穴裡，通過隙縫苦候項少龍所說的盛事。

他們已等待了個多時辰，那絕不是舒服的一回事，還有兩個時辰便天明。

當項少龍自己的信心也在動搖時，「咻」的一聲微響，由靠近少原君營地那邊的圍幔傳來。

各人精神大振，藉著月色星光，憑著早習慣黑暗的眼睛，目不轉睛瞪向聲音的來處。

一個瘦矮若小孩的黑影無聲無息由圍幔破開處鑽了進來，靈巧無比地移到最近的營帳，手中拿著一件管狀的東西。

接著微弱焰光亮起，眾人均清楚看到闖入者是個瘦若猴兒的猥瑣男人，手中提著個小爐般的東西，連在一枝圓管上，火光正在爐內閃亮。

那人待小爐的火光穩定下來後，將噴煙的管口由帳底伸進營裡去。

項少龍等連大氣都不敢透出一口，看著這人慢慢施爲，把迷香送入四個營裡去。

那人發出一聲鳥鳴，顯是召同黨來的暗號，果然十多人逐一鑽了進來，散開守在各扼要位置，把四個營帳團團包圍。然後再來五、六人，其中一個自是少原君。

所有人都躡手躡足，不發出任何聲響，氣氛緊張凝重。

少原君抵達趙倩的帳門處，其他的人分別閃到女侍的營帳旁，只留下雅夫人的營帳沒有人去碰。

項少龍等看得心頭發火，這些禽獸不如的人連無辜的侍女都不肯放過。若非雅夫人是少原君的目標，而他又分不出身來，她當亦不能倖免。

放入迷香的爐火熄滅，那矮子打了個手勢，少原君和那些人一起行動，鑽入帳內去。

項少龍知是時候，發出暗號。

「嗤嗤」聲響。

勁箭由安在坑穴隙縫的強弩射出，由下而上往守在營地的十多名把風者射去。

發現帳內無人的少原君等驚呼聲響起時，那十多人紛紛慘嘶倒地。

圍幔火把亮起，由查元裕指揮的另一批士兵團團把女營圍個水洩不通。

「砰砰！」

那些偷入帳內的人，撞帳而出。

此時項少龍等拋下強弩，握著刀劍由坑穴處跳出來，向他們展開無情的猛攻，一時兵刃交擊聲和喊殺聲震天響起。

項少龍揀的是大仇人少原君，先擲出一枝飛針，釘在正狼狽由帳門逃出的少原君的大腿處。

少原君慘哼一聲，跪倒地上，手中劍脫手掉下。項少龍閃了上去，一腳猛蹴在他下陰處。

少原君殺豬般的淒厲喊聲響徹夜空，整個人仆倒地上，椎心的劇痛使他身體蜷曲，強烈地痙攣著，再沒有行動的力量。

項少龍往橫移去，劍芒一閃，把一個尚要頑抗的敵人劈得身首異處。

戰事恰於此時結束，敵人不是當場被殺，便是重傷被擒，無一倖免。

整個營地都沸騰起來，士兵們紛紛擁來，在那邊等候好消息的平原夫人，也領著家將駭然趕至。圍幔被扯下來，火把照得明若白晝。

查元裕的人手持強弩，把平原夫人的人擋住，不讓他們闖到這邊來。

項少龍哈哈一笑，走到仍痛不欲生的少原君身旁，一腳狠踢在他的腰眼處，把他掀得翻了過來，然後提腳踏在他胸膛上，長劍指著他的咽喉要害，向因肌肉扭曲得像變了樣子的少原君微笑道：「噢！原來是少原君，真得罪哩！」

平原夫人憤怒惶急的聲音響起道：「項少龍！」

項少龍仍盯著少原君，口中喝道：「元裕怎可對夫人無禮，還不請夫人過來。」

此時雅夫人和趙倩也由帥帳那邊走來，看到項少龍身側的人和四周情況，終於清楚發生甚麼事。

四周雖圍滿數百人，誰都沒有說話，只有火把燒得獵獵作響。

平原夫人氣急敗壞走進場來，怒叱道：「還不放了我的孩兒！」

少原君正要說話，項少龍的長劍往前移去，劍鋒探入他口中，嚇得他連動都不敢動，呻吟也告停止。

項少龍冷冷看著平原夫人，沉聲道：「我項少龍受大王重任，護送公主往大梁，現在少原君夥同外人，施放迷香，欲壞公主貞操，夫人如何交代此事？」

平原夫人見愛兒褲管染血，方寸大亂，惶急地道：「你先放開他再說。」

項少龍雙目射出凌厲神色，堅決的道：「不！我要把他當場處決，所有責任由我負擔。頂多我們立即折返趙國，交由大王決定我項某人的命運。」

平原夫人臉上血色褪盡，口唇顫震道：「你敢！」

趙倩嬌美的聲音冷然道：「如此禽獸不如的人，項兵衛給我殺了他！」

雅夫人雖覺不妥當，卻不敢插嘴，怕項少龍誤會她仍護著少原君。

項少龍故意露出一個冷酷的笑容，挑戰似地看著平原夫人。

平原夫人像忽地衰老了十多年般，頹然道：「好吧！你怎樣才肯放過我的孩兒？」

項少龍別轉頭來，望向趙倩，正容道：「三公主可否將此事全權交由卑職處理？」

趙倩俏臉微紅，不敢看他，垂下螓首，輕輕點頭。

項少龍見這美女對自己如此溫婉，升起異樣感覺，記起她要嫁給魏人，又心叫可惜。

再扭頭轉向平原夫人道：「我可以不再追究此事，但夫人必須立書保證，少原君他以後不可再對公主有禽獸之心，夫人意下如何？」

平原夫人差點咬碎銀牙，項少龍這一著極爲厲害，逼得自己不能拿此事向趙王翻項少龍的帳。

項少龍更是胸有成竹，知道她還要借助自己去刺殺魏王，不愁她不屈服。

平原夫人沉吟半晌後，終於認輸地道：「好！算你厲害。」

項少龍微笑道：「厲害的是夫人，卑職只不過是有點運道罷了。」

第二十七章　男女征戰

次日大隊要起程時，平原夫人按兵不動，不肯隨隊出發。

項少龍心中暗笑，帶趙大等三人和十多個特別驍勇善戰的精兵，逕自往見平原夫人。到達帳外，項少龍教手下守在外面，獨自進去見平原夫人。

平原夫人餘怒未消，寒著臉道：「項少龍你好大膽，傷得我孩兒那麼嚴重。」

項少龍知道她指的是重創少原君下陰的一腳，心中暗笑，口上卻歎道：「黑夜裡我根本不知道他是少原君，幸好我發覺得早，否則恐怕會把他殺了。」

平原夫人爲之語塞，但仍是怨恨難息，瞪著他道：「孩兒身體虛弱，不宜長途跋涉，你們自己上大梁吧！我要待他康復後才再上路。」

項少龍看著她噴著仇恨的眼光，歎道：「卑職亦是騎上虎背，不得不在趙倩前裝模作樣，其實我考慮過夫人那天的話後，心中早有打算。」

平原夫人呆了一呆，燃起對項少龍的希望，打量了他好半晌後，點頭道：「若你眞有此想法……」

項少龍打斷她道：「可是昨夜少原君此舉，明顯是得到夫人首肯，卻使我懷疑夫人的誠意。」

平原夫人立時落在下風。事實上，自被項少龍像未卜先知般破掉她自以爲萬無一失的陰謀後，她對項少龍已起了畏懼之心，更不知怎樣應付這本領高強的男子。自然反應下，她垂下了目光。

項少龍見她沒有否認知情，知她爲自己氣勢所懾，方寸已亂。放肆地移前，細看著她心力交瘁的俏臉，微笑道：「我們到大梁後再說這事好嗎？至少應讓我先見見信陵君吧！」

平原夫人被他逼到近處，倏地抬頭，玉臉一寒道：「你想對我無禮嗎？以下犯上，該當何罪？」

項少龍從容地道：「我只是有秘密消息要稟上夫人，不知夫人有沒有興趣知道？」

平原夫人被他弄得不知所措，面容稍弛問道：「甚麼事？」

項少龍把嘴湊過去，在離她只有半尺許的親近距離，故作神秘地低聲說：「不知是否趙穆漏出消息，魏境包括灰鬍在內的幾股馬賊，正摩拳擦掌在路上等待我們，而聽聞夫人也是他們目標之一。」

平原夫人臉色轉白，失聲道：「甚麼？」

項少龍正容道：「我項少龍可對天立誓，若有一字虛言，教我不得好死。」暗忖這時代的人可不像二十一世紀的人，絕不肯隨便立誓，現在他正好叨了這種風氣的神奇效用。

平原夫人果然沒有懷疑他的話，眼珠轉動了好一會兒後，軟弱地問道：「眞的有灰鬍在內嗎？」

項少龍此時已可完全肯定灰鬍眞是魏王的人，而平原夫人正因知道這秘密，才更相信他的話。

項少龍放肆地坐到她右前側，把大嘴湊到她小耳旁，差點揩著她的耳輪，道：「消息是由烏家在魏境內的耳目傳給我知的，還說幕後的指使者極可能是魏王本人。」

平原夫人皺眉道：「你可否坐開一點說話！」

項少龍見她雖蹙起黛眉，但俏臉微紅，呼吸急促，知她是欲拒還迎，心中矛盾。不禁暗笑，更興起報復的快意。

心忖你可對我施手段，我怎能不有點回報。輕吻了她圓潤的耳珠一下。

平原夫人嬌軀猛顫，正要怒責，項少龍退回原處，眼中射出攝人心神的奇光，深深地凝視著她，使她一時心如鹿撞，到了唇邊的責罵竟吐不出口來。

究竟是怎麼一回事？這人剛重創她兒子，又對她輕薄，為何自己仍發作不出來？想到這裡，整張臉燒了起來，垂下頭去，輕輕道：「好吧！我們隨你起程。」

項少龍回到己方整裝待發的隊伍時，烏卓的一百名子弟兵加進行列裡，使他的實力大增。這百名家將體型驃悍，精神抖擻，一看便知是精銳好手。

一直誠惶誠恐的成胥像吞下定心丸般，笑容燦爛多了。

項少龍昨晚未卜先知似的佈局破去少原君的陰謀，使手下將士對他更是敬若神明。趁著平原夫人拔營起寨，他和烏卓、成胥和查元裕到一個山頭處，打開畫在帛上的山川形勢圖，研究往大梁去的路線。

烏卓對魏地非常熟悉，道：「由這裡到蕩陰，有官道可走，往昔魏人在道上設有關防和營寨，於高處又有烽火臺。但據偵騎回報，現時路上不但沒有關防，連找個魏人看看都找不到。」

項少龍暗忖若魏王真要派人襲擊他，當然最好不要離開趙境太遠，那便可推得一乾二淨，說賊子是越過趙境追擊而來的。尤其灰鬍本身和項少龍有仇，更可塞趙人之口，亦可教信陵君啞子吃黃連，無處發作。

唉！這時代當權者無一不是奸狡之徒，不過回想二十一世紀的政客，也就覺得不足為怪了。

成胥指著橫亙在蕩陰上游，由黃河分叉出來的支流洹水，道：「渡過洹水，另有一條官道，東行直至黃河旁另一大城『黃城』，假若我們改道而去，豈非可教馬賊料想不到？」

項少龍沉聲道：「若我是馬賊，定會趁你們渡河時發動攻擊。人家是有備而來，人數又比我們多，優勝劣敗，不言可知。」

三人聽得呆了起來，誰都知道渡河需時，在河面上更是無險可守，舟楫完全暴露在敵人的矢石之下，正是馬賊偷襲的良機。

項少龍乃受過嚴格訓練的職業軍人，思忖了一會兒後，斷然道：「無論我們揀哪一條官道走，總落入敵人算中，對方是以逸待勞，我們則是師老力疲。唯一方法是改變這明顯優劣之勢，使敵人變成勞累之師，我們才有以少勝多之望。」

頓了頓，充滿信心地道：「現在我們依然沿官道南下，抵洹水時卻不渡河，反沿洹水東行，直指內河，這既可使敵人大出意料之外，還要渡河追來，而我們則隨時可靠水結營，穩守待敵，大增勝算。」

查元裕道：「可是那段路並不易走……」

烏卓打斷他，道：「只要能保命，怎樣難走也可以克服的。」

成胥同意道：「就這麼決定吧！我們加添探子的數目，在前後和兩翼遙距監視，寧可走得慢一點，也不落進陷阱去。」

決定後，大隊人馬繼續上路。項少龍親自挑選一批健卒做探子，五騎一組，前、後、左、右各兩組，總共八組，以旗號向主隊傳訊，務策安全。

到黃昏時分，離洹水只一天路程，才揀了一處易守難攻的高地立營生火。

項少龍昨晚一夜未眠，趁機躲入營帳，倒頭便睡。醒來時四周黑漆一片，被內軟玉溫香，點燈一看，原來偎在他身側的是和衣而睡的雅夫人。

雅夫人受燈光刺激，醒了過來，嗔怨道：「你這人哩！睡得好像死豬般，有敵人來偷襲便糟了。」

項少龍笑道：「你是敵人嗎？」只覺精神奕奕，但肚子卻餓得要命，才想起根本尚未吃晚飯。

雅夫人聽到他肚子「咕咕」作響，笑著爬起來道：「人家專程把做好的飯菜拿來給你，唉！現在冷哩！」

項少龍心情大好，任由這位只有別人服侍她的美女悉心伺候自己進膳，到塡飽彼此的肚子時，已是次日清晨。

當下繼續趕路，沿官道南下洹水，四周全是起伏綿延的丘巒和林野，景色美麗。

平原夫人改採合作的態度，載著她和傷痛難起的少原君那輛馬車，緊隨趙倩的鳳駕，而二百家將則隨在最後方。

自那天早上交談過後，項少龍再沒與這毒比蛇蠍的女人說過半句話，眞不知她腦內又會轉甚麼壞念頭。

當他經過趙倩的車旁時，美麗的趙國公主掀開窗簾，嬌聲喚道：「項少龍！」

離開邯鄲至今，她還是首次主動和他說話。

項少龍大訝，放緩馬轡，與馬車同速並進，看著她明媚的俏目道：「公主有何吩咐？」

趙倩大膽地和他對視半晌後，垂首道：「項少龍！我很感激你，但也恨你。」言罷垂下窗簾，阻斷了他直接而帶著貪婪的目光。

項少龍感慨萬千，他乃花叢老手，當然明白她話裡的含意。她直呼他爲項少龍，明示已當他是個配得上她這金枝玉葉的男人。感激的是他保存她的清白；恨的則是他要把她送給魏人。雖然那是難違的王命，可是她仍禁不住對他生出怨懟之心。

神傷魂斷下，項少龍惟有把心神放在沿途峰迴路轉、變化無窮的風光裡。

在這二千多年前的世界中，城市外的天地仍保存著神秘動人的原始面貌。若非初冬時分，定可見到一群群動物，在原野裡漫步徜徉。

這條官道取的多是地勢較低矮的小山丘，又或平原曠野，所以遠處雖是崇山峻嶺、林木葱鬱、層巒疊翠，他們走的卻是清幽可愛的小徑。

這時轉過一座小山，左旁忽地出現像一方明鏡的小湖，湖水澄碧無波，清可鑑髮，在晨曦曉霧中，煙寒渚秀，幽雅怡人。對岸青山連綿，翠柏蒼松，蔚然清秀。

項少龍暗叫可惜，若是偕美旅行，定要在此盤桓個兩、三天。直至遠離小湖，他心中仍存著那美好的印象。不過他很快又被路過的一個山谷吸引了。

谷中秀峰奇出，巧石羅列，森林茂密，時有珍禽異獸出沒其間。谷底清流蜿蜒，溪澄石奇，在陽光的照耀下，水動石變，幻景無窮。

項少龍忽發奇想，假若馬瘋子的時光機眞可使人穿梭古今，往來自如，那他只是辦旅行團，包可賺個盤滿缽滿。

如此自我開解下，項少龍心情稍覺寬慰，黃昏前終於抵達洹水北岸。

入目的景色，更令項少龍這時空來客爲之傾倒，只有他才明白，二千多年後地球受到的破壞是如何難以令人接受。

洹水寬約二十餘丈，在巨石嶙峋的兩岸間流過，河中水草茂盛，河水給濃綠的水草映成黛色，丹石綠水形成使人心顫神搖的強烈對比，造就一種難以名狀的神秘美。

上流處險峰羅列，懸崖聳峙，置身之處地勢趨平，流水潺湲，林木青翠，再往下去則是茫茫荒野，直至極目遠處，才又見起伏的山巒。

項少龍看得心神俱醉，到成胥提醒他，才想到發出背水結營的命令。

烏卓等不用他吩咐，派人爬上最高的巨嶺頂，瞭望觀察遠近動靜。

表面看去，一切和平安逸，間有鳥獸來到河旁喝水，甚至與他們的騾、馬混在一起，享受洹水甜美的仙流。

他今次結的是「六花營」，帥營和眾女及平原夫人的營幕居中，其他人分作六組，佈於中軍周圍，有若六瓣的花朵，外圍依然聯車結陣，馬、騾則圍在靠河的營地。

一切妥當，天色漸暗，各營起灶生火，炊煙處處。

項少龍和烏卓、成胥兩人爬上一塊大石，遙遙觀察對岸的動靜。

驀地對岸林內傳來鳥獸驚飛走動的聲音，三人相視一笑，暗叫好險。

成胥道：「元裕會找人裝作伐木造筏，教賊子以爲我們明早渡河。」隨即苦笑道：「今晚可能是最後一夜的平靜了。」

烏卓道：「賊子必然會在這邊埋有伏兵，明天我們改變路線沿河東行，他們情急之下或會不顧一切追擊我們。」

項少龍微微一笑道：「烏卓你猜猜最有可能是誰正伏在對岸窺察我們？」

烏卓想也不想便道：「當然是灰鬍，馬賊中只有他們有足夠實力在白天攻擊我們，即使是囂魏牟，他在魏境也絕不會浩浩蕩蕩的策動上千人馬來個強攻突襲，故他頂多只能採取夜襲或火攻的戰術。」

項少龍笑道：「知彼知己，百戰不殆，這是大兵法家老孫的至理明言，我們怎可錯過良機，不讓他栽個大筋斗。」

烏卓和成胥四隻眼睛立時亮了起來。

項少龍繼續道：「況且我們尚有一項優勢，就是灰鬍不知道我們多了一百名精兵，只憑這點，我們便可以教灰鬍吃得一鼻子灰，噴出來時把他的鬍子弄得更灰了！」接著壓低聲音，說出他的計劃。

烏卓和成胥兩人聽得拍腿叫絕。

項少龍又隨口問道：「爲何我們走了幾天路，連一個魏人的村落都見不到，如入無人之境？」

成胥答道：「是魏王頒下的命令，官道五十里的範圍內不准有人居住，怕的是敵人沿官道入侵時，可以擄掠糧食和婦女、壯丁。」

項少龍這才恍然，又反覆研究行動的細節，才回到營地去。

這晚他到雅夫人的帳內用膳，小昭等諸女喜氣洋洋伺候他們，又服侍項少龍沐浴更衣，使他享盡豔福，勞累一掃而空。

當他與雅夫人臥在蓆上時，她撫著他寬壯的胸膛道：「我眞不明白爲何你可預先知道少原君會前來偷襲趙倩，更不明白他們爲何要這樣做？」

項少龍沉吟半晌，下了決定，把偷聽到平原夫人母子的對話說出來。

雅夫人聽得俏臉煞白，第一句就道：「好個信陵君，使我還以爲他眞是掛念我，原來是蓄意害我。」

項少龍歎道：「你不可以說他沒有掛念你，假設魏王被我殺死，你還不是他的人嗎？」

雅夫人方寸大亂，緊摟著他道：「現在我們怎辦才好呢？。」

項少龍道：「有我在這裡，你怕甚麼呢？他有張良計，我有過牆梯，哼！」

雅夫人聽得眉頭大皺問道：「甚麼是『張良計』？」

項少龍這才省起張良是秦末漢初的人，這時尚未出世，啞然大笑道：「總之是隨機應變，只要魏人不敢撕破臉皮，我有把握保命回國。」

雅夫人道：「爲何平原夫人忽然又聽起你的話來，是否……」

項少龍懲戒地打了她一記粉臀，道：「不要想歪了，我只是動之以利害罷了！」

雅夫人媚眼如絲，嬌笑道：「我當然相信你，平原夫人雖然手段毒辣，但在男女關係上卻非常檢點。只不知你能否令她破戒？莫忘記趙妮都逃不出你的魔掌哩！」

項少龍坦然道：「我的確對她使了點挑逗手段，爲了求生，在這一大原則下，我甚麼事都可以做得出來。」

話尚未說完，小昭進來道：「平原夫人有請項爺！」

平原夫人獨坐帳內，頭結凌雲高髻，橫插了一枝用金箔剪成彩花裝飾的「金薄畫簪」，身穿羅衣長掛，臉上輕敷脂粉，豔光四射。

項少龍不由心中讚歎，這女人真懂得打扮，主要是她乃天生的衣架子，穿甚麼都好看。她年輕時定是可迷死人的尤物，可惜她竟會這麼心狠手辣。

見到項少龍來，平原夫人漫不經意地道：「兵衛大人請坐！」

項少龍最愛挑引別具韻味的女人，而且她看來還是那麼年輕，微微一笑道：「是否坐在哪裡都可以呢？」

平原夫人橫他一眼道：「兵衛大人，你對我愈來愈放肆了。」再狠狠瞪他一眼，像在責怪他那天的無禮。

項少龍見她的神情，知她是要將計就計，想改採懷柔手段來籠絡自己。可是他卻夷然不懼，男女間的事有若玩火，一不小心便會作繭自縛，最後平原夫人會否對他動真情，尚是未知之數。

項少龍不願逼她太甚，來到她身旁，躺了下去，挨在軟墊上，舒服地伸了個懶腰，心滿意足地歎了一口氣。

平原夫人別過頭來，望往臥在她坐處旁邊的項少龍，冷冷問道：「項少龍！不要玩把戲，你究竟想怎樣？」

項少龍故意大力嗅兩口，道：「夫人真香！」

平原夫人拿他沒法，強忍揮拳怒打他的衝動，嗔道：「快答我！」

項少龍大感刺激，嬉皮笑臉地道：「我現在只想要一個人，夫人應知道那個人是誰吧？」

平原夫人平靜下來，點頭道：「好吧！你答我一個問題，若我認爲滿意的話，我便給你猜猜你想要的那人是誰。」

以她尊貴的身分，這樣說便等若肯把身子交給對方。

項少龍曾偷聽過她與兒子的對話，自然知道此婦口蜜腹劍，微笑道：「男女之事並非交易，怎可以先列下條件，而且我答得是否滿意是任得你說，對不起，恕卑職不能接受。」

平原夫人鳳目閃起寒光，盯著他道：「項少龍你是否心中有鬼，所以連一個問題都不敢答？」

項少龍心道你才是心中有鬼，哂道：「誰不心中有鬼？沒有的早已去見閻王了。」

平原夫人長於王侯之家，畢生地位尊崇，何曾受過如此閒氣，面子大掛不住，偏又感到無與倫比的刺激。

一向以來，她都奉行實際無情的功利主義，對男女之情非常冷淡。當年嫁給平原君，著眼點全在於看中對方有取代趙王的資格，婚姻對她來說只是一宗交易。

所以她從不容忍別的男性對她無禮，今次遇上這年輕英俊的項少龍，雖說有點被他的風采外貌吸引，但更打動她芳心的，卻是項少龍霸道強橫的手段和別具一格的氣質風度，使她生出屈服的微妙心態，竟願欲拒還迎地被他步步進逼。

現在她是既感吃不消，又大覺刺激。那種矛盾心態使她不知如何是好，這時哪還記得項少龍只是一只有用的棋子。

項少龍看出這是她唯一的弱點，故蓄意在這方面整治她。

兩人四目交擊，互不相讓地瞪視對方。

項少龍對她半分愛意都沒有，但她高不可攀的尊貴風範和豔麗成熟的外貌，卻使他慾念大起，當然含有強烈的報復心理。感到無論對這毒婦做出甚麼舉動，都不存在責任的問題。而她的危險性，本身已是一種強烈的引誘力。

他坐起身，移了過去，直至輕擠著平原夫人不可冒瀆的玉臂和修長的美腿才停下來，挑戰地在不足兩三寸的距離，看著她情緒正在強烈變化的眼睛。

平原夫人眉頭大皺，低聲道：「項少龍！你不嫌太過分嗎？」暗恨著那種使她魂銷魄蕩的接觸。

項少龍雖蓄意逗她，卻深明對付這種崖岸自高的女人，最緊要是適可而止，逐分逐寸敲破她堅硬的自保外殼。長身而起，笑道：「看來夫人仍未有足夠勇氣，去接受眞正的快樂。」往帳門走去。

平原夫人嗔怒，站起來嬌叱道：「項少龍！」

項少龍停步轉身，灼熱的目光在她嬌軀上下遊走數遍，才恭敬地道：「夫人有何吩咐？」

平原夫人跺足道：「你還沒答我那問題，不准你走，否則到大梁後，我會要你好看。」

項少龍舉步向她走去，無論眼神和笑容都充滿了侵略性。

平原夫人手足無措，竟往後連退三步，首次露出女性柔弱的一面。

項少龍到差點碰上她酥胸才停了下來，伸出穩健有力的手，扶著她的下頷，逼她仰起臉龐看著自己。

觸手的皮膚嫩滑無比，她眼角的淺淺皺紋，反成爲一種奇異的誘惑。

平原夫人兩手緊抓著衣袖，呼吸急促起來，如蘭芳氣，直噴對方臉上。她很想閉上眼睛，卻知若是如此，對方必會進一步侵犯她。到這刻在心理上她仍是很難接受，雖然身體的反應是另一回事。

她故意想起被對方打傷的兒子，但仍起不了厭惡這威武男人的心，反更感到對方那種強橫的壓迫感。

項少龍柔聲道：「夫人問吧！假若我坦白答了，夫人要給我親上一口，不得撒賴。」

平原夫人心如鹿撞，六神無主，又是不滿之極，兼之身子似要前傾，舉起纖手，推在他寬壯的胸膛，對方卻是紋絲不動。

項少龍大感以下犯上的刺激，放開她的下頷，兩手改爲抓著她那對除死去的平原君外，沒有男人抓過的柔荑，先逼她垂下手兒，推往她身後，再把她摟過來，緊貼著她。

平原夫人一聲嬌吟，豐滿成熟的肉體立時毫無隔閡，整個貼到項少龍身上，和他全面接觸著。

項少龍怕她一時受不了，分她的神道：「說吧！項少龍洗耳恭聽。」

平原夫人嬌軀一陣抖顫，如受驚的小鳥般掙扎兩下，當然絲毫改變不了形勢，抬頭望向項少龍，顫聲道：「你在做甚麼？」

項少龍強忍著再擠壓她的衝動，道：「夫人若再不發問，我便要告退了。」

平原夫人招架不住，呻吟一聲，癱軟在他身上，顫聲道：「項少龍！我要你告訴我，爲何你能佈局害我的孩兒？」

項少龍早猜到她要問的必是這和雅夫人相同的問題，以平原夫人的精明，當然會懷疑項少龍偷聽到她們母子的談話，那便連其他要對付項少龍的陰謀都洩露了。若弄不清楚這點，她怎還可引他入彀。

心中暗罵，這女人始終是要陷他於萬劫不復之地。想來無論她怎樣對自己有興趣，終大不過她功利之心。

微微一笑道：「我要對付的人，根本不是你的兒子，只不過我隱在秘處的人發現有外人潛伏附近，人數不多，使我猜到可能是有不利於公主的行動，不過卻想不到竟有少公子做同謀罷了！」

這是早擬好的答案，合情合理，因爲烏卓的人確是一著平原夫人沒有想過的奇兵。

平原夫人鬆了一口氣，回復虛假的面目，仰起俏臉，正要說話，項少龍的大嘴壓了下來，封著她的香唇。

若項少龍不知道她的陰謀詭計，絕不會沾半根指頭到這仇人之母的身上，因爲害怕捲入糾纏不清的關係裡。可是現在只是爾虞我詐，各施手段，故而絕無任何心理障礙，反有侵犯仇人母親的報復快感。

她的身體仍充盈生命力和彈性，半點衰老的感覺都沒有。

在最魂銷神迷的吃緊時刻，項少龍反放開了她的香唇、纖手和身體，退後施禮微笑道：「多謝夫人恩寵。」

不理她挽留的眼光，退出帳去，鼻內仍充盈著她散發的芳香氣息。

第二十八章　洹水退敵

項少龍和烏卓的一百名子弟兵，手持強弩，伏在一座離營地只有數百步的密林裡，看著在微濛的天色裡，正緩緩離開的己方車馬隊。

天色大明時，成胥指揮的隊伍已消失在下游的彎角處。

又過了頃刻，蹄聲、人聲同時由兩岸傳來。

一隊近四百人的馬賊，在上游一個密林馳出，對岸亦擁出大群驃悍的賊兵，其中一人高踞馬上，長有一撮粗濃的灰鬍，正是縱橫趙境的頭號馬賊灰鬍。

只見他氣得翹鬚瞪眼，暴跳如雷，不斷催促手下把渡河的木筏由隱蔽處搬出來，好去追趕敵人，顯已方寸大亂。

蹄聲響起，在這邊岸上的馬賊已一窩蜂地沿河馳去，另一股馬賊開始渡江。

項少龍偷看烏卓兩眼，見他在這種千鈞一髮的緊張形勢裡，仍是沉著冷靜，心中暗讚。

四十多艘木筏，載著戰馬、物資，渡河過來。

當灰鬍的人卸下兩批近四百匹戰馬和糧食後，開始載馬賊渡河，灰鬍亦在其中一艘木筏上。

此時這邊岸上只留有五、六十名馬賊，全無防備，忙著把馬兒趕到岸旁的平地處。

項少龍打了個手勢，百多人由密林處「嗖嗖」連聲發出一輪弩箭，射得對方人仰馬翻，傷亡過半。

灰鬍等魂飛魄散，倉皇下搭箭還擊。岸上剩下的小量賊兵，則一聲大喊，四散奔逃。

項少龍等早移到岸旁的石後，弩機聲響，勁箭飛蝗般往在筏上毫無掩蔽的馬賊射去。

馬賊避無可避，紛紛中箭，鮮血染紅了木筏和河水。灰鬍忙喝令退返對岸。

眾人瞄準他，一齊發箭射向這明顯的目標。馬賊雖高舉木盾，仍擋不了百弩齊發、勁力強大的箭矢，一個個紛紛倒下。

灰鬍見勢不對，一聲狂喊，翻身跳入水裡，躲往木筏之下。眾賊有樣學樣，紛紛跳入水裡去。

對岸尚有近二百馬賊，不過除暴跳暴叫外，一點辦法都沒有。

勁箭直射入水裡，鮮血不住由水裡湧起來，然後是浮出水面的賊屍，情景殘酷之極。不是你死就是我亡，從來就是戰場上的鐵律，木筏散亂無章地往下游漂去。

項少龍心懸成胥那方的情況，一聲令下，鳴金收兵，無暇理會灰鬍的生死，騎上搶來的賊馬，又把裝載著武器、糧食的馬匹全部牽走，往下游馳去。

成胥方面的戰事這時也到尾聲，他們在下游形勢適合處，聯車作陣，又由查元裕率領四百人，埋伏側翼密林處，靜候追兵。

四百馬賊沿河趕來，剛轉過彎，看到嚴陣以待的趙兵時，早進入伏兵射程之內，進退失據下，被趙兵藉車陣的掩護，弩機強弓，一起發射，立時人跌馬倒。

餘下者退走不及，想由側翼繞過車陣，又給查元裕和埋伏的四百名趙兵射個七零八落，潰不成軍。急急往後撤退，剛好遇上項少龍的援軍，再給殺個措手不及，逃得掉的不出五十人，都棄馬曳甲，竄入岸旁的叢林裡。

大獲全勝下，全軍歡聲雷動，連平原家的人都分享到那勝利的氣氛。是役項少龍方面只傷四十多人，但無一重傷，戰果驕人，再次證明項少龍具有優秀的軍事頭腦和靈活有效的戰術。

項少龍派出二十人，把俘獲的三百多匹戰馬送回趙國，至於武器、箭矢、糧食則留爲己用，包紮傷兵後，繼續沿河東行。黃昏結營時，離開內河只有兩日半的路程。

一來因路途起伏不平，又兼劇戰之後，人困馬乏，眾人盡量爭取時間休息。一宿無話，次日清晨繼續行程。

景色又變，山勢起伏綿延，草木茂盛，風光如畫，山澗深溪，飛瀑流泉，教人目不暇給。岸旁是廣闊的原始森林，巨大的雲杉高聳入雲，粗壯者數人合抱不過。

陣陣林濤中夾雜動物奔竄號叫的聲音，趙兵沿途打些旱獺、野兔，好作晚餐的美點。有時登到高處，極目而視，只見遠處草原無垠，林海莽莽。

草浪中偶見村舍農田，對項少龍來說，確是處處桃源，更不明白人們爲何還要你爭我奪，惟有怪責人類天生貪婪的劣根性。

景色雖美，路程卻是舉步維艱，不但要靠人力開路，很多時候還要靠樹幹鋪路才可穿溪渡澗。整天走不到十里路，最後在一處山頭紮營起灶。人雖疲倦，但眾兵均士氣昂揚，心悅誠服爲項少龍做任何事。

美人愛英雄，雅夫人對他更是千依百順，曲意逢迎，使他享盡溫柔滋味。

趙倩自那天隔窗和他說話後，便蓄意躲開他，無奈下他只好默許這種情況繼續下去，沒有採取打破僵局的任何手段。

用膳後，平原夫人派人過來邀請他過去，說有事相商。項少龍亦好奇地想知道她目前的態度，匆匆來到平原夫人的私帳。

豈知帳內的平原夫人身後立了兩名家將，教他大失所望，不軌之念消失得無影無蹤。

與平原夫人的關係乃不折不扣的男女征戰，賦予他犯罪的感覺，亦因而帶給他更強烈的刺激。而且哪個男人不喜愛新鮮，何況項少龍這慣於風流陣仗的人。

平原夫人正襟危坐地蓆上，招呼他坐下後，先狠狠白他一眼，才道：「今次我們可以好好商談了吧！」

項少龍自然明白她的意思，暗裡恨得牙癢癢，表面卻不得不恭敬地道：「夫人請吩咐！」

平原夫人再橫他一眼，一副又恨又愛的誘人神情，卻冷冰冰地道：「現在我們遠離大路，究竟要到哪裡去？」

項少龍答道：「路途艱險，夫人辛苦了，我們是要先抵內河，才沿河朝大梁去。」

平原夫人忽地歎了一口氣，微俯過來，輕聲道：「若你……我可以遣走他們。」

項少龍大喜，連忙點頭答應。

平原夫人揮走那兩名家將後，凝神瞧了他一會兒，似有所感道：「你確是個難得的人才，現在保證無人再敢懷疑你曾以五十之眾，擋禦灰鬍的八百馬賊了。」

項少龍微笑道：「馬賊只是烏合之眾，勝之不武。」

平原夫人搖頭道：「有些人是天生的將領，不但可使將士用命，還能以奇兵取勝，屢戰不殆，你便是這類人。」

項少龍不知她要弄甚麼玄虛，惟有謙然受讚。

平原夫人忽地俏臉微紅，垂下頭去道：「渡過內河，朝東南走二十天便抵濮水，再沿河南下，十天可至封丘，那城的守將關樸是我的人，我們將可脫離險境了。」

項少龍道：「卑職當然依照夫人的吩咐行事。」接著奇道：「爲何夫人嫩滑的臉蛋兒會忽然紅了起來呢？」

平原夫人更是霞燒玉頰，嗔道：「又故態復萌了嗎？給本夫人滾出去。」

項少龍見她著窘，心頭大快，笑嘻嘻站起來，施禮道：「卑職告退！」腳卻像生了根般動也不動。

平原夫人哪會眞要趕他走，見他腳步全無移動跡象，又嗔又喜道：「爲甚麼還不走？」

項少龍不懷好意笑道：「夫人不給卑職一點賞賜嗎？」

平原夫人心情顯是矛盾之極，幽幽看他一眼，垂下俏臉。

項少龍走過去，到她背後跪了下來，兩手探前微一用力，這貴婦無力地靠入他懷裡，使他又再次享受到她的紅唇。

項少龍最明白得不到的東西才是最寶貴的，這樣吊她的胃口，更能使她到了大梁後，狠不下心腸害自己。兩手按兵不動，痛吻個飽後，揚長去了，留下這美婦獨自捱那寂寞的一夜。

接下來的二十八天，他們繼續東南行，渡過內河和西河，過魏人大城濮陽而不入，由濮陽南面的官道直下濮水。

經過這段平安的日子後，他們的偵騎再次發現敵人探子的蹤影，使他們知道危機再現。他們車馬既多，又要不時修補損壞的車子，慢得像蝸牛般，根本全無甩掉敵人的方法，惟有祈求這些不知名的敵人不會比灰鬍更厲害便心滿意足。

這時地近大梁，官道旁關防處處，數十里便可遇上魏人的要塞軍營。魏兵態度奇怪，看過他們的文書後，雖沒有留難，卻不肯派人護送，到官道已盡，他們只好朝東往濮水開去。三天後離開山路，到達濮水西岸一望無際的大草原，還要走上兩天才可抵濮水。大隊人馬在草原邊停下來。

項少龍和烏卓、成胥、查元裕三人到一旁商議，各人神色凝重。

烏卓道：「現在我們的行蹤和兵力全被敵人瞭若指掌，可是我們對可能來犯的敵人卻一無所知，正犯了敵暗我明的兵家大忌。」

成胥接口道：「敵人若要來犯，必會在這兩天之內，因爲在這平原之地，利攻不利守，敵人勢不肯錯過如此良機。」再苦笑道：「最怕是魏王使手下兵將扮成馬賊來攻，那我們定難逃過大難了。」

項少龍皺眉苦思一會兒後，道：「成胥提出這可能性，很有機會成爲現實，既是如此，我們自不能眼睜睜地送死。」

三人凝神細聽，看這智謀過人的統帥又有甚麼保命妙計。

項少龍沉聲道：「我們索性在附近找一個背山面向平原的險固高地，建立土寨壕溝，儲備野味泉水，守他個十天半月，另外派出輕騎前赴封丘，求那處的守將關樸派兵來援，那時縱使魏王心存狡計，亦莫奈我何。」

眾人苦思良久後，都覺得這是沒有辦法中的最佳方法。

當下項少龍往找平原夫人商量，隔竹簾說出計劃和原因後，平原夫人低聲道：「這方面你比我在行多了，一切由你決定吧。」

項少龍從未聽過她對自己如此溫言婉語，言聽計從，心中一蕩道：「夫人想不想我今晚來看你呢？」

平原夫人歎道：「到大梁再說好嗎？我孩兒已因我和你數次獨處一帳而非常不滿，現在他的身體逐漸痊癒，我不想他為我們的事動氣。」

項少龍想起少原君，意興索然，離開她的車子，把計劃通知雅夫人，再由她轉達趙倩知曉。

勘察半天後，他們終於在草原的邊緣區找到一處背山面向平原的高地，設立營寨。

全軍登時忙碌起來，同時派出二十快騎，攜著平原夫人親筆押印的書信，分十條路線奔往封丘求援。

今次立營的工程與前大不相同，以壕溝作主體防禦，沿高地邊緣處挖出深一丈、寬丈五的泥溝，掘出的泥土就堆於壕溝的前方，加石塡築，變成一道高若半丈的矮土牆，又留下孔穴供弩弓射箭之用，倒也非常堅固。然後把騾車推到土牆內圍，加強土牆對抗敵人衝擊的力量。

矮牆之外，插上削尖的竹枝，滿佈斜坡之上，又設下陷馬坑，總之危機處處，以應付敵人的強攻。四周的樹林長草都給去掉，以免敵人有掩蔽之物。

軍營採偃月式，主營居中，六軍分居兩翼，形成一個向前突出的半圓形。營地與矮土牆間隔十丈有餘，除非土牆被攻破，否則營地將在敵人矢石的射程外。

忙碌三天後，終做到外闢壕塹，內設壁壘，壕塹外再佈尖竹、陷坑，守以強弓堅弩的規模。

項少龍爲防敵人火攻，把背後山泉之水，挖溝引進營地。到一切佈置妥當，已是五天之後。

這日當項少龍指揮手下在斜坡頂設置檑石時，探子回報，發現一股實力接近萬人的馬賊正由平原趕來。眾人心中恍然大悟，知道這定是在草原久候他們不至的敵人，終於按捺不住正面來犯了。

而且證明他們猜得不錯，若說這些敵人裡沒有混入正規的魏兵，眞是沒有人肯相信。

縱然知道事實如此，他們仍弄不清楚爲何魏王定要如此趕盡殺絕，唯一的解釋是信陵君的確威脅到他的王位，而他也想藉此來打擊信陵君與趙人的關係。至於其他的原因，就非他們所能知之。不過魏安釐王乃出名昏庸的國君，就算做出如何荒謬的事，也沒有人會奇怪。

那晚平安度過，次日項少龍吩咐除值班的兵士外，全體休息，好養精蓄銳，應付敵人的攻擊。幸好他們由灰鬍處擄獲大量武器、糧食和箭矢，守個十天、半月仍不虞箭盡糧絕。

還有一項優勢是敵人想不到他們會築土爲城，所以理該沒有帶來針對這種防禦設施的工具，使他們應付起來會輕鬆許多。

黃昏時分，浩浩蕩蕩而來的馬賊出現在平原上，還設寨立營，儼然兩軍對峙之局。

項少龍細察敵人，失聲道：「看！那個不是灰鬍嗎？」

其他人用盡眼力，只見一隊賊兵馳至近處，仰頭往他們望來，帶頭者正是灰鬍。

成胥怒道：「如此看來，灰鬍根本是魏王的人，那些馬賊是由魏兵改扮的，專責擾亂別國的經濟和治安，魏人眞狠毒！」

查元裕搖頭歎道：「我眞不明白，大王爲何要把我們美麗的公主嫁給魏人？」

成胥駭然道：「你小心點說話，若傳入大王耳裡，你和你的族人都會大禍臨頭。」

查元裕苦笑道：「活過今晚再說吧！」

項少龍知他見賊勢龐大，兵力十倍於己，心中虛怯。由此推之，其他人亦會有這種心態，對士氣自有影響，眉頭一皺，計上心頭，向成胥道：「給我預備一批火箭，或者今晚我可用得上它們。」

言罷不理會他們不解的目光，返回帥營，取齊工具後，往營後走去。

在營與後山峭壁間，騾和馬被分隔在兩個大木圍柵裡，自由寫意地喝著山泉引入的清流，吃著山頭的青草。幸好時値初冬時分，否則來一場大雪，這些騾、馬便有難了。

他抬頭仔細研究峭壁的形勢和附近的山勢，藉索鉤之便，輕易爬了上去，用錘子在適當的地點打入郭縱爲他特製的爬山圈，一直延往隔壁的石山，套上粗索，這才爬回營地去。只要爬過鄰山，他可輕易經由這「秘徑」降到數十丈下面的平原，進行任何秘密活動。

回到帥帳，成胥氣急敗壞來尋他，道：「快來看！」

當他再到前線時，下面的賊兵全體動員，砍伐樹木，把一端削尖，每根長約一丈的木幹，一排排放在地上。

烏卓皺著眉頭道：「他們想幹甚麼？」

項少龍也心中嘀咕，旋即恍然大悟道：「那是攻我們這土城的工具，只要把這些樹幹一條條並排插在斜坡下，便可不懼我們箭矢、檑石的攻擊。」

查元裕駭然道：「這招確非常有用，只要前後三排擠插在一起，連滾石都不用怕，又可阻擋我們的視線，教我們看不清他們的形勢。」

烏卓冷笑道：「若他們想插下這些東西，先要付出可怕的代價。」接著歎息道：「他們少來一半人就好了。」

言下之意，就是縱使他們會犧牲很多人，但餘下的軍力仍足夠攻破土城而入。

項少龍笑著道：「放心吧！敵人犯了一個最大的毛病，就是輕敵。你看他們的營房，一點防禦都沒有，糧草、馬匹就那麼的丟在後方，若我們能夠給他們來一把火，他們的表情才好看呢！」

烏卓等三人大皺眉頭，看著把這座小山圍得密不通風的賊子，暗忖對方並非輕敵，而是縱是耗子也恐難溜出去放火燒營。

項少龍微微一笑，再不說話，回營休息。倒頭睡了兩個時辰，醒來已是黃昏時分，雅夫人在旁靜候他一起進膳。項少龍精神飽滿坐了起來，梳洗後連吃三大碗飯。

雅夫人奇怪地打量他，問道：「看來你又是胸有成竹，否則爲何會如此泰然？不過我真想不通，爲何今次你仍有破敵的把握？」

項少龍把她摟入懷裡，笑道：「雅兒害怕嗎？」

雅夫人欣然獻上香吻，笑道：「沒見你時的確有點害怕，見到你後忽然甚麼都不怕了。是了，你到趙倩那裡看看她吧！她說有事求你呢！」

項少龍心想趙倩比馬賊更令他頭痛。

美麗的三公主揮退侍女後，來到他身前，含羞問道：「項少龍，趙倩可否向你借一件東西呢？」

項少龍奇道：「你要借甚麼？」

趙倩羞然攤開白皙嫩滑的小手，輕輕地道：「我要你貼身攜帶的匕首。」

項少龍心中一顫，道：「你對我這麼沒信心嗎？我定能把你送往大梁的。」

趙倩雙眸一紅，幽怨地瞪他一眼道：「趙倩並不想你帶我到大梁去，到甚麼地方都可以，就是不要到大梁。」

沒有甚麼話比這更能清楚地表達出她對項少龍的情意。

聽得項少龍熱血上沖，衝口而出道：「好！我答應你，就算把你帶往大梁，我也有方法把你完璧無損地帶回趙國。」

趙倩劇震道：「眞的！」

項少龍感到她整張俏臉亮起來，充盈勃發的生機，猛一咬牙道：「這是一個承諾！」

說出這句話後，整個人輕鬆起來。事實上自從知道魏國王室的複雜情況，又知趙王要盜取《魯公秘錄》，他便感到無法做那犧牲趙倩終身幸福的幫凶。現在一旦表明心跡，那感覺不知多麼痛快。

趙倩大喜道：「少龍！倩兒很感激你呢！」

項少龍見她對自己這麼有信心，心中歡喜，取出匕首塞入她的小手裡，乘機握著她的柔荑道：「非到最後關頭，你切不可拿匕首自盡。」

趙倩霞燒玉頰，珍而重之地把這定情之物納入懷裡，垂首深情地道：「倩兒全聽少龍吩咐。」

項少龍魂爲之銷，正想乘機一親芳澤，戰鼓聲由山下傳來。

目睹山下的情勢，成胥等臉色有若死灰，只烏卓仍是那副冷淡的表情。

賊人成功地以一排排闊約兩丈的木排立在地上，把山下所有逃路團團圍了起來。木排間留下尺許空間，僅容一人通過，若騎馬便過不了，一副甕中捉鱉的狀態。木排頂掛有風燈，照得斜坡下方一片通明。

木排外此時聚集近二千馬賊，最前頭的二百人舉著高及人身的巨型木盾，盾底尖削，可插入土內，借力抵擋矢石的攻擊。

另二百多人手持鋤頭、鐵鏟等工具，看樣子是先要破去斜坡的障礙，填平裝有尖刺的陷坑。接著排列的是五百名持弩機、強弓的遠程攻擊手，然後才是提長鉤、矛、戟等長兵器的賊兵，陣容鼎盛，教人見之心寒。

灰鬍和幾名領袖模樣的人高踞馬上，對他們指指點點，顯是商量攻擊策略。

烏卓指著灰鬍旁邊長了一張狼臉的大漢道：「那人叫『狼人』黎敖，是常寇患韓國邊境一帶的著名馬賊，與灰鬍齊名，想不到亦是魏王的人。」

項少龍道：「如此看來，這支萬人部隊應屬不同的馬賊，卻全是魏王派出的人。哼！我有點明白了，魏王對付我們，固然是要打擊信陵君，亦含有私怨在內，因為我曾殺傷大批灰鬍的人。」接著心中恍然大悟，難怪當日竇良會向灰鬍暗通消息，教灰鬍來劫馬和女人，因為他們是魏王派到趙境攪風攪雨的間諜。

成胥道：「他們會分批晝夜不停地攻擊我們，打一場長時間的消耗戰。」

查元裕吁出一口涼氣道：「救兵就算接到消息立即趕來，最少要在十五天後，我們恐怕連三天都捱不過，誰想得到他們的實力如此雄厚？」

鼓聲響起。

盾牌手魚貫由木柵間的空隙鑽出來，隊形整齊地列在前方，接著是工兵和箭手。

項少龍見天色已全黑，向成胥要了那筒包著油布的火箭，吩咐道：「你們負責這裡的防務，我到敵後燒他們的糧草並趕走他們的馬匹，看他們還能有甚麼作爲？」

眾人均愕然望著他，不明白他怎樣到得了敵營去。

第二十九章　大破賊軍

項少龍回營換上夜行衣，箍上載針的腰甲，又扣上攀山工具，揹上弓矢，吻別雅夫人和小昭等諸女後，往營後走去。

經過趙倩的鳳帳，忍不住在營門處喚道：「公主！」

戰鼓的聲音愈來愈急，顯示敵人快要發動攻山。

「咚咚咚……」

一下一下像死神的呼喚般直敲進戰場上每一個人的靈魂深處。

趙倩不知是否在思念項少龍，聽到他的聲音，驚喜地掀帳而出問道：「少龍！你怎會在這裡呢？噢！」明媚的秀目落到他的夜行衣上。

項少龍看著這像烏廷芳般可愛的美麗少女，至眞至純的清麗容顏，一直壓抑的深情，湧上心湖，微笑道：「我現在去制敵於死地，公主不給我一點香豔的鼓勵嗎？」

趙倩吃了一驚，俏目射出崇拜傾心的神色，溫柔地仰起俏臉，嘟長小嘴，靜待初吻和幸福的降臨，沒有半點畏怯，但玲瓏有致的酥胸卻急劇起伏。

項少龍心中溢滿柔情，對這位被父親當作一件政治工具的金枝玉葉，生出誓死保護她對抗任何傷害之心，痛吻在她香唇上，同時兩手探出，把她摟得緊貼胸懷。

營邊忽地喊殺震天，敵人開始攻上斜坡。

項少龍和趙倩卻是充耳不聞，完全迷失在那種親密渾融、銷魂蝕骨的醉人接觸裡。喊殺和箭矢劃破空氣的聲音，潮水漲退般起落著。

項少龍放開了趙倩，微微一笑道：「得此一吻，我項少龍有信心保護公主直至地老天荒。」

趙倩心神皆醉時，項少龍早沒入營後的黑暗裡。

北風呼嘯。

項少龍施展渾身解數，純靠記憶、感覺，沿早先繫下的繩索，攀過峭壁，神不知鬼不覺地落到敵軍一側，再神不知鬼不覺地往賊營潛去。

他曾受過二十一世紀最嚴格的軍事訓練，如此黑夜偷營，實乃小兒科之極的事。不用負上近百斤重的戰甲，他活像鳥兒長出了翅膀，閃騰移動時迅若狸貓，直抵敵陣的大後方。

賊兵結的營陣叫「土方陣」，形成由內至外共五層的大小方形。放糧物的營區位於後方，設有兩個大圍欄，關著數百匹戰馬。

那邊的情勢愈趨緊張激烈，賊營這邊卻愈安詳寧靜，燈火黯淡。看來尚未輪到攻山的賊兵，正盡量爭取休息的時間。

項少龍心中暗笑，項某可保證你們今晚將好夢難圓，有的只是一個殘忍現實的噩夢。

留心觀察後，賊軍的營地保安鬆弛，甚至有守兵坐下來打瞌睡。

當他到達馬柵時，更覺好笑，原來十二個值夜的賊兵竟圍在一起賭錢，興高采烈，像完全不知那邊敵我雙方正陷於緊張的膠著狀態中。

只要解決這十二個小賊，他就可以放火燒糧燒營。問題是怎樣可殺掉這十二個驃悍和有豐富作戰經驗的賊兵，而又不讓任一人逃掉？項少龍大感頭痛。

此時其中一個人朝他走來。

項少龍先是嚇了一跳，幸好看到那人邊走邊解褲頭，知道對方要幹甚麼勾當，忙閃往一棵樹後。

那人剛步入林內，刃光一閃，咽喉微涼，登時了帳。

項少龍收起飛虹劍，脫掉那人的外甲，披在身上，大模大樣走過去，直來到其中兩人身後，探手抓緊他們的頭髮，大力扯得兩人頭顱猛撞在一起，然後兩掌揚起，迅疾無比地劈在另兩賊頸側處。

這兩下手法一氣呵成，乾脆俐落，當四人倒下，其他七個賊兵方醒覺發生了甚麼事。刃光閃處，項少龍手執飛虹劍，躍上臨時當作賭桌的石頭，割破另三個人的咽喉。

「砰！」

一腳蹴出，命中剛把刀子拔出了一半的另一名大漢面門，把他踢昏。剩下的三名賊子魂飛魄散，分往兩旁滾開去。

項少龍心中暗笑，飛虹脫手而出，貫背擊殺其中一人。另兩人見他丟了武器，拔劍撲回來。項少龍探手腰間，拔出兩枝飛針，手腕一振，飛針電掣而出，插入兩人眉心。當他們屍體著地時，項少龍早拾回飛虹劍，沒入黑暗裡。

喊殺聲更趨激烈，檑石聲「隆隆」作響，可見敵人已攻近斜坡頂，成胥等不得不放下檑石，衝擊攻上來的敵人。

這時項少龍成功拆毀後方的馬欄，忙解下大弓，穿行眾馬間，來到靠近糧營的一方。

由這個角度窺視賊營，剛好見到三丈外位於後方最外圍一排二十多個營帳，每個帳幕外都掛有風燈，在北風裡搖搖晃晃，營地裡清清冷冷，只有幾個守夜的賊兵在打瞌睡，防衛散漫。

這也難怪他們，此處乃他們後防重地，又以為項少龍的人已全被圍困在絕境裡，故而粗心大意。

今早項少龍佔地勢之利，清楚看到最後兩排四十多個營帳，均用來放置糧食，所以省卻再作探察的煩惱。

這土方陣的營地，首尾向著南北，現時吹的是北風，所以若他成功燃燒位於北端的糧營，火隨風勢，說不定很快便能襲捲整片廣闊的營地，尤其營地內仍是野草處處，極易釀成不可收拾的大火。

打定主意後，項少龍單膝跪地，先把火箭燃點，射往最接近他的糧營，他取的是營帳背營地的一面，除非火苗蔓延，否則敵人一時難以察覺。

燃著外圍的糧倉後，他又用火種點燃馬欄內餵馬的飼料，這才找上其中一匹特別壯健、沒有鞍鐙的戰馬，繞穿營地旁的疏林，兜往營地的中部。

此時營北冒起濃煙，火焰竄閃，已有部分驚覺突變的賊兵大喊救火，往那方向趕過去。更使賊人心亂的是戰馬驚嘶狂竄的聲音，一時鬧得整個營地都騷動起來。

項少龍一邊策騎緩行，一邊不住射出火箭，取的都是外圍的營房，只要外圍火起，在內圍營帳的熟睡者休想逃出生天。趁所有人的注意力集中到北端熾烈的火勢，他又穿上賊兵的戰甲，公然穿過營地，馳往另一邊的外圍處。

賊兵營地內已像世界末日般混亂，正要爭取休息時間，以作下一輪攻擊的賊子，紛紛睡眼惺忪由營內鑽出來，茫然不知發生甚麼事情。

有些則以為有敵人來襲，衣甲不整提著兵器撲出來。四處盡是狼奔鼠竄、慌忙失措的賊兵。

北端蹄聲由疏轉密，顯是戰馬受驚，由那端逃往草原去。

項少龍策騎而過，竟沒有人懷疑他，還有人呼喝他這擁有一匹馬的人，去追趕逃逸的馬兒。項少龍答應一聲，轉個圈依然馳往另一邊的外圍去，這時後方邊緣處的營帳全陷入大火裡，火勢波及四周的草樹，迅成燎原之勢。

他火箭用罄，索性拋掉長弓，拔出飛虹劍，見風燈便運劍挑破，火油落到地上，立即燃燒起來，比火箭更管用。

身後破空聲響。項少龍忙伏在馬背上，三枝勁箭擦背而過。

他哈哈一笑，一夾馬腹，早已馳遠，再挑破十多盞風燈後，發覺附近賊兵均向他趕來，不再猶豫，策馬快速遠遁，往己方營地奔去。

此時攻營的賊兵正倉皇撤退回來，慌亂下還以為大批敵人來犯，陣腳大亂。

這些賊人除灰鬍、狼人和另外四名領袖，其他全是步兵，趕回來時，灰鬍等策馬者自是遙遙領先。

項少龍藝高人膽大，收起飛虹劍，兩手拔出飛針，暗藏手內。

黑夜裡只能借助遠處的火光，看不眞切，灰鬍等還以為來的是報訊的自己人，大聲喝道：「甚麼事？」

項少龍大叫應道：「是信陵君的人！」

眾賊頭齊吃一驚，加速馳來。

灰鬍和狼人落在較後方，項少龍暗叫可惜，兩手揚起，飛針電射而出。

他腕力何等厲害，兼之飛針尖長，穿透力驚人，破胸甲而入，策馬奔在最前面的兩名賊兵領袖立時中招。

兩賊尚未倒下，項少龍又拔出兩根飛針，在兩人間穿過，擲往後排兩人。

灰鬍和狼人同時驚覺不對勁，大喝聲中取出長劍，策馬由兩側繞來。

這時前排兩人已在慘叫聲中翻倒馬側，項少龍無暇取出飛針，一手策馬，另一手拔出飛虹劍，往左側來的狼人迎去。

狼人一聲暴喝，藉健馬衝刺之勢，一劍照臉劈來。

項少龍一聲長嘯，舉劍擋格，同時側傾往外，借勢飛起一腳，撐在狼人腰際處。這一腳乃由泰國拳改良出來的側踢，勁道十足，狼人一聲慘嘶，跌下馬背。

此時後排兩個中了飛針的人才掉在地上，發出兩聲沉響。

戰馬失去了主人，受驚下跳蹄狂嘶，其中一馬鐵蹄下踏時，正好踹在倒地的狼人的胸膛處，骨折肉裂的聲音立時爆起，把這凶人當場踩死。

項少龍繞著兩匹馬轉了一個圈，乘隙拔出另一根飛針，趕到灰鬍背後。灰鬍見情勢不對，掉轉馬頭，朝陷進大火的營地全速奔逃。

項少龍扯掉賊甲，減輕重量，狂追過去。

他這匹馬負重比灰鬍那匹至少輕百來斤，兼之特別壯健，轉眼追到離灰鬍七、八個馬身後。

項少龍一聲不響，投出飛針。哪知灰鬍見逃不掉，索性勒馬回身，剛好避過飛針。

這處恰好是由山上撤回來的賊兵和著火賊營的中間，四周無人，變成一對一的局面。

灰鬍持劍反殺過來，大喝道：「來者何人？」

項少龍大笑道：「還不是你的老朋友項少龍。」

鏗鏘聲中，兩人擦馬而過，互攻三劍，誰也沒佔到便宜。

項少龍想不到他膂力既強，劍術又精，掉轉馬頭時，純以雙腿控馬，右手飛虹劍，左手拔出飛針。

這些天來他大半時間在馬背上度過，使他的騎術突飛猛進，早非當日的吳下阿蒙。

灰鬍乘機取出弩弓，以迅速的手法裝上弩箭，「嗖」的一聲向他勁射一箭，長劍則咬在嘴上。

項少龍一直以來的訓練都是閃避槍彈，哪會懼怕他的弩箭，往側一閃，避過來箭，一夾馬腹，加速前衝。

灰鬍想不到他能避過必殺的一擊，大駭下將空弩往他擲來，伸手取過大口咬著的長劍。

項少龍飛起一腳，踢掉擲來的空弩，飛虹劍閃，橫掃灰鬍胸膛。

「噹」的一聲激響。

灰鬍雖險險擋著此劍，但因自己是倉卒招架，對方則蓄勢而發，又藉馬兒前衝的力量，整個人被劈得翻仰馬背上。

項少龍一聲暴喝，反手擲出飛針。

「叮」的一聲，飛針雖射中灰鬍，可惜卻是射在他堅硬的頭盔，反彈開去。

項少龍知道形勢危急，若這樣任由兩馬往相反方向錯開，將沒有可能再在離賊營的短程裡趕上這凶人；行個險著，離馬後翻，凌空打個觔斗，飛虹劍脫手飛出。

這時灰鬍剛坐直身體，兩腳夾著馬腹，給項少龍那鋒利無比，來自越國巧匠精冶的飛虹寶劍貫背而入，把他當場刺死。

馬兒狂奔而去，十多丈外，灰鬍的屍身終翻跌馬下。

項少龍安然著地，趕了上去，拔回飛虹劍。己方營地處殺聲震天，顯是成胥等見賊人潰不成軍，乘勢殺出陣來。

項少龍豪氣湧起，割下灰鬍的首級，不理流著的鮮血，提起首級，飛身上馬，迎著退回來的二千賊兵趕去，大叫道：「灰鬍死了！灰鬍死了！你們快逃！快逃！」

那些持著火把趕回來的賊子，因後有追兵，早心慌意亂，又見前方來人手提灰鬍首級，還以爲來了強大的敵人，哪敢逞強，一聲大發喊，往四外逃去。

兵敗如山倒，後邊的賊兵哪知發生甚麼事，連鎖反應下，也亡命奔逃。

二千多人，不戰而潰。

項少龍轉瞬與殺來的成胥等大軍相遇，全軍歡呼震天，往成了一片火海的敵陣殺去。

賊兵既失領袖，又被燒掉營帳，丟失馬匹、糧食，誰還有心戀戰，都望風而逃，項少龍率領眾兵將衝殺直至天明，大獲全勝。

是役斬賊過千，項少龍方只五人陣亡，傷一百五十多人。以不足一千的兵力，破敵人過萬大軍，傷亡如此輕微，實屬難以想像的奇蹟，確立了項少龍在戰場上的地位。

不過亦勝得很險。賊營起火時，灰鬍的人已清除斜坡上所有障礙，塡平陷坑，正要發動越壕之戰，因己陣告急，才撤退下去。

那些木柵反成賊兵撤離的障礙，被滾下的檑石和居高下射的箭矢殺得血流成河，儼若人間地獄。灰鬍和狼人的首級浸在藥酒裡，由輕騎抄捷徑送回去給趙王，讓他向國人顯逞威風。

這也是項少龍對抗趙穆的心理攻勢，使趙王愈來愈感到他的重要性，異日若因趙倩的事出岔子，仍有商量轉圜的餘地。

當項少龍回抵營地時，除更添嫉恨的少原君託病不出外，連平原夫人都出來歡迎他凱旋歸來，更不用說趙雅、趙倩等諸女了。

自古美人愛英雄，眾女眼睛望向他時，那種迷醉崇敬之色，教他似飄飄然置身雲端。

在二十一世紀，這種情況幾乎不可能出現，一切都是集體的配合和行動，個人只是組成整體的一枚小螺絲釘。

但在古戰國的年代，則充滿個人色彩的浪漫英雄主義，故此才有商鞅此類扭轉整個時局的人物出現，又有廉頗這種絕代名將叱吒沙場。

項少龍卻名副其實是超時代的產物，擁有現代化的軍事知識和訓練，故能屢施奇兵，破敵取勝。

滿腹詭計的平原夫人登時對他刮目相看，轉動著其他的念頭，如此人才，倘浪費掉實在太可惜了。

項少龍多處受傷，被趙雅和趙倩硬拖到帥帳裡，爲他洗擦傷口、敷上傷藥。

雅夫人見趙倩對項少龍只穿短褌的身體毫不避嫌，大感奇怪，又心中擔慮，若兩人糾纏不清，肯定禍患無窮。

趙倩心痛地道：「痛嗎？」

被兩個嬌滴滴美人兒的玉手撫在身上，差點舒服得呻吟起來，項少龍以微笑回應，躺在蓆上，迷糊間，帶著兩女的香氣沉沉睡去。

第三十章　三晉合一

大勝灰鬍後，項少龍仍在那裡逗留近十天。

這時傷病者都在令人樂觀的康復中，各人商量後，怕魏人再耍手段，決定不等關樸的救兵，自行上路，最好當然是於半途遇上救兵。

有了這決議，項少龍往見平原夫人。她的家將對他態度大改，敬若神明。

項少龍早從雅夫人處得悉，自平原君逝世後，他遺下的三千多家將、食客，均不看好少原君，紛作鳥獸散，最後剩下不到五百人。趙王若非念在他們與信陵君的關係，亦不會縱容少原君，使他成爲在邯鄲橫行的惡霸。

這些家將大部分是趙人，對魏國無甚好感。此時逐漸覺察到平原夫人等回到魏國後，可能再不會返趙國，所以均人心思變。而項少龍則是最理想的投靠對象，一來因他是烏家孫婿的背景，更重要的是看到他正義的爲人和驚天地泣鬼神的劍術與膽略。

在這時代，只要是強人，便有人依附和追從，而項少龍正是這樣一個如日之初昇的強人。食客和家將，代表的正是本身的實力。當年信陵君能奪晉鄙的兵符對付秦人，便是因爲本身有數千家將。現在平原家的人對他態度大改，乃最正常不過的事。

在平原夫人的帳外，他遇到痊癒得差不多的少原君，後者看也不看他一眼，逕自去了。

項少龍暗忖好小子，我不去找你麻煩，可算你祖宗有福，竟然給我臉色看。

自重創少原君後，他對少原君的仇恨淡多了，但碰上他這種仇視的態度，不由勾起舊恨。

帳內，平原夫人蜷臥蓆上，肘枕軟墊，一副慵懶誘人的風情和姿態，害得項少龍的心兒忐忑地跳著。

她生少原君趙德時年紀當不會超過十五歲，所以雖有個這麼大的兒子，她仍只不過三十許人，恰是女性最有韻味、風情和需要男女歡好的時刻。

與這種成熟女性的交往，必然是肉體滿足的追求，不像少男少女般充滿憧憬和幻想，而轉趨爲實際的利益。所以當看到平原夫人這媚樣兒時，分外使他想到男女之事。但他反而規矩起來，老老實實在她腳側坐下。

平原夫人淡淡道：「項少龍，你是否想不待援軍，立即上路？」

項少龍一愕道：「你猜到了！」

平原夫人白他風情萬種的一眼道：「不是猜，而是從你的性格推想出來的，因爲你絕不是那種放棄把主動權握在掌心的人。」

項少龍有點招架不住，苦笑道：「夫人似乎對我改變了態度，不但不防備我，還似在引誘我哩！」

平原夫人「噗哧」笑起來，再白他一眼道：「你自己心邪吧！不過我卻不是要引誘你，而是希望和你懇誠一談，因此態度有變，是很自然的事。」

項少龍故作驚訝道：「這樣說，夫人一直都不是以坦誠待項某了。」

平原夫人坦然道：「可以這麼說，因爲那時我還看不透你，到你大破灰鬍的大軍後，我才知道你是個絕不會受人操縱的人，而你亦有足夠的智慧、能耐做到這點。」

項少龍苦笑道：「你把我弄糊塗了，我怎才知你甚麼時候說的話是眞，甚麼時候說的話是假？或者你只是改變了對付我的策略？」

平原夫人沒有答他，奇兵突出地道：「你知否安釐爲何要破壞趙、魏這個婚約？」

項少龍搖頭。

平原夫人眼中射出緬懷傷感的神色，緩緩道：「這要由十二年前說起，那是長平之戰前三年，趙倩只有三歲。」

項少龍現在對當時的歷史已頗爲熟悉，聞言道：「夫人說的當爲秦昭王派殺人王白起攻韓的事。」

平原夫人失笑道：「『殺人王』？哼！此綽號倒很適合這個滿手血腥的凶徒。」

歎一口氣續道：「秦人若要東侵，首當其衝的就是我們三晉的魏、趙、韓。身受其害之下，感受特別深刻。爲此三晉最有權勢的三個大臣，秘密私訂一個協議，就是要在有生之年，使分裂的三晉合而成爲一個強國，像以前的大晉般，只有這樣，才能擊敗秦人，成爲天下至尊。」

項少龍一震道：「原來竟有這般想法。」

平原夫人岔開話題道：「你知否我爲何要嫁給平原君？」

項少龍暗忖當然是因你以爲平原君可篡位自立吧！口中卻說：「那是否另一項政治交易？」

平原夫人漠然道：「大概可以這麼說吧！卻亦是協議的一部分，就是利用王族間的通婚，拉近各國君主的距離。」接著微笑道：「但最主要的原因，是我和無忌兩人對趙國有很大的寄望，長平一役之前，趙人擁有天下最精銳的雄師和名將，所向無敵，趙國更是第一個棄車戰而改以騎兵為主的國家。」

無忌就是信陵君的名字。

在春秋之際，純以車戰為主。戰車乃身分和實力的象徵。改車為馬，實是一項劃時代的改革，也改變了戰爭的形式。

趙國因與強悍的匈奴接壤，長年累月的交戰經驗下，使趙人深切體會到這些以騎射為主的游牧民族軍隊，實擁有更大的靈活性和來去如風的攻擊力，所以才捨棄以戰車為主，那中看不中用的作戰方法。

平原夫人黯然道：「可是長平一役，驚碎了我們的美夢，卻更使我們相信生存之道，唯一的希望是使分裂了的三晉重歸於一。也只有這樣，才可避免互相間的傾軋和戰爭。」

項少龍道：「那三個大臣，魏國的當然是信陵君，趙國則是平原君，韓國的又是誰呢？」

平原夫人道：「我不想說出來，總之他們運用影響力，為三國定下連串婚約，趙王后正是韓人，信陵君則娶趙女為妻，今次趙倩嫁給魏國的儲君，正是協議裡至關重要的一環。」

項少龍恍然大悟，拍腿道：「定是安釐王風聞此事，怕三晉合一使他失去王位，才如此不惜一切破壞婚約。可是他身為魏國之主，要悔婚一句話便成，何用費這麼多心力？」再冷冷看著她道：「為何夫人又要壞趙倩的貞操？」

平原夫人俏臉微紅道：「可否不和我算舊帳呢！」

接著幽幽一歎道：「現在形勢已變，平原君的早逝，使趙國大權旁落到趙穆這狼子野心的人手裡，信陵君因而被迫返回魏國，與安釐這昏君展開新一輪的鬥爭，趙倩的婚約早失去原本應有的意義。」

她又沉思頃刻，鳳目深注著項少龍道：「實際上誰都不講信用，外表上卻誰都扮作以誠信治天下、道貌岸然的樣子，安釐這昏君屢屢失信於國內國外，怎能再次失信於趙人。況且他對無忌非常忌憚，豈敢公然悔約。」頓了頓低聲道：「對付趙倩只是其次的事，他眞正想除去的人是我。他知道當我和無忌合起來，對他會構成很大的威脅，因爲我有無忌所沒有的狠和辣。」

沒有人比項少龍更明白她最後這句話了，對視著她閃閃生輝、細長而嫵媚的鳳目，沉聲道：「夫人爲何忽然肯對我推心置腹，說出天大的秘密來呢？」

平原夫人玉腿輕移，貼到項少龍股側處，俏臉升起兩朵紅暈，柔聲道：「因爲我從你身上看到新的希望，除非你永不返回趙國，否則必須和趙穆展開生與死的鬥爭，若你能除去趙穆，甚或取而代之，那三晉重合便再次變成有可能的事。」再低聲道：「但這仍非最重要的原因，項少龍你想聽下去嗎？」

項少龍大感頭痛，茫然不知她是否只是以另一種計謀來對付他。那晚偷聽她母子對話時，平原夫人予他那毒若蛇蠍的印象實在太深刻。而且她這麼寵縱兒子，怎會對兒子的仇人毫無保留地動情和委以心腹？

他暗忖你要和我玩遊戲，我就奉陪到底。伸手放到她大腿上輕柔愛撫，看著她眼睛道：「當然要聽！」

平原夫人俏目泛上一層動人的雲彩，垂首看著他充滿侵略性的手，輕輕道：「因爲人家想向你投降，乞求你的愛憐。」

項少龍上前封住她的香唇，大手同時攻城掠地，不下片晌，平原夫人全身劇烈抖震著，唇舌因情慾緊張而寒如冰雪，那種無可掩飾的生理反應，教項少龍慾火大熾。

一聲冷哼，由帳外傳來。兩人嚇得分了開來，往帳門看去。

少原君掀簾而入，雙目閃著近乎瘋狂的憤恨和怒火。

他們同時想到少原君其實早進來看到兩人的親熱情況，只是再退身出去，以冷哼驚醒他們，然後又扮作甚麼都沒看到似的進入帳內。

項少龍心中湧起報復的快意，不待少原君說話，長身而起道：「今晚我們趁夜行軍，夫人請準備一下。」看也不看少原君，逕自離開。

項少龍現在明白了很多以前有若藏在迷霧裡的事，例如田單之所以派出囂魏牟來破壞魏、趙之間的通婚，正是因爲不想有三晉合一的局面出現，那不但對秦國不利，亦威脅到齊國和其他國家。

三晉雖不同姓，但始終曾共事舊主，比起別國自然更親密靠近多了。

當年信陵君不惜盜虎符、竊軍權，正是要保存趙國，希望有一天三晉能重歸於一，成爲最強的國家。

但陶方曾說過魏人最不可信，平原夫人縱然對自己或有三分眞情誠意，於信陵君來說，他頂多是只有用的棋子。而更影響自己決定的，是他知道三晉根本不會重合爲一，這早清楚寫在史書上。他能改變歷史嗎？

「兵衛大人！」

項少龍循聲望去，原來是趙倩兩個貼身婢女裡的翠桐。

這兩個陪嫁的俏婢均生得非常秀麗出眾，比趙倩大一、兩歲，約在十七、八歲之間。

翠桐俏生生地攔著他垂首道：「三公主有請大人。」

十多天來，項少龍和趙倩兩人郎情妾意，早打得火熱，除未逾越那最後一關，甚麼男女親熱的動作都嘗過做過，忍得不知多麼痛苦。所以這兩天他們反克制起來，不敢太過放肆，免得鑄恨難返，給別人捉著他監守自盜了這年輕美麗的三公主的罪名。

趙倩見他來到，欣喜地把一個親手縫製的長革囊送給他，道：「這是人家特別爲你的木劍做的，倩兒最不歡喜兵刀這類凶物，只有項郎的木劍是例外。」接著厭惡地盯著他腰間的飛虹劍一眼。

項少龍貪飛虹劍輕快，所以愛把它隨身攜帶，見美人情重，摟著她纖腰吻了她香嫩的臉蛋，笑道：「連越國名劍都看不入眼嗎？」

趙倩橫他一眼道：「越劍型質高雅古樸，但因它乃趙穆贈你之物，睹物思人，所以我不想見到它。」

項少龍訝道：「原來你不歡喜趙穆。」

趙倩兩眼一紅道：「我不但恨他，更恨父王。」

項少龍將她擁入懷裡，移到一旁，和她坐在蓆上道：「趙穆對你有不軌行爲嗎？」

趙倩伏入他胸膛裡，幽幽道：「我與魏人有婚約，他尚不敢如此放肆，倩兒的娘卻是因他而死。」

項少龍一震，失聲道：「甚麼？」

趙倩熱淚湧出，緊摟著項少龍道：「項郎爲倩兒作主，替我把這奸賊殺了。」

項少龍爲她拭去淚珠，柔聲道：「你先告訴我你娘是怎樣被他害死的。」

他一直沒有問及趙倩有關宮內的事，還以爲現在的趙王后是她的生母。

趙倩淚眼盈盈淒然道：「那時倩兒的親娘乃父王最寵愛的妃子，一晚趙穆和父王把娘召進寢宮，次日娘便懸樑自盡，倩兒才只十歲，但那情景卻永遠都忘不了，娘死得好苦啊！」再次痛哭起來。

項少龍想不到這美麗得絕無瑕疵的公主，竟有這麼悽慘可怕的童年，任她痛哭洩出仇怨，撫著她香背，心中湧起不能遏抑的怒火。

趙穆和孝成王兩人眞是禽獸不如的傢伙，竟在宮幃裡玩這種變態的色情勾當，由此推之，宮內還不知有多少受害者。

王宮實是個最藏污納垢、不講倫常的地方。唯一改變淫亂風氣的方法，就是由自己來把天下統一，再確立新的法制。

他記起墨家最後一個偉人元宗的話。當日他和元宗討論起這時代的思想，項少龍提到孔子，元宗不屑地道：「他只是不肯面對現實，終日思古憂今，只知擁護傳統，不辭養尊處優之人。提倡所謂的禮樂，令諸國君主更窮奢極侈，把國人的財富變成一小撮人的私利。他又只尙高論，不明實務，更不知行軍打仗之竅，最可惡者是鄙視手藝，對欲學農技的弟子樊遲便有『小人哉』之譏。」

項少龍當然沒有反駁他的識見，不過亦知墨、孔兩家的思想實處於南轅北轍兩個極端。墨子不但是著名的戰士，還是孔子鄙視的巧匠。他胼手胝足，以禮樂爲虛僞浪費奢侈，還有最大的分別，就是孔子的學說有利傳統君權，而墨子卻是一種新社會秩序的追求者。

沒有統治者會喜歡墨翟的思想，這亦是孔子日後被捧上神壇的主因。

項少龍從元宗口中，始知道「儒」這一名詞在當時並非孔子的信徒所專用。所謂儒者，最初實乃公室與氏室所祿養的祝、宗、卜、史之類，主家衰落後流落民間，藉著對詩、書、禮、樂的認識，幫助人家喪葬祭祀的事務，又或教授這方面的事，以賺取生活費用。到孔子提出「君子儒」的理想，「儒」始變成他們的專稱。

每一種學說，代表某一種政治思想。對項少龍來說，墨翟的思想比較合他的脾胃，不過當然不是全盤接受。

趙倩哭聲漸止，見他默然無語，忍不住喚道：「項郎！」

項少龍捧起她的臉蛋，親了幾口後道：「不用怕！以後有我保護你。」

趙倩淒然道：「我不想回趙國。」

項少龍一呆道：「你想留在魏國嗎？」

趙倩嬌嗔道：「當然不是，只要能隨在你身旁，甚麼苦我也不怕。」接著飲泣道：「假設回到趙宮去，沒有了婚約，趙穆定不會放過我，那時倩兒惟有一死以報項郎。」

項少龍皺眉道：「他眞會這樣橫行無忌嗎？妮夫人不是在他魔掌外安然無恙？」

趙倩道：「妮夫人怎同哩！她公公乃趙國名將趙奢，軍中將領大部分來自這系統，所以即使是趙穆亦要對她投鼠忌器，不敢強來。但我趙倩的身分全賴父王的賜予，他不維護人家，倩兒便呼救無門了。」

項少龍安慰道：「有我在哩！」這才知道趙妮嫁的原來是趙括的兄弟，難怪趙妮和雅夫人關係如此密切。

趙倩歎道：「趙穆最懂用藥，若他有心得到我，倩兒根本想拒絕都辦不到，惟有學娘那樣！」悲從中來，再次痛哭。

項少龍心中燒起熊熊仇恨的火焰，爲了趙倩，爲了舒兒的血海深仇，當他再回趙國時，就是他和趙穆決一生死的時刻！他會不擇手段地打擊這奸賊，就算要借助信陵君和平原夫人，亦在所不惜。

離開趙倩後，回到帥帳。成胥和烏卓兩人正在等候，與他商量往封丘去的路線。

與平原夫人一席話後，使他茅塞頓開，很多以前不解的事，現在豁然而通。若能回到二十一世紀，定可成爲戰國史的權威。

三家分晉，變成韓、趙、魏三國，諷刺的是這三個國家無時無刻不在希望重歸於一，問題只是由誰來當一國之主而已！

最直接的方法就是侵略和征服。首著先鞭、風頭十足的是魏國，連邯鄲都攻破，並佔領兩年，後因齊國的壓迫才退兵。齊國當然非對趙人特別有好感或見義勇爲，只是齊國最恐懼的是三晉合一，因爲在那形勢下，第一個遭殃的，當然是緊靠三晉的齊國了。

後來魏國遭到馬陵之戰的大敗，十萬雄師，一朝覆沒，連主帥太子申和大將龐涓都送了命，自此一蹶不振。

馬陵之戰之於魏國，有點像長平之戰之於趙人，均是影響深遠。

各國因深恐三晉合一，所以趁其頹勢，連連對魏用兵，齊、秦、楚接二連三予它無情的痛擊，魏國再無法以武力統一三晉。

可是秦人的威脅卻日益強大，於是三晉最有權勢的三個大臣，密謀通過婚盟等等手段，希望以和平的方式使三晉合一，細節當然只有他們才知道。但齊國仍無時無刻不在監視他們，所以田單派來囂魏牟破壞這次通婚。

現在項少龍幾可肯定囂魏牟不會放過他們。

囂魏牟可不比灰鬍這種半賊半兵的烏合之眾，而是職業殺手，有點像他來此之前的特種部隊，專門深入敵後從事偵察、顛覆、破壞和暗殺等行動，非常難以應付。所以他們更要早點和援軍會合，那時他們才眞的安全。

第三十一章　烈火克敵

今年的霜雪來得特別遲，草原上仍是綠草如茵，大小湖泊星星點點綴於其上。

這片沃土位於黃河支流與主流間，濮水貫穿而過，由這兩大水系分出百多條河流灌溉沃土，長短河流銀線般交織在一起，牧草茂美，處處草浪草香，地跨芳甸草原，是森林草原和乾草原的混合地帶。

大隊車馬在直伸往天際、仿若一大塊碧綠地氈的平坦草原緩緩推進。雖是沃野千里，但仍是塊未開發的土地，只居住了少數的牧民，他們各有自己的生活方式，像趙境內漂亮的白夷族，我行我素，並不接受政府的管束。

這處盛產牛、馬和鹿。穿行其中，不時見到牠們結隊在遠處奔馳或徜徉吃草。但此原始區域，亦是猛獸橫行的地方。最可怕的是野狼群，不時追在隊伍的前後方，一點都不怕人。

項少龍派出十隊五人一組的偵察隊伍，探察遠近的原野，以免給敵人埋伏在長草區或灌木林內。

三天後，地勢開始變化，眼前盡是綿延起伏的丘陵，雜草大量生長，鋪滿地榆和裂葉蒿，大大拖慢他們的行程。

項少龍大感不妥，以囂魏牟凶名之著，若真是「盛名之下無虛士」，絕不會無知到連他們大戰灰鬍之事都茫然不知，至少也抓得著幾個「逃賊」來拷問，從而掌握到他們的行蹤。

假設推論正確，那囂魏牟定是一直跟蹤他們，等待最佳下手的時機。他們會在哪裡動手？

至正午時分，答案終於出現，那是橫亙前方的一座大山，唯一的通路是長達三里的一道狹隘山谷。

項少龍看得眉頭大皺，沉吟片晌，召成胥、烏卓和查元裕來，道：「假若我猜得不錯，囂魏牟和他的人定在峽谷裡等待我們。」

成胥點頭道：「探子的回報說，若有人埋伏兩邊崖壁上，只是擲石便可使我們全軍覆沒。」

查元裕苦著臉道：「這裡處處丘巒草樹，敵人若在上風處放火，只是那濃煙便可把我們活活嗆死。」

項少龍笑道：「濃煙只能對付沒有預備的人，元裕你立即發動全部人手，將這個山頭和斜坡的草樹全部除去，又在坡底挖掘深坑，引附近的溪流進坑裡，把營地團團圍著。山頭則聯車爲陣，保護營地。同時營地裡準備大量清水，每營至少兩桶，每人隨身帶備布巾一類的東西，遇上濃煙時，沾水後蓋在臉上，便可不怕煙嗆。」

查元裕正要行動，項少龍又把他喚回來，道：「吩咐所有人把戰甲脫下，免得影響行動！」

查元裕領命去了。

項少龍和成胥、烏卓研究一會兒後，正要去找趙雅、趙倩，少原君在幾個家將陪同下，氣沖沖趕來道：「項少龍！爲何停在這麼危險的地方？怎樣對抗敵人的火攻？」

項少龍冷冷道：「你喜歡的話，便自己過峽谷吧！恕我不奉陪。」

少原君雙目差點噴出火來，沉吟一會兒後，當然不敢冒險，改口道：「進既不能，理應後撤至安全地方。」

烏卓忍不住道：「尚有三個時辰日落，山路難走，若撤至進退不得的地方，不若……」

少原君怒喝道：「閉嘴！哪有你這奴才插嘴的資格。」

烏卓臉色大變，手按到劍把上。

項少龍一手搭上烏卓的肩膊，微笑道：「公子弄錯哩！烏卓是我的戰友，他的話便等若我的話。」

成胥也冷笑道：「誰說的話有道理，我們便聽誰的。」

少原君氣得臉色陣紅陣白，怒氣沖沖地走了。

烏卓感激道：「能和孫姑爺並肩作戰，實是生平快事。」

項少龍親切地拍拍他，才放開他的肩膊，望著峽谷道：「只要守過今晚，我有把握對付囂魏牟佈在峽谷上的伏兵。」

成胥道：「照我估計，囂魏牟的人手絕不會比我們多，否則早在路上對我們強攻。」

談了一會兒，項少龍往見雅夫人。

小昭等剛豎起營帳，見他到來，紛紛向他施禮。

看著這些如花似玉的少女，項少龍心懷大暢，和她們調笑後，入帳見雅夫人。

雅夫人欣然迎上前去，與他擁坐蓆上，道：「少龍！有些說話雅兒不吐不快，請勿見怪！」

項少龍笑道：「想問我和趙倩的關係，放心吧！她仍是處子之身。」

雅夫人道：「可是你挑起她的情火，她怎肯嫁到魏國去，我們還到大梁幹甚麼呢？」

項少龍淡淡道：「自然是去偷《魯公秘錄》哩！」

雅夫人嗔道：「少龍！」

項少龍失笑道：「我知你想說若信陵君明知我們要去偷他的《秘錄》，自不會教我們得手，是嗎？」

雅夫人狠狠地在他肩頭咬一口，氣得說不出話來。

項少龍安撫道：「信任你的夫君吧！在這爾虞我詐的時代，只可隨機應變，說不定魚與熊掌，兩者兼得。嘿！我好像很久沒有和你行房了。」

雅夫人媚聲道：「是沒有『行營』，哪來『房』呢？」

項少龍尚未有機會回答，小紫的聲音在外喚道：「成副將有請項爺立即出去！」

項少龍歎了一口氣，向雅夫人道：「定是少原君這傢伙又鬧事了。」

不出所料，少原君召集家將，一意孤行，要自行撤離這山頭。

項少龍到達時，平原夫人正苦口婆心地勸愛兒打消這念頭。

少原君見到項少龍，更是怒髮衝冠，暴跳如雷道：「我才不陪蠢人送死，這裡山林處處，敵暗我明，我們能守多久？只有對軍事一無所知的愚人，才會做這和自殺相差無幾的蠢事。」

平原夫人氣道：「你有甚麼資格批評人呢？你能破灰鬍的大軍嗎？那天灰鬍攻來，你除了躲在帳內，做過甚麼出色的事？」

少原君想不到母親當眾揭他瘡疤，面子哪掛得住，點著頭道：「好！現在你完全站在外人處了，還反過頭來對付自己的兒子，由今天開始，我再沒有你這種娘親。」

「啪！」

平原夫人怒賞他一記耳光，渾身抖顫道：「你給我再說一次！」

少原君撫著被打的一邊臉頰，眼中射出狠毒的神色，眼珠在她和項少龍身上打幾個轉，寒聲道：「有了姦夫，還要我這兒子做啥！」舉臂高嚷道：「孩兒們！要活命的隨我去。」

平原夫人氣得臉無血色，怒斥道：「誰也不准隨他去，這個家仍是由我作主，何時輪到他說話。」

眾家將一言不發，誰都知道沒有人會隨少原君冒險離去。

平原夫人冷冷看少原君一眼，道：「你若不給我叩頭認錯，休想我原諒你。」嬌哼一聲，回營去了。

項少龍看都不看僵在當場的少原君，命令道：「若要活命，立即給我去工作。」

眾家將齊聲應諾，不理少原君，各自斬草砍樹去了。其他人一哄而散，只留下少原君一人獨立山頭，孤身無助。

日落西山，大地昏沉，寒風一陣一陣由西北方拂來。項少龍這方全軍戒備，枕戈待旦，營地只有幾點燈火，淒清苦冷。

項少龍、成胥和烏卓三人坐在外圍的一輛騾車上，觀察四周的動靜。硬物墜地的聲音在另一方的山頭傳來。三人大感振奮，終於肯定敵人就在當前，證明了項少龍的推斷。墜地的聲音乃因敵人碰上他們設下的絆馬索。

要知直到這刻之前，對敵人的存在仍純屬揣測，沒有任何實質的支持。只是推論若有敵人，則他們必是藏身峽谷中，而這裡終是魏人之地，故囂魏牟不得不速戰速決，趁天黑到來發動襲營。

若要夜襲，這種地方最利火攻，而火攻則必須先佔上風的地利，故此敵人定要離開峽谷，潛往與峽谷遙對的一方，營地另一邊的山頭。

所以他們針對此點，在營地兩側外的山野設下絆馬索，敵人若被絆倒，發出聲音，便可把握到黑暗裡敵人推進至甚麼位置。

墜地和悶哼聲連串響起。

項少龍大笑而起，高喊道：「囂魏牟，你中計哩！放箭！」

營地火光亮起，數百枝火箭勁射高空，分別遠遠投往兩側和峽口的方向，只餘下上風之地。

一時火苗四竄，乾燥的山林迅速起火，順著風勢由兩側往峽口的方向蔓延過去，把摸黑而來的敵人全捲入火舌裡。原來項少龍早命人在林木上先灑遍燈油，眞是一觸即發。

濃煙冒起，大部分均往峽谷方向送去，只有少部分飄往營地。

眾人忙取來濕巾，蒙在臉上，遮掩口鼻。

慘叫和驚呼聲響個不停，敵人手足無措，怎想得到項少龍先發制人，反以火攻來對付他們。

人影閃出，峽口處既被大火封閉，潛伏在營地四周的敵人惟有冒險往營地攻來。

趙兵見主帥的奇謀妙計再次奏效，軍心大振，萬眾一心，精神抖擻地向試圖搶過水坑、攻上斜坡的敵人亂箭射去。

毫無掩護下，兼受濃煙所熏，敵人前仆後繼地逐一倒下，只有數十人勉強越過護營的水坑，但仍無一倖免地倒斃斜坡處。

戰情完全是一面倒的局面。

項少龍見敵人縱使在這等劣勢，仍是凶悍迅捷，縱掠如飛，大叫僥倖。若是正面交鋒，縱能獲勝，己方勢必傷亡慘重，哪有現在斬瓜切菜般容易，可見智、勇兩項，缺一不可。

這時附近整個山林全陷進狂暴的火勢裡，烈焰沖天而起，參天古樹一株一株隨火傾倒，更添聲勢。

濃黑的煙直送入峽谷內，大火往內蔓延。敵人被火勢不住逼得硬攻過來，有些在衝出來前早變成火人，不用射殺亦活不成了。

本是風光怡人的山野，頓成人間煉獄。慘嚎聲不斷由火場傳來，喊聲震天。斜坡和水坑處處屍體堆積如山，血流成河。到天明時，方圓十里之地全化作焦土，火苗仍在遠處延續，幸而火勢已減弱多了。

項少龍巧施妙計，不損一兵一卒，連囂魏牟是甚麼樣子都不知道，便把敵人收拾了。正是「善戰者，無赫赫之功」。

劫後災地屍骸遍野，約略估計，最少燒死、射殺對方近千人之眾。只不知囂魏牟是否也在其中。

項少龍親自帶隊，到峽谷探路，確定沒有敵人後，立即起程，離開慘不忍睹有若修羅地獄的現場。

越過峽谷，東南行兩個時辰後，大隊抵達濮水西岸。此段河流石多沙少，流水清澈。再南下數里，一個晶瑩清亮的大湖出現眼前，湖區遼闊，水草豐美，無數大雁、野鴨、魚鷗嬉戲飛翔，把藍天白雲和瀲灩碧波連成無比動人的畫面。

眾人經過一夜的折騰，至此心懷大放，立即在湖邊紮營，起灶造飯。又有軍士撒網捕魚，充滿旅行的情趣。

雅夫人興致大發，命人在湖的一角圍起布幔，就在明澈澄碧的湖水裡嬉戲沐浴，最後趙倩和翠桐、翠綠兩婢都抵不住引誘，加入她們，內中自是春色無邊。

項少龍悠然坐在湖旁一方大石上，欣賞湖光山色，看著綠草無窮伸展，接連穹蒼，湖水則流光溢彩，碧綠迷人，一時心神皆醉。

那些兵卒也不甘人後，赤身裸體撲入湖裡，縱情暢泳，飽歷驚險後，誰可怪他們放肆。

項少龍分享他們的歡樂之際，平原夫人的聲音溫婉地在身後響起道：「少龍你爲何不下水暢泳？」

項少龍回頭看去，笑道：「若夫人肯和我鴛鴦戲水，下屬自當奉陪。」

平原夫人俏臉微紅，到他身旁坐下，幽幽一歎道：「我愈來愈佩服你，若長平一戰是你做主帥，保證死的四十萬人不是趙人而是秦兵，整個形勢亦會改寫。」

項少龍挨了過去，碰著她的香肩，嗅著她的芳香，謙虛道：「夫人過譽了，偶有小勝，何足掛齒。」頓了頓問道：「少原君怎樣了？」

平原夫人玉臉一寒，咬牙切齒道：「不要提那沒用的畜生。」接著無奈歎了一口氣，欲語無言。

項少龍愕然道：「他竟敢不向你叩頭認錯嗎？」

平原夫人別過頭來，深深地看著他道：「叩頭認錯有甚麼用？我一向已對先夫不大滿意，豈知這畜生更遠不如他。」接著垂下螓首，紅著臉道：「少龍！你肯否給我一個孩兒，只要他有一半像你，妾身已心滿意足。」

項少龍先是虎軀一震，繼而大喜道：「到此刻我才眞正感受不到夫人對我的敵意。」

平原夫人的俏臉更紅，輕輕道：「這是你以本領賺回來的，連番目睹你鬼神莫測的手段後，我再不想成爲你的敵人。」

項少龍探手過去，抓起她的柔荑道：「那你是否想成爲我的女人呢？」

平原夫人眼中射出無奈的神色，輕歎道：「現在我甚麼都不想瞞你，今次我返回魏國，早安排好改嫁一名握有兵權的大將，這是不能更改的事。你……你怪我嗎？」

項少龍反鬆了一口氣，事實上他對這女人只是有慾無情，一直抱著玩弄的心態。一方面藉此報復少原君害死素女的仇恨，也是一種求生的手段，所以怎會因此怪她。表面當然扮作傷感地歎一口氣，失望之極的樣子。

警報聲起。項少龍愕然望去，只見遠方地平線上塵頭大起，一隊人馬往他們馳來。

平原夫人反手握緊他，喜形於色道：「關樸的援兵來哩！」

第三十二章　身陷險地

魏都大梁位於黃河南岸，乃洛水、濊水、睢水、丹水、鴻溝等數大河系匯集之處。魏人又先後開鑿大溝、梁溝兩大人工護河，團團保衛著大梁，成天然屛障，令這偉大的都城更是易守難攻，穩如泰山。

魏國處於當時中原的中心處，北貼趙，西靠韓、秦，東鄰齊，南臨楚，乃天下交通樞紐。大梁是位於魏國正中的戰略重鎭，緊扼水陸交通要衝，若要進攻其他五國，不先攻陷魏國，會困難倍增，而若要征服魏國，大梁乃必爭之地，於此可見這魏國都城的重要性。

項少龍等人於封丘休息三天，在關樸的二千軍馬護送下，渡過黃河，走了十五天，大梁在望。

項少龍一路走來，心情輕鬆，有若參加古代的旅行團，重遊「舊地」。

神馳意飛中，他想像著在這廣闊的大地上，分佈無數的城市，每城都建起高大堅實的城牆和城外寬闊的城壕，而每一個城市又是一個戰鬥的中心和龐大的軍事設施。

這時代的所有風騷，就是在一個個這樣的據點內外，以破城與守城爲中心而展開。

城市的保存或陷落，標誌著國家的運勢和成敗。這種以城市攻防戰爲主的爭霸，既簡單又直接，在某一角度來看，實有其無比動人的魅力。對戰國的君主來說，就像在下一盤棋，迷上了便欲罷不能，只有互拚棋力，看看最後誰吃掉了誰。

在這些封閉的城牆內，是大大小小的政、經、軍中心，是四周土地最重要的指揮中樞，也是該地政權的象徵，攻下了這些城市，等於摧毀對方的政權，這方面的意義不言而喻。

關樸的軍隊把他們送至大溝北十里處，便回師封丘，將護行的任務，轉給大梁外圍的駐軍。這時信陵君歡迎的先頭部隊亦已抵達，領他們由吊橋渡過大溝。而信陵君魏無忌，早在另一端排開陣勢，隆重地迎接這多災多難的送嫁團。

戰國四公子之一的魏無忌一身便服，策騎而至。他生得方面大耳，相貌堂堂，身段頎長，自有一股威嚴尊貴的氣質，笑容親切，但兩眼精光閃閃，顧盼生威。他雖是平原夫人之弟，外貌卻比乃姊老了幾歲，不知是否因長期處於壓力之下，人也蒼老了點。

一番寒暄之後，眾人朝大梁城進發。

大梁城氣象萬千，城郭相連，周圍城壕寬廣，呈不規則的長方形，隨地勢河道蜿蜒有致，以南門爲正，所有城門均有凸出的門闕和護城，大大增強對城門的防守力，氣勢磅礡。

離城門尚有五里許路時，前面塵土飛揚，一將持魏王之令而至，傳旨除項少龍和趙倩等女眷外，餘人須在城外紮營，平原夫人母子和家將自然不在此限，項少龍等當然大感驚詫和沒趣。

信陵君臉露不悅之色，但王命既下，除非決心違背或立即造反，否則只好接受屈辱的安排。項少龍吩咐成胥和烏卓幾句後，隨信陵君進入大梁。

大梁比之邯鄲，又有不同面貌，少了趙國的古樸宏偉，卻多出幾分綺麗纖巧，裝飾上更見多采多姿。

城內街道，以南北向八條並行的大街，和東西向的四條主街互相交錯而成。十二條大街各可容十多匹馬並排而馳，極具規模。其他小街橫巷，則依主街交錯佈置，井然有序。

在衛士開道下，大隊人馬經過王宮外佈滿官署的大街，再繞過宮城的高牆，來到東北角貴族大臣聚居處。沿途熱鬧昇平，街上的行人比邯鄲多上一倍，見到信陵君的旗幟，都現出尊敬神色，甚至有人跪地禮拜，顯出信陵君在魏人心中的威望。

信陵君的府第巍峨矗立在道路盡處，高牆內樹木參天，益發顯出信陵君與眾不同的身分地位。

項少龍和趙倩等被分隔開來，各自居於不同的院落。信陵君招呼周到，派了四名千嬌百媚的美婢貼身伺候。梳洗過後，立即在書齋接見項少龍。

當侍婢全退出去後，信陵君殷勤招待他用膳，舉杯祝賀，信陵君道：「少龍你確是不凡，能以區區數百之眾，力抗過萬馬賊，難怪你在趙國冒起得如此之快。」

項少龍知道這只是開場白，連忙謙讓。

信陵君舉杯沉吟片晌後，淡淡一笑道：「人人都看到長平一戰，使趙國由強轉弱，卻很少人看到其實秦人在此戰亦傷亡慘重，否則本人怎能在六年前大破秦軍於邯鄲城下，翌年又給貴國的樂乘和慶舍，偕韓、楚和敝國的聯軍大敗秦人於寧新。」

項少龍不知他爲何要說起這些事，硬著頭皮拍馬屁道：「全賴君上果斷英明，領軍有方，才能使秦人遭逢自商鞅變法以來最慘痛的敗績。」

信陵君傲然一笑道：「秦昭王心胸狹窄，有白起如此名將，竟爲一時意氣，硬把他逼死，范睢又於四年前罷相，使秦勢大弱，旋被我國攻陷陶郡，若我猜估不錯，秦人在二十年內休想恢復元氣。」

項少龍心中懍然，暗忖信陵君確是一代人傑，因爲據自己從史書得知，秦滅六國，確是二十多年後的事。

信陵君親自把盞斟酒，乾了一杯，悠然道：「現在呂不韋害死孝文王，使異人登上寶座，天下皆惴惴然，因知呂不韋厲害，但我卻持有另一種看法，以秦人對外人的猜忌，怎容許呂不韋把持朝政，所以內部必陷於四分五裂之局，更削弱他們東征的大業。」

項少龍由衷讚道：「難怪君上如此得天下人望，確是見解精闢。」

他自然知道呂不韋後來給秦始皇族誅，所以特別佩服信陵君的遠見。戰國四公子中，以他和孟嘗君居首，可見盛名之下無虛士。想起趙人聽到呂不韋得權時的心驚膽戰，益發顯出信陵君的高瞻遠矚。

信陵君雙目光芒閃耀，神馳意遠地歎道：「少龍！若要使三晉合一，此其時也。」

事實上項少龍對這想法大有興趣，誰敢保證歷史不可以被改變。至少現在的秦始皇只是廢人一個，與歷史上英明神武的他判若兩人。自己既要對付趙穆，自然要借助信陵君的力量，想到這裡，心兒忐忑狂跳。

信陵君何等樣人，察貌觀色，已知其心，滿意地點頭道：「家姊的確沒有看錯你，項少龍果然是有膽有識之人。」旋即沉聲道：「少龍知否正身陷進退兩難的險境？」

項少龍點頭表示知道。

豈知信陵君搖頭笑道：「你還是不知道！告訴我，你知否灰鬍是誰人的親信？」

項少龍一呆道：「灰鬍不是聽命於貴王嗎？」

信陵君道：「安釐是個膽怯的傢伙，怎敢沾手這種觸犯眾怒的事。這些暗裡爲非作歹的事，全是由安釐最寵愛的龍陽君一手包辦。據密報龍陽君現在對你恨之入骨，所以才逼安釐下令不許貴屬入城，好使你孤立無援，若非得我強護著你，少龍早死無葬身之地。」

項少龍既是頭皮發麻，又感好笑。竟然會遇上千古傳誦，早成了同性戀者專有名詞的龍陽君，亦是異數。

不問可知，安釐和龍陽君、趙孝成王和趙穆的關係是大同小異。可見這時代的王室貴族，因處於享受極度淫奢和生命朝不保夕兩種極端的矛盾裡，心理變得有異常人。

信陵君道：「龍陽君名列魏國三大劍手榜上，人又精明狡詐，絕不容易應付。」

項少龍歎道：「我這可算是進不得，但爲何退也不能呢？」

信陵君凝神看他一會兒，淡淡道：「因爲你若就此回趙，趙穆必然會置你於死地。」

項少龍想起平原夫人曾說趙王看中自己，若是如此，信陵君說的自非恫嚇之言。歎道：「實不相瞞，今次我奉命來魏，實懷有密令，要盜取《魯公秘錄》。」他明知信陵君早悉此事，所以先一步說出，以爭取他的信任。

果然信陵君哈哈大笑，伸手拍了拍他肩頭，道：「好！現在我才相信你有投誠之意，假設你能爲我好好辦事，本君保證你榮華富貴，終身享之不盡。」接著壓低聲音道：「安釐這傢伙在龍陽君慫恿下，現正密鑼緊鼓準備滅趙，所以即使灰鬍和他全無關係，也絕不肯放你這種人才回去。至於趙倩不但做不成儲妃，命運還會非常悽慘。」

項少龍泛起有心無力的感慨，問道：「現在應怎麼辦呢？」

信陵君微笑道：「先發制人，後發制於人，這道理少龍明白嗎？」

項少龍登時出了一身冷汗，終於明白信陵君費這麼多唇舌，仍是要進行當初平原夫人和少原君密議刺殺安釐王的計劃，可知自己僅是一只棋子。

他憤怨得差點摑自己兩巴掌，自己是多麼的愚蠢幼稚，竟然相信平原夫人這毒婦眞愛上自己。

平原夫人眞厲害，故意表現得不滿少原君，又哄他說要爲他生個孩子，教他陶然自醉。若非那晚聽到他們母子的話，眞是死了仍不知爲的是甚麼一回事。

此毒婦以逐步漸進的手法，犧牲色相誘他入彀，又不斷奉承他、討好他，目的是要借助他的膽識、才智、劍術和身分爲他們殺死魏王，事成後則歸罪於他和趙人，俾可完全置身事外。如此連環毒計，確使人心膽俱寒。

爲了不啓對方疑竇，項少龍扮作熱血塡膺地昂然道：「若有用得著我項少龍的地方，君上儘管吩咐，赴湯蹈火，在所不辭。」

信陵君喜道：「有你這幾句話，何愁大事不成。」接著正容道：「我心中早有定計，不過仍未到告訴你的時候，這幾天你可盡情享樂，我府內美女如雲，你愛哪個伺候都可以。」

項少龍心中一動，趁機試探他道：「我有雅夫人便心滿意足。」

信陵君眼中嫉火一閃即逝，換上親切的笑容道：「你眞懂得選擇，趙雅狐媚過人，確是男人私房內的恩物，你盡情享受吧！」接著又道：「今晚你先好好休息，明天讓我給你安排點節目，包保你不虛此行。」

項少龍離開大堂後，朝趙雅等居住的優雅房舍走去，心知信陵君爲取得他的信任，不會限制他在府內的活動，也不會派人暗中監視他。

步入園裡，忽地想起美蠶娘那個幽靜的小山谷，假若能終老於那與世無爭的地方，豈非沒有現在的煩惱嗎？虛榮與野心眞的害人不淺。

項少龍情緒忽爾低落，對周遭一切生出強烈的厭倦。尤其想起平原夫人，心中更有一種因被欺騙和傷害而來的痛楚。

經過一排婆娑老樹，趙雅等寄居的「彩雲閣」出現眼前，廊柱上和簷脊下掛有照明的燈籠，燈火掩映裡，只見屋頂重檐歇山飛疊，寶頂飾以吻獸和覆瓦的勾頭滴水，色彩豔麗，氣派豪華。大門的雕漆甚爲精美，窗子簾幕深垂，透出一片柔和朦朧的燈光。

項少龍心中一陣茫然，大生感觸。那種在奇異時空造夢般的感覺，又湧上心頭。

唉！眞是造夢就好了。縱使在趙國最惡劣的環境中，他也不曾像現在這般頹喪。正如信陵君所言，就算他逃離魏國，回去仍是死路一條，除非他能把《魯公秘錄》弄到手中。不過那時的追兵隊伍，必然會多出個信陵君。

信陵君恐怕比魏王更難對付，否則秦人不會在他手下連吃大虧。若眞讓他統一三晉，說不定他能代秦始皇成爲天下霸主。

歷史可以被改變嗎？

項少龍頹然躺在雅夫人的秀榻上。

趙雅在床沿坐下，伸手撫上他的臉頰，驚惶地道：「項郎你受到甚麼打擊，爲何臉色如此難看？」

項少龍把她摟上床，埋入她的酥胸，苦歎道：「假若《魯公秘錄》現已落入我的手裡，我會立刻帶你們偷出大梁，遠走高飛。」

趙雅嬌軀輕顫道：「少龍啊！振作點好嗎？看見你這樣子，人家心都痛了。」接著湊到他耳邊輕柔道：「不准成胥等人進城，完全與安釐王無關。」

項少龍愕然抬起頭來，道：「你怎會知道？」

雅夫人抿嘴一笑，臉有得色道：「所以不要以為我們全無反抗之力，我們趙國在各處均廣佈眼線，信陵君府內亦有我的人。」接著俏目閃起寒光道：「此事必與信陵君有關，故意使你覺得孤立無援，生出危機重重的感覺，於是惟有任他們姊弟擺佈你。」

項少龍精神大振，坐了起來，雙目放光道：「你查到《魯公秘錄》的藏處沒有？」

雅夫人洩氣地瞪了他一眼道：「假設你明知有人來盜取你的東西，你會隨便讓人知道嗎？」接著站起來，往布囊處取出一卷圖軸，攤在床上，赫然是信陵君府的鳥瞰圖。

項少龍大喜道：「哪裡弄來這麼好的東西？」

雅夫人嬌媚地笑道：「別忘記人家是幹哪一行的，若連這樣的寶貝都弄不到，怎麼偷更重要的東西呢？」

項少龍想起一事，疑惑地道：「若真有《魯公秘錄》，信陵君怎不拿去依圖製造，還留在府內幹甚麼？」

雅夫人淡然道：「這牽涉到信陵君和魏王的鬥爭，信陵君一天未坐上王位，一天不會把《秘錄》拿出來，所以《秘錄》必藏在府內某隱秘處。」

項少龍歎道：「恐怕我未找到《秘錄》，早給信陵君這奸鬼害死。」

雅夫人倏地伸出纖美白皙的玉手，掩上他的嘴巴，滑膩柔軟的感覺，電流般傳入項少龍心坎裡去。只聽她嗔道：「不要說不吉利的話好嗎？」

項少龍嗅著她的體香，好過了點，留心細看攤開床上的圖軸，默記所有屋宇、房舍的位置，他曾受過這方面的嚴格訓練，自有一套記憶的方法。

雅夫人見他回復自信冷靜，欣然向他解釋府內的形勢。

項少龍終從失落中回復過來，道：「你有沒有方法聯絡上烏卓等人？」

雅夫人驕然道：「這麼簡單的事，儘管交給我辦！」

項少龍沉吟半晌，道：「你要烏卓設法在營地打條通往別處的地道，有起事來，說不定能救命呢！」

雅夫人色變道：「情勢不是那麼嚴重吧？我們終是趙王的代表……」

項少龍打斷她道：「你若知道魏王有攻打趙國之心，就不會這樣說了，今次我們是來錯了。」說著已走下床去。

雅夫人拉著他道：「不陪人家嗎？」

項少龍道：「信陵君隨時會逼我去行刺魏王，時間無多，我定要盡快查出《魯公秘錄》的藏處。」

雅夫人大吃一驚道：「魏無忌的住處有惡犬守衛，闖入定會給他發覺。」

項少龍笑道：「你是偷東西的專家，自然有應付惡犬的方法。」

雅夫人白他一眼，從行囊裡拿出一個小瓶，遞給他道：「只要撒點這些藥粉在身上，惡犬都會避開你。可是那裡不但有惡犬，還有守衛，唉！既知道你這樣去冒險，人家今晚怎還睡得著？」

項少龍接過瓶子，摟著她吻了一口道：「你脫光衣服在床上放心等我吧！保證沒有人可看到我的影子。」

第三十三章　得遇龍陽

項少龍回到居所，拂退四名美婢的侍奉糾纏，換上夜行衣服，佩上裝備，撒上藥粉，正要由窗門溜出去，婢女揚聲道：「平原夫人到。」

腳步聲傳來，平原夫人已抵門外。項少龍來不及解下裝備，忙亂間順手抓著一件外袍披在身上，平原夫人已推門入房，把門關上，倚在門處，含笑看著他。

項少龍暗暗叫苦，只要給她碰觸到，立時可發現自己身上的裝備，以她的精明，當然知道自己想幹甚麼勾當。不過若不摟她親她，又與自己一向對她的作風不符，亦會引起她猜疑。怎辦好呢？眉頭一皺，計上心頭。

項少龍坐回榻上，拍拍身旁床沿處，不懷好意地道：「美人兒！來吧！今次不會有人撞破我們的好事。」

平原夫人粉臉一紅，微嗔道：「你忘了我是要嫁人的嗎？」

項少龍心慶得計，道：「我還以爲是你忘記了，所以才入房找項某人，而且夫人不是要我送你一個孩子嗎？不上我的床，我怎能使你受孕成胎？」

平原夫人幽幽道：「放點耐性好嗎？我的婚禮在明年春天舉行，嫁人前一個月和你盡情歡好，才不會使人懷疑我肚子裡的不是他的兒子。」

項少龍早知她會這麼說，因爲這根本是她拒絕自己的好辦法，又可穩住他的心，令他不會懷疑她在計算自己。若不謀妥對策，兩個月後他項少龍屍骨早寒了。這女人眞毒！他從沒試過這麼憎恨一個女人，尤其她是如此充滿成熟誘人的風情，身分是這麼尊貴。

他站起來往她走去，直至快要碰上她的酥胸，才兩手向下，緊抓她的柔荑，吻上她的朱唇。

平原夫人熱烈反應，嬌軀不堪刺激地扭動，卻無法碰上項少龍的身體，悉破他的秘密。

良久後，兩唇分開。

平原夫人有點不堪挑逗地喘氣道：「少龍！抱我！」

項少龍微笑搖頭道：「除非你肯和我共赴巫山，否則我絕不會碰你小嘴外其他任何部位。」

平原夫人愕然道：「甚麼是『共赴巫山』？」

項少龍才想起此時尚未有這句美妙的詞語，胡謅道：「巫山是我鄉下附近一座大山，相傳男人到那裡去，會給山中的仙女纏著歡好，所以共赴巫山，即是上床合體交歡，夫人意動了嗎？」

平原夫人的明亮鳳目射出矛盾掙扎的神色，項少龍暗吃一驚，怕她改變主意，忙道：「夫人來找我所爲何事？」

平原夫人回復過來，嬌嗔道：「人家過來找你，定要有原因嗎？」

項少龍心中一動，行個險招道：「夫人最好提醒信陵君，雅夫人對盜取《魯公秘錄》，似乎滿有把握的樣子，我猜她已知《秘錄》藏放的地方。」

平原夫人玉臉一寒道：「這騷貨死到臨頭仍懵然不知，任她有通天手段，也休想沾到《秘錄》的邊兒。」

項少龍問道：「你們準備殺死她嗎？」

平原夫人知說漏了嘴，面不改色道：「那只是氣話。少龍啊！你不是眞的愛上這人盡可夫的女人吧！」

項少龍道：「我不知道自己是否愛上她，可是她卻眞的迷戀著我，所以我不想她遭到任何不幸。」

平原夫人一怒掙脫他的掌握道：「放開我！」

項少龍笑道：「夫人妒忌了！」仍緊握她柔荑再吻上她的香唇。

平原夫人軟化下來，兩人分開，平原夫人無奈地歎了一口氣。

項少龍知她心情矛盾，既要害自己，又忍不住想找他親熱，以慰長久以來的寂寞。他當然不會揭破，岔開話題道：「夫人的未來夫君是何人？」

平原夫人神色一黯，道：「他是大將白珪，聽過他嗎？」

項少龍暗忖這不外是另一宗政治交易，哪有興趣，俯頭吻上她的粉頸。

平原夫人久曠之身，哪堪刺激，強自掙扎著道：「不要！」

項少龍離開她，含笑看著。

平原夫人毅然掙脫他掌握，推門而去，道：「我走哩！」

項少龍直送出門，道：「你不陪我，我惟有去找趙雅。」

平原夫人見候在門外的四名府衛似留意聽著，狠狠瞪他一眼後，婀娜去了。

項少龍詐作朝彩雲閣走去，到了轉角無人處，脫掉外衣藏好，以索鉤攀上屋頂，遠遠跟著平原夫人，逢屋過屋，或在長廊疾走，或藉大樹掩護，緊躡其後。

以平原夫人的謹慎，聽到他剛才那番話，怎也要對信陵君警告一聲吧！

府內房舍無數，佔地甚廣，愈接近內府的地方，守衛愈是森嚴，又有高出房舍的哨樓，若非項少龍曾受嚴格訓練，又看過府內房舍的分佈圖，兼具適當裝備，根本全無闖入的可能。哨樓上設有鐘鼓，可以想像在緊急狀態時，發號施令，如臂使指。

平原夫人在四名府衛前後護持下，魚貫走入一道院門之內。兩邊的圍牆又高又長，間隔出一寬闊的廣場，幸好場邊有幾排高樹，否則項少龍休想神不知鬼不覺地溜進去。對著院門的是座高廣的大屋，門前石階上立了兩排十六名府衛，屋外還有攜犬巡邏的人。

項少龍更是小心翼翼，由最接近大屋的高樹藉鉤索凌空橫渡往大屋屋頂。

平原夫人獨自一人登階屋內，穿過一個寬闊的天井，到裡面的正廳去見信陵君。

魏無忌憑坐地蓆上，左右手各擁一名美女，正在飲酒取樂，見到乃姊，仍是調笑無禁。

廳內佈置典雅，色調相配，燈光柔和，予人寧謐恬適的感覺。

平原夫人在信陵君對面坐下。

信陵君忽地伸手抓著其中一女的秀髮，向後扯去。該女隨手後仰，燈光照射下，美女動人的粉臉完全暴露在倒掛窗外的項少龍目光下，看她雪白的脖子，不由吞一口涎沫，同時心生憐惜。

信陵君接著俯在她粉項處粗暴地又吻又咬，弄得那美女嬌軀顫抖扭動，不住呻吟，但顯然只是痛苦而非享受。信陵君的嘴離開她時，嫩滑白皙的頸膚已佈滿齒印，隱見血痕。另一旁的女子似早見怪不怪，仍微笑著，俏臉不露半點異樣神色。

信陵君哈哈狂笑，仍揪著那女子的秀髮，向平原夫人道：「你看此女是否比得上趙雅那騷貨。」

平原夫人歎道：「無忌！你嫉忌了！」

信陵君一把推開那美女，喝道：「給我滾！」

兩女慌忙躲往後堂。

信陵君灌了一盅酒後，以衣袖揩去嘴角的酒漬，憤然道：「趙雅這賤人，當日我大破秦軍，留在邯鄲時對我千依百順。但看看現在怎麼對我，我必教她後悔莫及。」

平原夫人皺眉道：「你的耐性到哪裡去了？幾天的時間都等不及嗎？你是否見過趙雅？」

信陵君揮手道：「不要提她。到現在我才相信你的話，趙雅只是爲趙穆籠絡我而犧牲色相，將來我滅趙時，定要趙穆嘗遍天下所有酷刑。」

平原夫人咬牙切齒道：「我也恨不得食他的肉、喝他的血，若不是他，平原君趙勝怎會英年早逝？」跟著說出由項少龍那裡聽回來有關雅夫人對盜取《秘錄》似胸有成竹一事。

信陵君毫不在乎地道：「就算那賤人知道《秘錄》藏在地下密室內，我這裡守衛如此嚴密，她休想潛進來，放心吧。」

窗外的項少龍大喜過望，首先肯定《秘錄》確有其事，而且是放在宅院地下某一密室之內，以自己身爲特種部隊精銳的本領，盜取《秘錄》自是大有可能。

平原夫人道：「還是小心點好！」

信陵君答道：「我早已加強防衛，即使她取得《秘錄》，休想帶出府外。」

平原夫人沉吟片晌，道：「你現在和安釐的關係如何？」

信陵君雙目厲芒一閃，冷然道：「這老鬼愈來愈不把我放在眼裡，只知寵信龍陽君、樓梧、芮宋、管鼻此等小人，若我仍任他胡作非為，我們大魏遲早國破家亡。」

平原夫人道：「你安排項少龍何時去見安釐？」

信陵君道：「我們偽稱趙倩不服水土，不能入宮見安釐，好使我們的佈置更妥當點。不過此事不宜久拖，我決定下月初一，即是三天之後，讓項少龍正式把趙倩送入王宮，屆時安釐當會設宴款待，那就是行事的時機。」頓了頓又道：「你最好用情把項少龍縛緊，使他毫不疑心為我們賣命。」

平原夫人幽幽歎道：「你最好另找籠絡他的方法，我有點怕見到他。」

信陵君愕然道：「你不是對他動了真情吧？」

平原夫人站了起來，再歎一口氣，搖頭道：「大事為重，個人的得失算甚麼？只是我害怕和他發生肉體關係，若懷了他的孩子可就更慘。」言罷轉身離去。

項少龍一陣茫然，呆了半晌，待信陵君走入內室後，潛入廳中，迅速查看一遍，最後肯定地下室不在廳下，才偷偷離開。

項少龍鑽入被窩，擁著雅夫人灼熱的身體，舒服得呻吟起來。

初到大梁，他有種迷失在怒海裡的可怕感覺，只有摟著懷內美人的一刻，他才感到剎那的輕鬆和安全，縱使是那麼脆弱與虛假，仍是令人覺得心醉和珍貴。

他首次感到趙雅和他沒有任何隔閡與距離，兩人用盡力氣擁抱纏綿，享受患難裡片晌的歡娛。

雅夫人吻他的耳朵道：「你為何不去看看三公主？」

項少龍歎道：「我怕會忍不住和她歡好，異日回到趙國，給趙穆抓著這點陷害我。」

雅夫人讚賞地吻了他一口道：「難得你這樣明智，項郎！趙雅愛你。」

項少龍誠心道：「我也愛你！」接著把偷聽來的情報，詳細告訴她。

趙雅道：「地下室必在信陵君寢室之下，項郎眞好本領，連那樣守衛得密如鐵桶的地方也可潛進去，此事必大出那奸賊的意料之外。」

項少龍道：「盜取《秘錄》或者不是難事，如何把你們十二位弱質纖纖、嬌滴滴的美人兒弄出大梁，才是天大難事。」

趙雅道：「所有王侯府第，必有秘密逃生的地道，假設能找到這條地道，便可能逃出府外，不過即使到了外面，也溜不出城去。」

項少龍給她一言驚醒，坐起身來，想起若有地道，當在信陵君大宅的後方，因爲他曾查探過大廳的地下，並沒有任何發現。

雅夫人隨他坐起來，倚入他懷裡問道：「少龍！你想到甚麼呢？」

項少龍道：「若有秘道，必是與藏著《魯公秘錄》的密室相連，那才合理，而且秘道的入口定然不止一處，所以只要找到任何一個秘道的入口，我們便有可能在這裡來去自如。」

雅夫人媚笑道：「交給我辦，保證不負所託。」

項少龍一把摟緊她，笑道：「雅兒這麼乖巧，要我怎樣酬謝你？」

趙雅待要回答，敲門聲響，接著是趙倩幽怨的聲音道：「倩兒可以進來嗎？」

項少龍醒過來時，滿床芳香。趙雅和趙倩分在左右緊偎著他，昨夜有趙倩在場，他並沒有和雅夫人歡好，當然更不敢碰趙倩。可是那種已足銷魂的感覺，卻也同樣動人。

睡足精神，昨日的頽喪一掃而空。他放開一切，整個早上半步不離彩雲閣，陪兩女和眾婢談天說地，和樂融融。午間時分，信陵君使人來召他。

外堂內，信陵君和三個人坐著喝茶，見他到來，立即為他介紹，原來都是他府中食客裡的著名人物。其中一名魁梧貌醜的大漢是朱亥，當年信陵君奪兵符破秦，全賴他以暗藏的四十斤鐵錘擊殺領兵的大將晉鄙，乃天下聞名的猛將。另外兩人是譚邦和樂刑，前者五綹垂鬚，一派儒生風範；後者矮壯強橫，一看便知是武藝高明之輩。

信陵君微笑道：「少龍初來乍到，讓我帶你四處走走，午膳後再去見我們大梁以色藝名滿天下的才女，看看你能否破例打動她的芳心。」

項少龍立即想起雅夫人曾提過的「石才女」，精神大振，隨他上車出門。

五人分別登上兩輛馬車，在二十多名近衛護持下，暢遊大梁。

車馬循來時原路經過王宮，只見鳳閣龍樓，宮殿別苑，組成壯麗的建築群，四周林木聳秀。不過當項少龍想到曾幾何時，這些風格優美的建築，都會變成難以辨認的遺址，又大生感慨！

沿宮牆而去，河道處處，路橋交接，美景無窮。接著離開宮殿區，轉入南北直通的繁華大道。奇怪的是大道中央有條馳道，平坦如砥，兩旁植有青槐，濃蔭沉鬱，再兩側有寬深的水溝，外圍處是行人的通道。

信陵君解釋道：「這是專供大王和有爵位的人使用的御道，平民不准踏足其上。」說話時，車馬轉入御道。

御道南端是密集的住宅區和商業區，商店民宅鱗次櫛比，錯落有致，極具規模。仕女商賈紛至沓來，人聲喧譁，摩肩接踵，一派熙熙攘攘的繁華景象。

他們在這區最大的丹陽樓進膳，此樓前臨大街，後靠小河，非常別緻。

他們佔了二樓靠河那邊一間大廂房，到酒酣耳熱時，那譚邦縱論時人，非常健談，顯出飽學清談的本色，難怪信陵君找他做陪客。

朱亥和樂刑雖是一介武夫，亦聽得津津有味。

項少龍還是初次聽到這麼深入剖析時局的連珠妙語，更是興趣盎然。

信陵君問道：「眾說紛紜中，以何家最爲優勝？」

譚邦捋鬚而笑，從容不迫道：「雖說千川百流，但到今天已匯聚同流。照老夫看，時人中以齊的鄒衍、荀卿和韓國的公子非三人分別集前人之大成，又能發前人所未發，今後的治國良方，不出這三人的思想學說。」

項少龍當然知道荀子和韓非兩人，卻不知鄒衍的身世來歷，問道：「鄒衍是甚麼人？」

眾人愕然向他望來。

信陵君道：「想不到少龍竟不識譽滿天下的奇人。」接著神秘一笑道：「待會讓我爲你引見引見。」

項少龍呆了起來，難道鄒衍住在那石才女家中，否則怎能隨時見到他呢？

譚邦壓低聲音道：「鄒先生固是天下奇士，不過他如此有名，也是時勢造成。」

眾人忙追問其由。

譚邦歎了一口氣，露出悲時傷世的神色，道：「自周室衰微，天下群龍無首，各國征戰不休，苦命的民眾誰不在盼望眞命天子的出現，好能偃息兵戈。鄒先生的五德終始學說，專言符命，誰都希望他能指點一條明路，使大家知道誰是新世代的主人。」

信陵君眼中射出嚮往的神色，因爲他早自許爲撥亂反正的救世主，而他也正朝這目標努力著。

項少龍本來肯定新世代霸主是秦始皇，但在知道眞實的情況後，又變得糊塗起來。

譚邦低聲道：「以我看，此新主人非君上莫屬。」

信陵君乾咳兩聲，掩飾心中的興奮，道：「譚先生所說的荀卿，聲名雖盛，卻是出身於以怪誕言論驚世的稷下，依我看他只是個徒懂空言放論之徒。」

譚邦正容道：「非也，此人大異於稷下狂徒，乃孔丘的擁護者而兼採墨、道之言，君上若有空閒，應細閱他的著述。」

信陵君表現出廣闊的胸襟道：「多謝先生指點。」

譚邦剛想評說韓非，門外腳步聲響起，守在門外的衛士報道：「龍陽君求見！」

信陵君和項少龍大感愕然，想不到龍陽君如此有膽識，竟尋上門來。

來者不善，善者不來。

信陵君傲然坐著，絲毫沒有起身相迎之意，揚聲道：「龍陽君若非想喝酒，便最好不要進來。」

這兩句話擺明車馬，不賣龍陽君之帳，可見兩人的關係，已到公開破裂的地步。

朱亥雙目一寒道：「君上是否要朱亥爲你把門？」

信陵君含笑搖頭。

項少龍看得心中佩服，信陵君那泰山崩於前而色不變的風度，正是他成功的要訣。同時心中亦有點期盼，很想看看以男色名垂千古的龍陽君，究竟如何「迷人」？

一陣溫婉悅耳似男又似女的聲音膩膩地在門外道：「信陵君爲何如此大動肝火，是否奴家有甚麼地方開罪了你呢？那龍陽更要進來陪罪哩。」

項少龍聽得全身寒毛倒豎，想不到龍陽君只是聲音已教人受不了。

信陵君哈哈一笑道：「陪罪大可免了！」喝道：「還不讓貴客進來！」

房門大開，五個人魚貫而入。項少龍瞪大眼睛，看到領頭進來的龍陽君，立時爲之絕倒。

他的俏秀俊逸可說空前絕後，皮膚比女子更白皙嫩滑，一對秀長鳳目顧盼生妍，走起路來婀娜多姿，有若柔風中的小草，搖搖曳曳，若他肯扮女子，保證是絕色美人兒。

他的高度最少比項少龍矮半個頭，可是骨肉均勻，手足纖長，予人修美合度的感覺。身穿的武士服更考究精工，以墨綠作底色，然後在上邊以漂亮的絲線繡出花紋圖案，非常奪目。他戴的虎頭帽更是精采，以棉料仿出虎面浪漫誇張的造型，帽後還垂著一條虎尾巴。

項少龍雖不好男色，仍不得不承認龍陽君的確很「漂亮」。若非他腰佩長劍，項少龍怎也記不起信陵君曾說過他是魏國三大劍手之一。你絕不會去提防這麼一個看似嬌柔無力的男人，若只論俊美，連晉拍馬也追不上他。

其他四人一看便知是一流劍手，尤其在龍陽君右後側的粗壯矮子，兩眼神光充足，殺氣騰騰，一派好勇鬥狠的悍將本色，令人不敢小覷。

龍陽君輕移「玉步」，來到几旁，盈盈坐下，先送信陵君一個媚眼，水汪汪的眼睛飄過席上各人，最後才落到項少龍臉上，凝看一會兒，「花枝亂顫」般笑了起來道：「項兵衛大人，奴家想得你很苦呢！」

項少龍給他看得頭皮發麻，暗忖這人如此扭捏，早不當自己是男人，眞使人噁心得要命，一時不知怎樣應付，惟有僵硬笑著道：「項某何德何能，竟勞龍陽君如此掛心？」

信陵君親自為龍陽君斟了一杯酒，淡然笑道：「我也願聞其詳。」

龍陽君「嫣然一笑」道：「項兵衛既能擊殺衛國好手連晉，又再斬殺悍賊灰鬍，顯是有眞材實料之人，奴家怎能不傾心？」

朱亥等聽得眉頭大皺，偏又無可奈何。

項少龍卻是暗自驚心，此人「巧笑倩兮」，看著自己的眼睛更是「脈脈含情」，絲毫不露出內心對自己的仇恨，比之笑裡藏刀尤使人感到心寒。

信陵君失笑道：「來！讓我們為龍陽君的多心喝一杯。」眼光一掃肅容立在龍陽君身後的四名劍手，喝道：「賜酒！」

當下自有人把酒奉給那四人。眾人各懷鬼胎，乾了一杯。

只有龍陽君按杯不動，待各人飲畢，把酒傾往身旁地板上，羞人答答般道：「這酒賞給土地，慶祝趙國第一劍手踏足我大魏的領土之上。」

以信陵君的修養，亦微微變色，冷然道：「我今天特別為少龍安排了很多節目，若龍陽君你沒有別的事情，恕我們要立即告辭了。」

項少龍心中喝采，事實上他已給龍陽君那種飄飄忽忽的說話方式，弄得不耐煩起來。

旋又心中懍然，暗忖若此君的劍法也是走這種陰柔飄忽的路子，當會是非常難以應付。若決戰時自己像現在這般不耐煩，躁急冒進，說不定就因而致敗。

龍陽君笑了起來，「俏目」似喜似嗔地盯著項少龍，陰聲細氣道：「本人今日來此，是想看看項兵衛的男兒本色、英雄氣概，這麼一個小小的要求，無忌公子當不會攔阻吧！」

信陵君和項少龍對望一眼，均爲之氣結，不過眞又是很難拒絕。

項少龍眼中神光亮起，瞧著這以男色名著天下和後世的哆俏男人，失笑道：「不知是由龍陽君親自試項某的眞材實料，還是由下人出場呢？」

信陵君插言道：「刀劍無眼，若龍陽君你要親自出手，恕我不能答應。」

龍陽君「嬌笑」道：「公子既然這麼愛護奴家，便由沙宣領教項兵衛的功夫吧！」

信陵君等均露出警惕的神色，望向剛才項少龍特別留心的矮小壯漢，使項少龍更肯定此人必是戰績彪炳的無敵猛將。

沙宣踏前一步，朗聲道：「沙宣願領教項兵衛的蓋世劍術！」

項少龍知道此戰避無可避，而且尚牽涉到趙國的面子，向信陵君恭敬請示道：「君上是否容許少龍出戰？」

信陵君對他自是信心十足，更想親睹他的劍術，看看有沒有刺殺魏王的資格，微笑道：「沙御衛乃我王御前高手，少龍切不可輕忽大意。」接著朗聲道：「今次純屬切磋性質，希望你們點到即止。」又大聲喝道：「人來！給我把樓廳騰空出一個比武場來！」

話才出口，廂房外立刻傳來搬几移蓆的聲音。

龍陽君欣然一笑，盈盈起立。

項少龍看得眼也呆了，難怪此人使魏王如此迷戀，眞是沒有一個動作不嬌柔優美，百媚千嬌，表情迷人，很難不把他當作女人。

龍陽君向項少龍微一福身，媚笑道：「奴家在廳外恭候兵衛大人。」

婀娜多姿地領眾人出房。

信陵君凝視著他背影消失門外，雙目光芒閃起，壓下聲音冷冷道：「給我殺了沙宣！」

第三十四章　雅湖小築

几墊等物均被移往廳角，騰空了寬廣的空間。所有客人、閒人都被驅下樓去，只剩下雙方的人。

沙宣和項少龍對立廳心，陽光由一邊的大窗灑進來，照得近窗臺的地面一片金黃。

龍陽君對這手下充滿信心，嘴角含春地看著項少龍，他的幾個屬下則對項少龍投以輕蔑神色。

沙宣的劍術在大梁非常有名，乃魏安釐王的御前八大鐵衛之首，是大梁人人害怕的人物之一。

信陵君表面雖從容冷靜，其實心內頗為緊張。若項少龍不幸戰死，那刺殺安釐王的大計盡付東流，可是若能把沙宣殺死，刺殺魏王時自是少去一個障礙。

「鏘！」

沙宣掣劍出鞘，立時寒光四射。但見他像變了個人似的，威猛無儔地抱著劍把，「嗜嗜嗜！」不進反退，後移三步，踏得木樓板撼動作響，先聲奪人。

他雖往後退，可是氣勢壓力卻是有增無減，旁觀者都有種透不過氣來的感覺，大為震懍。

項少龍感到對方凶猛狠辣的氣勢，收攝心神，進入墨子劍法靜守的境界，與敵人利若鷹隼的目光一點不讓的對視。

雙方的人見項少龍在對方凌厲的氣勢壓迫下，仍是屹立不動，淵渟嶽峙，意態自若，均大感驚異，哪知正是墨子劍法以靜制動的精粹。

局中的沙宣更不是滋味，以往他制敵取勝，每每憑藉自己特別的氣勢，壓得對方心膽俱寒時，乘勢猛擊，使對方濺血五步之內，哪知眼前此人一點不受自己的氣勢影響，反使他失了方寸，此時再無可退之地，暴喝一聲，揮劍攻上。

龍陽君和從人立時喝采叫好，爲他助威。

這一劍迅若電光，望項少龍額口劈去，充滿一往無回的慘烈氣勢。

項少龍的飛虹劍仍安藏鞘內，似乎毫無還擊之意，直至劍光臨頭，信陵君等爲他擔心時，他才身形忽動，快如脫兔般往橫移開，來到陽光灑射的窗旁，仍是冷冷看著對手，雙目流露出堅強無比的鬥志。

他出身於嚴格訓練的精銳部隊，最懂利用環境以發揮最有效的戰術。答應接受挑戰時，早下了決心，要在最短的時間內解決對手，一來是殺龍陽君的威風，二來是要信陵君更重視自己。

他戰鬥經驗無比豐富，培養出高明的眼力，一見沙宣拔劍的態勢，便知此人膂力過人，專走狠辣險招，所以避他一劍，以削弱對方氣勢。

沙宣怒叱一聲，人隨劍走，再往他殺來。

項少龍一聲長笑，飛虹劍電掣出鞘，寶刃先橫擺一旁，劍身作四十五度角傾斜，立時捕捉和反射出午後透窗而入的陽光，同時射往沙宣圓睜的凶睛。

沙宣連造夢都沒想過天下間竟有這種在室內藉陽光反射克敵的劍法，驟覺眼前強光閃爍，一時間睜目如盲。

項少龍豈肯錯過千載一時的機會，避過劍鋒，風捲雷奔般一劍側劈，登時血光四濺，慘叫起處，沙宣頸側鮮血激濺，傾跌地上。

這一劍割斷對方咽喉，任何人都知道沙宣再無生還之理。

雙方之人均看得冷汗直冒，誰想得到以沙宣的劍術，竟非對手一合之將。

項少龍還劍入鞘，向龍陽君淡淡笑道：「沙兄劍法高明，我想留手亦有所不能，君上請恕罪。」

馬車內，信陵君欣然道：「少龍給我出了這口鳥氣，眞是痛快！」

項少龍想起龍陽君走時那故作安然的神態，微笑道：「不知安釐王會否因我殺了他的御衛而不快？」

信陵君冷哼道：「這沙宣藉試劍切磋爲名，先後殺掉我五名得力劍手，今次被你斬殺，安釐有甚麼話好說的。」

這時車馬轉入一條林木婆娑的小路，前方有座清幽雅緻的園林院落。

信陵君顯是心情極佳，說不定是因刺殺魏王有望，親切地道：「我們現在去的是大梁所有男人都想去的『雅湖小築』，此築固是風光迷人，更主要的原因是它的女主人紀嫣然小姐不但有傾國傾城之色，又以才藝震驚天下，與秦國的寡婦清並稱當代雙嬌。」

項少龍心中苦笑，換過以前，必然會因能見到這樣天下聞名的美女雀躍，可是現在自身難保，哪還有心情去泡妞兒，就算對方青睞相加，自己亦要想方法使她打消主意，免得爲他的未來傷心擔憂。

想到這裡，頗有虎落平陽之歎。

信陵君哪知對方早清楚他的計謀，還以爲項少龍興奮得說不出話來，加油添醋道：「嫣然小姐最愛和各地慕名而來的公子雅士談文論武……」

項少龍愕然問道：「論武？」

信陵君訝道：「想不到你竟不知此事，嫣然小姐在我大魏劍術排名尤在龍陽君之上，位列第二。唉！如此佳人，一般凡夫俗子怎配得起她呢？所以至今仍是未嫁之身，誰人能得她心許，定可立時名揚天下，羨煞四方有心之徒。」

再歎一口氣道：「說到外型、武技，少龍均有入選資格，就怕過不了詩藝才學一關。」說話時，車隊駛入院落。

林木掩映中，只見一個小湖展現眼前，湖心有片小洲，縱橫數畝，上面有幾座雅緻精巧的小樓房舍，一道長橋連接彼岸，有若仙人隱居的福地。

項少龍縱是心情不佳，亦看得悠然神往，大梁竟有如此勝景，觀其居知其人，由此推之，可見這美麗的女主人如何超凡脫俗。

雅湖上的小洲屈曲若半月，假山瀑布，飛濺而下，猶如山水畫卷。房舍間奇花異草，花浪輕翻，洲沿長廊環繞，質樸古雅，蜿蜒曲折，與通幽的小徑接連，使人想到若漫步其上，必是流連難捨、逸興遄飛。

車隊通行長橋，像走入一幅美麗的圖畫裡，風拂碧水，林樹爭豔，洲上的亭臺樓閣與湖光山色交相輝映，小橋流水掩映於枝青葉秀之中，粼波瀲灩，絢麗多姿。

穿過一條修竹曲徑，途經兩座避雨小亭，車隊在一幢林中樓舍前的空地停下。那裡早泊了三輛馬車，顯然訪客不止是他們幾個。

項少龍隨眾人走下馬車，一名清秀的美婢由樓內盈盈出現，向信陵君施禮道：「小姐正做午間小睡，信陵君和諸位請在客廳小候片刻。」

信陵君絲毫不以爲忤，欣然領項少龍步入小樓下層的客廳裡。

項少龍心中再次苦笑，其婢如此，已可知主人，空有如此別具風格的絕世美女，自己卻沒有獵豔的心情和勇氣，眞是造化弄人。

第三十五章　絕代凶人

紀嫣然這座樓房以白石建成，掩映在花叢草樹之間，形式古雅，彷彿仙境中的蓬萊樓閣，裡面住的是永生不死的美麗仙子。

步上登樓的石階，門內有個供客人擺放衣物和兵器的精緻玄關，兩名美婢早恭候於此，殷勤服侍。

譚邦湊到項少龍耳邊道：「紀才女不歡喜有人帶劍進入她的秀閣。」

項少龍點頭表示知道，暗忖這紀才女的架子眞大，明知有信陵君這類顯赫的貴賓來訪，仍高臥不起，婢女亦不敢喚醒她，又不准人攜劍入樓。但回心一想，只覺這架子擺得好，因爲捫心自問，實不得不承認男人是賤骨頭，愈難到手的女人愈是矜貴，這刻連他都很渴望看看她究竟美豔至何等程度。

那兩個俏丫鬟對項少龍特別有好感，服侍得體貼入微，細心爲他拂拭衣服上的塵土，又以濕巾爲他抹臉。

諸事停當，四人進入大廳。

甫步入門裡，一把嘹亮響脆的聲音在項少龍身旁嚷道：「貴客來了！貴客來了！」

項少龍失神下嚇了一跳，循聲一看，禁不住啞然失笑，原來是一隻夷然立在架上的能言鸚鵡。

兩個美婢顯然極爲寵牠，嬌笑著拿穀料餵飼這識趣的鳥兒。

項少龍環目一看，這座大廳裝飾得高雅優美，最具特色處是不設地蓆，代以幾組方几矮榻，廳內放滿奇秀的盆栽，就像把外面的園林搬了部分進來。其中一邊大牆上懸掛一幅巨型仕女人物帛畫，輕敷薄彩，雅淡清逸，恰如其分地襯起女主人的才情氣質。

此時廳內四組几榻上有三組坐了人，每組由兩人至六人不等，十多人都是低聲交談，似怕驚醒女主人的午間小睡。

信陵君領頭走進廳內，立時有大半人站了起來，向這魏國的第二號人物請安施禮，其他人顯是初次遇上信陵君，此時才知他是誰，亦忙起立見禮。

項少龍一眼便注意到其中幾個人，特別是左方靠窗那一組的四個人，其中三人武士裝束，氣度不凡，但最引起他注意的是他們的驃悍之氣，尤其當中一名魁梧大漢，長得有若峻嶽崇山，比他項少龍還要高出少許，手腳粗壯，長髮披肩，戴了個銀色額箍，臉骨粗橫，肩膊寬厚，眼若銅鈴，帶著陰鷙狡猾的神色，外貌雄偉，渾身散發著邪異懾人的魅力。

他身旁另兩名武士均為強橫凶狠之輩，但站在他旁邊，立時給比了下去。更奇怪的是三人的手均有被火灼傷的痕跡。

另一個吸引他注意的是右方那組六個文士打扮的人物，其中一人身量高頎，相格清奇，兩眼深邃，閃動智者的光芒，看去有若神仙中人。

最後一組只有兩個人，較矮者面貌平凡，從其服飾看來，可知他並非魏人，只不知是來自何國的客人，但能到此見紀嫣然，自然是有點身分的人物了。

信陵君先向右方那六人打招呼，對那相格清奇的男子道：「我們剛剛提起鄒先生，想不到立即得見大駕。」向項少龍招手道：「少龍過來見過精通天人感應術的鄒衍先生。」

項少龍心想原來這個就是以「五德終始說」名顯當代的玄學大師，正要上前施禮，左方一陣沉渾雄厚的聲音傳來道：「無忌公子，請問這位是否就是來自趙國的御前劍士項少龍兄呢？」

項少龍心中一懍，循聲望去，發言者正是那有若魔王降世的武士。

信陵君顯然不認識這人，訝然道：「這位壯士是……」

那看來是引介這三名武士到此來見紀嫣然的魏人踏前恭敬地道：「龍陽君門下客卿馮志參見公子，這位乃以智勇雙全聞名齊國的囂魏牟先生，右邊的壯士叫寧充，左邊這位是征勒，均是齊國的著名勇士，囂先生的親衛將。」

信陵君和項少龍齊感愕然，想不到大凶人竟緊追不捨，公然追到大梁來，自是不懷好意，顯然又有龍陽君加以照拂、魏王在背後撐腰，難怪如此凶橫霸道。

項少龍大感頭痛，囂魏牟大步踏前，向信陵君施禮後，移到項少龍身前，伸手過來道：「久聞項兄劍術超卓，有機會定要領教高明。」

項少龍知道他要和自己比力道，無奈下伸手過去和他相握。

囂魏牟嘴角露出一絲冷笑，運力一握，項少龍的手頓時像給一個鐵箍鎖著，還不斷收緊。

項少龍心中懍然，雖勉強運力抵著，仍是陣陣椎心裂骨的痛楚，知道對方手力實勝自己一籌。

幸好他忍耐力過人，不致當場出醜，還微笑道：「囂先生是否經過一次火劫，爲何兩手均有灼傷的痕跡？」

囂魏牟眼中閃過瘋狂的怒火，加強握力，冷然道：「只是些宵小之徒的無聊把戲，算不上甚麼，而且搞這些小玩意的只能得逞一時，遲早會給囂某撕成碎片。」

濃重的火藥味，連鄒衍那些人亦清楚感覺到，知道兩人間必發生過很不愉快的事。

項少龍苦苦抵受他驚人的力道。

囂魏牟本想當場捏碎他的指骨，教他以後再不用拿劍，但試過項少龍的力道後，知道實無法有如此理想的效果，冷笑一聲，放開他的手，退了回去。

他的兩名手下緊盯項少龍，射出深深的仇恨，可見那一把野火，燒得他們相當慘呢！

信陵君向項少龍使個眼色，爲他介紹鄒衍旁的魏人，都是魏國的名士大官，可見鄒衍非常受魏人歡迎。

介紹完畢，信陵君目光落在剩下那組的魏人身上，微笑道：「本君還是第一次在這裡遇到張鳳長先生。」望往他身旁那中等身材，除了一對眼相當精靈外，長相平凡的人道：「這位是……」

張鳳長笑道：「這位就是韓國的韓非公子，今次我是叨了他的光，因爲紀小姐看過韓公子的《說難》後讚不絕口，使人傳話要見公子，於是鳳長惟有做陪客，領韓公子來此見小姐了。」

信陵君等一聽動容，想不到竟遇到集法家大成、文采風流的人物。但又有點不是滋味，估不到他外貌如此不起眼。

這名傳千古的韓非顯是不善交際辭令，拙拙地笑了笑，微一躬身，便算打過招呼。

兩名美婢忙請信陵君等在韓非兩人對面的一組矮榻坐下。

這時只有位於那幅仕女巨畫下的一張榻子空著，想來應是紀才女的位子。

項少龍學著其他人般挨倚榻子上，吃喝著侍女奉上的點心香茗，心中卻是一片混亂。

囂魏牟一到，形勢便複雜多了。兼且此人膂力驚人，身體有若銅牆般堅實，自己雖然自負，亦未必是他的對手。若他與地頭蟲龍陽君聯手，而信陵君又對自己包藏禍心，今趟眞是凶多吉少了。

思索間，聽到信陵君向韓非子問道：「韓公子今次到我國來，有甚麼事要辦呢？請說出來看無忌有沒有可幫得上忙的地方？」

韓非道：「今次……嘿！今次韓非是奉我王之命，到……到貴國來借糧的。」

項少龍心中訝然，想不到韓非說話既結結巴巴，毫不流利，又詞不達意，不懂乘機陳說利害，指出爲何魏國須借糧給韓國。

信陵君果然皺起眉頭道：「原來如此，貴國須借多少糧？」

韓非冷硬地道：「一萬石！」竟再無他語。

信陵君當然不爲所動，微微一笑，再沒有說話。

鄒衍揚聲道：「盛極必衰，衰極必盛，五德交替。現在韓國大旱，其實早有先兆，鄒某五年前便因見彗星墜進韓國境內，斷言必有天災人禍，今天果應驗不爽。」

韓非子眉頭大皺，顯是心中不悅，亦不信鄒衍之言，但鄒衍身旁的其他人卻紛紛出言附和。

對面與鄒衍同是齊人的囂魏牟哈哈一笑道：「鄒先生深明天道，今天下七國稱雄，先生可否詳釋天命所在，以開茅塞？」

鄒衍微微一笑，正要答話，環珮聲響，一名絕色美女在四名婢女擁持下，由內步進廳裡。

項少龍連忙看去，腦際轟然一震，泛起驚豔的震撼感覺。

只見一位膚若凝脂，容光明豔，有若仙女下凡的美女，在那些俏婢簇擁下，眾星拱月般裊裊婷婷移步而至，秋波流盼中，眾人都看得神爲之奪，魂飛天外。

她頭上梳的是流行的墜馬髻，高聳而側墜，配合著她修長曼妙的身段，纖細的蠻腰，修美的玉項，潔白的肌膚，輝映間更覺嫵媚多姿，明豔照人。

眸子又深又黑，顧盼時水靈靈的光采照耀，難怪豔名遠播，實在是動人至極。

身穿的是白底青花的長褂，隨著她輕盈優美、飄忽若仙的步姿，寬闊的廣袖開合遮掩，更襯托出她儀態萬千的絕美姿容。

明眸皓齒的外在美，與風華煥發的內在美，揉合而成一幅美人圖畫，項少龍如登仙境，哪還知人間何世。

以烏廷芳的美色，亦要在風情上遜色三分，可見她是如何引人。

直到紀嫣然以優美的姿態，意態慵閒地挨靠在中間長榻的高墊處，其迷人魅力更不得了。那種半坐半躺的嬌姿風情，本已動人之極，更何況她把雙腿收上榻子時，羅衣下露出一截白皙無瑕、充滿彈性的纖足，令項少龍神爲之奪。

紀嫣然坐好後，玉臉斜倚，嫣然一笑道：「嫣然貪睡，累各位久候了！」

項少龍清醒過來，往各人望去，只見不論是信陵君、鄒衍、韓非又或囂魏牟，無不露出色授魂與的神情，比自己更沒有自制力。

各人忙於表示不在乎久候時，紀嫣然閃閃生輝、寶石般的烏黑眸子瞟到項少龍身上來，滴溜溜打了個轉，又瞟往囂魏牟的一席，深深打量各人，最後才望往韓非，掠過喜色，欣然道：「這位是否韓非公子？」

項少龍和囂魏牟均大感失望，紀嫣然對韓非的興趣顯然較對他們爲大。

韓非臉都漲紅了，緊張地道：「在下正是韓非。」

紀嫣然俏目亮起來，喜孜孜地道：「拜讀公子大作，確是發前人所未發，嫣然佩服得五體投地。」

項少龍大感沒趣，這韓非外貌毫無吸引力，紀嫣然卻對他另眼相看，顯然此女更著重一個人的內涵，若說作文章、抒識見，自己比起韓非，便像幼稚園生和諾貝爾得獎者之別。不過亦有點解脫的感覺，因爲眼下自身難保，無論紀嫣然如何吸引人，他也要收起君子好逑之心，免得更應付不了。

韓非受美人讚賞，更不知如何是好，連一雙手亦不知應放在哪裡才妥當點。

這時紀嫣然眼中似只有韓非一人，柔聲道：「先生以『法』、『術』、『勢』相結合的治國之論，提出『世異則事異，事異則備變』，確能切中時弊，發人深省。」

韓非更加失措，只懂不住點頭，令人爲他難過。

項少龍暗忖若把他的識見移植到自己腦內，說不定今晚便可一親香澤。

鄒衍一聲長笑，把紀嫣然和各人的注意力吸引過去後，胸有成竹地道：「以韓公子的識見，必受貴土重用，爲何貴國爭雄天下，卻從未見起色？」

項少龍心中暗罵，這鄒衍如此一針見血去揭韓非的瘡疤，實在過分了點。

韓非臉上現出憤慨之色，卻更說不出話來。

紀嫣然顯是愛煞韓非之才，替他解圍道：「有明士亦須有明主，衛人商鞅不也是在衛國一無所成，但到秦數年，便政績斐然，鄒先生認爲嫣然說得對嗎？」

項少龍心中讚好，此女確是不同凡響，正以爲鄒衍無詞以對，鄒衍微微一笑道：「小姐的話當然深有道理，惟著眼點仍是在人事之上，豈知人事之上還有天道，商鞅只是因勢成事，逃不出五德流轉的支配，只有深明金、木、水、火、土五行生剋之理者，才能把握天道的運轉。」

韓非冷哼一聲，說話流利了點，道：「鄒先生之說……說……虛無縹緲，那……那我們是否應……坐聽天命，甚麼都不用做呢？」

這幾句話可說合情合理，可是由他結結巴巴的說出來，總嫌不夠說服力。

鄒衍乃雄辯之士，哈哈笑道：「當然不是如此，只要能把握天道，我們便可預知人事，知道努力的目標和方向，譬如挖井，只有知悉水源所在，才不致白費了氣力。」

韓非氣得臉都紅了，偏又找不到反駁的話，或不知怎樣表達出來。項少龍對他同情心大起，恨不得找來紙筆，讓他痛陳己見。

掌聲響起，原來是囂魏牟鼓掌附和。

紀嫣然望往囂魏牟，蹙起黛眉道：「這位是……」

囂魏牟挺起胸膛，像頭求偶的野獸，大聲應道：「本人齊國囂魏牟，不知小姐聽過沒有？」

紀嫣然恍然道：「原來是提倡要學禽獸的囂先生，請問若人與禽獸無異，天下豈非立時大亂？」

囂魏牟得到這個可向美女顯示識見的機會，哪肯放過，欣然笑道：「小姐長居城內，當然不會明白禽獸的世界。囂某長年以大自然爲師，觀察禽鳥生活，得出只有順乎天性，才能不背叛上天的推論，可在大自然更偉大的規律下享受生命的賜與，若強自壓制，只是無益有害，徒使人變成內外不一致的虛僞之徒。」

紀嫣然深深看著他，露出思索的表情。項少龍心叫不好，這美女顯然對事物充滿好奇心，很容易受到新奇的學說吸引，若給囂魏牟得到她，連他亦感痛心和不値，忍不住道：「人和禽獸怎麼相同？即使不同的禽獸也有不同的生活方式。」

囂魏牟冷笑道：「生活方式可以不同，本性卻不會有異。」

項少龍怎會對他客氣，瞪著他微笑道：「人和禽獸所以不同，就是不受本能和慾望的驅策，甚至能因更大的理想而捨棄本身珍貴的生命。禽獸四足著地，但我們卻可站立起來，雙手因不用走路，變得更精細靈巧，製造出這幢房子和一切的用品，禽獸有這本領嗎？」

囂魏牟顯是曾對這問題下過一番研究，嘲弄道：「你說的是本領，而不是本質，鳥兒會飛，人可以飛嗎？魚兒可在水底生活，人可以在水底生活嗎？」

項少龍絕非理論家，不過勢成騎虎，硬撐下去道：「我說的正是本質，人類因為腦子的結構和禽獸不同，所以會思想，會反省，除衣、食、住、行外，還需要精神的生活；但禽獸一切都是為了生存，食飽就睡，時候到便交配；禽獸在大自然裡是茫然和被動，人卻可以對抗自然，克服自然。這就是因為人有不同的本質，懂得進步和發展，使他們凌駕於禽獸之上。」

項少龍這番不算高明的理論，在二十一世紀可說人盡皆知，但對這時代的人來說，卻是非常新穎，使得紀嫣然等立時對他刮目相看。

囂魏牟顯然未想過這問題，怒道：「有甚麼不同？人腦、獸腦我全看過，還不是骨殼和肉醬吧！」

項少龍哈哈一笑道：「你正說出了人和禽獸的最大分別，禽獸會研究牠們的腦和人的腦有甚麼分別嗎？」

囂魏牟一時語塞，兩眼凶光亂閃，恨不得撕裂項少龍。

鄒衍雖不同意囂魏牟人應學禽獸般放縱的理論，但一來大家同是齊人，他亦想在紀嫣然前教項少龍受窘，雞蛋裡挑骨頭道：「項兄說人和禽獸的不同，是因爲我們可站立起來，那猩猩和猿猴均可以站著走路，又該作何解釋呢？」

項少龍呆了一呆，暗忖自己總不能向他們解釋甚麼是進化論，幸好腦際靈光一閃，道：「分別仍是腦子的結構。」摸著前額道：「猩猩、猿猴都沒有像我們般這飽滿的前額，所以牠們的注意力只能集中到眼前這一刻，不會想到明天，而我們卻可安排和籌劃明天的事，甚或一年後或十年後的事。」

事實上項少龍的思路說詞已趨凌亂，但眾人都知道猩猩確是沒有前額的，所以都覺得他有點道理。

紀嫣然鼓掌嬌笑道：「眞是精采，我這裡已很久沒有這麼有趣的論戰了。」

美目飄往項少龍，甜笑道：「這位先生，恕嫣然還未知道閣下是誰呢！」

項少龍呆了一呆，心中叫苦，自己一時忍不住胡謅一番，千萬不要教她看上自己才好。

《尋秦記》卷一終

國家圖書館出版品預行編目資料

尋秦記／黃易著. --初版.--台北市 ：
蓋亞文化，2017.08－
冊; 公分. --

ISBN 978-986-319-288-6 (卷1 : 平裝)

857.83　　106009654

尋秦記

卷01

新編完整版

作者／黃易
封面插圖／劉建文
封面題字／練任
裝幀設計／克里斯
出版／蓋亞文化有限公司
地址◎台北市103赤峰街41巷7號1樓
電話◎（02）25585438　傳眞◎（02）25585439
部落格◎gaeabooks.pixnet.net/blog
服務信箱◎gaea@gaeabooks.com.tw
投稿信箱◎editor@gaeabooks.com.tw
郵撥帳號◎19769541　戶名：蓋亞文化有限公司
法律顧問／宇達經貿法律事務所
總經銷／聯合發行股份有限公司
地址◎新北市新店區寶橋路二三五巷六弄六號二樓
電話◎（02）29178022　傳眞◎（02）29156275
初版一刷／2017年08月
定價／新台幣 370 元
Printed in Taiwan

GAEA
ISBN／978-986-319-288-6